rowohlt
BERLIN

Olaf Kühl

# Der wahre Sohn

Roman

Rowohlt · Berlin

2. Auflage September 2013

Satz aus der Sabon PostScript (InDesign)
bei Pinkuin Satz und Datentechnik, Berlin
Druck und Bindung CPI books GmbH, Leck
Printed in Germany
ISBN 978 3 87134 726 9

Sometimes I think
she's just in my imagination
*The Rolling Stones,*
*Anybody seen my baby*

Ach, du warst
in abgelebten Zeiten
meine Schwester oder meine Frau.
*Johann Wolfgang von Goethe,*
*An Charlotte von Stein*

# Eins

Ganz früh am Morgen aufstehen, wenn im ersten Tageslicht die Spatzen loslegen. Die Vögel singen heller, wenn alles ruhig ist. Nach der gepackten Reisetasche greifen, nicht richtig ausgeschlafen und doch wach und ein bisschen wie verkatert, obwohl man nicht viel getrunken hat am Abend, die Wohnungstür zuschlagen und die Treppen hinuntergehen, durch diesen Geruch von Bohnerwachs und undefinierbarem Eintopf, die Tasche auf den Rücksitz des Wagens werfen, einen letzten Blick hoch zu den Fenstern im dritten Stock des Mietshauses, in denen sich das rosigblasse Blau des frühen Wolkenhimmels spiegelt, sodass fast nichts dahinter zu erkennen ist, kaum das Grün der Zimmerpflanzen, zwei große Gummibaumblätter an der Scheibe, dann hinters Lenkrad steigen, den Zündschlüssel nach rechts drehen, über diesen kleinen Widerstand hinaus, und gespannt zusehen, wie der Benzinzeiger die Skala hochklettert. Den Motor anlassen und eine Weile dem gleichmäßigen, tiefen, fast: gesunden Geräusch der Zylinder lauschen, die ihr Gas in die Straßen blasen. Die Kraft von Generationen steckt in dieser Maschine, dieser beeindruckenden Frucht der Arbeitsteilung. Die schützende Scheibe herunterkurbeln und kühle Morgenluft hereinlassen. Wissen, dass es kein Zurück gibt. Onkel Wolfgang konnte schon tot sein.

Es ist noch nicht Marlenes Zeit. Sie schläft noch. Erst später am Vormittag wird sie aufstehen und die Zeitung aus dem Briefkasten holen. Bei dem Gedanken daran, wie oft er sie aus der Wohnung hat treten sehen, senkt sich sein Fuß zwei Zentimeter tiefer aufs Gaspedal. Er sieht sie die Treppe hinuntergehen, so wie sie sie tausendmal hinuntergegangen ist, sie hält den Morgenmantel mit der Hand zusammen, der Gürtel ist verloren, vor Jahren bei einem Skiurlaub in Österreich. Dabei trägt sie Hausschuhe. Als würde ihr bloßes Erinnerungsbild die Macht haben, ihn aufzuhalten, als könnte diese Gedankenfigur ihn zurückziehen wie eine wortlos ausgestreckte Hand, zurück in die Stadt, in diese Wohnung, und er würde sich von der weißen Haut des Bauches zwischen den auseinanderwehenden Bademantelschößen zum tausendsten Mal verführen, dann überreden lassen. Dann würden die Gespräche von neuem beginnen, die endlosen Diskussionen der letzten Wochen und Monate. Über ihre Beziehung. Dass da jede Entwicklung fehlte. Dass sich nichts mehr tat …

Spricht eine Frau von Entwicklung, dann ist es schon zu spät. Dann geht es bald zu Ende. «Zwischen uns *entwickelt* sich nichts mehr.» Er lauschte dem gleichmäßigen Summen des Motors und dachte: Was soll sich, verflucht, entwickeln, wenn doch alles gut läuft? Die Erinnerung an solche Gespräche brachte ihn in Wut. Und als sich einmal wirklich bei ihr etwas entwickelte, im Bauch, hat sie es weggemacht. Ihre krakelige Unterschrift unter der Einwilligungserklärung hat er noch in der Schublade.

Mit fast neunzig durchrauscht er die Frankfurter Allee Richtung Osten, in der bitteren Genugtuung, ihr jetzt zumindest schon fast entkommen zu sein, wieder einmal. In Lichtenberg erwacht die ehemals herrschende Klasse der DDR. Solange er in Berlin ist, ist er noch nicht ganz gerettet. Er hat im Laufe der Jahre verschiedene Fluchten gewagt. Er wollte sich auf die Kehrseite des Lebens verdrücken. Hat lange als Nachtwächter gearbeitet. Ist für ein paar Wochen zu Günter gezogen, nach Prenzlauer Berg, tief in den Osten, hat sich dort versteckt. Es half alles nicht.

Er musste endlich richtig weg. Muschters Anruf kam genau zum richtigen Zeitpunkt. Marlene wird nicht gleich zusammenbrechen. Sie wird nicht denken, dass es für immer ist, er verlässt sie ja nicht zum ersten Mal. Sie wird heute dasselbe tun wie an jedem Tag. Noch bevor sie mit der Zeitung wieder in ihrer Wohnung ist, wird der Wasserkessel auf dem Gasherd pfeifen. Dieses gedämpfte, aber unüberhörbare Zischen, so beruhigend wie das Läuten von Kirchenglocken. Sie wird mit einem Becher löslichen Kaffees zurück ins Bett steigen, sanft und weißhäutig und in Gedanken versunken, mütterlich und verständnisvoll, wahrscheinlich fühlt sie sich gut, vielleicht sogar moralisch überlegen, sie wird Konrads Flucht hinnehmen wie einen tollen Jungenstreich und vielleicht in sich hinein lächeln, sie wird Verständnis für ihn zeigen wie für das trotzige Kind, das sie nie hatte. Weil sie zu wissen glaubt, dass er am Ende wieder zurückkommen wird. Sie wird die *taz* lesen, wird sich wohlfühlen und sich ein paar Gedanken machen. Praktische Gedanken müssen das nicht sein, sie braucht nur das Gefühl, kritisch eingestellt zu sein, diese fortschrittliche Art von Lebensgefühl.

Dachte Konrad, wobei sein Fuß sich unmerklich vom Gaspedal hob.

Damals bei der Demo vor dem Amerika-Haus hatte sie in der vordersten Reihe gestanden und Pflastersteine geworfen. Ihre mit hellem Flaum bewachsenen, von den Sommermonaten auf Kreta braungebrannten Unterarme ragten aus den abgeschnittenen Ärmeln des Parkas. Damals kämpfte sie. Und er glaubte, sie würden etwas ändern können.

Heute Nachmittag hat sie Yoga um die Ecke, in einem Ladengeschäft, in dem so eine Frau ähnlich wie sie selbst Kurse anbietet. Dass überhaupt eine Frau ihr ähnlich sein kann, sagt schon alles. Früher wäre das unmöglich gewesen. Ihre Lebensmittel kauft sie im Bioladen. Kaffee aus Guatemala. Sie hat eingesehen, dass der frontale Kampf gegen das System keine Chance hat. Deshalb konzentriert sie sich nun auf die bescheidenen Dinge, die Graswurzelarbeit, den Widerstand im Kleinen, von dem sie gern erzählt. Gegen das Große da draußen unternimmt sie nichts mehr, diese Bewegung ist über sie hinweggegangen, sie hat sich damit abgefunden. Früher hat sie gern fotografiert, der ganze Flur hängt voll mit ihren Schwarzweißfotos, heute besitzt sie einen kleinen Laden für Fotozubehör und verdient damit, immer schlechter, ihr Geld. Sie reibt sich nicht mehr auf im Kampf. Stattdessen genießt sie ihr Leben bewusst, mag gutes Essen.

Im Osten geht tatsächlich die Sonne auf. Als er in Schönefeld den Berliner Ring verlässt und die immer geradeaus führende Fahrbahn nimmt, steht der goldrote, funkelnd warme Ball dicht über dem Horizont.

Die Autobahn Richtung Frankfurt/Oder ist leer.

Aus der Gegenrichtung, Grenze und Fürstenwalde, kommen ihm Pkws entgegen, die nach Berlin wollen, zur Arbeit. Ihn bringen höchstens ein paar Lkws zum Überholen. Deutschlands östliche Länder liegen wüst und leer. Die weiten Äcker und Felder der ehemaligen LPGs, die grauen Wirtschaftsgebäude aus Beton und Eternit wirken verlassen. Ab und zu huscht im Augenwinkel eine Siedlung vorüber, ein Dorf, Schemen von Scheunen oder Lagerhallen. Er kennt diese adretten, aufgeräumten Orte.

Er freut sich auf Polen. Polen durchdringt auch die geschlossenen Fenster, man braucht nicht einmal die Autotür zu öffnen. Im Winter der Rauch der Braunkohle aus den Schornsteinen, das Holz in den Dörfern. In Słubice ist dieser Geruch noch schwach, Słubice ist verdorbenes Slawentum, ein aufgegebenes deutsches Dorf, das noch zu keiner neuen Identität gefunden hat.

Er hat ihr nie gesagt, was er genau tut. Recherchieren, das klingt gut. Für wen, für eine Zeitung? Nein, für ein großes Unternehmen in Westdeutschland. Das erzählt er auch Freunden, das leuchtet am ehesten ein. Wenn er ehrlich ist, hat es weniger mit Diskretion zu tun als mit Scham. Denn gestohlene Autos zu suchen, dieser Job ist ihm peinlich, wenn er an die Pläne und Visionen der Studentenzeit denkt.

Die Sonne steht jetzt schon sehr hoch, sie blendet. Er klappt den Sonnenschutz herunter. Einmal hat er einen Sportwagen gesehen, der unter einen Lkw gerutscht war, auf der Autobahn nach Memel. Es roch verbrannt.

Jetzt wittert er diesem Geruch nach, erinnert sich aber nur an den heißen, widerlichen Plastikgestank, wenn er in den Sommerferien am Rastplatz wieder ins Auto stieg, das von der Sonne aufgeheizt war. In der kurzen grauen Lederhose mit den geschnitzten weißen Enzianknöpfen und der fettig dunkel gescheuerten Hinterseite verbrannte er sich regelmäßig die Schenkel auf den Kunststoffsitzbezügen. Aus der Motorhaube stanken Ölwanne und heiße Gummischläuche. Nach der Rast öffnete sein Vater die Türen und ließ kurz Luft hindurchwehen, dann gab er einen Wink und drückte seine Zigarette auf dem Boden aus. Das empfand er wie eine Drohung, was mit ihm geschehen würde, wenn er nicht sofort einstiege. Der Vater stand da, die rechte Hand an der Tür, glänzend spannte der graue Anzugstoff um seinen breiten Gorillarücken. Was sollte Konrad tun? Gegen den Vater kam er nicht an. Die Mutter sieht er nicht in der Erinnerung. Als wäre sie schon damals verschwunden gewesen. Mag sein, dass sie schon immer zu leichtgewichtig gewesen war, zu flüchtig, zu hell, zu wenig eindrücklich, wie durchscheinend. Manchmal kommt es ihm vor, als sei sie nichts weiter gewesen als eine Luftverquirlung, ein Flimmern der aufgeheizten Sommerluft, das sich Jahrzehnte in Bewegung gehalten hat, wie eine Fee, aber dann rasch verschwunden ist, aufgelöst in der durchsichtigen Weite, aus der sie eines Tages hervorgegangen war. Dieses Etwas musste ja immerhin geatmet haben, sagte er sich, unzählige Male die Luft ein- und wieder ausgeatmet haben. Schon kurz nach ihrer eigenen Geburt, dann in der Umarmung eines Mannes, vielleicht seines Vaters, hat sie heftig und laut geatmet, hat geschrien, die Luft ausgestoßen, dann wieder bei seiner Geburt, später ist ihr Atem flacher geworden, gleichmäßig und ruhiger, in so vielen Nächten, in denen er sie nicht mehr kannte … Die

Luft über dem Kontinent war eine große Halle, in der sie lebte und atmete.

Und ihr Körper? Er wusste nicht, wo er jetzt war. Der Körper der Mutter ist wie die Atemluft, du brauchst sie, aber sie gehört dir nicht, du beachtest sie nicht einmal.

Die helle Autobahn in seiner Erinnerung ist damals viel leerer als die heutigen. Endlose sandgraue Betonstreifen durchzogen die Landschaft, einige Brücken waren zerbombt, der Schutt lag an den Straßenrändern. Es ging zu bewundernswerten deutschen Schlössern, Burgen, Museen, Sehenswürdigkeiten. Hermannsdenkmal. Residenz Würzburg. Insel Mainau. Das war wenige Jahre nach dem Krieg, und seine Eltern legten Wert darauf, dass Konrad ein Patriot wurde und deutsche Kultur lieben lernte. Seine Mutter – da ist sie jetzt auf einmal doch – verhedderte sich mit den Landkarten, sie konnte sie nie richtig falten, das Kartengebilde plusterte sich auf ihrem Schoß und irritierte den Vater, der irgendwann anhalten musste, um es ordentlich zusammenzulegen. Mit so einer Unordnung an seiner Seite konnte er sich nicht auf die Straße konzentrieren. Mutter war im Allgemeinen nicht gut als Beifahrerin, sie bekam dafür oft Schimpfe. Später fragte Konrad sich, warum das alles so gekommen war. Er erinnerte sich an den feinen Geruch, wenn sie ihren Kopf zu ihm oder von ihm weg drehte, wie ein Hauch von Odol oder One Drop Only vom Regal im Bad. So erklärte er sich das, als er noch nicht wusste, was es bedeutete. Der Vater entschied alles, auch, wo angehalten wurde. Wenn die Mutter es irgendwo schön fand, zählte das nicht, er fuhr weiter, und sie verstummte für längere Zeit. Konrad erinnerte sich sehr genau an die Stimmung, die dann im Auto herrschte. Und er konnte ja nicht weg. Er alberte auf der Rückbank herum, machte Witze, um seiner Mutter zu helfen, auch aus ihrer Sprachlosigkeit heraus. Er wollte sie aufheitern. Ihr Bewegungsfreiheit verschaffen. Er wollte seine Mutter beweglich haben und stark. Aber der Rücken des Vaters im Anzugsstoff presste sich massig gegen den Sitz und machte alles schwer. Durch den Spalt unter der Kopflehne sah er den rasierten Nacken. Wenn die Mutter nicht lachte, und das tat sie oft nicht aus Angst, den Vater zu verärgern, dann war das die schlimmste Art von Versagen in seiner Kindheit. Nicht einmal seine Witze taugten etwas. Er konnte dann auch nicht weglaufen vor Scham. Er musste das ertragen. Er war gefangen in dieser kleinen Familie, gefangen in diesem Auto.

Vater rauchte Zigaretten. Die heiße Sommerluft aus dem Fensterspalt wehte auch den Rauch zu ihm nach hinten. Später kamen andere Automodelle, nach dem ersten Kadett ein Opel Diplomat. Sonst änderte sich nichts. Es war das gleiche Gefängnis, die gleiche Familie. Die Befreiung kam erst, als sie nach Berlin gingen. Aber da war dann auch die Mutter weg, sie blieb in Westdeutschland. Konrad war acht. Der Vater kaufte ihm zum Trost einen Spielkameraden, einen Terrier namens Artur. Wo war Artur geblieben? War er irgendwann weggelaufen? Konrad wusste es nicht mehr.

An all das hatte er ewig nicht gedacht. Es war ihm eigentlich auch schon lange egal. Nur weil sein Onkel vor zwei Tagen über seine Mutter gesprochen hatte, fiel es ihm wieder ein, jetzt bei dieser monotonen Fahrt über die Autobahn.

Sein eigenes Auto war alt, er hatte sich bewusst ein unansehnliches, gebrauchtes Modell zugelegt, immer noch im reflexhaften Widerstand gegen das Establishment und gegen bürgerliche Statussymbole. Außerdem sollte es im Grenzland oder in Polen nicht gleich gestohlen werden. Weil es alt war, roch es kaum oder gut, zum Beispiel nach den Äpfeln, die er öfter vom Bauernhof der Freunde in Brandenburg mitbrachte.

Mit einem knurrenden Satz war der Schäferhund bei ihm, und genauso schnell hatte er ihn erkannt und umtänzelte ihn nun mit eingeklemmtem Schwanz. Jacek hatte ihn aus der Berliner Werkstatt auf diesen Hinterhof in Słubice mitgenommen. Konrad spürte die Rippen des mageren Tieres an seinen Knien.

Das Herrchen war besser genährt.

Es saß unten in der Reparaturgrube und dachte gar nicht daran, sofort zu ihm herauszuklettern. Jacek klopfte die Radaufhängungen und Querlenker eines alten Opel ab. Vor der Stoßstange schwankte eine nackte Glühbirne im Gitterkäfig. Konrad kannte den von Öl verschmierten, untersetzten und doch behänden Mann aus Berlin, wo Konrad seine immer alten und billigen Autos bei ihm hatte reparieren lassen.

Jacek konnte in der Hinsicht fast alles; vor allem half er Konrad aber bei der Suche nach gestohlenen Autos. Auch damit erschöpften sich seine Begabungen nicht. Er vermochte ewig über die große Politik zu dozieren und tat das mit derart rhetorischer Selbstsicherheit, dass man sich fragte, weshalb er sich hier immer noch mit Autokarosserien dreckig machte. Konrad kam sich mit dem formlos angehäuften Wissen seines abgebrochenen Studiums im Vergleich dazu ganz weich vor. Keinen einzigen Satz brachte er so überzeugend wie Jacek hervor. Einmal hatte Jacek rücklings unter einem Auto gelegen, für einen Augenblick den Schlüssel sinken lassen und gesagt:

«Wir leben in einer Übergangszeit.»

Konrad kam mit einer Tasse aus dem Kabuff zurück, das als Büro diente, rührte im Nescafé und war beeindruckt.

Jacek zog die Mutter fest.

«Wir brauchen neue Vordenker», erklärte er. Neben der kleinen Werkstatt betrieb Jacek einen Abschleppdienst, die Grenzen zwischen den Gewerben sind fließend. Jacek schleppte auch Autos ab, die ihm nicht gehörten und von denen bald niemand mehr wusste, wem sie je gehört hatten. Das interessierte Konrad aber nicht. Er brauchte Jaceks Tipps, der fast immer wusste, welches Auto wann über die Grenze gebracht worden war.

Jetzt kletterte er endlich aus der Grube, wischte sich die Maulwurfspranken, viel zu groß für den gedrungenen Körper, an einem groben Tuch ab und schob ihm die Hand hin, in der Konrad seine eigene immer gern ein paar Sekunden ruhen ließ. Die Furchen waren schwarz von Motoröl.

«Gut durch die Zone gekommen?», lachte der Pole.

«Gibt's ja nicht mehr», winkte Konrad ab.

«Kein Wunder, die wollten ja gar nicht frei sein, haben sich sofort dem nächsten großen Bruder an den Hals geschmissen», dozierte Jacek schon.

«Ja, ja.»

Heute hatte Konrad keine Zeit und keine Lust auf diese Diskussionen. Früher war das anders gewesen, an endlos langen Nachmittagen auf dem dunklen Werkstatthof in Schöneberg, als er sein ganzes Leben noch vor sich wähnte und mit den Fragen seiner Magisterarbeit auch gleich die Probleme der Menschheit zu lösen glaubte. Als Marlene noch nicht aufgegeben hatte, als sie noch eine Sparringspartnerin war, mit der man sich nach überstandenem Kampf vereinigen konnte. Heute war da nichts mehr, heute musste er nur schnell weg, das Auto suchen, weiter im Osten. Wen hätte er auch vor Jacek in Schutz nehmen sollen? Die unrasierten Männer, denen er morgens im Supermarkt in Hellersdorf begegnete, nach der Nachtschicht in Hoppegarten zwei S-Bahn-Stationen weiter westlich? Es zog ihn unwiderstehlich in die großen, leeren Einkaufshallen, die nach der Wende entstanden waren. Real. Netto. Ganz egal. Manchmal ging er hinein, ohne etwas zu brauchen. Nur um die Räume und die Kassiererinnen auf sich wirken zu lassen. Sie waren anders als die im alten Westen. Munter wie Fische im Wasser, als spürten sie noch den Zusammenhalt des VEB-Kollektivs. Glockenhell riefen sie sich Scherze zu, lachten über Transportbänder und wartende Kunden hinweg. Als wäre es ein Glück, hier zu arbeiten, und alles im Leben immer nur halb so schlimm. So wie damals.

Was wirklich passiert war, sah man an den Männern. Er begegnete ihnen in den Gängen, sie verrieten sich durch einen halb kindisch-beleidigten, halb lüstern-frechen Lippenausdruck. Verschlagene Blicke, Hände, rotglänzend wie die von Neugeborenen, die den Einkaufswagen schoben. Es waren Männer, deren bisheriger Lebensgang, von

Lauf kann man ja schwerlich sprechen, einen schmerzhaften Dämpfer erlitten hatte. Sie fühlten sich ungerecht behandelt. Weil sie gleichzeitig ein schlechtes Gewissen hatten, ließen sie sich alles gefallen. Nur der Biervorrat musste pünktlich aufgefüllt werden. Konrad ging gern durch diese Märkte. Hier konnte er, selbst ein Nachtwächter, sich mit dem Anblick der anderen Menschen trösten. Einige von ihnen machten wahrscheinlich den gleichen Job wie er.

«Ich wollte eigentlich …»

«FuckYouHilas sind das, keine Männer», unterbrach Jacek ihn.

Sein polnisches Lachen war eine Neutronenbombe. Es ließ die deutsche Angst wie die Sorge um das mühsam angesparte Auto zu Staub zerrieseln. Jacek hatte immer Schwierigkeiten gehabt, sich in seine Opfer hineinzuversetzen. Gemäß dem polnischen Männlichkeitskult galt es als verachtenswert, die eigene Freiheit für staatliche Fürsorge hinzugeben. Polnische Männer müssen kämpfen. In diesem beinahe kindischen Stolz riskieren sie maßlos viel, aus Lust an der Geste. Die polnischen Kavalleristen, die Napoleon auf dem Weg nach Russland begleiteten, ritten vor seinen Augen in den reißenden Fluss und ertranken. Mit Argumenten darf man ihnen gar nicht kommen, sonst trumpfen sie erst richtig auf. Und alles Staatliche muss weggefegt werden, sowieso.

Jacek hatte ihm nicht nur die Verachtung für bürgerliche Sicherheit beigebracht, sondern auch ganz praktische Dinge. Worauf man bei der Fahrgestellnummer achten muss und wie man erkennt, ob sie verändert worden ist. Und wie man ein Auto knackt. Das hatten sie geduldig an den alten Karosserien auf dem Autohof in Schöneberg geübt. Konrad war handwerklich völlig unbegabt, über die leichteren älteren Modelle war er nicht hinausgekommen. Er schaffte es gerade so, eine Schnur mit Schlaufe oder einen langen Draht hinter die Fahrertür zu ziehen. Bei einigen Modellen braucht man die Verkleidung der Zündverkabelung nicht aufzubrechen, sie lassen sich mit einer polnischen Münze starten, dem Grosz, Gegenwert ein Pfennig, den man in das abgenutzte Zündschloss steckt.

«Sei vorsichtig in Kiew, mit den Russen», mahnte Jacek.

«Ukrainer», korrigierte Konrad.

«Egal, die sind alle verrückt.»

1993 hatte ein Soldat der Westgruppe der sowjetischen Streitkräfte seinen besten Freund erschossen, weil der ein Auto nicht rechtzeitig geliefert hatte. Seitdem konnte man mit Jacek über dieses Thema nicht mehr reden.

Das Wort «verrückt» hatte neulich auch Muschter benutzt. Kein Wort ist unschuldig. Wolfgang Muschter war auf den ersten Blick das Gegenteil von Jacek. Ein umgänglicher, schlanker Mittvierziger im meist anthrazitgrauen Anzug, Leiter der Kfz-Schadensregulierung der Versicherung, für die Konrad arbeitete. Irgendwann hatte er ihm den ersten Auftrag anvertraut – anvertraut war das richtige Wort, denn Konrad besaß nicht die geringste Erfahrung. Ein Autodiebstahl in einer Kleinstadt an der polnischen Ostsee. Er war hingefahren und hatte den Fall durch einen glücklichen Zufall nach zwei Tagen aufgeklärt, ein Betrugsfall.

«Verrückte Sache», hatte Muschter gesagt, als er ihm gestern den neuen Auftrag erteilt hatte. «Das sind keine kleinen Autodiebe mehr.»

Sie saßen in den schwarzen Sesseln einer Hotellobby in der Budapester Straße, Konrad ließ seinen Blick zur Rezeption schweifen.

«Was meinen Sie?»

«Der Fall hat einige unerklärliche Besonderheiten. Normale Auftraggeber und Diebe handeln zum Beispiel rational. Da kennen wir die Gründe, die Abläufe, es gibt wiederkehrende Muster. Irgendjemand will ein bestimmtes Modell, zahlt fünfzig bis sechzig Prozent des Zeitwertes für den Wagen und gibt eine Bestellung auf. Die Banden sind Profis. Sie kalkulieren ihr Risiko und führen den Auftrag aus. Deshalb werden sie so selten geschnappt. In diesem Fall haben wir Indizien, dass einiges anders gelaufen ist als sonst.»

«Wem wurde der Wagen gestohlen?»

«Den Namen kann ich nicht nennen.»

Muschter schob ihm die Akte über die polierte Tischplatte und ließ ihn einen kurzen Blick darauf werfen, nach wenigen Sekunden zog er sie wieder zurück.

«Vorstandsmitglied eines deutschen Konzerns. Die Sache ist deshalb delikat, weil dieser Mann sich den Wagen sehr wahrscheinlich hat stehlen lassen.»

«Warum?»

«Sie wissen doch. Der Mensch ist unersättlich. Dieser Vorstand hat auf einmal nicht mehr wie früher jedes Jahr das neueste Mercedesmodell bekommen, sondern nur noch alle zwei Jahre. Kennen Sie sich in den Typen aus? Der Mercedes 500 SE der Baureihe W140 kam 1991 auf den Markt. Zwei Tonnen schwer, mehr als fünf Meter lang, anderthalb Meter hoch, Kugelumlauflenkung, hydraulische Zweikreis-Bremsanlage mit Unterdruck-Bremskraftverstärker und innenbelüfteten Scheibenbremsen, über zweihunderttausend Mark teuer. Den bekam er 1993. Haftpflicht und Kasko bei uns, wie bei der gesamten Fahrzeugflotte des Konzerns. Und jetzt passen Sie auf. Im März 1994 präsentiert Mercedes-Benz auf dem Genfer Salon ein geliftetes Modell, den S 500. Alles Kleinigkeiten, überarbeitete Heckpartie, vom Eindruck her breiter und niedriger, auch die Kühlerschutzgitter und Scheinwerfer etwas wuchtiger. Stoßfänger und Flankenschutzflächen durch eine umlaufende Sicke horizontal gegliedert. Wissen Sie, was eine Sicke ist?»

«Nein.»

«Sehen Sie. Kleinigkeit, der Wagen hatte sich nur äußerlich ein bisschen verändert. Und trotzdem wollte der Mann jetzt dieses neue Modell haben. Bekam es aber nicht gleich, er hätte noch ein halbes Jahr darauf warten müssen. Deshalb hat er seinen Fahrer mit dem Wagen an die polnische Grenze geschickt, und wenn der sich nicht verplappert hätte, hätten wir nie Wind von der Sache bekommen. An einer Autobahnraststätte, mit einer Zufallsbekanntschaft, einem Fernfahrer aus seiner Heimat, dem Sauerländischen. Jetzt streitet er alles ab und behauptet, er habe auf eigene Faust einen Ausflug nach Osten gemacht. Wer's glaubt. Sein Chef wollte einfach, dass der Wagen schnell über die Grenze verschwindet.»

«Ist der Mann wichtig für mich?»

«Nein. Die Sache ist nur unangenehm für uns. Die Firma ist Großkunde. Hat Hunderte von Fahrzeugen versichert. Strafanzeige kommt nicht in Frage. Also wollen wir das Auto wiederhaben.»

Konrad nickte.

«Allerdings ist die Sache auch am anderen Ende undurchsichtig. Oder, wenn Sie wollen, verrückt.»

«Nämlich?»

«Es gibt Hinweise, dass das Fahrzeug am helllichten Tag durch die Straßen von Kiew kutschiert. Mit so einem Wagen kann man sich ja auch gar nicht verstecken. Das heißt, wenn er bis Taschkent gekommen wäre, hätten wir vielleicht nie davon erfahren. Aber Kiew liegt noch in unserem alten Einflussbereich. Dort gibt es Augenzeugen, die den Wagen auf dem Kreschtschatik gesehen haben wollen. Unser Anwalt dort konnte uns sogar den Namen des Fahrzeughalters mitteilen.»

«Wer ist es?»

«Sie werden lachen. Der Mann soll fast neunzig sein. Wir dachten erst, es wäre eine gefakte Biographie. In der ehemaligen Sowjetunion werden die Männer höchstens sechzig. Aber es scheint zu stimmen, den gibt es. Wahrscheinlich nur Strohmann. Wer es sich gönnt, mit so einer Luxuslimousine durch die postsozialistische Metropole zu kutschieren, muss gute Kontakte haben, zur Polizei, zur Politik. Das erschwert uns die Arbeit. Deshalb will ich, dass Sie mal hinfahren und sich die Sache aus der Nähe anschauen.»

«Ein Sammler vielleicht?»

«Alles möglich. Melden Sie sich dort bei Jurko Mazepa, unserem Mann vor Ort. Er hilft Ihnen bei der Suche nach dem Wagen, Sie regeln alle Formalitäten und bringen ihn zurück.»

Muschter sah Konrad mit ungewohnter Zuneigung an. «Sie sind sich bewusst, dass dieser Auftrag nicht ungefährlich ist, ja?», fragte er. «Kiew ist ein anderes Pflaster als Polen. Passen Sie auf.»

«Träumst du, Mann?» Jacek stieß ihn in die Seite.

«Was?»

«Wonach du suchst, hab ich gefragt.»

«Ist dir in letzter Zeit ein 500 SE untergekommen?», fragte Konrad.

«Klar.» Jacek grinste schief. «Meine Spezialität, weißt du doch. Stand noch 'ne Weile hier auf dem Hof rum, weil ich keinen Abnehmer für gefunden habe. Hab ihn aufpoliert. Die Nummer nachgeschmirgelt.»

Konrad nickte mäßig amüsiert.

«Zeig mal Kennzeichen und Nummer», sagte Jacek.

Konrad gab ihm den Zettel.

«Falls ich was erfahre, sage ich dir Bescheid. Aber mach dir keine Hoffnung. Wie bist du zu erreichen?»

«Hotel Dnipro in Kiew», sagte Konrad.

«Müde, wa?» Jacek rempelte ihn an. «Du glaubst doch nicht, dass so ein Auto hier unbemerkt über die Grenze kommt.»

«Ist es aber. Und jetzt kutschiert es durch Kiew. Das ist sicher.»

«Komm, ich mach dir einen Kaffee und guck deinen Wagen mal durch. Nicht dass du unterwegs liegenbleibst. Gute Tarnung für einen Ermittler übrigens. Mit der Karre willst du in die Ukraine kommen?»

«Drück mir die Daumen», sagte Konrad.

Fliegen wäre kein Problem gewesen. Das hatte er auch vor der Wende getan, als man sich noch über den Übergang Friedrichstraße zum Flughafen Schönefeld quälen musste. Aber am Anfang eines solchen Falles ist es besser, erst einmal Bodenhaftung zu behalten. Den Fluchtweg des gestohlenen Autos nachzufahren. Die Witterung der Limousine aufzunehmen. Auf einen Tag mehr oder weniger kommt es nicht an, und der Spesenvorschuss der Versicherung reicht eine Weile. Womöglich redete er sich das mit dem Fluchtweg und der Witterung nur ein und wollte sich bloß länger in der gedankenlosen Trance des Autofahrens wiegen.

Die Strecke zwischen Frankfurt/Oder und Warschau bietet Monotonie genug, um den Gedanken nachzuhängen. Um einfach zu vergessen. Bestimmt zum zehnten Mal sang Keith Richards dröge Stimme «Slipping Away», immer wieder drehte Konrad die Kassette um. Er dachte an seinen Onkel. Gestern, nein, zwei Tage war es her, als er einfach auf seinem Stuhl zusammensackte. Als Kind musste er dem Bruder seiner Mutter einmal sehr nahe gewesen sein. Aber er konnte sich nicht erinnern, und das war durchaus ein Problem für ihn. Erst bei der Beerdigung seines Vaters vor einem Jahr war er ihm wiederbegegnet. Danach hatte Konrad noch fast ein Jahr gezögert, bevor er ihn am Schlachtensee besuchte. Um ihm irgendwie zu imponieren, hatte Konrad ihm einen polnischen Roman geschenkt, über den er mal eine Uniarbeit geschrieben hatte.

«Wenn man da nachgräbt, ist es gedanklich ziemlich flach», hatte der Onkel gemeint. «Bunte Schreibkunst, erschöpft sich aber schnell nach dem ersten Glanz der

Metaphern. Nimm's mir nicht übel, wir kennen uns doch ganz gut, wenn auch erst seit kurzem wieder. Mir kommt es vor, der Schreiber lupft den Rock zur Pirouette und meint, damit hätte er die Welt schon bezirzt und bräuchte ihr nicht mehr mannhaft gegenüberzutreten, nämlich mit einem echten Gedanken. Will durch aufgeplusterte Bilder verblüffen und verführen. So wie kleine Jungs. Die sind noch wie Mädchen, reden unheimlich viel. Was meinst du, was du als Kind geplappert hast. Hast damals auch gern Röckchen getragen. Weißt du noch? Dieses grüne, mit Falten.»

Konrad konnte sich an nichts davon erinnern, und es war ihm unangenehm, dass Onkel Wolfgang mehr aus seinem Leben wusste als er selbst.

«In dem Alter ist das normal», fuhr der Onkel fort. «Aber nach der Pubertät wird so was unappetitlich. Dein Autor ist längst erwachsen, aber er will immer noch grotesk und verwirrend sein, die Köpfe verdrehen. Schöne Oberfläche und kein Gedanke dahinter. Deswegen müssen sie so viel von der ‹Seele› reden.»

«Wer?», hatte Konrad, leicht beunruhigt, gefragt.

«Die Slawen. Oder hast du schon mal was vom ‹russischen Denken› gehört? Dafür hört man ständig von der sogenannten ‹russischen Seele›. Das Gedankliche ist ihnen zweitrangig. Versteh mich nicht falsch: Rechnen, Kombinatorik, da sind sie gut. Schachspielen, Technik und so was. Staudämme bauen, Flüsse umleiten. Programmieren. Aber das wahre Denken – weißt du, was ich meine? Mit der Welt auf Augenhöhe sprechen. Von Mann zu Mann. Wenn du so willst – Liebe machen mit der Wirklichkeit.»

Der Onkel ballte seine rechte Faust.

Konrad war auf seinem Stuhl abgerückt. Onkel Wolfgang hatte ihm bei so einer Gelegenheit schon einmal die Hand auf den Oberschenkel gelegt. Russische Seele, Zweiter Weltkrieg, jedes Thema war dafür Gelegenheit genug. Ganz besonders die harten Körper der Soldaten, die im Kampf auf ihren wahren Wert gewogen wurden ... Die alten Wochenschaufilme flimmerten auf dem Bildschirm im Wohnzimmer. Hysterisch klirrte die siegestaumelnde Stimme des Sprechers, und irgendwann tauchte immer Adolf Hitler auf und schritt eine Reihe von Volkssturmleuten ab. Vor einem etwa Fünfzehnjährigen blieb er stehen, strich ihm über den Kopf und stieß die Worte «Deutscher Junge!» aus.

Bei Vaters Beerdigung hatte sich ein älterer Mann im Trenchcoat aus der Menge der Trauergäste gelöst und war auf ihn zugekommen: «Also doch, Rüdigers Sohn. Der Ausdauerläufer. Erkennst du mich nicht?»

Konrad war dem Mann einige Zeit zuvor am Schlachtensee begegnet. Er hatte gerade seine Joggingschuhe festgeschnürt, da sah er über sich diesen Schatten. Ein alter Mann im schwarzen Filzmantel, der sich auf dem Weg kaum so rasch genähert haben konnte, er musste aus dem seitlichen Gebüsch getreten sein.

«Wie ist die Form?», erkundigte sich der Fremde.

«Na ja», druckste Konrad.

«Wir trieben damals auch Sport», erklärte der Mann und hielt am gegenüberliegenden Seeufer nach Umrissen seiner Vergangenheit Ausschau. Dann fügte er hinzu: «Im Offizierslehrgang.»

«Und heute nicht mehr?», fragte Konrad, obwohl die

Frage angesichts seines Alters und der ganzen Gestalt absurd war.

«Sie wissen ja, wie das damals ging. Plötzlich hieß es: Nach Osten. An die Front.»

Konrad machte einige Rumpfbeugen, bemerkte, dass er sich vor ihm verbeugte und wich zwei Schritt zurück.

«Wissen Sie, wie sich das anfühlt, auf dem Boden von Rschew zu stehen?»

«Nein. Hab auch keine Zeit», sagte Konrad und wollte weglaufen, da trat dieser Mann erstaunlich rasch heran und erwischte ihn am Ellbogenknorpel, ein äußerst unangenehmes Gefühl. Konrad riss sich los.

«Das können Sie auch gar nicht wissen», rief der Mann beinahe wütend. «Sie sind zu jung. Es fühlt sich an, als stünde man zum ersten Mal wirklich auf Festland. Gerettet vor den Küsten. Man wendet sich nach Westen und weiß noch: Irgendwo weit dort drüben ist die Reichshauptstadt.»

Er drehte sich zum schmalen Ende des Sees, wo hinter einer Landzunge der Wannsee liegen musste.

«Verstehen Sie?» Er zuckte verächtlich die Schultern. «Berlin. So weit, dass es ganz klein wird, ganz unwichtig, genau wie die Menschen, die man zurückgelassen hat. Die Frauen verlieren ihre Gewalt über dich. Der Himmel wölbt sich über dir, und du weißt: Überall ist Land, ringsum bis zum Horizont. Festland, festes Land.»

Er hatte sich in Rage geredet, was sein Gesicht auf erschreckende Weise formlos und lebendig werden ließ. Als wäre unter dieser Maske jahrelang alles zurückgehalten und verklemmt gewesen. Seine Augen tränten.

Konrad wollte etwas erwidern, doch der Mann machte eine herrische Armbewegung: «Über die zugefrorene Newa. Attackengeschrei. Rennende Leute. Fallen ringsum, sterben wie die Fliegen. Du spürst nichts mehr, du hast keine Angst, nur diese Sicherheit, dass du nicht allein bist, dass hinter dir und neben dir deine Kameraden rennen. Dein Volk. Riesengroß wirst du, wirst selbst ein ganzes Volk. Oder im Flugzeug hinter den Russen her.»

«Was Sie da von den Frauen sagten …», setzte Konrad an, ermutigt vom vertraulichen «du».

«Im Tiefflug geht es die verschneite Straße entlang, auf der sich eine schwarze Ameisenkolonne bewegt. Der Feind! Wie das auseinanderspritzt bei jeder Garbe des Bord-MG, wie das seitwärts in den Schnee hechtet und für immer liegen bleibt.»

Er setzte seinen Hut wieder auf, drehte sich wortlos um und ging.

«Frauen!» Nach wenigen Schritten blieb er noch einmal stehen und spuckte aus. «Damals wusste man, wofür man starb! Da brauchte man kein Nazi zu sein. Wer hat denn schon alles geglaubt? Aber dieses Gefühl der Befreiung … die Hoffnung. Sie haben diese Erniedrigung des deutschen Volkes nicht erlebt. Sie wissen nicht …»

Konrad wollte etwas sagen, aber der Mann hörte überhaupt nicht mehr zu, er brüllte:

«Nichts wissen Sie! Irgendwo dort, wo das Auge nicht mehr hinreichte, wo nur Schnee und Sonnenglast am Horizont war, dort lag ein Ziel. Dieses gute Gefühl, dass nicht alles vergebens und verflucht ist, die Hoffnung, dass dort wenigstens irgendetwas ist …»

Jetzt drehte Konrad sich um und lief weg, das war das

Einzige, was er tun konnte. Dann, aus einiger Entfernung, hörte er die Worte:

«Deutscher Junge!»

Er wandte den Kopf im Laufen, da stand dieser Mann mit hängenden Armen mitten auf dem Weg und sprach diese idiotischen Worte aus. Konrad hätte fast gelacht über die einsame Vogelscheuche:

«Deutscher Junge!»

Das kann man sagen, so oft man will, es wird nicht besser davon. Im Gegenteil, das Wort «deutsch» klirrt nur immer leerer und leerer, am Ende klingt es wie zehnmal selbst- und noch immer unbefriedigt.

Und erst in dieser Verbindung. «Deutscher Junge!» war geschmacklos. Eigenschaftswort und Hauptwort berührten sich, rieben aneinander wie ein nass geschwitztes Nylonhemd und wundgescheuerte Haut. Ein Bedeutungsscheusal. Ein Junge ist ein Junge, aber ein deutscher? Ein blonder Junge, das wäre etwas. Oder ein schwarzer.

Am Ende hatte der Mann seinen Mantel doch aufgemacht.

Konrad rannte weg. «Nazischwein», rief er, schon aus sicherer Entfernung, und ärgerte sich, dass seine Stimme so hoch war.

Da hörte er den Mann fragen, unsicher wie ein Blinder: «Konrad?»

Das war sein Onkel. So hatte es angefangen. Zugegeben, eine schwierige Geschichte. Onkel Wolfgang war etwas anderes als die üblichen seltsamen und schrulligen Onkel, die es in jeder Familie gibt. Er war wie ein Gift. Alle warnten Konrad davor, mit diesem Mann Kontakt aufzunehmen. Noch am Grab des Vaters zog eine Frau ihn am Ärmel und sagte: «Lassen Sie endlich den Jungen in Ruhe.» Marlene entwickelte sofort einen instinktiven Hass auf ihn. Aber Konrads Neugier war geweckt. Beim Joggen hatte er mehrere Male einen Umweg gemacht, um wenigstens an dem kleinen Haus in der Altvaterstraße vorbeizukommen, aber nie geklingelt, immer hatte er sich im letzten Moment bezwungen. Irgendwann hatte er dann doch auf den Knopf gedrückt. Schließlich war es der Bruder seiner Mutter, auch wenn diese ihn nicht mehr interessierte. Sie hatte ihn vor dreißig Jahren alleingelassen. Aber jetzt, da auch sein Vater gegangen war, fühlte er sich mutiger und unabhängiger und wollte wenigstens einmal mit dem Verrufenen reden.

«Liebe machen mit der Wirklichkeit», dachte Konrad jetzt auf der regennassen Fernstraße vor Warschau, eingekeilt zwischen schweren Lkws. In dem Moment fing der Citroën an zu stottern, wie aus Protest. Links und rechts rauschten schon länger quadratische Walmdach-Bungalows im Stil italienischer Landhäuser vorbei, einsam in die freie Flur gestreut. Der Plakat- und Schilderwald am Straßenrand wurde dichter. Konrad konnte den Wagen gerade noch an den Seitenstreifen lenken. Es war vermutlich nicht Jaceks Schuld, es lag wohl an den Franzosen, aber Jacek hätte das sofort wieder hinbekommen. Konrad, der Autojäger, hatte von Fahrzeugmechanik keinen Schimmer. Diese Panne änderte seinen Plan. Er musste um Hilfe bitten und den Wagen in eine Garage im Zentrum schleppen lassen. Am Warschauer Zentralbahnhof stieg er in den Zug, die trockene, heiße Luft des Abteils ließ ihn sofort in einen tiefen Schlaf fallen, aus dem er immer nur erwachte, wenn die Schiebetür aufgerissen wurde und die Grenzpolizisten oder Zöllner ihre fahlen Gesichter ins Licht der Deckenfunzel streckten.

## Zwei

Als er neunzehn Stunden später am Hauptbahnhof von Kiew ausstieg, schlug ihm durch die geöffnete Zugtür eine noch größere Hitze entgegen. Als wäre er irrtümlich nach Rom gefahren. Massen von Reisenden strömten mit ihm auf den Bahnhofsvorplatz, viele schleppten unförmig große, rechteckige Plastiktaschen, blau-rot gestreift und mit einem Reißverschluss verschlossen. Hier quirlte das Leben. Aus Buden auf den Bürgersteigen wehte der Duft von Brathähnchen und Pommes frites, Frauen riefen private Übernachtungsmöglichkeiten aus, wollten alles Mögliche verkaufen. Muschter hatte ihn vor den Kiewer Taxifahrern gewarnt und ihm eine verlässliche Firma genannt. Konrad fand den Zettel nicht, stieg in das nächste Fahrzeug und nannte das von Muschter empfohlene Hotel. Der Schiguli tuckerte zwischen schattigen alten Mietshäusern die breite Allee der Schewtschenkostraße bergan, bog in den Kreschtschatik ein und erreichte an dessen nördlichem Ende den Europäischen Platz.

Konrad checkte ein, brachte seine Reisetasche aufs Zimmer, duschte und begab sich gleich darauf zu Fuß auf die Suche nach dem großen Wasser, dessen Geruch bis hierher drang. Er stieg die Treppen vom Wolodymyrski Projizd rechts hoch. Unter dem Rundbogen des Denkmals leuchtete der Fluss in der westlichen Nachmittagssonne.

Es war erst Mai und schon fast so warm wie im Sommer, viel wärmer als in Berlin. Schon am Kreisverkehr war ihm der Duft des Flieders in die Nase gestiegen, jetzt sah er, dass auch die Kastanienblüten sich öffneten. Er wollte nach unten ans Ufer des Dnjepr, verirrte sich aber auf den einsamen, abgesunkenen Betonwegen am Steilhang. Als weit und breit gar niemand mehr zu sehen war, kehrte er um und fand den Weg zum Wasser.

Unter der Dnjeprbrücke schienen dunkle Wirbel sich selbst zu verschlingen. Ein Schwimmer wäre in die Tiefe gerissen worden, selbst ein Ausflugsdampfer mittlerer Größe wich den unheimlichen, trägen Strudeln aus.

Am anderen Ende der Brücke erreichte er die Insel. Erste Sonnenbadende lagen schon am sandigen Strand. In kleinen Holzbuden mit umzäunten Gärtchen wurden Bier und andere Getränke verkauft, aus den Lautsprechern klagten die verminderten Septimen der postsowjetischen Popmusik. Alles so traurig, die Geliebte so fern. Vom Fluss wehte eine kühlende Brise. Sein Blick wanderte stromabwärts, nur ein paar Kilometer, und man wäre in der Steppe. Er stellte sich vor, er würde sein Floß den Strom hinab und dann ans flache Ostufer treiben lassen, und schließlich den Fuß auf das harte, kurze Rispengras setzen. Konrad atmete auf. Dieser Ort und die Weite taten ihre Wirkung. Eigentlich wurde es Zeit, ins Hotel zurückzugehen.

Er hatte für den Tag keine Pläne mehr. Morgen sollte er den Anwalt treffen, ohne seine Unterstützung konnte er nicht viel ausrichten. Die wichtigsten Anhaltspunkte waren der Name und die Adresse von Jurij Solowjow, dem Fahrzeughalter. Einem angeblich fast Neunzigjährigen. Dazu die Fahrgestellnummer und das Kennzeichen. Allein würde er nicht mehr herausbekommen, weder bei der Polizei noch auf dem Zulassungsamt, also war er ganz von diesem Anwalt abhängig.

«Bei diesen Banden gibt es eine Hierarchie», hatte Muschter erklärt. «Die Leute, die hier bei uns die Drecksarbeit erledigen, verdienen am wenigsten. Andere, die die Wagen weiter nach Osten verschieben, kriegen tausend oder fünfzehnhundert Mark auf die Hand, und das sind immer noch arme Schlucker, die ihre Hintermänner gar nicht kennen. Die verdienen richtig daran.»

Im Grunde machte auch Konrad die Drecksarbeit, nur andersherum.

Je länger er auf der Dnjeprinsel herumlief und grübelte, weshalb die Versicherung sich seinen Einsatz so viel kosten ließ, desto unruhiger wurde er. In diesem Zustand brauchte er nicht ins Hotel zu gehen, an Schlaf war nicht zu denken. Irgendwann blieb er stehen, zog den Stadtplan von Kiew heraus, breitete ihn auf einer bröckelnden Ufermauer aus und suchte nach der Adresse. Lemberger Platz, Ecke Artjomstraße. Ausgang der Vorowskij. Altstadt.

So könnte er sich doch wenigstens von weitem schon einmal ansehen, wo dieser Solowjow wohnte. Aus purer Neugier. Außerdem, man stelle sich vor, der Mercedes würde dort vor der Haustür stehen. Er hatte keinen rostigen Nagel in der Hosentasche, aber mindestens einen Finger würde er auf den Kotflügel legen, so viel war sicher. Und er wäre wieder der Held, der Fall in Rekordzeit gelöst.

Die schmalen Altstadtstraßen, die vom Kreschtschatik bergan führten, brachten ihn bald außer Atem. Er nahm bewusst nicht den kürzesten Weg. Als er sich schon in der Nähe des Hauses wusste, bog er noch einmal nach links ab und machte einen Umweg. Er genoss das Gefühl, sein ahnungsloses Ziel zu umkreisen. Er wollte den Anblick des Hauses verzögern. Die großen Torbögen der alten Mietshäuser gaben den Blick auf Hinterhöfe und Gartenhäuser frei. Er spazierte hier und dort hinein, sah sich um, entdeckte interessante Garagen und Schuppen. Falls der Wagen irgendwo versteckt war, dann vermutlich zwischen solchen verwinkelten Gebäuden.

Er fand nichts.

Als er das Haus erreichte, zeichneten sich dessen Ziegel im Dämmerlicht der Straßenlaterne in einer unerkennbaren Farbe ab. Über dem linken Dnjeprufer, in Richtung Moskau, hing blass und pockennarbig der zunehmende Mond. Das war eigentlich ein gutes Omen. Im zweiten Stock hatte jemand das Licht eingeschaltet, die anderen Fenster waren dunkel.

Neben der Haustür fand er ein Metallschild mit acht Knöpfchen, ohne Nummern und Namen. Nur diese kleinen Knöpfchen. Konrad drückte versuchsweise gegen den runden Griff, die Tür ging auf, sie war nur angelehnt.

Jetzt wurde er ein bisschen nervös. Selbst wenn dieser Jurij Solowjow schon neunzig war, die sehnige Wut des Alters kann schmerzhaft sein.

Die Anmutung dieses Treppenhauses im Zentrum von Kiew, in einem Gebäude, das noch aus vorrevolutionärer, spätestens stalinistischer Zeit stammte, war nach allem, was sich hier zugetragen haben musste, erstaunlich bürgerlich. Nichts kündete von Gefahr. Der Kokosteppich auf den hellen Steinstufen dämpfte das Geräusch seiner Schritte, kurz überkam Konrad sogar ein Gefühl, als sei er nicht fremd hier, sondern nach langer Irrfahrt zurückgekommen. Es roch anders als in der Mansteinstraße, anders als im Treppenhaus bei Marlene in Steglitz. Nicht nach Reinigungsmitteln, nicht nach Bohnerwachs oder wochentäglichem Eintopf, auch nicht nach dem Erkennungsgeruch des bürgerlichen deutschen Sonntags, dem säuerlich-bitteren, angebrannten Braten, bei dem einem sofort der schwarze Fleischrand vor Augen steht. Es war aber auch nicht allein die Summe von Roten Beten, Rindfleisch, Fett und Knoblauch. Es war noch etwas anderes, das er nicht definieren konnte. Katzenpisse vielleicht. Etwas von einem wilden Tier.

Du kommst in ein fremdes Land und glaubst plötzlich, du wärst schon einmal da gewesen. Als hättest du etwas aus deinem Leben vergessen, als wäre dir dieses Etwas – diese Heimat – vor langer Zeit ausgetrieben worden, ohne dass du dich daran erinnern könntest.

«Was wollen Sie?»

Konrad erschrak. Er war bereits im zweiten Stock, die erleuchtete Wohnung war die richtige, sein Finger hatte schon auf den Klingelknopf gedrückt. Die Stimme klang nicht sehr freundlich.

«Ich bin unten auf dem Parkplatz vorbeigefahren und habe versehentlich das Auto Ihres Mannes beschädigt.»

Die Frau musste mindestens siebzig sein, sie war nicht groß, stand aber gerade und aufrecht in ihrem straff sitzenden, schwarzen Kostüm in der Tür. An der Decke des langen Flurs hinter ihr brannte eine nackte Glühbirne. Ihr Haar war noch immer schwarz, vermutlich gefärbt, darin einzelne graue Strähnen. Ihre dunklen Augen sahen ihn klar, fast durchdringend an. Das war keine verhuschte Babuschka, obwohl sie zweifellos ein bisschen erschrocken war.

«Meines Mannes?»

«Ja. Jurij Solowjow. Er ist doch der Halter des Mercedes. Kann ich ihn sprechen?»

Sie sah Konrad vorwurfsvoll und kopfschüttelnd an.

«Was reden Sie denn. Mein Mann ist doch schon gestorben.»

Sie drückte die Tür zu. Nicht, wie man sie einem Vertreter vor der Nase zuknallt, eher, als rechnete sie noch mit einer Erklärung. Bis zuletzt blieb sie in dem Türspalt stehen.

Aber er sagte nichts mehr, den Gefallen tat er ihr nicht. Er hatte sie gesehen, das genügte, denn seiner Erfahrung nach war es so: Wenn man einmal einen Zipfel in Händen hält, darf man keinesfalls mehr loslassen. An so einem Zipfel, wie klein er auch sein mag, hängt immer die ganze Geschichte, der ganze Schlamassel. Jede Tat ist leichter getan, als ihre Spuren beseitigt sind. Irgendeine Winzigkeit bleibt immer zurück, und dann geht dort jemand vorbei und bekommt den Geruch in die Nase. Einen Geruch so fein, dass man ihn im ersten Augenblick für Einbildung hält, so hoch oben in den Nebenhöhlen, dass er fast schon Gedanke ist. Knoblauch in heißem Olivenöl oder das splitternde Holz des Faulbaums, so dezent, dass man sich wundert, dass er einem überhaupt aufgefallen ist. So einen Geruch darf man nicht übergehen. Ihm muss man seine ganze Aufmerksamkeit schenken, muss ihm nachgehen.

Deshalb schob er jetzt auch keinen Fuß in die Tür. Er war ruhig stehen geblieben, hatte ihrem Blick bis zuletzt standgehalten und sich erst umgedreht, als die Tür ins Schloss gefallen war. Er wusste, dass sie ihn durch den Spion beobachtete.

Geradezu beschwingt verließ er das Haus, die Aufregung hatte ihn belebt.

Sie hatte ihr Gesicht gezeigt. Und ohne es zu wollen, hatte sie ihm auf Anhieb eine Menge verraten. Dass sie die Frau von Jurij Solowjow war, sie hatte ja nicht widersprochen. Und dass dieser Jurij schon tot war. Zwei wichtige Dinge.

Und merkwürdig, dieses Wort, «gestorben» hatte sie gesagt, nicht «tot». Wer fuhr denn dann jetzt mit dem Mercedes durch Kiew, ein Gestorbener? Und warum «schon»? Bei einem Mann von fast neunzig Jahren?

Immerhin, und das war das Allerwichtigste, hatte sie überhaupt etwas gesagt. Gelogen oder nicht, das war erst einmal gleichgültig. Konrad hatte sich daran gewöhnt, mit Lügen zu leben. Eine Lüge ist immer noch besser als Schweigen. Alles ist besser als dieses wochenlange Schweigen, das sich irgendwann zu Monaten ausgedehnt hat und nun anfängt, schlecht zu werden, in die Jahre hineinzuwachsen, ein am Ende uferloses Schweigen, das dennoch immer noch schmerzt wie am ersten Tag. Ein Schweigen, das einem die Luft zum Atmen abschnürt. So dass man nur ganz flach atmen kann, nur noch Ersatzluft, die einem das Gefühl gibt, alles andere auf der Welt wäre nur Ersatz.

Er war ihr doch nicht zu nahegetreten.

Er hatte nur nach dem Auto ihres Mannes gefragt.

Draußen auf der Straße atmete Konrad tief durch. Touristen grölten an ihm vorbei, Amerikaner. Eine Frau aus der Gruppe konnte den Blick nicht von seinem Gesicht lösen, als hätte sie erkannt, dass er nicht hierhergehörte.

Ihm war nach Tanz zumute. Nach Gesang. Nach dieser Begegnung musste er erst einmal verschnaufen. Das war doch etwas, mit einem einzigen mutigen Schritt war er ein gutes Stück weitergekommen. Hinein in dieses andere Leben, von dem er vorher nichts kannte als die spärlichen Angaben auf dem Versicherungsformular. Solche Fragebögen enthalten immer nur die sprödesten Daten. Name, Adresse, Geburtstag. Für den geübten Blick allerdings ist schon das Geburtsjahr, diese weit entfernte, schwankende Boje im einförmig grauen Nebel des Jahrhunderts, ein vielsagendes Faktum.

Er balancierte auf den löchrigen Gehsteigen, lief über die wackligen Treppen der Unterführungen, bis er sich glücklich den Fuß umknickte, kam spät ins Hotel zurück. Gegen seine Gewohnheit ging er in die Hotelbar, aß endlich einen Happen und trank zwei Tschernigower Pils. Auf dem Zimmer schaltete er den Fernseher ein und ließ sich rückwärts auf das breite Bett fallen.

Gegen zwei, er war in seinen Sachen bei laufendem Fernseher eingeschlafen, läutete das Zimmertelefon. Er nahm ab und hörte eine angenehme Stimme auf Russisch fragen: «Вам не скучно? Хотите компанию? Молодая девушка?» – Hätten Sie nicht Lust auf ein wenig Entspannung mit einem jungen Mädchen? Er kannte diese

Anrufe. Beim ersten Mal, vor Jahren in einem Moskauer Hotel, war er aus dem Schlaf hochgeschreckt, hatte nach dem Lichtschalter getastet und nicht gewusst, wo er war. Er suchte lange mit der Hand nach dem Telefonhörer und begriff, als er ihn endlich hatte, nicht, wer zu ihm sprach. Dem verwirrt hingestotterten Ja schickte er, als es schon fast zu spät war, ein Nein hinterher.

Diesmal sagte er einfach: «Да, пожалуйста.» – Ja, bitte. Und er staunte über sich selbst. Erklären brauchte und wollte er sich nichts. Das hier hatte nichts von Muschters «Man gönnt sich ja sonst nichts», wenn er von einem Taucherurlaub auf den Malediven oder anderen luxuriösen Freizeitvergnügen erzählte. Vielleicht war es die aufsässige Lust, noch tiefer in ein anderes Leben hineinzugreifen und es zur Preisgabe von Geheimnissen zu provozieren.

Als Konrad den Hörer aufgelegt hatte, fiel er wieder in einen halben Schlummer, so hätte er ohne weiteres die ganze Nacht durchschlafen können. Er hörte weder den Fahrstuhl noch die Schritte auf dem dicken Teppich im Flur. Wie aus dem Nichts pochte es an der Tür, ganz leise. Er öffnete und huschte mit einem Satz auf die Decke zurück. Das Mädchen kam herein, breitete ihre Jacke über die Sessellehne und setzte sich an den Bettrand. Sie hatte ein sympathisches, weiches Gesicht. Er legte ihr eine Hand auf den Schenkel. Der Muskel, schmal wie der eines Kindes, spannte sich und ließ wieder locker, sodass er durch die Strumpfhose die zierliche Kniescheibe ertasten konnte. Das Licht war gedämpft, nur die gelbe Nachttischlampe leuchtete. Das Mädchen duftete nach Schminke, ihr Mund schmeckte nach Zigaretten.

Im Fernseher lief eine Kaffeereklame, eine tiefe Männerstimme raunte von «nižnist smaku», von der Zärtlichkeit oder Zartheit des Geschmacks, während ihm das Mädchen mit ihrer Zunge, rau wie ein Reibeisen, über den Mund fuhr. Vielleicht kamen ihm die Wörter deshalb so merkwürdig vor, weil er gerade mit einem lebendigen Menschen verschmolz.

Nachher ging sie nicht gleich. Vielleicht nutzte sie die Gelegenheit, dem Druck ihrer Arbeit zu entkommen und sich ein paar Minuten bei ihm auszuruhen. Er zweifelte nicht an ihrer Behauptung, dass sie auf diese Weise ihr Jurastudium verdiene. Er zweifelte auch nicht an ihrem Alter, einundzwanzig Jahre, oder daran, dass sie nächstes Jahr ihr Diplom machen wollte. Sie blieb einfach neben ihm liegen, steckte sich eine Zigarette an und redete wie eine alte Bekannte.

«Und was tust du?», fragte sie irgendwann.

«Ich suche ein Auto.»

Als sie weg war, lag er fast bis zum Morgengrauen wach. Die haarigen grauen Wolldecken hatte er in den Schrank zurückgelegt. Es war so schon zu warm. Er starrte an die Zimmerdecke. Er hatte sich gewaschen, doch ein Gefühl von Klebrigkeit war geblieben. Er lauschte auf die Geräusche von draußen. Versuchte, sich abzulenken, indem er die bisherigen Informationen zusammenfügte. Er versuchte immer, seine Fälle im Kopf zu lösen. Versuchte auch diesmal, ein Bild in den vorhandenen Informationen zu erkennen, ein Muster. Sobald er dieses Bild erkannt hätte, wüsste er, nach welchen Spuren vor Ort er zu suchen hätte.

Muschter. Konrad hatte nicht die paranoische Neigung, zufälligen Namensähnlichkeiten tiefere Bedeutung beizumessen. Dabei arbeitete das Computerprogramm, das man ihm in der Zentrale in Köln vorgeführt hatte, genau nach diesem Schema. Es durchforstete die Datenbestände nach wiederkehrenden Mustern. Er ärgerte sich damals, dass man ihm ausgerechnet dieses Programm nicht näher hatte erklären wollen. Soweit er verstanden hatte, ging es dabei um das Übereinanderlegen von Strukturen, das Erkennen von Wiederholungen. Wenn zwei Gegner einer Autokollision oder eines Unfalls öfter in den Schadensmeldungen auftauchen oder gar am selben Ort gemeldet sind, deutet das auf fingierte Zusammenstöße hin. Das waren die allereinfachsten Anhaltspunkte. Es gab gewiss andere, von denen man ihm nichts gesagt hatte, weil man nicht wollte, dass sie sich herumsprachen. Das Programm legte die Informationen der einzelnen Fälle übereinander, wie Zeichnungen auf Pauspapier. Wo sich etwas wiederholte, verstärkten sich die Umrisse und ließen Konturen eines Bildes hervortreten.

Das Programm des ukrainischen Senders lief weiter, und alle halbe Stunde, zur Kaffeereklame, glaubte er, ihr geschicktes Stöhnen zu hören, und roch ihr Parfüm und eine Spur von süßem Achselschweiß. Die Filme liefen in russischer Sprache, diese Reklame auf Ukrainisch. Er konnte die Fernbedienung nicht finden und sich nicht aufraffen, aufzustehen und den Apparat direkt auszuschalten. Irgendwann ging er doch ans Fenster, schob den Vorhang zur Seite und blickte auf die Fahrbahnen des Rondos hinab. Um diese Zeit fuhren nur einzelne Autos vorbei. Eine Weile beobachtete er den Verkehr. Vielleicht schwamm ja dort draußen im diesigen Laternenlicht plötzlich der 500 SE vorbei, wie ein Traumschiff. Vielleicht genoss der Neunzigjährige es, um vier Uhr morgens mit seinem Beutefahrzeug durch die Stadt zu gleiten. Ein ehemaliger Parteibonze, der sein Geld über die Wende gerettet hat, oder ein Geheimdienstler. Vielleicht auch der Vater eines Oligarchen, dem sein Sohn ein Geschenk zum runden Geburtstag gemacht hat. Womöglich hatte er sogar einen Chauffeur. Aber außer zwei Betrunkenen, die sich anbrüllten, konnte Konrad nichts entdecken. In diesem Moment schien es ihm ganz unwahrscheinlich, dass der Wagen tatsächlich noch in der Stadt sein sollte. Vermutlich war er längst weiter nach Moskau oder Almaty verschoben worden, und er jagte ein Phantom. Möglicherweise hatte er durch den Besuch bei Solowjows Frau alle Beteiligten aufgescheucht. Nein, das war wohl doch keine gute Idee gewesen, in dieser Hinsicht.

Er ging unter die Dusche und seifte sich noch einmal ein. Vom Bad aus sah er den Widerschein der bunten Fernsehbilder auf der Zimmerwand flackern, hörte die gedämpften Stimmen. Das Hotelzimmer war zu groß für ihn. Er brauchte kein Doppelbett.

Konrad war jetzt bald achtunddreißig, aber manchmal wunderte er sich immer noch über sich selbst.

Am anderen Morgen ärgerte er sich über seine Offenherzigkeit, er hatte viel zu viel geredet. Jetzt suchte er wie ein ängstlicher Kleinbürger das Hotelzimmer nach Spuren der Nacht ab. Dabei wusste das Hotelpersonal ohnehin Bescheid, die Rezeption hatte ihn ja aus der Gästeliste herausgesucht. Mit dieser ebenso beruhigenden wie unangenehmen Erkenntnis ging er in den Frühstückssaal, kippte einen Kaffee hinunter, ließ die heißen Eierkuchen mit Marmelade und den Grießbrei stehen und machte sich auf den Weg in die Stadt.

Mazepas kleines Büro befand sich in der Chmelnickijstraße in einem jener Neubauten, die überall aus dem Baugrund schossen. Ein blassgrünes Mietshaus aus den dreißiger Jahren, längst dem Untergang geweiht, schmiegte sich noch an die Hochhausfassade aus schwarzen Kunststeinfliesen. Eine Kamera überwachte den Haupteingang.

Jurko Mazepa wirkte so hellwach, dass Konrad sich auf der Stelle unfrisch und unausgeschlafen vorkam.

Wangen und Kinn des Brünetten waren frisch rasiert, die helle Haut glänzte vom Rasierwasser und war punktiert von schwarzen Haarstümpfen, das kräftige Haupthaar feucht nach hinten gekämmt. Der Mann wusste, wie gut er aussah. Während seinen eigenen Fingern immer noch der Geruch nach Frau anhaftete, den mehrmaliges Waschen nicht wegbekommen hatte, duftete Mazepa nach einem jener prickelnden Aftershaves, die Konrad in Berlin bisweilen zum Wechsel des S-Bahn-Waggons veranlassten. Hier nahm er diese dezente Körperverletzung in Kauf. Man erträgt Dinge leichter, wenn sie einer anderen Wirklichkeit angehören. In wenigen Tagen würde er nach Berlin zurückfahren, am Lenkrad eines Mercedes 500 SE. Dann konnte er die Szenen ausknipsen wie mit der Fernbedienung.

Ohnehin war er fasziniert von diesem Mann. Ist es nicht merkwürdig, dass nach politischen Umschwüngen die Menschen, die im alten System in guten Positionen waren, auch in dem neuen bald wieder oben schwimmen?

Während viele von denen, die zuvor gelitten hatten oder sich einfach nur innerlich abwandten und in ihre Nischen zurückzogen, auch unter den neuen Verhältnissen nicht aus dem Halbdunkel herausfinden, sich nicht neu einrichten können in der gewandelten Gesellschaft? So als wären sie unentrinnbar in ihren alten Verletzungen gefangen, abhängig davon, als bräuchten sie die ewige Zurücksetzung, um sich lebendig zu fühlen.

«Freut mich, Sie kennenzulernen. Wie war Ihre Fahrt? Möchten Sie einen Kaffee?»

«Ja, bitte.»

«Sind Sie mit Ihrem Hotel zufrieden?»

«Sehr, danke.»

«Dann lassen Sie uns gleich zur Sache kommen. Sie haben gewiss auch wenig Zeit. Zwei Dinge habe ich herausgefunden, die für Sie von Interesse sein könnten.»

«Nämlich?»

«Erstens – das wissen Sie bereits, aber wir haben es noch mal überprüft –, der gesuchte Wagen ist tatsächlich auf den Namen Jurij Solowjow zugelassen. Die von Ihnen genannte Fahrgestellnummer wurde auch bei der Anmeldung angegeben, dürfte also auch am Fahrzeug selbst nicht manipuliert worden sein. Man hegt demnach keine großen Befürchtungen, dass der Wagen hier kontrolliert werden könnte.»

Er machte eine Kunstpause.

«Meine zweite Entdeckung ist eher geeignet, die Suche zu erschweren.»

Konrad spielte mit: «Nämlich?»

«Der Fahrzeughalter ist vor drei Monaten gestorben.»

Also doch.

«Wenn er gestorben ist, muss ja jemand den Wagen geerbt haben.»

«Langsam, langsam», lachte Mazepa. «So schnell geht das hier nicht.»

«Was wissen wir über diesen Jurij Solowoj? Wer war er?»

«Militär im Ruhestand, Mitglied der KPdSU, bis zum Zerfall der Sowjetunion. Kein wirklich hohes Tier, aber immerhin Bezirkschef oder so was Ähnliches. Veteran des Großen Vaterländischen Krieges. Bei der Demobilisierung im Range eines Obersten. Viel mehr konnte ich nicht in Erfahrung bringen.»

«Woran ist er gestorben?»

«Halten Sie das für wichtig? Ich finde keine Hinweise auf einen unnatürlichen Tod. Vermutlich Krebs, oder Herz, Kreislauf, wenn er Glück hatte. Altersschwäche. Mit neunundachtzig.»

«Aber ist es nicht umso merkwürdiger, dass jemand in dem Alter ein Auto anmeldet und kurz darauf stirbt?»

«Ein Indiz dafür, dass er nur Strohmann war.»

«Trotzdem würde ich gern mehr über ihn wissen.»

Mazepa sah Konrad zum ersten Mal verwundert an. «Wozu? Er ist tot.»

Konrad mochte es nicht, wenn man seine Methoden in Frage stellte. «Das kann ich Ihnen später erklären. Erst einmal muss ich möglichst viel über ihn in Erfahrung bringen. Alles, was Sie herausbekommen können. Den Totenschein zum Beispiel. Wo ist er bestattet worden? Gab es eine Obduktion? Haben Sie Fotos von ihm?»

Jurko guckte erstaunt.

«Vielleicht ist es gar nicht schlecht», beschwichtigte

Konrad, «wenn wir auf unterschiedliche Art ermitteln, gewissermaßen von zwei Seiten. Was werden Ihre nächsten Schritte sein?»

«Da der Halter erst vor kurzem verstorben ist, muss ich klären, auf wen das Eigentum rechtlich übergeht», sagte Mazepa. «Wer in formalem Sinn der Erbe des Fahrzeugs ist. Oder an wen es verkauft wurde. Von diesem Eigentümer können wir es dann zurückfordern. Das dauert eine Weile, sollte der Betreffende aber klagen, zieht sich die Sache hin: gutgläubiger Erwerb und so weiter. In einigen Tagen kann ich Ihnen sagen, ob es nicht sinnvoller ist, dass Sie zunächst nach Berlin zurückfahren.»

«Gut. Ich habe jedenfalls gestern Abend schon mit der Ehefrau gesprochen.»

«Ehefrau?»

«Ja, der Frau von Jurij Solowjow. Beziehungsweise seiner Witwe.»

Jurko setzte seine Kaffeetasse ab. Zum ersten Mal verriet er eine deutliche Regung, weit mehr als Erstaunen.

«Ja, wissen Sie, es war so ein schöner lauer Abend. Ich war gerade angekommen und war noch nicht müde, hatte Lust auf einen Spaziergang und bin einfach hingeschlendert, in die Altstadt. Und plötzlich stand ich vor diesem Haus. Ich wollte mir ansehen, wo der Täter wohnt. Und da habe ich eben geklingelt. Die Frau weiß angeblich nichts über den Mercedes. Damit Sie da schon mal Bescheid wissen.»

«Das meinen Sie nicht im Ernst, oder?», lachte Mazepa.

«Doch.»

Das Gesicht des Anwalts verzog sich vor Ärger. «Wenn das stimmt, ist das Auto weg. Das war absolut unprofessionell. Diese Frau hat mit der Sache wahrscheinlich gar nichts zu tun, aber Sie haben dadurch ... alle Pferde scheu gemacht. Alle.»

«Ihren Mann kann sie ja nicht mehr warnen.»

«Aber die Täter.»

Konrad sah ihn an und sagte nichts.

«Das hätten Sie besser mit mir abgesprochen.»

Er hatte vermutlich recht, aber kindlicher Trotz gestattete es Konrad nicht, das zuzugeben.

Eine längere Pause entstand.

«Der Wagen ist seit einigen Tagen nicht mehr gesehen worden», sagte Mazepa, sachlich, nur um das Schweigen zu brechen.

«Wohl nicht deshalb, weil ich aufgetaucht bin», witzelte Konrad, nicht minder lustlos.

Warten? Mehrere Tage? Ein Scherz. Sollte Konrad sich so lange an den Dnjeprstrand legen und sonnen? Sich in Spielhallen vergnügen? Über Friedhöfe schlendern? Die Nächte mit der Jurastudentin verbringen und danach ausschlafen?

Er setzte sich auf eine Bank in der von weißem Baustaub bepuderten Grünanlage gegenüber dem Haus am Lemberger Platz. Nebenan wuchs ein Rohbau in die Höhe. Er blieb gern irgendwo an einer Stelle und beobachtete, stundenlang konnte er zum Beispiel auf Bahnhöfen warten. Wenn der Fahrzeughalter in diesem Haus gewohnt hatte, war es nicht unwahrscheinlich, dass sich das Auto noch irgendwo in der Nähe befand. Vielleicht konnte Solowjows Frau ihn von dort oben sogar sehen.

Nach zwei Stunden kam sie aus dem Haus. Er stand

auf und folgte ihr. Er wollte wissen, wohin sie ging, mit wem sie Kontakt pflegte. Wen sie jetzt vielleicht warnte. Ein paar Seitenstraßen weiter verschwand sie in einem Hauseingang. Er war nicht schnell genug, um durch die zufallende Tür zu schlüpfen. Er notierte alle Namen von den Türschildern, unter anderem den einer Arztpraxis.

Eine Dreiviertelstunde später erschien sie wieder auf der Straße. Konrad folgte ihr auf einen Wochenmarkt. Er achtete darauf, was sie kaufte, Tomaten, Kartoffeln und frischen Quark. Brauchte sie jetzt eine besonders kräftigende Nahrung? Weil er bei ihr gewesen war? Davon war er überzeugt. Er konnte sich nicht vorstellen, dass er nachts um zehn eine völlig fremde Frau besucht hatte und das keinen Einfluss auf sie gehabt haben sollte.

Die Begegnung mit ihm musste Solowjows Frau doch auf irgendeine Weise, gewissermaßen auf einer Mikroebene, angerührt haben, so wie Krebs mit molekularen Veränderungen beginnt, lange bevor er spürbar oder sichtbar wird. Es schien ihm undenkbar – und dieser Gedanke hätte Konrad stutzig machen müssen, vielleicht hätte er an diesem Punkt noch innehalten und alles verhindern können –, dass sie einfach so weiter vor sich hin leben sollte, das eintönige, trostlose Leben einer Witwe, die weiter ihren täglichen Verrichtungen nachgeht wie bisher. Nein. Auch ein kleines Steinchen macht Ringe in einem stillen See.

Sie musste doch einmal nach unten auf den Platz gegangen sein, um sich zu vergewissern, dass dort kein Mercedes stand, der ihrem Mann gehört haben könnte. Auch wenn sie vom Gegenteil überzeugt war. Denn keine Frau weiß alles über den Mann, neben dem sie herlebt.

Onkel Wolfgang versteckte sein Tagebuch vor der eigenen Haushälterin. Svetlana musste an ihn denken, diesen merkwürdigen jungen Mann, der sie letzten Abend unangemeldet aufgesucht hatte. Konnte sie ihn einfach vergessen wie den Gasinstallateur? Eine Absence, wenn sie an ihn dachte, oder im Gegenteil, ein Fünkchen Ungeduld, wenn es auf dem Markt zu lange dauerte oder sich jemand vordrängelte. Und wirklich geriet sie bald mit einer Verkäuferin aneinander.

Übrigens war sie recht flott für ihr Alter. Konrad musste aufpassen, sie nicht zu verlieren. Nach dem Arztbesuch und dem Einkauf ging sie heim, im Grunde war sie es, die ihn durch die Gegend gehetzt hatte. Er glaubte sie am Zipfel zu haben, dabei zog sie ihn hinter sich her.

Nach dieser ersten Observation ließ er, auch körperlich erschöpft, zufrieden von ihr ab und trieb durch die Stadt. Der Mercedes war in seinem Kopf wie ein eingepflanzter Mikrochip. Alles, was groß war und schwarz und sich bewegte, alarmierte ihn. Meistens waren es Geländewagen mit getönten Scheiben, die wie aus dem Nichts auftauchten. Einmal ein Leichenwagen.

Auch am nächsten Tag war es viel zu warm für den Mai. Solowjows Frau stieg die Stufen der Metro Schuljawska hoch. Er hatte seine Erfahrungen mit diesen Treppen gemacht und wusste, dass man dort auf der Hut sein musste. Viele der schweren Steinplatten hatten sich in ihrem Zementbett gelockert oder waren schon herausgerutscht. Heute machte Svetlana einen erschöpften Eindruck. Dennoch bewunderte er ihre Zähigkeit und versuchte, sich vorzustellen, wie sie als jüngere Frau gewesen war.

Er stand am Kiosk neben der Trolleybushaltestelle und schielte ab und zu zu ihr hinüber. Wenn sie hersah, guckte er rasch weg und versteckte sich hinter anderen. Alle dachten, er warte in der Kioskschlange, ständig fragte ihn jemand und drängte dann vorbei an das dunkle Fensterchen. Es war nicht einfach, sie in diesem Gewühl im Auge zu behalten. Ihr zurückgebundenes schwarzes Haar erleichterte das; sie trug kein Kopftuch, offenbar war sie stolz auf dieses Haar.

Als die Türen aufknallten, war der alte Bus schon voll. Die Menschen schoben sich hinein und standen gedrängt nebeneinander. Als er sah, dass Solowjows Frau vorn einstieg, hatte Konrad im letzten Augenblick die hintere Tür genommen. Jetzt merkte er, dass ihm das Hemd am Rücken klebte und Schweiß über die Stirn lief.

Er drängte sich zu der Schaffnerin in der gelb-blauen Stoffweste durch, die neben der Mitteltür saß, legte ihr eine Münze in die Hand und erhielt das kleine Billett. Jedes Mal, wenn Leute einstiegen, rief sie ohne vernehmliche Anstrengung mit erstaunlich weit tragender Stimme etwas Ukrainisches durch den Bus, das so viel bedeuten musste wie:

«Zugestiegene bitte Fahrkarten lösen!»

Es klang, als lockte sie draußen auf der Steppe die Ziegen, als könnte ihr Ruf jederzeit in eines der vielstimmigen ukrainischen Lieder übergehen.

Ihr volles Gesicht mit den sinnlich zufriedenen Lippen hätte das einer Melkerin sein können. Sie schien hier in diesem Trolleybus ebenso glücklich zu sein wie auf dem Land, nur wenn sie den Eindruck hatte, dass neue Passagiere sich nicht pflichtschuldig bei ihr meldeten, wurde ihr Blick ungnädig. Doch dabei beließ sie es dann auch. Aus den kurzen Westenärmeln ragten dicke Arme. Die rechte Hand ruhte auf dem Oberschenkel und hielt sonnenblumengelbe Geldscheine sowie ein Päckchen Fahrkarten. Die andere Hand umklammerte die Stange. Makellos hell war die Haut der weißen Fingerchen, ohne Risse oder Rötungen, der kleine Finger leicht nach innen gebogen. Dann bemerkte Konrad, dass die Schaffnerin – ebenso wie er von ihr – gefesselt war von einer Frau, die vor ihr stand. Sie blickte wie verzaubert zu ihr auf. Die Angesehene merkte das gar nicht, ihr Blick ging auf das Getriebe und die Marktbuden an der großen Kreuzung hinaus, an der sie gerade vorbeifuhren. Was mochte sie so faszinieren? Der Lippenstift, die Schminke, die Frisur? Oder das Gesicht, das er nicht sehen konnte, ein hübsches, so ganz anderes als ihr eigenes, das Gesicht einer Städterin?

Als er wieder zu sich kam und sich nach der strengen, schwarzen Figur von Solowjows Frau umsah, fand Konrad sie nicht mehr. Vielleicht war sie von anderen Fahrgästen verdeckt. Er fand sich eingekeilt und hoffte, dass sie unterwegs nicht ausgestiegen war. Er behielt jetzt die Türen im Auge.

Der Trolleybus der Linie siebenundzwanzig fuhr Richtung Norden. Irgendwann hörte die Innenstadt auf, rechts kam eine Art Waldgebiet oder vernachlässigter Park. Als sie unter einer Fußgängerüberführung durchfuhren, sah er sie wieder. Sie wirkte asketisch und streng wie ein schwarzer Vogel unter den bunten Leuten. An der nächsten Haltestelle stieg sie aus, er tat das Gleiche. Die Verglasung des Wartehäuschens war herausgebrochen, nur ein paar rostige Stahlrohre zeichneten noch Konturen in die Luft. Konrad wandte sich, da sie nach links ging, sofort nach rechts. Dann blieb er stehen, ging zum Häuschen und tat, als würde er den Fahrplan entziffern, der dort nicht hing. Solowjows Frau bog in eine schmale Asphaltstraße ein, die sich hügelan schlängelte. An ihrem Beginn stand ein verlassener Kontrollverschlag, aus dessen eingeschlagener Fensterscheibe eine rauchgraue Gardine wehte. Die Schranke war längst abgebaut. Sobald sie weit genug entfernt war, nahm Konrad die Verfolgung auf. Neben der Straße verlief ein ausgetretener Pfad im Gebüsch, sodass er ihr unbemerkt folgen konnte.

Oben auf der Anhöhe verschwand sie in einem älteren Backsteingebäude.

Er brauchte nicht lange zu warten, schon nach einer Viertelstunde kam sie wieder heraus.

Konrad ließ sie, versteckt im Gebüsch, vorübergehen. Dann wagte er sich ein paar Schritte auf das Gelände, ihm war nicht geheuer. Das Kontrollhäuschen unten an der Straße, wenn auch verlassen, deutete darauf hin, dass dies kein öffentliches Gelände war. Er sah sich um, endlich entzifferte er an einem der Gebäude das Schild «Aufnahmestation». «Korpus 1». Er musste sich in einem Krankenhaus befinden, sie hatte offenbar jemanden besucht.

Auf dem Rückweg sah er unten an der Hauptstraße das große blaue Schild: «Київське міське науково-виробниче об'єднання охорони психічного здоров'я» – Kiewer Wissenschafts- und Produktionsgenossenschaft für den Schutz der psychischen Gesundheit. Konrad war nicht wenig stolz. Sein Gespür hatte ihn nicht getäuscht, die

Hartnäckigkeit hatte sich gelohnt. Jurij Solowjow war gar nicht tot. Er war nur verrückt, und diese Frau versteckte ihren Mann hier in dieser Anstalt. Sie hatte gelogen.

Diese Erkenntnis entlockte ihm ein Lächeln.

Er lächelte sogar am Abend noch, als er den Fernseher einschaltete. Sie hatte es für nötig gehalten, ihn anzulügen. Das machte sie menschlich. Und es weckte seinen Jagdinstinkt.

Er setzte sich an den schmalen Hoteltisch und zeichnete seine erste Konstellation, wie er dieses ebenso simple wie wirkungsvolle Verfahren nannte. Jede Person aus dem Umfeld der Tat wird, sobald sie bekannt ist, als kleiner Kreis auf dem Blatt eingetragen. Die Entscheidung über die räumliche Platzierung fällt intuitiv. Je weiter die Ermittlungen voranschreiten und je mehr Personen sich auf dem Feld tummeln, desto intensiver wird ihr Eigenleben. Diese Dynamik führt dazu, dass sich Personen verschieben, Bezüge sich zurechtrücken. Natürlich nicht von allein, die Sache hatte nichts Esoterisches; er fertigte jeweils eine neue Zeichnung an. Wie bei einem Mobile hingen dann unterschiedliche Gewichte im Raum und hielten sich im Idealfall die Waage. Wenn man es richtig anfing, konnte man in so einer Konstellation leere Stellen erkennen – Personen, von denen man noch gar nichts wusste, die es aber als Verbindungen geben musste. Konrad hatte schon in mehreren Fällen beobachtet, dass eine fehlende Person eine Art Sog entwickelte, dass man spürte, wo etwas oder jemand fehlt. Oft war dieser fehlende Kreis dann der Täter gewesen oder hatte auf seine Spur geführt.

In diesem Stadium war noch nicht viel zu zeichnen: Da war Jurij Solowjow, angeblich verstorben, in Wirklichkeit vermutlich in eine psychiatrische Anstalt abgeschoben, wo er dem wahren Nutznießer des gestohlenen Fahrzeugs nicht mehr in die Quere kam. Die Verbindung zwischen ihm und dem Auto war als hauchdünne, gestrichelte Linie markiert. Solowjow war missbraucht worden. Selbst wenn er noch lebte, Auto fuhr er bestimmt nicht mehr. Links daneben die Ehefrau. Auch Jurko Mazepa trug er ein, selbst bei einem Anwalt konnte man nicht sicher sein, dass er nichts mit dem Diebstahl zu tun hatte.

Erst bei komplizierten Konstellationen spielt die räumliche Anordnung der Figuren eine Rolle. Je nachdem, ob eine Ehefrau links oder rechts vom Mann eingetragen wird, gelangt man zu unterschiedlichen Lösungen. Links und rechts, oben und unten, Nord und Süd, das wurde dann wichtig. Bei einer Kleinfamilie wie den Solowjows war das noch nicht entscheidend.

Eine Nacht gab er Svetlana Zeit. Schon am Vormittag des nächsten Tages arrangierte er eine Begegnung in der Chmelnickijstraße. Als sie das Haus verließ, musste er sich beeilen, so energisch bewegte sie sich voran. Sobald er sich ihres Weges einigermaßen sicher war, ging er in eine Seitengasse, rannte die Parallelstraße hinab, bog zurück und lauerte ihr an der Ecke auf. Dort stolperte er ihr wie zufällig über den Weg.

«Ach, Frau Solowjowa, gut, dass ich Sie treffe.»

Sie wollte tatsächlich einfach so an ihm vorbeigehen.

«Ich habe Sie gestern dort oben in dieser psychiatrischen Klinik gesehen. Darf ich fragen, wen Sie dort besucht haben?»

«Sie sind wohl verrückt?», rief sie ganz außer Atem.

«Nein, ich noch nicht.»

«Was spionieren Sie mir nach!»

«Liegt Ihr Mann in der Klinik?», rief er ihr hinterher. Er traute sich nicht, sie einfach am Ärmel zu fassen. «Wen haben Sie dort besucht?»

«Ich rufe gleich um Hilfe, wenn Sie mich nicht in Ruhe lassen.»

Auf der anderen Straßenseite blieb jemand stehen und sah herüber.

«Sie können sicher sein, dass ich nicht aufgebe, bis ich das Auto gefunden habe.»

«Denken Sie, ich würde mit dem Bus fahren, wenn ich ein Auto hätte? Alles andere geht Sie gar nichts an.»

«Ich glaube doch. Wenn Sie Ihren Mann dort in der Anstalt verstecken, geht es mich sehr viel an!»

«Sie sind ja wahnsinnig.»

Sie eilte weiter und knickte auf einer Gehsteigplatte um.

Konrad griff ihr unter den Arm, stützte sie. Jetzt sah er, dass sie doch außer Atem war, vom Weglaufen und von der Aufregung.

«Entschuldigen Sie», sagte Konrad. «Warten Sie einen Augenblick, ich bringe Ihnen einen Saft.»

Er lief zum nächsten Kiosk und kaufte eine Orangeade.

«Hier haben Sie einen Saft, Frau …»

«Svetlana Wiktorowna. Danke.»

Sie sah ihn aufmerksam an. «Woher kommen Sie?»

Здесь Вы имеете сок. Ein simpler Fehler in der russischen Satzstellung hatte ihn verraten.

«Aus Deutschland.»

Ihr Blick wurde milder.

«Aus Deutschland? Und was machen Sie hier in Kiew?»

«Ich suche ein Auto.»

«Richtig, das sagten Sie ja. Und deshalb machen Sie extra den weiten Weg?»

«Ist heute alles kein Problem mehr.»

Sie lächelte. Etwas hatte sich verändert.

«Dann kommen Sie doch mit. Ich bin gerade auf dem Weg zu meinem Mann.»

«In die Klinik?», fragte er.

«Nein. Auf den Friedhof.»

Am Ziegelrosa der Friedhofsmauer saß eine jener alten Frauen, wie sie die Fußgängerunterführungen und Metroeingänge in Kiew bevölkern. Zu ihren Füßen ein paar Blumensträußchen. Bittend hob sie eine Hand, ihre Worte verstand Konrad nicht.

«Sie fragt nach Mineralwasser», erklärte Svetlana.

Hinter dem Haupttor blieb sie stehen und atmete ein paarmal tief durch. Dann sah sie zu ihm hoch und schob ihren Arm unter den seinen. «Ich brauche jetzt Unterstützung.»

Eine ganz feine Koketterie, passend zu ihrem Alter.

Es war weit bis zu dem Grab. Sie gingen an der Kirche am asphaltierten Hauptweg vorüber, auf unbefestigten Seitenwegen weiter, drängten sich schließlich zwischen eng stehenden Kreuzen hindurch. Sie musste seinen Arm loslassen, weil sie nur hintereinandergehen konnten, er ließ ihr den Vortritt, es ging durch ein Meer von schief stehenden und rostenden Eisenkreuzen im Gras, über alte, verwucherte, dicht an dicht stehende Gräber, über zugewachsene Pfade.

Und dann eine frische Grabstelle mit aufgeworfener, dunkler Erde, am anderen Ende des Friedhofs. Die oberen Stockwerke eines Neubaus blickten von draußen über die Mauer.

Jurij Solowjow hatte einen bescheidenen schwarzen Stein, nur mit Inschrift. Geboren 1906, gestorben 1994. Kein Foto, mit dem viele der anderen Grabmale geschmückt waren.

«Hier liegt mein Mann, sehen Sie?»

Konrad nahm eine, wie er glaubte, pietätvolle Haltung ein und verschränkte die Hände vor dem Bauch.

«Schade, dass es kein Foto gibt. Ich hätte gern gewusst, wie er ausgesehen hat», sagte Konrad.

«Ich lasse gerade eines machen. Mein Mann sah gut aus. Als wir geheiratet haben, haben mich alle beneidet. Jetzt glauben Sie mir wohl, dass er nicht mehr Auto fährt?» Sie sah ihn an.

«Vorausgesetzt, er liegt wirklich dort unten», sagte Konrad. «Man kann einen Menschen auf unterschiedliche Art verstecken.»

Sie wurde blass. Kurz darauf saß sie auf einem von Regen und Wind gedunkelten Brett über zwei Baumstümpfen. Konrad blieb neben ihr stehen, sie atmete heftig.

«Warum sagen Sie das?»

«Entschuldigen Sie», sagte er. «Man weiß ja nicht. Haben Sie seinen Leichnam gesehen?»

«Seinen Körper? Nein. Nein. Ich wollte nicht. Man

sagte mir, es sei kein schöner Anblick. Er hat sich sehr gequält.»

«Gequält?»

«Ja, und nicht nur mit dieser Krankheit. Sie kommen hierher, in dieses Land, und haben keinen blassen Schimmer! Mein Mann hat kein leichtes Leben gehabt. Aber das ist eine lange Geschichte.»

«Er hatte doch einen hohen Rang in der Armee, und später in der Partei?»

«Woher wissen Sie das?»

«Ich habe mich kundig gemacht. Er war privilegiert. Wieso hatte er dann kein leichtes Leben?»

«Mein Gott, wie ahnungslos Sie sind. Er hat sein ganzes Leben dem Dienst am Vaterland geopfert. Als die Deutschen in Kiew einmarschierten, waren alle Sowjetfunktionäre in Gefahr. Die meisten von ihnen haben rechtzeitig Wind bekommen und sind aus der Stadt geflohen. Mein Mann kam gerade noch raus. Er hörte die Frontmeldungen und begriff, dass die Kesselschlacht verloren war. Wenige Stunden vor dem Einmarsch im September entkam er. Ich wollte nicht mit. Dadurch ist er ganz knapp den Massenerschießungen entkommen, die hier, ja, hier ganz in der Nähe stattgefunden haben. 1941. Sie mussten sich alle in der Melnikowstraße sammeln, aus der ganzen Stadt zogen sie hierher.»

«Sie meinen die Juden.»

«Sehen Sie, Sie wissen ja doch ein bisschen was. Ja, Juden waren auch dabei. Aber die meisten waren normale Sowjetbürger und Kriegsgefangene, auch ganz junge Burschen. Die Deutschen haben alle umgebracht, die sie erwischen konnten.»

«Wo war Ihr Mann im Krieg?»

«Im Westen von Leningrad. Politoffizier eines Strafbataillons.»

«Strafbataillon?»

«Das waren politische Kriminelle und gemeine Verbrecher aus den Lagern im fernen Osten. Sie wurden in Einheiten zusammengefasst und an die Front geschickt, eine Chance, in der sie sich fürs Vaterland bewähren konnten. Damit sie nicht bequem in ihren Baracken saßen und sich auf Staatskosten satt fraßen.»

«Woran ist Ihr Mann eigentlich gestorben?»

«Eine bösartige Neubildung, in der Lunge. Er hat viel geraucht. Aber er war sehr kräftig, es hat ihm ein Leben lang nicht geschadet. Wir haben nie vorher etwas gemerkt. Er war auch nicht wehleidig, hat bis zuletzt Haltung bewahrt.»

«Das tut mir leid für Sie», sagte Konrad, obwohl er das Gefühl hatte, ihr Mann hätte auch schon vor fünfzig Jahren gestorben sein können.

Sie schniefte.

«Aber wen haben Sie denn dann in der Klinik besucht?»

«Ich habe niemanden besucht. Ich habe etwas hingebracht.»

«Was?»

«Obst.»

«Aber für wen?»

«Finden Sie es nicht selbst merkwürdig, dass Sie mich all diese Dinge fragen? Das geht Sie doch gar nichts an. Sie suchen angeblich ein Auto und fragen mich solche Sachen.»

Diese Feststellung hätte Konrad beinahe aus der Fassung gebracht. Er war erstaunt, sogar ein bisschen beschämt.

«Und?» Sie sah zu ihm hoch. «Hat es Ihnen jetzt die Sprache verschlagen?»

Dann sagte er etwas, über das er sich selbst wunderte. Er musste gar nicht lange nachdenken.

«Nach meiner Erfahrung steht ein Auto selten für sich allein. Es bezieht seine Bedeutung aus einem Gespinst von zahlreichen, mehr oder weniger deutlichen, oft schwer erkennbaren Verbindungen zu seinem Besitzer, aber auch zu dessen ganzer Familie. Ein Auto zu suchen, bedeutet zuallererst, sich aufs engste auf die Menschen in der Umgebung dieses Autos einzulassen.»

Sie lächelte ihn unter gerunzelten Brauen an. «Was ist denn das für Unsinn?» Dann griff sie nach dem Ärmel seines Jacketts. «Sie sollten mehr auf Ihr Äußeres achten. Haben Sie keine Frau, die sich darum kümmert?»

«Nein.»

«Das dachte ich mir. Diese Hose, die muss gebügelt werden. Ihre Landsleute damals traten eleganter auf. Sie trugen gut sitzende Uniformröcke und knallten die Stiefel zusammen. Beim Einmarsch haben viele Kiewer sie noch freundlich begrüßt. Die Mädchen standen am Straßenrand und winkten. Viele deutsche Soldaten hatten kleine Sprachführer dabei und riefen ihnen in ihrem Kauderwelsch was zu: ‹Panjenka, diwtschata! Bolschowik – konjetz! Ukraina!› Und die Mädchen riefen lachend zurück: ‹Ukraine!› – ‹Ja, ja, Ukraina! Chodit guljat spazieren bitte!› Die Mädchen kicherten. Nur diese komischen runden Helme fand ich tollpatschig. Männer wie eine Meute junger Hunde, mühsam durch militärische Disziplin zusammengehalten.»

«Sie tun ja so, als wäre das romantisch gewesen.»

«Nein, nein. Ein paar Tage später war ja schon alles anders. In der Stadt waren die ersten Bomben hochgegangen, Anschläge gegen Gebäude im Zentrum. Wir konnten gar nichts dafür, aber sofort gab es Racheaktionen. Erschießungen. Erhängungen, mitten in der Stadt. An Laternenpfählen. Kleine Kinder standen dabei und guckten zu. Hände hoch, stehen bleiben. Sachen packen. Mitkommen. Trotzdem, es waren meist gut aussehende Männer. Die haben mir schon gefallen. Sie haben recht, ich hatte an und für sich nichts gegen die Deutschen. Auch nicht gegen die, die nicht besonders schön waren, manche hatten grobe, bäuerliche Züge, stumpfe Mienen. Aber einige hatten fast zarte Gesichter. Junge Menschen sehen sowieso fast immer gut aus. Das Hässliche tritt erst später hervor, im Alter. Und ich war ja auch jung damals, ich habe mich da immer noch leicht verliebt, auch wenn ich schon verheiratet war.»

«Hatten Sie keine Angst vor den Deutschen?»

«Nein. Ich habe alle Spuren meines Mannes in der Wohnung beseitigt, so gut es ging. Als Frau wurde man, wenn man ein bisschen Glück hatte und sich nicht herausfordernd aufführte, nicht behelligt.»

«Sind sie denn mal in Ihre Wohnung gekommen?», wollte er wissen.

«Wer?»

«Die Deutschen.»

«Nein. Und sehen Sie … Sie könnten fast noch mein Sohn sein.»

Sie wurde verlegen.

«Nehmen Sie es mir nicht übel», sagte sie. «Wir kennen uns ja gar nicht. Ich bin sicher, Sie haben eine gute Mutter.»

Ja gewiss, wollte Konrad erwidern, etwas Flapsiges hinwerfen, um das Thema sofort zu ersticken, aber seine Zunge wurde auf einen Schlag größer, schwoll hinten zwischen den Weisheitszähnen an, mitsamt den Weichteilen unterhalb der Kiefer, der Mandeln und Lymphdrüsen, und er verschluckte sich an seiner Antwort.

«Entschuldigen Sie», sagte Svetlana.

«Gute Mutter, na ja, das ist relativ», brachte er endlich heraus. «Darüber wollte ich mit Ihnen auch gar nicht reden.»

«Warum laufen Sie mir denn nach, wenn Sie nicht mit mir reden wollen?»

«Ich laufe Ihnen nicht nach. Ich suche das Auto. Sie sind nun mal mein einziger Anhaltspunkt. Ohne Sie hätte ich nicht die geringste Spur. Ich arbeite hier mit einem guten Anwalt zusammen, der mit der Polizei und den Behörden in Kontakt steht. Ich bin sicher, er macht gute Arbeit. Aber er geht so akribisch vor, dass sogar ich als Deutscher allmählich die Geduld verliere.»

Kein Tsss, nur ein leises Gickern von ihr.

«Mit Ihrer Hilfe werde ich den Fall schnell lösen können. Sagen Sie mir einfach, was Ihren Mann bewogen hat, den Mercedes anzumelden, als er schon im Krankenhaus lag? Wozu braucht ein Krebskranker in Kiew ein Auto, und dann noch so ein Wahnsinnsmodell?»

Konrad hatte sich neben sie auf die Bank gesetzt. Ihm wurde bewusst, wie lange sie schon hier waren. Dennoch hatte er nicht, wie sonst oft, das Gefühl, die Zeit laufe ihm davon. Seine alte Angst, zu spät zu kommen, es nicht mehr zu schaffen. Im Studium zum Beispiel (seine Magisterarbeit war ihm nie gut genug gewesen). Die Angst, sein heimlicher Ehrgeiz würde nie eine äußerliche Bestätigung finden (er konnte sie seit ein paar Jahren durch das Geld beruhigen, das er als Detektiv verdiente). Und die bange Ahnung, niemand würde die Größe seines Charakters je erkennen. Ganz zu schweigen von den Hoffnungen auf revolutionäre Taten, die die Welt verändern würden. Wenn er an die Studienjahre zurückdachte, wusste er nicht mehr genau, worum es ihnen damals gegangen war. Die Tinte auf diesem Papier war schon verschwommen. Marlene und ihr Körper – das war alles, was von der Weltveränderung geblieben war. Die Leichtigkeit, mit der sie sich hingab. Ihre verschwenderische und zugleich räuberische Lust! Das war schon ein politisches Manifest! Und wenn er von ihr abfiel wie ein nasser Lappen, dann war ihm, als besäße er die ganze Welt und hätte alles verstanden.

Nein, er hatte keine Eile mehr. Er saß hier neben dieser alten Frau, die er erst seit wenigen Tagen kannte, und war wunschlos glücklich; jedenfalls erinnerte er sich nicht, welche Wünsche er je gehabt haben könnte. Wenn sie ihn bis jetzt nicht davongejagt hatte, würde er ans Ziel kommen. Dass sie ein bisschen verrückt war, nahm er in Kauf. Einen Fremden an das Grab des eigenen Ehemannes mitzunehmen und ihm dort gleich das halbe Leben zu erzählen, das war etwas zu vertrauensselig. Aber auch in Berlin gibt es Frauen, die einem an der Bushaltestelle ihr Herz ausschütten. Nicht wenig zu seinem Wohlgefühl trug die Sonne bei, die ihn wärmte. Am Ende war sie es, die aufbrechen wollte.

«Kommen Sie, es wird kühl», sagte Svetlana und stand auf. «Sie sind nicht warm genug angezogen.» Wieder bot sie ihm ihren Arm. «Ich glaube, ich muss mich ein bisschen um Sie kümmern.»

Es hätte ihm zu denken geben müssen, dass sie sich so umstandslos gefunden hatten. Dabei sprach alles gegen eine rasche Bekanntschaft, der große Altersunterschied, die zwei Sprachen, die Welten trennen, überhaupt die Fremdheit des einen in der Stadt der anderen.

Aber manchmal genügt eine Kleinigkeit, um einander kennenzulernen. Wie damals bei der Frau im Supermarkt in Mahlsdorf, die er nach den Heringen gefragt hatte. Konrad war unausgeschlafen nach einer alkoholischen Entgleisung am Abend zuvor, mit zwei Mädchen in Günters Wohnung in Prenzlauer Berg, und er hatte einen Heißhunger auf marinierte Heringe. Sein Blick glitt über die reifbedeckten Putenschenkel in den Kühltruhen. Nirgends ein Fisch, überall nur Keulen mit Gänsehaut. Er wurde gereizt, fragte schließlich, und die Verkäuferin in der weißen Bluse neben ihm lachte. Sie war nämlich gar keine.

Aber ihr Lachen! Wie es strahlte in der tristen Plattenbausiedlung, wo alte FDJler in der Dämmerung Hakenkreuze an die Mauern sprühten. Sie sah ihn von der Seite an und lachte, einfach so. Was ist schon lustig an Heringen?

«Wenn Sie mögen, kommen Sie noch mit hoch», sagte Svetlana. «Ich koche uns einen Kaffee.»

Das Treppenhaus war diesmal weniger aufregend als beim ersten Mal. Ganz normale Stiegen und harte hölzerne Handläufe, gewetzt und geschliffen von unzähligen Händen, manchmal verschwitzt und manchmal vielleicht kalt vor Angst. Seine eigene Aufregung hatte das Treppenhaus in ein so seltsames Licht getaucht. Heute war alles gewöhnlich. Vielleicht, weil Solowjows Frau vor ihm hinaufstieg. Oben schloss sie die Wohnungstür auf, an der er vor wenigen Tagen geklingelt hatte, und trat vor ihm in den dunklen Flur. Ihm wurde klar, dass er im Begriff war, mit der Witwe des mutmaßlichen Täters dessen Wohnung zu betreten. Etwas in ihm schrak zurück – aber Angst vor einer gebrechlichen alten Frau?

«Düster hier bei Ihnen», sagte er.

Sie öffnete die zweite Tür links, und Licht fiel in den Flur.

«Ja. Ich habe eigentlich nur die halbe Wohnung, irgendwann wurde sie geteilt. Alle Zimmer auf der rechten Seite gehören anderen Mietern. Früher lebte in jedem Zimmer eine ganze Familie, stellen Sie sich das vor.»

Das Küchenfenster ging zum Hof. Konrad nahm auf einem der beiden Stühle Platz.

«Sie wundern sich bestimmt, dass ich Sie einfach so einlade. Aber ich verlasse mich auf meine Menschenkenntnis. Es ist Ihr Blick. Sie erinnern mich an jemanden von früher. Außerdem freue ich mich, wenn ich mit einem Menschen sprechen kann, erst recht mit einem Deutschen. Und natürlich bin ich neugierig, was Sie hier suchen. Wie sind Sie überhaupt auf mich gekommen?»

«Ihr Mann ist der Halter des gestohlenen Fahrzeugs.»

«Wenn Sie mir nicht bald einen anderen Grund verraten, werde ich böse», lachte sie. «Das ist nicht sehr galant.»

«Natürlich finde ich Sie auch ausgesprochen sympathisch.»

«Komplimente machen müssen Sie noch lernen.»

«Mach ich. Leben Sie hier ganz allein?»

«Ja. Ich habe nicht mehr viel Kontakt. Fast alle unsere Bekannten und Freunde sind gestorben. Jetzt auch noch mein Mann. Ein paar Freundinnen sind geblieben. Aber die meisten ziemlich dumme Puten, entweder waren sie das schon immer, oder sie sind in den letzten Jahren verblödet. Furchtbar, was das Alter aus dem Menschen macht. Geschwister habe ich nicht, und Arkadij ...»

«Wer?» Konrad horchte auf.

«Mein Sohn. Sagte ich nicht, dass ich ihm etwas in die Klinik gebracht habe?»

«Nein. Das sagten Sie nicht. Sie haben einen Sohn? Seit wann ist er dort?»

«Schon seit langer Zeit, er ist krank. Psychische Probleme.»

«Wie oft gehen Sie zu ihm?»

«Einmal die Woche gebe ich die Sachen der Pflegerin.»

«Das heißt, Sie sehen ihn gar nicht selbst?»

«Nein. Schon lange nicht mehr. Meine Besuche haben ihn immer völlig durcheinandergebracht. Er reagiert sehr merkwürdig. Auf mich.»

Sie stockte, ihr Kinn zitterte leicht.

«Wie alt ist er denn?»

«Dreiundsechzig.»

Das war ulkig. Ein dreiundsechzigjähriger Sohn? In dem Alter ist man ja eigentlich gar kein Sohn mehr. Konrad rechnete nach. Dann müsste Svetlana mindestens achtzig sein. So alt wirkte sie längst nicht.

«Wie kam er denn dort hin? Was ist passiert?»

Sie zuckte die Schultern, schüttelte gleichzeitig den Kopf, mit zusammengepressten Lippen. Die linke Oberlippe zuckte eine Winzigkeit hoch, unwillkürlich. Sie machte sich selbständig, ein Zeichen der Verachtung. Als erschreckte sie dieser Sohn noch immer, und sie müsste ihn abschütteln. Als wäre Konrad ihr mit dieser Frage zu nahe auf den Leib gerückt. Ihr Gesicht verhärtete sich.

«Das ist eine lange Geschichte, die nun sicher nichts mit Ihrem Auto zu tun hat.»

Eine Kuckucksuhr rief mehrmals aus dem Zimmer nebenan.

Es gefiel ihm nicht, wie sie das aussprach, «Ihrem Auto». Sie sagte es so, als zöge ein Dreijähriger ein Plastikauto hinter sich her. Vergiss dein Auto nicht. Es war verdammt noch mal sein Job, den Wagen zu finden. Es war eine schwierige Aufgabe, und er wünschte nicht, dass irgendjemand sich darüber lustig machte.

Sie lächelte, das nahm dem Satz seine Schärfe, und dieses Lächeln war jünger als ihr ganzer Körper.

«Vielleicht gerade», sagte er.

«Nein. Irgendwann werde ich Ihnen alles sagen. Jetzt mache ich uns erst mal einen Kaffee, und Sie erzählen von sich.»

Konrad schwieg, bis sie das brodelnde Wasser in den Filter gegossen und sich wieder zu ihm gedreht hatte.

«Da gibt es nicht viel zu erzählen.»

«Nicht? Warum kommen Sie zum Beispiel in unser Land und tun solche Dinge? Ich will Ihnen nicht zu nahe treten, aber merkwürdig ist Ihre Arbeit schon. Sie sind doch kein Polizist?»

«Nein, nein.»

«Eben. So ein schüchterner Polizist, das hätte mich gewundert.»

«Es ist Zufall.»

«Zufall?»

«Ich habe Sprachen studiert. Und Geschichte.»

«Aha. Und damit wird man Detektiv für Autodiebstähle?»

«Nein, das ist nur eine Art Job.»

«Ein Job?»

«Ja, um Geld zu verdienen.»

Konrad spürte, wie er sich mit jedem Satz weiter von sich selbst entfernte.

«Und was machen Sie in Wirklichkeit?»

Eine kluge Frage. Konrad merkte, wie sie ihn mit den Füßen auf die Erde stellte. Ihn ernst nahm. Wie lange hatte er auf jemanden gewartet, der ihn mit energischer Hand aufschließen würde. Er war ja dazu bereit, und es war gar nicht notwendig, dass dieser Jemand ihn gut kannte. Mit Marlene zum Beispiel war er schon so lange zusammen, aber sie war blind für jede Veränderung an ihm. Ihr hatte sich sein Bild vor zehn Jahren eingebrannt, und sie sah immer nur dieses alte Bild, glaubte alles über ihn zu wissen.

Aber hier, in Kiew, war auch die Wirklichkeit eine andere.

«In Wirklichkeit ... Ich übersetze Obduktionsbefunde aus dem Russischen. Mich interessiert das Medizinische, solange es auf der sprachlichen Ebene bleibt. Fünf Tote, aus dem Auto geschleudert, weil der Fahrer eingeschlafen und frontal aufgeprallt ist, und bei jedem Einzelnen die vollständige Beschreibung seiner Verletzungen. Von Kopf bis Fuß. Vom Milzriss über den Halswirbelbruch bis hin zu den Zehenknochen. Das bringt gutes Honorar. Ob mich das belastet? Nein, gar nicht. Was mich abstößt, sind die wirklichen Körper kranker Menschen, und mehr noch ihre klammernden, hilfesuchenden Seelen. Als Jugendlicher wollte ich immer ein gut aussehender, sonnengebräunter Arzt in einer lichtdurchfluteten amerikanischen Klinik sein, die Brandung des Pazifischen Ozeans direkt vor der Veranda. Von Schwestern und Patientinnen angehimmelt. Mit heldenhaften Krankengeschichten, von Fall zu Fall eilend, helfend und souverän, nie festgehalten von eitrigen Blicken. Als Kind habe ich die Ärzteromane im Reader's Digest verschlungen, die meine Eltern, also mein Vater, abonniert hatte. Es lag immer auf dem Couchtisch, jeden Monat das neue Heft, obwohl er selbst nie auf der Couch gesessen und gelesen hat. Vielleicht hat er sie als Dekoration dort hingelegt, oder auch absichtlich, um mich für die Medizin zu interessieren. Ausgeschlossen ist das nicht.»

«Reader's Digest?»

«Ja, diese amerikanische Sammelzeitschrift. Und die Monatsschrift für Deutsches Recht lag auch da.»

«Dann sind Sie in Westdeutschland aufgewachsen?»

Er antwortete nicht sofort, weil die Erinnerung ihm die Worte verschlug. Was hatte sein Vater noch alles versucht, um sein Leben zu lenken? Ohne dass er es merkte? Warum hatte er ihm nie etwas von dieser Geschichte seiner Mutter und ihrem Bruder gesagt? Wenn es klingelte, guckte Vater manchmal durch den Spion und legte den Finger an die Lippen. Konrad dachte, es sei die Mutter, aber dann hörte er eine Männerstimme vor der Tür, erst bittend, dann beschwörend, dann ungemütlich. Diese Familie war ein Labyrinth. Die Mutter war für immer verschwunden, Onkel Wolfgang war ein peinlicher Sadist und wurde versteckt. Seit drei Tagen wusste Konrad jetzt, was der Onkel und Ilse getan hatten. Bei dem Gedanken daran wurde ihm beinahe übel. Vielleicht hatte sein Vater sich deshalb scheiden lassen? Jetzt konnte er ihn nicht mehr fragen.

Svetlana ließ ihn ausschweigen.

«Ich wandere nachts viel durch die Stadt, weil ich nicht schlafen kann, und treffe Freunde, ebensolche Nachtmenschen wie ich. Ich habe Angst vor Wildschweinen, ich bilde mir da was ein.»

So hätte er lange fortfahren können. Aber hier, in dieser Küche in Kiew, zwischen den Jahrzehnten, die sich im Schrank und unter dem am Rand hochstehenden Linoleumfußboden gesammelt hatten, fiel ihm angesichts seiner Schilderung selbst auf, wie wenig er in sich zusammenhing. Was für ein windiger, schillernder Typ er war. Lauter Etiketten, bunte Wimpel, Ausflüchte, um andere abzulenken. Aber von was, und von wem? Am liebsten hätte er diese Gedanken Svetlana hingeworfen. Sollte sie es zusammensetzen und herausfinden, wer er war.

«Nachtwächter war ich auch.» Nun wurde Konrad geradezu fröhlich. In jenem schmerzlichen Gefühl der Zurücksetzung, als er nach mehrjährigem Studium Nacht für Nacht durch leere Bürogebäude und Werkhallen ziehen musste, spürte er sich wieder deutlicher. Er tastete sich durch sein Leben wie durch eine dunkle Halle und war froh, eine hellere Stelle gefunden zu haben, an der noch etwas zu erkennen war.

Vor Solowjows Frau brauchte er sich nicht zu schämen, vor ihr konnte er sich frei machen. Er fühlte sich gar nicht verantwortlich für das, was er von sich erzählte. Sie erwartete ja nichts als Ehrlichkeit, so schien es ihm jedenfalls, und belohnte ihn, indem sie ihm in aller Ruhe zuhörte. Es war, als wäre er nach einem turbulenten Leben in der Welt in seine kleine Stadt zur alten Großmutter zurückgekommen und könnte jetzt alles erzählen, könnte erst noch ordentlich auf die Pauke hauen und am Ende kleinlaut mit der Wahrheit herausrücken.

«Was haben Sie dort getan, als Nachtwächter?»

«Was man da eben so tut. Man geht durch lange Büroflure, Stockwerk für Stockwerk, dann durchs Treppenhaus, ein hohes Gebäude für sich, sieht das Lichtermeer der Fabrikanlage und des angrenzenden Gewerbegebietes, das rote Blinken an den Türmen des Heizkraftwerks. Dann betritt man wieder einen scheinheilig gedämpften Korridor, in dem tagsüber Menschen arbeiten, kommt zurück ins Treppenhaus, das man aus irgendwelchen Angstträumen der Kindheit zu kennen glaubt, geht oben durch eine schwer zufallende Stahltür in die Forschungsabteilung – Zeichentische, Wandkalender, Fotos der Lieben, man meint eingewickelte Butterbrote zu riechen, Abteilungsfeiern mit korkenknallenden Sektflaschen liegen in der Luft, bedrückende Abteilungsfeiern, auf denen die ganze beengte Lebenslust der Angestellten hervorspritzt, aber nicht so wie bei Klaus Kinski. Kennen Sie den Film, in dem er eine Champagnerflasche öffnet, sich eine ganze Weile verhalten von seinem Gast abwendet, um dann, lüstern lächelnd, mit seiner Antwort auch den Schaum vorschießen zu lassen?»

Sie schüttelte den Kopf.

«Viel fürchterlicher und verkrampfter, und mir schien dann immer, ich ginge durch das Innere einer großen Familie, das zeitweilig verlassen war. Die Räume sind weitläufig, aber am Ende eng wie eine Autokarosserie, ebenso unbeweglich und starr. Durch einen Irrtum und aus Geldnot war ich in diese Familie hineingestolpert. Wenn die ersten Angestellten kamen, war ich wieder weg. Niemand kannte mein Gesicht, mit keinem von ihnen saß ich in der Kantine. Ich beging die Kehrseite ihres Lebens – ‹Begehung›, verstehen Sie das Wort? Es steht in der Dienstanleitung, einem hellblauen Heftchen. Das bezeichnet den Kontrollgang, den der Wachmann zu absolvieren hat. Verstehen Sie?»

Er wusste nicht, ob er das im Russischen richtig ausgedrückt hatte. Sein erster Lapsus hatte ihn ein bisschen unsicher gemacht in dieser Sprache, die er eigentlich gut beherrschte. Das Wort war ja sogar im Deutschen ungewöhnlich. Er musste sich auf ihr Nicken verlassen.

«Um fünf Uhr morgens hallen die Schritte der Frühschicht über den Steinboden der Eingangshalle. Mit einem Ruck springen die Paternoster an, in ihrer Nähe riecht es nach alten Schulmöbeln und Bohnerwachs. Die hohen Bogenfenster, durch die das Tageslicht ins Foyer fällt, verleihen der Halle die Anmutung eines Kirchenschiffs. Wenn der Pförtner kam, war ich abgelöst.»

Er war nicht sicher, was sie davon halten würde. Er wusste ja eigentlich so gut wie nichts von ihr. In welchen Kategorien sie dachte, welche Werte sie hatte. Wenn sie seit der Revolution im Kommunismus gelebt, wenn sie sogar die frühe Zeit der Begeisterung miterlebt hatte, hatte sie das bestimmt geprägt. Dass sie beide sich in einer Sprache verständigen konnten, hieß noch nicht viel. Im Grunde war sie ihm fremd, sie hatte ihr Leben in einer anderen Welt zugebracht. Dass sie sich begegnet waren, war ausgemachter Zufall. Ihre Tage auf diesem Planeten waren gezählt. Sie schrammte gerade so an seinem Leben vorbei, das übrigens auch nicht ewig dauern würde. Dachte er, und sein Zwerchfell zuckte leicht. Ihre Begegnung grenzte an ein Wunder und war gleichzeitig so unverbindlich wie Mazepas Rasierwasser. Er konnte jederzeit Schluss machen. Aufstehen, Tür zuschlagen – und weg war er.

«Bei dieser Arbeit hat man viel Zeit», fuhr er geduldig fort. «Alle zwei Stunden zieht man los und sieht nach, ob alles in Ordnung ist. Dazwischen kann man lesen, zum Beispiel. Rechnet man den Stundenlohn auf die reine Arbeitszeit um, kommt man ganz gut dabei weg.»

Sie nickte wortlos und sah ihm ins Gesicht, während er sprach.

«Lesen tue ich auch gerne.»

Und als sie weiterredete und erzählte, was sie gerne las, langweilige Klassiker, tauchte eine andere Erinnerung in ihm auf: an jene Arbeit, jenen Sommer, als er sein Studium noch nicht abgebrochen hatte, aber kein Geld mehr vom Vater bekam. Das Gebäude, das er damals bewachen musste, machte ihm Angst wie ein fauliger Sumpf, als hätte sich ein ätzendes organisches Wesen im tiefsten Raum festgesetzt, als Ablagerung von allem, was im Hellen nicht gedeihen konnte. Das lag nicht nur an den langen dunklen Fluren, in denen das Neonlicht lustlos und gespenstisch aufflackerte, sobald er sie betrat. Er sagte Svetlana kein Wort davon, dass er sich damals, statt ins Freie zu fliehen, immer mehr in das Innere zurückgezogen hatte. Wenn ich hier schon so lange aushalte, sagte er sich, dann wird das Gründe haben, und manches spricht dafür, dass die Entscheidung richtig war. Ich lebe ja zum Beispiel noch. Woanders hätte es mich vielleicht längst erwischt. Je länger man in so einer Gefangenschaft ausharrt, desto schlagender wird dieses Argument, desto auswegloser die Situation, desto unüberwindlicher die Angst.

«Aleksej Tolstoj ist auch ein bedeutender Autor», hörte er Svetlana jetzt sagen, und dann: «Aber Sie können doch Sprachen, könnten Sie damit nicht eine bessere Arbeit finden?»

Ja, sie war bodenständig, war viel zu klar, um anfällig für seine düsteren Phantasien zu sein. Was dachte er da auch über leere Gebäude in der Nacht? Von was für einem Inneren phantasierte er? Das war womöglich deutsch an ihm, sich überall in ein Inneres hineinzudenken, hineinzubohren. In den Reaktorkern von Tschernobyl, den rotglühenden Heizdraht des alten Bügeleisens, die Seele des Ganzen.

«Seit drei Jahren mache ich ja auch was anderes. Ich suche nach gestohlenen Autos. Dabei verdient man jedenfalls besser als als Nachtwächter.»

Sie nickte, aber er hatte den Eindruck, das Argument überzeugte sie nicht besonders.

«Danke für den Kaffee.»

Er stand auf, nahm seine Jacke und wollte gehen.

«Ach», drehte er sich um, als er die Klinke der Wohnungstür schon in der Hand hatte. «Was ich Sie noch fragen wollte. Besitzt Ihr Sohn eigentlich ein Auto?»

Svetlana stöhnte. «Besteht die Welt für Sie nur aus Autos? Ihr Männer seid wirklich alle gleich.»

Konrad musste lachen.

«Wissen Sie, wie froh ich war, als ich den Wolga meines Mannes endlich los war? Nach seinem Tod, meine ich. All das Gelaufe zu den Ämtern, die Formalitäten.»

«Das haben Sie selbst erledigt?» Konrad horchte auf.

«Wer hätte es mir abnehmen sollen?»

«Dann können Sie mir beim nächsten Mal vielleicht noch etwas erzählen.»

«Ich fand Autos immer langweilig.»

«Ich auch», lachte Konrad. «Aber sind Sie nicht gern mit dem Wolga gefahren? Das war doch für sowjetische Verhältnisse ein toller Wagen.»

«Gehasst habe ich ihn. Wenn mein Mann am Steuer saß, hat er alles um sich vergessen. Die Familie war für das Auto da, nicht umgekehrt. Wir mussten es loben und bewundern.»

Als sie an der Wohnungstür standen, strich sie ihm einen Fussel von der rechten Schulter.

Wenn eine Frau solche Dinge selbst in die Hand nimmt, kann sie kein Opfer sein. Ihr Mann hatte bestimmt zu kämpfen gehabt. Draußen in der Sowjetarmee mit ihren Männlichkeitsritualen ein befehlsgewohnter Oberst, wurde er zu Hause zu einem vielleicht nicht gehorsamen, aber nachgiebigen Ehemann. Um das zu wissen, genügte es,

Svetlana zu kennen. Sie hatte das Sagen, sie war auf ihre Art so stark wie die Arbeiterinnen in den orange leuchtenden Schutzwesten, die in der größten Mittagshitze auf der Wladimirskaja standen und mit ihren Schaufeln widerspenstigen heißen Teer aus Drehtrommeln kriechen ließen, um ihn auf dem Straßenbelag zu verteilen, ohne Furcht vor der Dampfwalze, die ihnen auf den Fersen war. Svetlana hätte auch einen Lkw fahren können, so wie seine Mutter das in einem Traum getan hatte. Sie thronte ganz klein oben im Führerhäuschen des riesigen Lastkraftwagens mit fast mannshohen Reifen, in irgendeiner Erz- oder Kiesgrube, es hatte ihm sehr imponiert. Noch im Aufwachen war er richtig froh und stolz. Mit diesem erhebenden Gefühl fuhr er zur Uni, fühlte sich gleichsam gestärkt, als würde er selbst im Führerhäuschen sitzen. Er bildete sich ein, seine Mutter liege nicht irgendwo betrunken auf dem Sofa, sondern hatte ihre Kraft wiedergefunden, verdiente ihr Geld und war stark und unabhängig vom Vater.

«Kommen Sie doch morgen zum Mittagessen.»

Ja, warum nicht. Vielleicht konnte sie ihm doch noch weiterhelfen, auch wenn sie selbst nicht wusste, wie.

Erst draußen dämmerte ihm, wie geschickt diese Frau war. Wie raffiniert sie ihn vom Thema abgelenkt hatte. Im kühlen Abendwind spürte er die schale Nüchternheit, die eintritt, wenn man nach dem ersten Glas Sekt nicht weitertrinkt. Er hatte sie unterschätzt. Alt, vielleicht, aber oh, là, là, noch lange nicht dumm. «Ihr Männer.» Was für ein kühner Versuch, ihn vom Detektiv zu einer Art Verehrer zu machen. Und wie naiv er darauf hereingefallen war. Dabei sah doch ein Blinder, dass bei der Geschichte mit dem Sohn etwas nicht stimmte. Alles war denkbar. Möglicherweise war der Klinikaufenthalt vorgetäuscht und die Spur führte direkt zum Mercedes. Er musste dort nachsehen. Vielleicht versteckte sie in der Anstalt jemand anderen.

Schon am frühen Abend hatte Konrad einen Kater. Nicht vom Alkohol, sondern von dem Gefühl, viel zu viel geredet zu haben, viel zu offenherzig gewesen zu sein. Er hatte geplappert wie ein Wasserfall, vor einer Frau, die er nicht kannte, der Witwe des Verdächtigen. Ein schwerer handwerklicher Fehler. Er beschloss, das wieder wettzumachen, indem er sein Ziel, den Wagen, umso energischer in Angriff nahm.

Im Hotelzimmer zeichnete er als Erstes eine neue Konstellation. Ein Sohn! Dieser Sohn fand seinen Platz nach guter genealogischer Sitte eine Ebene unter Jurij und Svetlana. Auch wenn der Alte das Fahrzeug angemeldet hatte, konnte die wichtigere Verbindungslinie zum Auto von diesem Sohn ausgehen. Eine Linie, die Konrad zu vibrieren schien wie ein gespanntes Seil. Der Vater firmiert als Halter, der Sohn ist der tatsächliche Nutzer – bis er in die psychiatrische Klinik kommt? Die Geschichte habe sicher nichts mit dem Auto zu tun, hatte Svetlana gesagt. Gerade deshalb musste er dort weitergraben. Der Mercedes war am Rand als blasses Rechteck markiert, wie Autos auf Unfallskizzen. Kurzes Vorder-, längeres Mittel- und kurzes Hinterteil. Er wusste noch viel zu wenig. Aber wie er es auch drehen und wenden mochte, ohne den Sohn kam er nicht voran.

«Svetlana», sagte er am nächsten Tag, «ich weiß, es ist eine ungewöhnliche Bitte, aber ich halte es für notwendig, persönlich mit Ihrem Sohn zu sprechen. Vielleicht kann er mir mehr zu dem Auto sagen.»

«Woher denn? Er hat keine Ahnung. Jeder Kontakt mit Fremden würde ihn aufregen, er ist seit einem Jahr nicht mehr aus der Klinik herausgekommen. Er weiß gar nicht, was im wirklichen Leben passiert ist.»

Ihre Reaktion verriet sehr viel.

«So lange ist er schon dort?»

Sie wurde noch aufgeregter.

«Man lässt Sie gar nicht zu ihm, er ist auf einer geschlossenen Station. Außerdem weiß er nichts. Und was er noch weiß, bringt er hoffnungslos durcheinander. Er spinnt, mit einem Wort, er lebt in einer fiktiven Welt. Ein bisschen so wie Sie», fügte sie nach einer Pause hinzu und griff mit drei Fingern sanft nach seinem Ärmel.

«Na gut», sagte Konrad tonlos und entzog ihr den Arm.

«Würden Sie denn einfach einen Fremden zu Ihrem Sohn lassen, wenn der im Krankenhaus liegt? Ich kann mich zur Wehr setzen, aber Arkadij ist psychisch krank. Ich muss ihn schützen.»

Er wusste nicht, was ihn mehr verletzte – die Bemerkung über seine Weltfremdheit oder dass sie ihm seinen Wunsch verwehrte. Er wusste, dass er damit emotional in der Falle saß. Er kannte sich selbst zu gut. Da halfen kein Spiel mehr, keine Versuche, noch etwas zu retten. Sosehr er sich auch bemühte, vernünftig zu bleiben, es gelang ihm nie, er fiel in solchen Augenblicken immer in eine Art Starre. Konrad war beleidigt.

«Gut», brummte er. «Dann nicht.»

Sie zog schnell die Luft in die Nase: Ach, spielen Sie jetzt nicht das Sensibelchen. «Was haben Sie vor?»

«Ich fahre.»

Er hoffte insgeheim, dass sie ihn nicht davonlassen würde.

«Wohin?»

«Erst ins Hotel, meine Sachen packen. Dann nach Deutschland.»

«Ohne Auto? Aber …»

«Was aber?»

«Ich dachte immer, ihr Deutsche seid so gründlich.»

«Ich weiß überhaupt nicht, woher Sie so viel über die Deutschen wissen wollen. Überhaupt, Ihre Schwärmerei von jungen, strammen Soldaten. Was spielt es für eine Rolle, wie gut sie ausgesehen haben? Verbrecher waren es trotzdem. Mörder. 1941 ging es ja erst los.»

«Was wissen Sie denn? Nicht alle, Sie dummer Junge.»

Sie erhob sich, er ebenfalls. Sie brachte ihn zur Tür. Ob sie ihn ohne einen letzten Versuch gehen lassen würde? Auf der Straße kannte er die Antwort.

Der plötzliche Abbruch dieser stürmisch aufgeflammten Beziehung kam gerade noch rechtzeitig. Seine Nähe zu Svetlana war schon viel zu groß geworden. Jetzt konnte er seine Gedanken sammeln, er fasste Mut und wollte die Sache nach deutscher Art endlich in Angriff nehmen. Es konnte ja nicht sein, dass er bei diesem Job vom Wohlwollen dieser Frau abhängig war. Ein Auto finden? Das hatte er schon mehrere Male geschafft.

Er duschte kalt und machte fünfundvierzig Liegestützen. Es gelang ihm, das Zimmermädchen, das hereinkam, während er sich im Bad rasierte, durch gelungene Scherze eine Weile davon abzuhalten, gleich wieder zu gehen.

Mit neuem Schwung suchte er Mazepa auf. Er fühlte sich so frisch, wie er den Anwalt selbst beim ersten Mal erlebt hatte, und bewies brennendes Interesse an seinen Nachforschungen. Saß lange in seinem Büro, trank Kaffee und redete. Er merkte, dass er ihn bald störte, es war ihm egal. Mazepa bewahrte seine leise, lächelnde Skepsis.

«Fänden Sie es nicht sinnvoll, Solowjows Frau wenigstens einmal zu befragen?»

«Von der lassen wir die Finger. Sie ist vorgewarnt. Ich halte es für möglich, dass sie wirklich nichts weiß. Steckt sie dagegen in der Sache drin, wird sie uns jetzt erst recht nichts sagen. Sie könnte uns höchstens auf eine falsche Fährte locken.»

«Man könnte sie ganz dumm fragen, wie ihr Mann dazu kam, den Wagen anzumelden.»

«Keine gute Idee. Wenn Sie unbedingt wollen, reden Sie mit ihr. Aber bitte kein Wort von mir. Das würde die Ermittlungen endgültig aufs Spiel setzen. Oder haben Sie etwa schon?» Er forschte in Konrads Gesicht.

«Nein, nein», erwiderte der erschrocken.

«Ich arbeite von der anderen Seite her. Nicht vom Täter, sondern vom Objekt her, vom Kraftfahrzeugmeldeamt, wie das bei Ihnen heißt. Der Wagen wurde angemeldet, also muss jemand seine Papiere dort vorgelegt haben. Selbst wenn sie gefälscht waren, gibt es Spuren.»

«Verstehe», sagte Konrad und ging.

Er trat hinaus ins Sonnenlicht, ging die Chmelnickijstraße hinunter zum Kreschtschatik und spürte nichts als Leere. Es war nicht die leichte, heitere Leere nach einer schlaflosen Nacht, wenn man taumelnd und kraftlos, aber schwindlig vor Glück aus einer fremden Wohnung kommt und ins erste Tageslicht fällt, sondern eine beklemmende Leere. Durch das glänzende Licht trug er sein dunkles, quälendes Nichts, schob es an gegen den aufgekratzten Strom der Spaziergänger wie die Bugwelle seines nichtigen Körpers. Es war ganz unerwartet über ihn hereingebrochen, und in dieser Heftigkeit hatte er das schon lange nicht mehr erlebt. Nur weil er Svetlana verloren hatte? Weil sie ihm ihren Sohn nicht geben wollte?

Muschter hätte ihm keinen Vorwurf gemacht, wenn er Svetlana und die mit ihr verbundenen Spuren aufgegeben hätte. Er verlangte nicht von ihm, in Privatangelegenheiten herumzuschnüffeln. Das Auto sollte er zurückbringen, mehr nicht. Einen simplen Gebrauchsgegenstand, an dessen Technik sich seit Anfang des Jahrhunderts nichts Grundsätzliches geändert hatte. Immer noch ein Haufen Blech auf vier Rädern, der schlechte Luft produziert.

Früher war seine Verachtung für die Autos noch deutlicher gewesen, an ihnen hatte er seine Wut auslassen können. Früher war sein Leben überhaupt klarer gewesen. Als er nach der Scheidung der Eltern mit dem Vater nach Berlin gezogen war, hatte er bald das Vergnügen entdeckt, im Vorübergehen die Karosserien besserer Marken zu zerkratzen. Damals war er zwölf, dreizehn. Den rostigen Nagel dafür – und rostig musste er sein – trug er in der Hosentasche. Einmal die Seitenwand entlanggeratscht, über beide Türen, laut gepfiffen oder gehustet, um das unangenehme Geräusch zu übertönen, und schnell weiter. Als Belohnung dann einen Döner. Kreuzberg war ein tolles Pflaster nach der Kleinstadt im Ruhrpott, in der er aufgewachsen war. Als er vierzehn war, wurde er einmal geschnappt und von der Polizei nach Hause gebracht. Er konnte sich nicht mehr erinnern, wie sein Vater damals reagiert hatte. Böse wird er gewesen sein, sehr böse. Schließlich war er Anwalt. Obwohl der Begriff gar nicht auf ihn passen wollte, ein Anwalt ist eloquent und gewitzt, sein Vater war wenig gesprächig, stur, reagierte grob, wenn er sich angegriffen fühlte. Und das war oft der Fall. Vermutlich konnte er einfach seine Gefühle nicht zeigen. Vielleicht war es das, was seine Mutter an ihm vermisst und bei ihrem eigenen Bruder gefunden hatte.

So war er auch gestorben. Konrad wusste wenig über ihn und sein Leben, nun war alles Nachdenken gänzlich sinnlos geworden. Sie hatten kaum miteinander gesprochen. Nur eine Sekunde lang tat es ihm leid, dass er sich jetzt in Kiew mit einer fremden Familie beschäftigte, während seine eigene mit jedem Todesfall weiter in die Vergangenheit entglitt. Hätte er die gleiche investigative Energie für seinen Vater aufgebracht, stünde er heute vielleicht anders da. Aber das war sein Job.

Vielleicht musste er nur etwas essen, innere Leere und Hunger sind manchmal schwer zu unterscheiden. Er machte kehrt und suchte in dem Viertel zwischen Lemberger Platz und nördlich der Universitetskaja nach dem gediegenen Restaurant, das ihm zuvor aufgefallen war. Die Speisekarte hing draußen in einem Glaskasten. Unter normalen Umständen wäre er nie in einen so teuren, steifen Laden gegangen. Die Kellner servierten in ukrainischer Volkstracht, das ungestrichene Holzgebälk der Decke lag frei, auf den weißen Tischdecken ruhten bestickte Servietten, zur Begrüßung gab es Honigwein, und neben den Tellern standen Schälchen mit Meerrettich. Nur wenige Gäste saßen an den Tischen. Männer mit seltsam runden, stumpfen Gesichtern, Boxern ähnelnd, nur die Augen hatten Leben, mit ihnen nichtssagende Blondinen. Er mochte weder diese Gäste noch diese ausgestellte, leblose Folklore, er fand sie nicht einmal amüsant. Dennoch bestellte er Piroggen mit Pilzen und solche mit Fleisch, weil man sich mit den blassen Teigtaschen so richtig widerlich vollstopfen kann. Dazu ein erstes großes Pils.

Als er wieder auf die Straße trat, war er weder glücklich noch satt, nur vollgestopft und benebelt. Beinahe war ihm übel. Er wusste nicht mehr genau, was er suchte.

Essen war immer ein gangbarer Weg, aber es war nie ein Ersatz für Liebe. Im Gegenteil, das Essen kann den Mangel erst richtig spürbar machen. Sich den Bauch vollstopfen ... von einer Frau gefüttert zu werden, die man eigentlich vögeln will. Das ist eine Erniedrigung. Als Vorspiel, gut, aber nicht als Ersatz.

In seiner Empörung war er wieder in der Chmelnickijstraße gelandet. Er konnte nicht ein zweites Mal an diesem Tag in Mazepas Büro gehen und so tun, als interessierten ihn die fehlenden Ergebnisse, als wollte er ihn zu einem energischeren Vorgehen bewegen. Im Grunde ließ Mazepas Rationalität ihn völlig unbefriedigt. Er spürte eine geradezu körperliche Abneigung gegen diese betuliche, systematische Art der Nachforschungen. Das war ein bisschen arg viel Annäherung an den Auftraggeber.

Wenn Slawen plötzlich deutsche Tugenden annehmen, werden sie unausstehlich.

Deshalb schlenderte er weiter durch die Einkaufsmeile und sah sich an den unappetitlichen Eindringlingen in der Stadt satt, den Touristen. Am unteren Ende des Kreschtschatik angekommen, ging er nach einem lustlosen Seitenblick auf sein Hotel weiter geradeaus, zum pompösen Denkmal der russisch-ukrainischen Wiedervereinigung, von dem aus sich ein weiter Blick über den Fluss eröffnete. Er wollte zum Wasser. Auf der Dnjeprbrücke blieb er stehen. Am nördlichen Horizont zeichnete sich ein Gespinst von Baukränen und Hochhäusern im blauen Dunst der Abenddämmerung ab. Er ging ans andere Geländer und blickte nach Südwesten. Zwischen den Gebäuden der Altstadt loderte tiefes Rot. Mächtig und breit strömte der Dnjepr in Richtung Süden. Wieder folgte sein Blick willig diesem Strom, weiter und gefährlich weit, bis er schon uneinholbar in der Steppe war. Im letzten Moment fing er ihn wieder ein und stellte ihn scharf auf die glatten Wasserstrudel unter der Brücke. Um sie herum rillte sich das Wasser und grollte, in unersättlicher stiller Wut.

Es war nicht zu leugnen: Er hatte in dieser Stadt keinen anderen Kontakt als Svetlana. Er hatte keine Bekannten, keine konkrete Spur. Gar nichts. Nur die Witwe des Fahrzeughalters. So unschuldig sie auch wirkte, sie steckte mittendrin, im Auge des Strudels.

Er ging wieder hoch in die Altstadt. Wie zum Hohn bremste ein dunkler Mercedes neben ihm an der Ampel. Baureihe Wilhelm 126, Zeitwert vielleicht fünfzehntausend Mark, er würde dreißig Prozent davon für die Wiederbeschaffung bekommen. Das lohnte den Einsatz nicht. Keine Versicherung würde so einen Wagen zurückholen. Als er losging, sah er, dass die Frau auf dem Beifahrersitz ihren Kopf aus dem Fenster streckte und sich im Seitenspiegel schminkte. Sie hatte die dicken, operierten Lippen der neureichen Russin oder Amerikanerin. Es scherte sie überhaupt nicht, dass er ihr dabei zusah. Mit diesen Lippen stülpte sie ihr ganzes Innenleben nach außen, als wollte sie fressen. Damit war sie wahrscheinlich umfassend charakterisiert.

Konrad streifte weiter durch die Stadt. Als er um zwei Uhr nachts in die Hotelhalle kam, lief ihm das Mädchen über den Weg. Er übersah ihr Lächeln, sie huschte ein wenig erschrocken an ihm vorbei. Beim Warten auf den Fahrstuhl drehte er sich noch einmal um und sah sie um die Ecke verschwinden, an der Seite eines anderen Mannes. Er spürte einen ganz idiotischen Stich von Eifersucht.

Er musste sich zur Vernunft zwingen. Oben legte er sich aufs Bett und dachte nach. Er konnte sich einreden, dass es wichtig wäre, die Person des Fahrzeuganmelders zu überprüfen. Also in die Klinik zu fahren und nach dem Sohn zu fragen. Dennoch wurde er das verdammte Gefühl nicht los, dass jetzt etwas anderes wichtig war, dass er ganz nahe an einer Sache war, die er lange vermisst hatte.

Kiew konnte das nicht sein. Ein Ortswechsel ändert bekanntlich nicht das Geringste, man kann bis ans Ende der Welt fahren und begegnet dort nur seinen alten Problemen. Dergleichen waren naive Ideen junger Menschen, Marlene und er hatten damals davon geträumt, nach Spanien zu gehen und in einer Anarchistenkommune zu leben.

Ihm war kalt, aber nicht von der Abendkühle, ihn fröstelte bei der Vorstellung, er könnte Svetlana verlieren und mit ihr die Geschichte. Könnte leichtsinnig alles verspielen, indem er sich ungeschickt anstellte, zu wenig leidenschaftlich. In Svetlana hatte er einen winzigen Anhaltspunkt an jene Zeit, die eigentlich die seine war, die ihn verloren hatte wie eine Mutter das verfrühte Kind.

Wie man aus einer Welt herausfallen kann? Wenn sich diese Welt schon durch viele, allzu viele Geschichten von einem entfernt hat. Man steigt an der falschen Haltestelle aus, merkt das schon in dem Augenblick, in dem man den Fuß auf den Bürgersteig setzt, will sich aber keine Blöße geben und schlägt in der ersten Irritation energisch eine Richtung ein, um sich vor den anderen Fahrgästen nicht zu blamieren; man tut, als hätte man es eilig, und verläuft sich. Irgendwann hält man erschöpft inne und findet sich in einer ruhigen Seitenstraße, die eigentlich nichts Bedrohliches hat, Villen, Vorgärten hinter hohen Hecken – nur ist es zu spät! Man begreift, dass man es nicht mehr schaffen wird, die eben noch so dringenden Termine sind versäumt. Man ist allein. In einer spießbürgerlichen, stillen Straße, am falschen Ort und plötzlich auch in einer falschen Zeit.

Am zuverlässigsten trennt das Leid, das man nicht mehr teilt. Er wusste wider alle Vernunft, dass er Svetlana brauchte.

## Drei

Am anderen Morgen erschrak er beim Blick auf die Uhr. Später Vormittag. Ein Sonntag. Der Straßenlärm hatte ihn nicht wie üblich geweckt.

Es war noch nicht zu spät, um zur Klinik zu fahren und sich das Gelände in Ruhe anzusehen. Er nahm die Metro zur Station Kontraktna Ploščа. Der Platz machte im Sonnenlicht den Eindruck, als hätte sich seit Vorkriegszeiten nichts geändert. Glatte Straßenbahnschienen glänzten im Pflaster, eine alte, klapprige Tram quälte sich heran, musste erst einmal verschnaufen, danach verfranzte sie sich in den schmalen Gassen des engen Wohnviertels. Autos kamen ihr entgegen und machten keine Anstalten, zurückzuweichen. Ein protziger dunkler Geländewagen fuhr frech bis vor die Schnauze des Triebwagens. Der Straßenbahnfahrer, ein hagerer Mann mit senkrechten Wangenfalten, ließ die Glocken schrillen.

Als die Tram sich aus diesem Gassengewirr befreit hatte, ging es schneller, die endlos lange Frunzestraße entlang. Am Spartakstadion stieg er aus und suchte nach der Hausnummer der Klinik. Vergeblich. Erst als er nach links die Telihastraße bergauf ging, erkannte er den Haupteingang wieder. Er sah sich zunächst den Zaun, also die Grenze des Klinikgeländes, näher an. Dort nahm offensichtlich jemand eine Abkürzung durchs Gesträuch. Konrad folgte dem Pfad und stieß bald auf Fertigteile aus Beton, mit Lücken nebeneinanderstehend wie eine Mauer. Er wagte sich nicht weiter, aus Angst vor Hunden oder Wachen, kehrte um und schlitterte den Lehmhang wieder hinab. Er ging die Geländegrenze weiter und fand eine neue Lücke mit einer Treppe den Hang hinauf. Das war sicherer. Über sie kam er zu einer Kirche und alten Gebäuden, die vermutlich schon zur Klinik gehörten. Als er dort vorüberging, hörte er eine Frauenstimme. «Mann, gebt eine Zigarette! Sicharetu», rief sie rau aus einem vergitterten Zimmer im Erdgeschoss. Er sah ein helles Gesicht zwischen den Stäben und eilte erschrocken weiter. Abgezäunt durch dünne Betonplatten ragte rechts die große orthodoxe Kirche empor. An ihren grünen Kuppeln zogen weiße Wolken vorbei. Das Terrain war weitläufig, durch Grünanlagen aufgelockert, eine alte Kirchenglocke stand in einem Gehäuse. Weiter hinten fand er modernere Gebäude. Auf dem Sandweg um einige Beete ging ein junges Mädchen mit kurz geschnittenem, schwarzem Haar. Spontan wandte er sich in ihre Richtung. Sie sah ihn, und als sie seinen Blick auffing, drehte sie um und lief so ungeschickt davon, dass es wie eine Flucht wirkte. Von hinten sah er die für ihren Oberkörper etwas zu fülligen Beine in einer Jeanshose. Jetzt, da sie rascher lief, wirkte ihr Gang fast watschelnd.

Er verließ den Platz und nahm die Parknischen in Augenschein, in denen die Autos von Mitarbeitern oder Besuchern standen. Französische, japanische, russische Modelle. Ein paar ältere deutsche. Ein Mercedes 500 SE wäre hier ebenso aus dem Rahmen gefallen wie der echte

Napoleon. Konrad sah sich weiter um und rechnete jeden Moment damit, angesprochen und gefragt zu werden, was er hier suche, in einer psychiatrischen Klinik. Doch nichts dergleichen geschah. Unter einer ausladenden Linde saßen ein paar Menschen an einem Tisch, über etwas gebeugt. Als er näher kam, sah er, dass sie Schach spielten. Jemand schaute kurz hoch, niemand sonst beachtete ihn. Die zwei Männer in Weiß mussten Pfleger oder Ärzte sein. Die anderen waren unauffällig gekleidet. Jetzt erkannte er das Gebäude wieder, in das er Svetlana hatte hineingehen sehen. Erste Station, stand auf dem Messingschild, und: «Lehrstuhl für Psychiatrie. Männerpsychiatrie.»

Auf den Treppenstufen stand eine ältere Frau mit weißer Haube und weißem Kittel und drehte sich eine Zigarette, das Gesicht und die Hände fast so dunkel wie der Tabak.

«Die Kleine lassen Sie besser in Ruhe», sagte sie.

«Welche? Ach, und warum?»

«Sie jagen ihr Angst ein.»

«Hab ich schon gemerkt. Aber wieso?»

«Nicht Ihr Problem. Ich sage Ihnen nur, verschwenden Sie Ihre männlichen Energien nicht an dieses Mädchen. Sie braucht Hilfe und Verständnis. Nicht wieder einen Typen, der sie bloß rumkriegen will.»

«Hören Sie.»

«Sparen Sie sich die Erklärungen. Ich sage Ihnen nur, lassen Sie die Finger von ihr.»

Er nickte und war froh, weiterzudürfen. Schon der weiße Kittel der Frau weckte seine Unruhe, Mediziner hatte ihn immer nervös gemacht, dieser Fachrichtung ganz besonders. Womöglich war Svetlanas Sohn wirklich hier. Aber ihm fiel kein Vorwand ein, unter dem er nach ihm hätte fragen können. Er wusste ja nicht einmal, ob dieser Sohn auch Solowjow hieß. Nicht zu eilig, aber doch als hätte er ein Ziel, ging er an einer Backsteinrotunde vorbei, kam zum langen Bau der Aufnahmestation, wo gerade ein Krankenwagen vorfuhr. Der Fahrer stieg aus und eilte zur verglasten Eingangsfront. Rechts erkannte Konrad die gewundene Asphaltstraße, die durch einen verwilderten Park führte.

Hier mochte es alles Mögliche geben, aber keinen Mercedes 500 SE. Er hatte hier nichts mehr verloren.

Svetlana winkte ihm schon von unten entgegen, sie ging sogar schneller, als sie ihn erkannte. Er blieb vor ihr stehen.

«Sie geben nicht auf, was?», lachte sie, außer Atem vom Hochsteigen. «Das gefällt mir.»

«Ich wollte nur mal sehen …»

«Kommen Sie. Ich zweifle sehr, ob Ihnen der Besuch bei meinem Sohn weiterhilft, aber wenn Sie so stur sind, sollen Sie die Erfahrung selber machen. Was kann schon passieren.»

«Waren Sie so sicher, dass ich hierherkomme?»

«Nein. Aber ich habe mir gedacht: Wenn dieser junge Mann das wirklich will, dann wird er nicht so einfach aufgeben. Dann lasse ich ihn. Wenn er wegfährt, war er nicht der Richtige. Das war so mein Gefühl. Sehen Sie, wir haben uns doch ganz gut verstanden. Sie haben mir schon viel von sich erzählt. Haben die weite Reise aus Deutschland gemacht. Es wäre schade, wenn wir einfach auseinandergehen.»

Plötzlich ausgelassen wie ein junges Mädchen, griff sie nach seiner Hand.

«Ganz ehrlich, ich freue mich, Sie zu sehen. Sind Sie inzwischen weitergekommen?»

«Ja», log Konrad, «ich habe einiges herausgefunden.»

«Gut», sagte sie, «Sie kommen jetzt mit zu Dr. Prokoptschuk.»

Svetlana begleitete ihn zur Ersten Station – der Männerpsychiatrie –, stieg vor ihm die Stufen zur Eingangspforte hoch und drückte die Tür auf. Am Ende eines kurzen Flures klingelte sie an der Tür zur geschlossenen Station. Der glänzende Messinggriff wirkte auf der Holzimitation wie ein Fremdkörper. Nach einer Weile öffnete ein sehr langer Mann im weißen Kittel, der trotz seines jugendlichen Alters schon leicht gebeugt war.

«Dr. Prokoptschuk, dies ist ein Neffe von Arkadij», sagte Svetlana. «Er möchte seinen Onkel besuchen und den Fall studieren. Sie können ihm alles sagen, auch die Krankenakte zeigen. Und das hier ist für meinen Sohn.»

Sie überreichte ihm eine Plastiktüte.

«Verstehe», sagt Dr. Prokoptschuk und nahm die Gabe wie etwas Schmutziges entgegen. Erfreut schien er nicht. «Sie müssten noch eine Erklärung unterschreiben. Der Herr soll hier draußen auf mich warten, ich muss meine Visite beenden.»

Er hob die Hand wie zu einem Gruß. Als Konrad sich im Flur umdrehte, war Svetlana schon verschwunden.

Er setzte sich an eines der weißen Plastiktischchen im Wartesaal. Schon die Atmosphäre eines solchen Raumes machte ihn nervös. Dabei war er allein, bis irgendwann die Frau hereinschaute, die ihn an der Treppe angesprochen hatte.

«Sind Sie der einzige Patient?», fragte sie.

«Ich habe einen Termin», log er und schämte sich.

Nach einer Viertelstunde ertrug er das Warten nicht mehr und ging in den Flur. Im Dämmerlicht des langen Korridors hörte er Schritte und sah dann eine massive Gestalt, die sich langsam auf ihn zubewegte. Schritt für Schritt, auf flach aufgesetzten, nicht abgerollten Sohlen. Ein Patschen. Diese Schritte waren so gleichmäßig und dumpf, dass Konrads Herzschlag sich beschleunigte. Der schwere Mann näherte sich aus der Tiefe des Flures, die Schattenlinien wurden schärfer. Seine Bewegungen waren verlangsamt wie die eines Roboters. Der Mensch kam näher, und als er bei Konrad war und dieser etwas sagen zu müssen glaubte – trat der andere noch einmal näher heran, viel näher, als die europäische Etikette es erlaubt. Der Mann stand jetzt bei ihm und hielt sein Gesicht so nah an das seine, als wollte er Konrads Mut auf die Probe stellen oder einmal nachsehen, ob das überhaupt ein Lebewesen sei. Als bräuchte er keinerlei Rücksicht auf Grenzen zu nehmen. Er atmete durch die Nase, schwer und laut, vielleicht wegen seiner Leibesfülle, vielleicht auch aufgrund von Medikamenten. Überraschenderweise roch sein Atem nicht schlecht. Nach Nelke. Jetzt durfte Konrad nicht lächeln, aber auch nicht abweisend sein, höchstens freundlich gucken. Er hatte schon immer diesen einladend weichen Blick gehabt, der Verrückte anzieht. Jetzt galt es, diese Nähe auszuhalten, ohne sich einsaugen lassen. Der Mann sagte nichts. Er atmete.

In dem Moment sprang die Tür zum geschlossenen Bereich auf, ein Mann eilte heraus, gefolgt von Dr. Prokoptschuk. Der strahlte große Ruhe aus.

«Nikifor, Gäste behandeln wir mit Respekt», rief er dem Patienten zu.

Der massige Mann beschwichtigte mit einem Handzeichen, als wäre er ein ärztlicher Kollege.

«Vor dem brauchen Sie keine Angst zu haben», erklärte Prokoptschuk, als er die Tür seines Arbeitszimmers hinter sich geschlossen hatte. «Er hält sich für ganz wichtig. Aber er ist mit sich im Reinen, deshalb tut er keiner Fliege was. Außerdem könnten Sie ihm einfach weglaufen, er sieht Sie schon nach wenigen Metern nicht mehr. Auf seine Brille hat er sich schon so oft draufgesetzt, dass wir ihm keine neue mehr verschreiben.»

Auf dem Schreibtisch vor dem vergitterten Fenster lagen zwei dicke, vollgestopfte Hängeregistertaschen.

«Ich habe mir die Krankengeschichte von Arkadij aus dem Archiv kommen lassen. Als Svetlana mir Ihren Besuch ankündigte, musste ich mich erst einmal mit dem Fall vertraut machen.»

«Wann hat sie Ihnen denn davon gesagt?»

«Vorgestern.»

«Sie behandeln ihn noch nicht lange?»

«Seit einem Jahr.»

«Jedenfalls ist es ihr Sohn?»

«Selbstverständlich. Hatten Sie Zweifel?»

«Ich wollte mich nur vergewissern.»

«Herr Solowjow ist gewissermaßen Stammgast bei uns. Seit 1987 war er mit Unterbrechungen immer wieder in Behandlung, seit 1989 dauern seine Aufenthalte mit jedem Mal länger. Mal wurde er entlassen, einmal lief er uns einfach davon. Anfang der neunziger Jahre galt er als geheilt, und wir haben ihn längere Zeit nicht gesehen. Aber dann, 1992 oder 1993, da müsste ich mal nachschlagen, wurde er wieder eingeliefert. Seit einem knappen Jahr will er gar nicht mehr weg. Trotzdem schließen wir sein Zimmer ab, weil er früher jede Gelegenheit genutzt hat, wieder auf Trebe zu gehen. Also auf die Suche in Richtung Tschernobyl ...»

«Aber warum ist er überhaupt hier? Ich meine, was hat er?»

«Eine Psychose. Manisch-depressiv.»

«Psychose?», fragte Konrad. «Ist die Diagnose gesichert?»

Prokoptschuks Lächeln blieb, doch verschwand jedes Leben aus ihm. Diese Frage, vielleicht auch Konrads forscher Ton, missfiel ihm.

«Eine solche Diagnose lässt ja wenig Aussicht auf Hoffnung.»

«Das stimmt nicht. Sind Sie Kollege?»

«Nein», versicherte Konrad freudig, «aber Hypochonder. Ich habe schon als Jugendlicher gern medizinische Fachbücher gelesen.»

«Wir erzielen in den letzten Jahren sehr gute Behandlungserfolge mit neueren Mitteln. Haloperidol und anderem.»

«Wie äußert sich seine Psychose?»

«Damit sind wir schon mitten in der Krankengeschichte, und die ist lang. Ich darf Ihnen das nur erzählen, weil ich von Frau Svetlana ausdrücklich ermächtigt bin. Einen rechtlichen Anspruch haben Sie nicht. Und Sie müssen mir auch mal erklären, was Sie an diesem Fall so interessiert.»

«Mach ich», nickte Konrad.

«Arkadij hat bis Mitte der achtziger Jahre ein unauffälliges Leben geführt», fuhr Dr. Prokoptschuk fort. «Jedenfalls soweit uns bekannt ist. Er war zurückhaltend, aber ausgesprochen begabt. Das Studium an einem Polytechnischen Institut hat er mit Auszeichnung abgeschlossen. Er arbeitete als Ingenieur in einem großen Stahlwalzwerk. Ungewöhnlich war allenfalls, dass er mit Mitte fünfzig immer noch bei seinen Eltern wohnte. Aber so etwas kommt ja vor. Verheiratet war er nie. Auch das ist nicht pathologisch. Dann gab es den Unfall in Tschernobyl, und wenige Wochen später zeigten sich deutliche Veränderungen in seiner Lebensweise.»

«Wie äußerten sich die?»

«Anfangs in ungewöhnlichen Stimmungsschwankungen. Seine Mutter hat berichtet, dass er nach der Explosion des Reaktors wochenlang zu Hause auf dem Bett lag, unansprechbar, nahezu regungslos. Niemand konnte ihn dazu bringen, aufzustehen und zur Arbeit zu gehen. Der Betriebsarzt kam und stellte ihn frei. Später bekam er einen amtlichen Rentenbescheid. Dann verließ er irgendwann das Haus und blieb tagelang, sogar wochenlang verschwunden.»

«Woher weiß man das?»

«Von seiner Mutter.»

«Man weiß ziemlich viel durch sie. Und wo war er denn in dieser Zeit?»

«Eines Tages wurde er aufgegriffen, als er bei einer Siedlung nördlich von Kiew irgendwelche Anlagen fotografierte. Der Ort liegt nahe an der Zone um Tschernobyl.»

«Wieso aufgegriffen? Ist Fotografieren dort verboten?»

«Damals waren andere Zeiten. Er wurde festgenommen und nach Kiew gebracht. Und damit begannen die Dinge, die ihn erst richtig auffällig machten.»

«Nämlich?»

«In der Krankengeschichte gibt es eine Zusammenfassung der polizeilichen Vernehmungsprotokolle. Je länger sie dort mit ihm sprachen, desto tiefer verstrickte er sich in Widersprüche. Er konnte gar nicht erklären, was er dort gesucht hatte.»

«Aber man muss doch auf den Fotos gesehen haben, was ihn interessierte. Schmetterlinge oder Landschaften.»

«In der Tat, hat man auch.»

«Und zwar?»

«Auf den Bildern sind die alltäglichsten Dinge zu sehen. Häuser, Zäune, Pappeln. Tiere. Käfer. Auch einzelne Gesichter, meistens von älteren Frauen.»

«Und wie hat er das erklärt?»

«Er sagte, er wolle verschiedene Schichten untersuchen. Er wollte durch die scheinbaren Dinge, durch die Oberfläche zur Wahrheit vordringen, zum Grund. Und irgendwann taucht dann in den Protokollen dieser Begriff auf – der ‹Punkt des größten Bösen›, wie er das nannte.»

«Punkt des größten Bösen?»

«Ja. Diese Formulierung ist psychologisch interessant. Aber bei den einfachen Polizisten machte er sich damit natürlich sofort verdächtig. Die kannten bestimmt den Ausdruck von Ronald Reagan, ‹das Reich des Bösen›. Damals war die Sache mit Tschernobyl, die man eigentlich unter den Tisch kehren wollte, international bekanntgeworden, und man sah es nicht gern, dass jemand dort herumschnüffelt.»

«Arkadijs Begriff steht in den Akten?»

«Ja. Beziehungsweise in der Zusammenfassung der Polizei. Manchmal sprach er auch von ‹heißen Punkten›. In den Papieren hier taucht anfangs immer wieder ein Name ohne medizinischen Titel, dafür mit militärischem Dienstgrad auf. Ein Oberst J. Ich brauche Ihnen nicht zu sagen, was das bedeutet.»

«Nämlich?»

«Sie kommen doch aus der DDR?»

«Nein», Konrad schüttelte den Kopf, «ich bin aus dem Westen.»

«Aber die Stasi ist Ihnen ein Begriff? Na, es liegt doch auf der Hand. Aber dieser Verdacht auf eine staatsfeindliche Tätigkeit Arkadijs zerstreute sich Ende der achtziger Jahre. Da verschwindet Oberst J.»

«Also nach dem Zerfall der Sowjetunion?»

«Ja. Mit einem Mal war Arkadij nichts weiter als ein harmloser Verrückter. Man hat ihn sogar entlassen. Warten Sie, das war, genau, 1989.»

Prokoptschuk machte eine Pause.

«Möchten Sie einen Kaffee?», fragte er dann.

«Gern.»

«Darf ich fragen, was Sie an dem Fall interessiert?»

«Ich bin mit der Aufklärung eines ungewöhnlichen Fahrzeugdiebstahls beauftragt. Und ich will ausschließen, dass Arkadij Solowjow etwas damit zu tun hat.»

Prokoptschuk legte den Kopf schief und kniff ein Auge zu.

«Wann soll der Diebstahl denn begangen worden sein? Das hätte ja während seiner kurzen Zeiten in Freiheit sein müssen.»

«Nein, das Auto wurde in Deutschland entwendet und nach Kiew gebracht.»

«Dann soll er die Straftat von hier gesteuert oder in Auftrag gegeben haben?»

«Keine Ahnung. Das will ich ja herausfinden. Und eben deshalb muss ich mehr über ihn wissen. Das ist meine Methode, sie hat sich bewährt.» Es machte Konrad jedes Mal nervös, wenn er seine Vorgehensweise erklären musste. «Kleine, unscheinbare Veränderungen der Persönlichkeit zeitigen manchmal Folgen, die schwer wiegen. Eine Art Hebelwirkung, verstehen Sie?»

«Nicht ganz, aber egal. Arkadij kam nach anderthalb Jahren wieder, diesmal mit akuten Angstvorstellungen. Er glaubte, Insekten zu sehen, die zu Frauen wurden. Oder umgekehrt, warten Sie. Das steht hier alles drin. Ich bin noch nicht dazu gekommen, die Protokolle in Ruhe zu studieren. Es ist viel Papier. Ich habe eine Menge zu tun, wir haben immer mehr Patienten. Viele eingebildete Napoleons.»

«Wirklich?», lachte Konrad.

Prokoptschuk blätterte.

«Nach den ersten Gesprächen bei der zweiten Aufnahme, als er merkte, dass man ihn eine Weile hierbehalten wollte, schwieg er hartnäckig. Er sagte kein Wort mehr. Es gelang dann mit Hilfe bestimmter Mittel, ihn zum Reden zu bringen. Dieser Aktendeckel hier, das sind seitenweise Protokolle, mitgeschrieben von einer Assistenzärztin in den ersten Jahren, 1987, 1988.»

«Also hat er doch ein bisschen geredet?»

«Das Vertrauen des Patienten zu gewinnen, ist die hohe Kunst der Psychiatrie. Auf diesem Vertrauen beruht der Heilungsprozess. Aber ich gebe zu, damals hat man ein wenig nachgeholfen. Sie werden zu Beginn jedes Protokolls wiederkehrende Kürzel entdecken, sie bezeichnen die Dosierung von Koffeinbarbamilnatrium. Ein leichtes Narkosemittel, das zur Einleitung größerer Anästhesien benutzt wird. In höherer Dosierung macht es euphorisch und löst die Zunge. Einen Patienten, der eben noch misstrauisch und aggressiv war, überkommt das Gefühl, alle Anwesenden seien ihm wohlgesinnt und er dürfe über alles sprechen, was ihm auf dem Herzen liegt. Arkadij hat gern fabuliert. Er muss ein bezaubernder Erzähler sein. Oft kam sogar ein anderer Arzt in das Behandlungszimmer und wollte diese halbe Stunde zuhören. Umringt von Schwestern und Ärzten lag er auf dem Bett und dozierte. Das Interesse schmeichelte ihm. Wenn es ihm besserging, saß er auf dem Stuhl. Er genoss die Sitzungen, bis heute macht er einen narzisstischen Eindruck.»

«Benutzt man dieses Mittel noch?»

«Selten. Manchmal testet man damit Entlassungskandidaten, um auszuschließen, dass sie sich an Angehörigen rächen wollen, zum Beispiel.»

«Hat er das Medikament freiwillig eingenommen?»

«Sehen Sie», das kam sehr von oben, und Konrad ließ es sich gefallen, froh, überhaupt so tief in die Sache eingeweiht zu werden, «schon bei einem psychisch Gesunden ist schwer zu sagen, was er freiwillig tut und was nicht. Ich möchte ja auch nicht wissen, was Sie in Wahrheit an diesem Fall anzieht. Nehmen Sie es mir nicht übel, aber die Sache mit dem Auto überzeugt mich nicht. Wer weiß, womöglich sind Sie von Gründen getrieben, die Ihnen selbst nicht klar sind. Bei einem seelisch Gestörten lässt sich das umso schwerer sagen.»

«Schizophrenie schließen Sie aus?»

«Selbstverständlich. Eine Schizophrenie hat andere, eindeutige Symptome, die bei ihm nicht vorliegen.»

«Aber wie kann es sein, dass jemand, der so lange normal war, auf einmal in der geschlossenen Abteilung festgehalten wird?»

«Wissen Sie, es gibt unterschiedliche Krankheitsverläufe. Exogene und endogene Psychosen. Arkadij ist manisch-depressiv, inzwischen chronisch. Es ist auch nicht auszuschließen, dass die Medikamente ihn auf Dauer verändert haben. Bis in die achtziger Jahre wurden die Psychopharmaka der älteren Generation noch relativ unbedenklich und in hoher Dosierung eingesetzt. Je länger jemand unter der Wirkung solcher Mittel lebt, desto größer die Wahrscheinlichkeit, dass diese Mittel ihn tatsächlich verändern. Außerdem …»

«Aber er scheint doch harmlos. Warum entlässt man ihn nicht einfach?!»

«Das wollte ich gerade sagen. Seine Mutter will ihn nicht zurückhaben.»

Prokoptschuk schloss einen schmalen Raum hinter seinem Kabinett auf. Nur ein Tisch darin, vor dem Fenster zum Innenhof, dazu ein Stuhl und an der Wand ein Waschbecken. Fast wie eine Gefängniszelle. Er legte die zwei schweren, verschnürten Akten auf den Tisch.

Konrad schlug die erste auf und fand darin in engem

Zeilenabstand mit der Maschine beschriebene Seiten. Sie waren nur geheftet und ließen sich leicht herausnehmen. Er blätterte und begann aufs Geratewohl zu lesen.

Zweite Einweisung, 1988. Auch eine interessante Jahreszahl.

*«Der Käfer humpelte und stolperte vorwärts wie unsere greisen Funktionäre, der alte Breschnew zum Beispiel, der immer eine Spur weißen Schaums im Mundwinkel hatte. Das kam von den Tabletten gegen Sodbrennen oder sonst etwas, von all diesem Zeug, das er in sich hineinschüttete. Unmengen von Medikamenten.»*

So also klang Svetlanas Sohn? Schon nach diesen wenigen Sätzen meinte Konrad eine lebendige Stimme zu hören, einen ganz eigenen Rhythmus, einen Ton wie Glockenläuten. Dabei hatte er diesen Menschen nie zuvor gesehen, geschweige denn sprechen hören.

*Zwischenfrage des Arztes: «Woher wissen Sie das?»*

*«Was?»*

*«Dass Leonid Breschnew Tabletten einnahm?»*

*«Das weiß doch jeder. Ich meine, das sieht man. Im Fernsehen. Ist Ihnen nicht aufgefallen, dass er sich oft von zwei Helfern stützen ließ, damit er bei Staatsempfängen nicht schwankte? Aber dann wurde ich auf einen Schlag sehr traurig. Nicht wegen Breschnew. Obwohl ich den gemocht habe. Sondern weil mir klarwurde, dass ich diesem Käfer großes Unrecht tat, wenn ich ihn mit einem kranken alten Mann verglich. Das Insekt konnte ja nichts dafür. Es war auch ein sehr schönes, ja prächtiges Exem-*

*plar. Wissen Sie, Herr Professor, wie ein Carabus ullrichi aussieht? Er gehört zur Familie der Laufkäfer und hat einen glatten Halsschild sowie schwarzgrün glänzende, wie von Steppnähten durchzogene Rillen auf den Flügeldecken. Dieses Tier hier schien seinen eigenen Stolz zu haben. Ob es nun durch die Strahlung geschädigt war oder durch eine andere Krankheit, der Käfer machte den Eindruck, als schämte er sich, als wollte er seine Behinderung hinter den langsamen Bewegungen verbergen, das Gesicht wahren und möglichst rasch aus meinem Blickfeld verschwinden. Er tat mir unendlich leid.»*

*«Haben Sie öfter Mitleid mit Tieren?»*

*«Einmal habe ich einen großen Marabu gesehen, der mit erhobenem Kopf daherstolzierte. Er wollte die Fasson wahren, dabei fielen ihm schon die Federn vom Fleisch.»*

*«War das im Zoo?»*

*«Ich weiß nicht mehr.»*

*«Und dann?»*

*«Ich empfand großen Respekt vor diesem Wesen der Schöpfung und traute ihm die gleiche Scham zu wie einem kranken Menschen. Ich wurde mir der Verantwortung für all die geringeren Wesen bewusst, die neben uns herleben und doch quasi unsere Vorfahren sind, Vorstufen der menschlichen Entwicklung. Wir sind so gemein, sie Tiere zu nennen, dabei sind wir es selbst, nur in einer älteren Form.»*

*«Die Tiere sind wir selbst?»*

*«In gewissem Sinne. Wir, in einer früheren Zeit.»*

Konrad klappte den Deckel zu und ging zu Prokoptschuk ins Arztzimmer.

«Sagen Sie: Das scheinen ja wörtliche Mitschriften zu sein. War es üblich, dass man die Befragungen so genau festhielt?»

«Nein. In Arkadijs Fall hat man sich aus wissenschaftlichem Interesse dazu entschlossen. Das sind Transkriptionen vom Tonband, alles wurde aufgenommen. Sie können davon ausgehen, dass es eine ziemlich genaue Wiedergabe des Wortlauts ist.»

«Wissen Sie, wer die Aufnahmen gemacht und wer das aufgeschrieben hat?»

«Nein, keine Ahnung. Steht da vielleicht irgendwo drin.»

Konrad zog sich wieder in den Raum zurück und blätterte weiter.

*«Ich wollte mich ihr zärtlich nähern, es war doch meine, meine ...»*

*«Meine was?», fragt der Arzt.*

*«Ich liebte sie und hatte doch Angst, dieses Hinterteil könnte sich über mir aufbäumen und mir seinen Stachel in den Leib bohren.»*

*Arkadij hält inne, dann: «Die Frau als solche ist gepanzert, geben Sie mir recht?»*

*Patient scheint auf Bestätigung zu warten, wirkt plötzlich unsicher und gestikuliert.*

*«Man sieht es ihr nur nicht an. Sie wirken so zart und duftig. Sie spazieren in ihrem Körper in der Welt umher, als wären sie nicht von, eben, nicht von dieser Welt. Sie scheinen so rein zu sein. Man kann sich zum Beispiel gar nicht vorstellen, dass sie auch einmal müssen. Aber wenn man sich Kopf und Unterleib genau ansieht, erkennt man,*

*dass es sich um zwei völlig unabhängige Teile handelt. Man sieht es deutlich, wenn eine Frau sitzt. Jeder denkt, die beiden Teile seien verbunden, aber die Taille trügt.»*

*Patient wirft einen erschrockenen Blick auf die Schwester an seinem Bett, als würde ihm jetzt erst bewusst, dass es sich auch bei ihr um eine Frau handelt. Sein Kopf ist auf Höhe ihrer Hüfte. Auch die Unterzeichnete, Dr. Medwedjewa, die am Tisch sitzt, bekommt einen solchen Blick. Arkadij lächelt ihr mitfühlend zu und fährt fort.*

*«So vieles ist Schein bei der Frau. Irgendwann kippen sie um und zerbrechen. Dann merkt man, wie hart und unbeweglich sie schon lange Zeit gewesen sein müssen, sie können einem leidtun. Sie fallen auf den Rücken und können nur noch mit den Beinen zappeln, wie ein Käfer.»*

*«Wie viele Beine hat nach Ihrer Ansicht eine Frau?»*

*Arkadij zuckt mitleidig mit den Schultern.*

*«Sie gehen kaputt. Es ist eine Kunst, diesen Panzer zu durchbrechen. Aber das musste ich, um sie zu lieben. Der Bruch war nur an dem Punkt möglich, an dem sie am giftigsten war.»*

*«Welche Frau wollten Sie lieben?»*

*Keine Antwort.*

*«Würden Sie sagen, dass auch Ihre Mutter gepanzert ist?»*

*«Meine Mutter», Arkadij stockt. «Meine Mutter.»*

*«Ja, Ihre Mutter. Svetlana Wiktorowna.»*

*Patient verstummt mit einem ausatmenden ‹Pf› und zieht eine verachtungsvolle Miene, die fast ans Komische grenzt. Anschließend verweigert er jedes weitere Gespräch.*

Konrad ließ den roten Pappdeckel auf den Tisch sinken und blickte aus dem Fenster. In dem Hof zwischen den Gebäudeflügeln, die sich zur Straßenseite öffneten, trieben Fliederbüsche erste Blüten. An der gegenüberliegenden Fassade mit ihren vergitterten Fenstern bröckelte der Putz in großen Flächen ab.

Sein Geist schweifte ab. Als hätte er sich nach langer Enthaltsamkeit eine Schachtel Gitanes ohne Filter gekauft. Erst wenige Schritte hatte er in die Geschichte dieser Familie hineingetan, um nach bewährter Methode dem Auto nachzuforschen, aber worauf er hier stieß, das erregte ihn so sehr, als hätte er die schwarze Karosserie des Mercedes schon greifbar vor sich. Nein, das war mehr Erregung als Karosserie. Das Auto war lebendig geworden. Seine scharfen Umrisse, eben noch deprimierend eindeutig, waren aufgebrochen, unter dem Metalliclack korrodierte etwas, aber das war kein Blech, eher organische Materie, und sie bekam Risse, wurde weich und zerfloss, die Karosserie nahm ganz unglaubliche Farben und Dimensionen an, sie trieb nicht nur Sicken und Spoiler, besonders viele Sicken, weil niemand weiß, was das ist, sondern überhaupt überraschende, phantastische autofremde und autoübersteigende Formen, es stülpte sich aus ihr heraus, schnürte sich zu metallischen Taillen, wie um aller Welt zu sagen: Schaut her, dies bin ich in Wirklichkeit, für dich bin ich schön, alles vorher war nur Verpackung und falsche Gestalt, und dieses Kunstwerk aus immer neuen Ausstülpungen bauschte sich auf, spreizte Hutzen und Federn wie ein Pfau, wollte schön sein, aber nicht wie eine Frau, die sich selbst vor dem Spiegel erniedrigt, Schnuten zieht und Lippen anmalt, sondern größer, göttlicher, selbstbewusster, und vor allen Dingen schnell. Wie eine Blüte im Zeitraffer. Die ganze Karosserie verwandelte sich. Da war nicht mehr die glatte Unnahbarkeit des Blechs, die ihn als Jungen provoziert hatte, sie zu zerkratzen, nein, das war längst ein anderer Stoff, fast schon lebendig, vielfältiger auf jeden Fall, tiefer, poröser, dichter. Mehr wie ein Fell oder Haut. Das Auto wuchs zu gewaltiger Größe heran und erhob sich, wuchs über sich selbst hinaus. Da stand er wie ein kleiner Junge und staunte zu ihm hoch.

Konrad bekam eine unerklärliche Lust auf dieses Etwas, das nur noch lose mit seinem Namen verbunden war und aus diesem herauskroch wie aus einer harten Schale, einer alten Haut.

«Das sind ja phantastische Geschichten», sagte Konrad zu Prokoptschuk, noch etwas zittrig nach dieser Erscheinung und bemüht, sich nicht zu verraten. Prokoptschuk sollte nicht auf die Idee kommen, selbst ausführlicher nachzulesen. Der sollte sich hier mit seinen normalen Verrückten abgeben.

«Ich werde mir einige Zeit für die Lektüre nehmen müssen.»

«Tun Sie das», sagte der Psychiater ahnungslos. «Mitgeben kann ich Ihnen die Akten leider nicht. Ich glaube ohnehin nicht, dass es den Vorschriften entspricht, wenn ich Sie als Außenstehenden hineinsehen lasse, bei der Klinikleitung frage ich lieber nicht nach. Aber Svetlana ist der Vormund, sie hat Einblick und darf wohl auch Dritte dazu ermächtigen.»

«Vormund?»

«Ja, sie hat Arkadij entmündigen lassen.»

Prokoptschuk begleitete ihn bis zur Tür des Krankenzimmers.

«Ich werde nicht mit hineingehen. Jeder Arztbesuch wühlt ihn auf. Das tun wir so selten wie möglich.»

Es schien, als trauten sich nicht mehr viele Menschen zu Arkadij hinein. Prokoptschuk öffnete das glänzende Messingschloss, das vor nicht langer Zeit an der Tür montiert worden sein musste, mit einem Vierkantschlüssel. Als die Tür hinter Konrad zuging, blendete ihn das Gegenlicht, das durch zwei große, vergitterte Bogenfenster in den Raum fiel. Drei Betten aus dunkel lackiertem Holz standen im Raum, zwei am Fenster, eines näher an der Tür. Keine typischen Klinikbetten, wie er sie aus Deutschland kannte. Auf zweien lagen graue Wolldecken flach auf dem weißen Laken. Nur auf dem rechten am Fenster hatte die Decke einen Bezug, unter dem sich etwas bewegte, auch wenn es sich nur flach wölbte, klein und hager wirkte. Knie schoben sich nach oben und standen spitz durch die Decke. Konrad blieb an der Tür stehen.

Der Mann auf dem Bett drehte den Kopf zu ihm. Jetzt wagte Konrad sich näher. Zum ersten Mal sah er das verhärmte Gesicht von Arkadij Solowjow und war enttäuscht. Es passte nicht zu den Aussagen im Protokoll. Die Lippen lagen weich, fast selbstmitleidig zwischen den eingefallenen unrasierten Wangen, wie eine letzte Festung der selbstverliebten Kraft, die aus den Protokollen sprach. Alles andere war erschlafft, ein trauriger Rest der wahnsinnigen Phantasie, die dort zum Ausdruck kam. Das ungeschnittene blonde Haar klebte an der Stirn, ringelte sich übers Ohr. Nur der Blick der braunen Augen verriet ein ungewöhnliches Innenleben.

«Guten Tag.»

Arkadij antwortete undeutlich.

«Ich habe mit Ihrer Mutter gesprochen.»

Zu spät fiel ihm ein, was er über Arkadijs Reaktionen auf die Mutter gelesen hatte. Wie dumm. Konrad wartete ein paar Sekunden, dann fuhr er fort: «Ich soll Ihnen Grüße bestellen. Es geht ihr gut. Ich glaube, Sie könnten mir vielleicht helfen.»

Arkadij schwieg.

«Aber erst einmal: Hier, das habe ich Ihnen mitgebracht.»

Konrad reichte ihm einen der Erdnussriegel, die er am Kiosk gekauft hatte.

Arkadij nahm ihn vorsichtig entgegen.

Dann riss er schnell das Papier auf und schob sich die Schokolade in den Mund. So hastig, als wäre er kurz vorm Verhungern. Das Snickers war spottbillig gewesen, ein Drittel des Preises in Deutschland. Schön sah das nicht aus. Er stopfte mit den Fingern nach, Reste blieben an den Lippen kleben, das Karamell zog Fäden und blieb in seinen Bartstoppeln hängen. Er war seit Tagen nicht rasiert worden. Er zog dabei viel Luft ein, viele Zähne hatte er auch nicht mehr.

Konrad musste schmunzeln.

«Sie bekommen hier wohl nicht ordentlich zu essen?»

Arkadij guckte ihn mit großen Augen an und hielt beim Kauen inne. War das ein Lächeln? Die Zähne waren dunkel verfärbt.

«Verstehen Sie mich?»

Arkadij nickte, brav wie ein Kind.

«Wie geht es Ihnen hier?»

«Werden Sie mich töten?»

«Nein, um Gottes willen.»

«Sind Sie der neue Arzt?»

«Nein, nein, Arzt bin ich auch nicht. Ich will aus einem anderen Grund mit Ihnen sprechen. Wo haben Sie denn Ihr Auto gelassen?»

Mit einem Mal warf Arkadij seinen Oberkörper aus dem Bett und ließ den Kopf nach unten hängen. Er schielte unter das Gestell. Das Haar hing strähnig zu Boden. Dann kam er wieder hoch.

«Da ist es nicht.»

Konrad lächelte.

«Ja, unter dem Bett ist es nicht.»

Arkadij schüttelte den Kopf.

«Aber Ihr Vater hatte bestimmt einen Wagen, oder?»

«Einen Wolga», antwortete Arkadij.

«Keinen Mercedes?»

Arkadij zog eine Miene, schob schmollend die Lippen nach vorn, wandte den Kopf ab und blickte auf die blühenden Büsche hinaus. Tat geistesabwesend. Konrad wusste nicht, ob er verunsichert war oder Geringschätzung zeigen wollte. Ihm war nicht einmal klar, ob er die Frage überhaupt verstanden hatte. Arkadij sprach mit einem merkwürdig singenden Akzent, den er manchmal nur mit Mühe verstand. Zudem nuschelte er, und auch die Zahnlücken machten ihn nicht verständlicher. Vielleicht verwechselte er die Automarken.

Arkadij guckte, als hätte man ihn auf seinen offenen Hosenstall hingewiesen oder als schämte er sich eines vergessenen, dabei selbstverständlichen Datums.

«Kein Wolga?» Er rieb sich mit der Hand das Kinn,

wie ein Schüler beim Examen. «Ich möchte Professor Guzman sprechen.»

«Das müssen Sie wissen. Aber haben Sie nie etwas von einem Mercedes in Ihrer Familie gehört?»

Er sah Konrad verständnislos an. Dann schob er ein letztes Stückchen Erdnussriegel in den Mund, samt dem Papier, das er umständlich zwischen den Zähnen wieder herausfummeln musste.

«Einen Wolga, einen schwarzen», sagte er mit vollem Mund, als hätte er jetzt alles deutlich vor Augen. «Am Anfang war das Auto noch viel größer als Vater, viel stärker. Das Auto bestimmte selbst, wann es losfahren wollte und wie schnell es wurde. Einmal musste Vater Svetlana an der Straße stehen lassen.»

Er dachte sich das nicht aus, die Geschichte hatte ihn bei der Hand genommen, und er ging mit und schilderte alles.

«Sie sollte hinten einsteigen», fuhr Arkadij nun fließend fort, ohne alles Stocken. «Ich durfte vorn sitzen, Vater hatte das Auto neu bekommen. Es war wie ein frisch gezähmtes Tier und fuhr los, ohne sich darum zu kümmern, dass Svetlana noch gar nicht drin saß. Nach ein paar Minuten drehte Vater den Kopf und fragte: Na, was sagst du? Er wollte nämlich immer gelobt werden, immer musste er der Beste sein. Erst in diesem Augenblick merkte er, dass Svetlana nicht da war. Und Olha schrie.»

Konrad saß am Bett und nickte.

«Wir fuhren ohne sie in den Wald. Ich musste im Auto warten, und Vater ging mit Olha Pilze sammeln.»

Der Kontrast zwischen dem bisherigen Drucksen und

Schweigen und diesem fast selbstzufrieden strömenden Erzählfluss hätte größer nicht sein können. Konrad erkannte die Stimme und den Rhythmus der Protokolle. Er hatte das Gefühl, dass er ihn jetzt loben sollte.

«Aha, sehr schön», sagte er, um sein Vertrauen zu gewinnen.

Nach diesem ersten Strom guckte Arkadij ihn erwartungsvoll an. Auch ein bisschen ängstlich, als rechnete er mit einem Tadel oder gar Schlägen.

«Wer ist Olha?», fragte Konrad möglichst ruhig.

Arkadij zitterte.

«Olha?»

«Sie haben eben eine Olha erwähnt. Olha, die im Auto geschrien hat.»

Arkadijs Kinn bebte. Er sah zur Zimmerdecke, als müsste er Tränen am Herauslaufen hindern, und zuckte mit den Schultern. Er konnte einem leidtun.

«Weg.»

Konrad wusste nicht weiter. Sollte er ihn trösten? Seine hagere, sehnige Hand mit ihren Altersflecken ergreifen? Was tun angesichts eines zitternden alten Mannes, der noch immer Sohn ist?

«Weg?»

«Weggeschickt!», stieß er hervor.

«Aber warum hat sie geschrien?», fragte Konrad.

«Sie hatte Angst. Ich musste im Auto bleiben. Vater nahm sie an der Hand und ging mit ihr in den Wald.»

Dann fragte er:

«Wer sind Sie?»

«Mein Name ist Konrad. Ich komme aus Deutschland.»

«Was wollen Sie denn?»

«Gar nichts. Von Ihnen gar nichts. Mich interessiert nur das Auto.»

Arkadij sah auf das Bett. Nach einer Weile wanderte so etwas wie ein Grübeln über sein Gesicht, und er schaute beinahe listig zurück.

«Ich denke darüber nach. Gehen Sie jetzt.»

«Und, haben Sie etwas aus ihm herausbekommen können?», fragte Prokoptschuk.

«Noch nicht viel.»

«Heißt das, Sie wollen wiederkommen?»

«Ja. So lange, bis der Fall gelöst ist. Wenn Sie gestatten.»

Als Konrad die Klinik verließ, ging er den offiziellen, gepflasterten Bürgersteig hinab, nicht wieder durchs Gebüsch. Die kräftigen, nass glänzenden Blätter der Brennnesseln, die sogar auf dem Gehweg wuchsen, streiften seine Beine. Im Flaum des Breitblättrigen Wegerichs standen Wassertropfen vom Mairegen. Das wirkte alles lebhaft und so vertraut wie zu Hause, am Kreuzberg, im Görlitzer Park mit den Drogenhändlern, oder noch früher, am reglos schwarzen Teich des Stadtparks im Ruhrgebiet. Von hinten näherte sich ein Auto. Auf seiner Höhe drehte Dr. Prokoptschuk die Scheibe herunter und winkte ihm einladend zu. Konrad lehnte dankend ab.

An der Telihastraße öffnete sich die enge Allee und gab den Blick frei auf den weiten, grauen Himmel, über den schnelle Wolken zogen. Da war schon wieder alles anders. Konrad bemerkte besorgt, wie jäh seine Stimmung umschlug. Die paar Blätter sollten Heimatgefühl vermitteln? Aber er war hier nicht zu Hause, schon die Autoabgase rochen anders. Wenn man zu lange auf der Straße blieb, erzeugten sie Übelkeit, das war ein anderes Benzin hier, dieses süßlich-erstickende Zweitaktergemisch. Er sah die Regentropfen auf den Scheiben des Trolleybusses, der wie ein Requisit aus einem alten Film ins Bild rutschte, dann sah er die kleinen Menschen über die stählerne Fußgängerbrücke auf die andere Straßenseite eilen, und ihn erfasste ein plötzliches Verwundern über sich selbst. Er fühlte sich sehr allein und verstand in dem Augenblick nicht mehr, was er in dieser fremden Stadt verloren hatte. Fast eine Art Ekel überkam ihn, weil er schon so tief in diese Geschichte eingedrungen war, ohne eine Ahnung, was da noch auf ihn zukam, und die ihm nicht nur aus nationalen Gründen fremd war … Das Wort schien ihm unangebracht und viel zu groß. Aber wie sollte er es sonst nennen, es war doch ein anderes Land; und fremd obendrein, zweifellos handelte es sich um einen pathologischen Fall. Er konnte sich doch nicht einreden, dass dieser Kranke etwas mit ihm zu tun hätte. Das Auto steckte fest in dieser wenig normalen, angsteinflößenden Familie. Muschter hatte recht gehabt. Der ganze Diebstahl hatte etwas Verrücktes. Konrad fiel nicht einmal auf Anhieb ein, wie viele Tage er nun schon in Kiew war.

Als ganz junger Mann hätte er nun vielleicht seine Sachen gepackt und wäre zurückgefahren zu den Menschen, die er verstand, hätte in Berlin seine Wunden geleckt und nach einigen Tagen Marlene angerufen. Auch wenn er ihr selbst nicht mehr traute, ihr Körper war tröstlich genug. Schon wäre alles wie früher gewesen.

Jetzt spürte er, dass dieser kalte Hauch von Fremdheit ihn nicht mehr umwerfen konnte. Er wusste tief im Innern, auch wenn dieses Innere Einbildung war und tatsächlich ziemlich weit draußen lag, dass er sich auf dem richtigen Weg befand und ihn zu Ende gehen musste. Jetzt, seit er Arkadij kannte.

# Vier

Konrad fuhr zur Metrostation Petrivka. Die Rolltreppe brauchte lange, um ihn in den Untergrund der Stadt zu befördern. Passagiere rauschten ihm entgegen, die aus- oder umstiegen, eine faszinierende Masse von Gesichtern, ein endloses, wanderndes Mosaikband. Er versuchte, die verschwimmende Vielfalt zu zerlegen, fasste einzelne Gesichter ins Auge und ließ sie nicht mehr los, folgte ihnen mit dem Blick. Manche sahen zurück, andere waren in Gespräche vertieft, bemerkten ihn nicht oder schauten weg. Unten im Tunnel stieg er in die einrollende Bahn. Die Klimaanlage im Waggon blies ihm kalte Luft gegen den Hals. Er fand zum Kreschtschatik, in sein Hotel.

Die Frau an der Rezeption winkte ihn heran.

«Ein Herr Mazepa hat nach Ihnen gefragt. Nichts Wichtiges.»

Er atmete auf. Da war das Auto wieder. Realer geht es nicht, Herr Prokoptschuk. Wie gut, dass es noch klare Köpfe gibt wie Jurko Mazepa, die männlich geradeaus blicken und sich nicht verwirren lassen. Es ist also kein Wahn und keine Halluzination. Deshalb bin ich hier, wegen des Mercedes. Damit trat das, was ihn eben noch beunruhigt hatte, schlagartig in den Hintergrund. Die

Wirklichkeit leuchtete auf wie eine frisch gewaschene Karosserie, wenn die Sonne durch die Wolken bricht. So eine Karosserie kann schön sein, hat glatte, harte Kurven und keine weichen Stellen, wo man mit dem Finger einbricht. Es gibt nur eine solche Wirklichkeit, und es verlangt Kraft, sie zu zerkratzen. Sie glänzt vor Härte. Man lacht über die Leute, die am Wochenende ihr Auto putzen, aber sie wissen, was sie tun. Sie kämpfen gegen die unklaren Stellen in ihrem Leben an. Wenn sie ihr Frühstücksei aufgeklopft haben und den Blick von Glibberweiß und Spitalsgelb heben, soll ihnen draußen ein Vorbild von Sauberkeit und Berechenbarkeit entgegenleuchten. Ein Bild von Rationalität, einer Rationalität, die von übermenschlicher Kraft getragen ist.

Onkel Wolfgang aß seine Eier hart gekocht. «Das Mädchen», wie er seine bestimmt sechzigjährige Haushälterin nannte, sorgte dafür, dass sie nie zu weich blieben.

«Erinnerst du dich an den Geruch von frischer, warmer Kuhmilch?», hatte Onkel Wolfgang ihn gefragt, als sie in der Küche des Einfamilienhauses an der Altvaterstraße saßen. Er klopfte mit dem Löffel die Schale auf, es fing wie immer ganz harmlos an. Deshalb konnte man sich schlecht wehren, man konnte nicht sagen ‹fang jetzt nicht wieder damit an›, denn man wusste ja nicht, wie es weitergehen würde.

«Das gab's ja früher noch, bevor die Gentechnik alles kaputtgemacht hat. Heute ist alles künstlich. Weißt du noch, wie du dich immer geekelt hast, wenn Ilse dir warme Milch gab? Vor der Haut?»

Konrad schüttelte den Kopf.

«Warst du denn öfter bei uns zu Hause?», fragte er.

Der Onkel sah ihn lange an.

«Das weißt du nicht mehr?»

Wieder schüttelte er den Kopf.

«Ich habe Ilse doch sehr gemocht.»

Welche Ilse?, hätte Konrad beinahe gefragt, so ungeläufig war ihm der Vorname seiner Mutter. Doch diese Frau interessierte ihn nicht mehr. Jahrelang hatte sie ihn leiden lassen, hatte weder geschrieben noch angerufen. Jetzt wollte er wirklich nichts mehr von ihr wissen.

«Dein Vater und Ilse haben überhaupt nicht zueinandergepasst», sagte der Onkel. «Sie war so zart und empfindsam. Rüdiger war schon ein gerissener Hund, und furchtbar grobschlächtig. Ilse und ich haben uns schon als Kinder verstanden. Wir hatten ja sonst niemand. Sie war immer der Mensch, der mich am besten kannte. Sie hatte Respekt für meine Empfindungen. Sie hat ganz vorsichtig versucht, mich auf den sogenannten rechten Weg zurückzubringen.»

Wolfgang sah ihn an. «Weißt du, was ich meine?»

«Und was war mit der Milch?», fuhr Konrad ihm ins Wort.

Onkel Wolfgang lächelte nur erstaunt.

«Ja, die Milch. Im Krieg, wenn wir Hunger hatten, haben wir uns darauf gestürzt, Haut oder nicht. Ich hatte ja gar nichts gegen die Kommunisten. Diese braven Jungs hatten ihren Marx gerade so gut verdaut, wie sie konnten. Das heißt, er war noch relativ roh. Der Sozialismus wird bis zum nächsten Frühjahr errichtet, und basta! Rasch, rasch mit dem Aufbau, bevor die Ziege des Kapitalismus kommt und die Rinde der jungen Birke abfrisst!»

Er kicherte wie ein kleiner Junge und klopfte die Asche seiner Zigarette ab.

«Man kann darüber lachen, aber ihre Stärke lag ja nicht in dieser Ideologie, sondern in ihrer Besessenheit. Sie waren jung und stark, und das genau ist der Punkt – ihre ganze primitive Ideologie war genau so stark wie sie selbst, aber auch nicht weniger. Genau so hungrig. Nicht Lenins von Schlaganfällen weich gewordenes Hirn hat den Kommunismus verwirklicht, sondern die verhornten Hände und nach Kuhmilch duftenden Körper dieser Bauern- und Arbeiterjungs. Wir mussten etwas dagegen tun. Die hätten sonst ganz Europa überschwemmt.»

Er dachte einen Augenblick nach, und Konrad glaubte fast, er würde nun seine Frage beantworten.

Stattdessen sagte Onkel Wolfgang ganz leise:

«Es war etwas Besonderes, solche Menschen zu töten. Sie waren noch nicht bereit dazu.»

Dann klopfte er wieder seine Asche ab. Sein graues, lautloses Interpunktionszeichen.

Konrad nahm den Notizblock, öffnete eine Dose Bier und legte sich aufs Bett. Ohne das alte Blatt eines Blicks zu würdigen, machte er sich an die neue Konstellation. Der erste Name nach denen seiner Eltern, den Arkadij erwähnt hatte, und das auch noch gegenüber einem Unbekannten, war Olha. Es genügt nicht, die bestehende Aufstellung einfach zu ergänzen. Hätte er die Unbekannte einfach in die vorhandene Konstellation eingetragen, wäre sie beengt von den dort schon stehenden Personen und könnte ihre innere Kraft, also das Wichtigste, nicht entfalten. Erst beim Neuzeichnen kann sich etwas verändern, und Olha sollte die Chance des Neuanfangs bekommen. Er wusste nichts von ihr – weder ihr Alter, noch ob sie mit Arkadij verwandt war und ob sie überhaupt noch lebte. Als er fertig war, stellte er mit Interesse fest, dass Olha sich unterhalb der Eltern Svetlana und Jurij befand, so wie Arkadij selbst. Als stammten sie beide von ihnen ab. Wie Geschwister.

Er ließ das Blatt auf seine Brust sinken. Die Augen fielen ihm fast zu. Alles nur wegen eines Autos, dachte er noch. Was ist nur an so einem Ding, dass es den Menschen schwachmachen kann? Und zugleich vervielfacht, verhundertfacht die ineinandergreifende Mechanik die menschliche Kraft, nur durch einen Tipp der Zehenspitze aufs Gaspedal. Man dreht den Zündschlüssel um, das Anlasserritzel schlägt auf das noch unwillige, kalte Metall der Riemenscheibe, dann noch einmal und noch einmal, bis dem Motor Hören und Sehen vergeht, bis er sich am Ende hingibt und anspringt … Da war Konrad schon eingeschlafen.

Am nächsten Vormittag fuhr er zu Svetlana. Klein und schwarz stand Arkadijs Mutter in dem ohnehin dunklen Flur und bat ihn in die Küche.

«Wie geht es ihm denn?»

Sie hob ein Taschentuch ans Auge. Tränen sah Konrad nicht.

«Also», sagte er betont fröhlich, «Ihr Sohn macht einen ganz patenten Eindruck auf mich. Ich glaube, er ist gar nicht wirklich verrückt. Er hat nur diese unbändige Phantasie. Manchmal scheint er seinen Gesprächspartner einfach verwirren zu wollen.»

«Ja, was dachten Sie. Schon als kleiner Junge hat er sich immer Geschichten ausgedacht. Er kam von der Schule und plapperte drauflos. Man wusste nie, was seiner Phantasie entsprungen und was tatsächlich passiert war. Hat er Ihnen denn etwas zu dem Auto sagen können?»

«Ja. Er hat von einem Auto erzählt, aber einem Wolga. Vielleicht verwechselt er da was.»

«Ich habe Ihnen doch gesagt, dass wir einen Wolga hatten.»

«Und dann erwähnte er eine Frau, Olha, die bei einem Autoausflug dabei gewesen sein soll. Vielleicht hat er sich in der Zeit geirrt.»

«Wir haben viele Ausflüge gemacht. Ich muss sagen, das war auch die schönste Zeit damals, Anfang der Fünfziger. Arkadij ging es da wieder richtig gut, er studierte, hatte keine Anfälle mehr.»

«Anfälle?»

«Er ist nachts immer hochgefahren und hat geschrien. Er stürzte auf den Flur. Wollte aus dem Haus rennen, ich musste die Wohnungstür zuschließen. Ich vertuschte seine Anfälle, so gut ich konnte. Wenn Jurij nichts davon mitbekam, hab ich ihm auch nichts gesagt. Er musste doch endlich wieder zur Schule. Unter der Besatzung hatte er nur vier Klassen absolviert, die Deutschen haben alle höheren Schulklassen verboten. Die sowjetischen Menschen sollten nichts lernen, sollten ein primitives Volk bleiben. Unsere Kinder mussten arbeiten, Laub sammeln, im Winter Schnee fegen. Die Schulbücher wurden gesäubert, alle Fotos von Sowjetführern, alle Texte über unsere Errungenschaften herausgerissen, einfach so, können Sie das glauben? Und das von einem Kulturvolk. Ich habe zwar viel mit Arkadij gelesen, aber er musste endlich wieder richtig lernen.»

«Er hat gesagt, das Auto wäre von allein losgefahren.»

«Was? Da sehen Sie mal.»

«Hat er eigentlich eine Freundin gehabt, als junger Mann oder später? Verheiratet war er ja nie, soweit ich weiß.»

«Fragen Sie ihn selbst.»

«Na gut, dann anders gefragt …?»

«Es gibt keine. Die einzige Frau in seinem Leben war ich.»

Konrad nahm seine Notizen.

«Aber wer ist Olha?»

«Mein Gott, wieder diese Märchen. Ich habe Ihnen ja gesagt, er wird phantasieren. Ich kenne keine Olha. Das ist eine Phantasiefigur.»

«Aber haben Sie eine Idee, wen er meinen könnte?»

«Ich vermute, ein Kindermädchen von damals. Vor fünfzig Jahren, im Krieg, oder kurz davor. Das ist doch ewig her!»

Sie guckte ihn kurz an.

«Komisch. Er hat ziemlich konkret von ihr erzählt, es klang gar nicht wie ausgedacht. Er beschrieb eine Autofahrt, als Ihr Mann einmal ohne Sie losgefahren ist, versehentlich. Das ist doch fast zu alltäglich, um ausgedacht zu sein.»

«Was denken Sie. Sie wissen nicht, wie er herumgesponnen hat. Schon lange bevor er in die Anstalt kam.»

«Was heißt das, gesponnen?»

«Zum Beispiel die Sache mit dem Programmieren. Das war Ende der Siebziger oder Anfang der Achtziger. Er bekam ernsthafte Schwierigkeiten auf der Arbeit. Er war ja zum Programmierer weitergebildet worden. Als Ingenieur mit mathematischen Kenntnissen hatte er eigentlich alle Voraussetzungen dafür. Aber die Programme haben ihn psychisch überfordert. Damit fing überhaupt alles an. Es kam so weit, dass er morgens nicht mehr aufstehen und nicht mehr in die Fabrik wollte. Anfangs hab ich ihn noch aus dem Bett gerüttelt, später habe ich es aufgegeben. Nur Jurij konnte noch mit ihm reden. Und auch da hat Arkadij sich zu seiner Entschuldigung Geschichten ausgedacht, dass man sich nur an den Kopf fassen konnte.»

«Was für Geschichten?»

«Na, er hat etwa gesagt, er könne der Programmiersprache nicht trauen.»

«Was?»

«Ja, genau so musste ich auch lachen, damals. Ein Werkzeug, erdacht von Hunderten und Tausenden sowjetischer Ingenieure und Mathematiker, ein Programm aus dem Kollektiv war unserem kleinen Arkadij plötzlich nicht mehr gut genug.»

«Was hat ihn denn daran gestört?»

«Soweit ich verstanden habe, glaubte er nicht, dass die Sprache wirklich von einem Maschinenbefehl zum anderen reicht. Ich kenne mich da nicht aus. Aber in so einem Programm steht ja ein Befehl hinter dem anderen, und er bildete sich wohl ein, dass zwischen zwei Befehlen leerer Raum sei. Irgendwo im Schrank müssen noch die Zettel liegen, auf denen er das aufgekritzelt hat.»

Svetlana ging zur Anrichte und wühlte in Papierstapeln, gab es aber bald auf.

«Nein, ich finde es nicht. Hier ist noch ein furchtbares

Durcheinander nach Jurijs Tod. Ich musste für die Ämter seine Dokumente zusammensuchen und bin noch nicht dazu gekommen, das zu ordnen. Sie sehen es ja, hier liegen uralte Sachen, die nie jemand aussortiert hat. Jurij hat immer alles gesammelt.»

«Was meinte er mit diesem leeren Raum?»

«Es war ungefähr so: Er fragte mich damals, was meinst du, wer befiehlt dem Rechner, dass er diesen leeren Raum zwischen zwei Befehlen durchmessen soll? Durchmessen, das Wort hat er benutzt, das weiß ich noch wie heute. Niemand, niemand befiehlt es ihm, und das genau war sein Problem. Er erklärte es mir: Stell dir vor, sagte er, ein Fußgänger kommt an eine Pfütze. Dann muss er sich entscheiden, ob er darüber hinwegsteigt oder in die Pfütze tritt, oder ob er vor ihr stehen bleibt. Oder kehrtmacht. Mir hat das nicht eingeleuchtet, ich sah da einen leeren Zentimeter Papier, keine Pfütze. Daraufhin rollte er mit den Augen. ‹Tante› sagte er, ‹du denkst dir das zu einfach.›»

«Tante?»

«Ja. Er nennt mich immer Tante. Das habe ich ihm nie abgewöhnen können.»

«Merkwürdig. Hat er Ihren Mann denn Onkel genannt?»

«Nein, Jurij war der Papa, die beiden waren ein Herz und eine Seele. Rumgesponnen hat er schon immer. Deshalb müssen Sie das mit dieser Olha auch nicht so ernst nehmen.»

«Und wie reagierte Ihr Mann in solchen Momenten?»

«Jurij hat sich das eine Weile angehört, aber am Ende regte er sich mehr auf als ich. Dass du vor der Pfütze stehen bleibst, brüllte er, heißt doch nicht, dass das Programm es auch tut. Sind ja nicht alle so faul wie du.»

Sie lachte.

Konrad blieb ernst.

«Und Arkadij?»

«Ach, der war so furchtbar empfindlich, er hatte kein Selbstbewusstsein. Vielleicht, weil ihm eine Frau fehlte. Er wurde ganz still, und dann war Schluss. Dann konnte man ihn nicht zurückholen in ein normales Gespräch. Er hat sich in sein Zimmer verzogen. Richtig streiten konnte man nie mit ihm. Er wurde immer nur traurig. Das hat etwas mit seiner Krankheit zu tun.»

Konrad saß ihr am Küchentisch gegenüber, rührte in seinem bitter gewordenen Tee und ahnte plötzlich, dass sie nur deshalb so viel redete, um ihm nichts zu sagen.

«Das ist ja alles schön und gut», sagte er.

Sie hob fragend die Brauen.

«Es hilft mir nur nicht weiter. Solche Anekdoten gibt es viele, im Leben jedes Menschen. Ich brauche verwertbare Hinweise.»

«Ich dachte, Sie interessieren sich für Arkadijs Schicksal. Es ist auch Teil meines Lebens.»

Dabei packte sie ihr Geschirrhandtuch, knäulte es zusammen und warf es auf den Rand der Spüle.

«Ich glaube, es ist besser, Sie suchen jetzt wieder nach Ihrem Auto», sagte sie.

Konrad stand auf. Arkadij konnte es nicht leichtgehabt haben mit so einer Mutter. Für sie war es ein Kinderspiel, kleine Jungs noch kleiner zu machen. Wenn sie wollte, war sie verständnisvoll, stellte aufmunternde Fragen.

Aber sie konnte einem mit einer einzigen Bemerkung allen Wind aus den Segeln nehmen. Sogar Konrad als erwachsener Mann hatte Mühe, sich dagegen zu wehren. Er war auch in keiner guten Position, als der prinzipienlose, westliche Kleinbürger, der gegen Bezahlung etwas suchte, das er selbst verachtete. Er jagte ein Statussymbol des Kapitalismus, das er früher lustvoll zerkratzt hatte. Früher, als sein Blick noch klar war. Sie war alt und zerbrechlich, aber nicht gebrochen. Ihre Geschichte trug sie: Sie war Russin. Revolutionärin. Konrads Geschichte war abgeschnitten von den großen Ereignissen, schon als er auf die Welt kam. Und so wartete er vergeblich darauf, dass endlich seine wahre Geschichte anfinge. All seine Erlebnisse reichten nicht an das Gewicht solch anderer, reicher Leben heran, an dieses runzlige, vielschichtige, gewachsene Biographiegestein. Gewordenes, unergründliches Leben, das sich ähnlich fern in den rückwärtigen Raum erstreckte, wie man den Blick auf die eigene Kindheit empfindet. In der Kindheit sollen doch all die wichtigen Dinge passiert sein, jene Dinge, die selbst im Dunkeln liegen, aber gerade aus dieser sicheren, verborgenen Position heraus unser ganzes Leben bestimmen. Konrad war Ende dreißig und hatte nicht das Gefühl, bisher wirklich gelebt zu haben, er fühlte sich glatt und hohl wie ein ausgenommener Fisch. Svetlana konnte mit ihm anstellen, was sie wollte. Sie war Kampf, Verzicht, Leid, heroische Vergangenheit. Und immer noch so scharfzüngig wie eine junge Frau.

Such den Knochen. Suchen Sie Ihr Auto.

Erstaunlich auch, dass jeder dieses Wort nach seinem Gutdünken benutzte. Konrad spürte, dass die Bedeutung des Autos sich dadurch veränderte. Bei Dingen, die man noch nicht zu Gesicht bekommen hat, wie diesen Mercedes 500 SE, hängt fast alles vom Namen ab. Mit solchen Dingen machen die Namen, was sie wollen.

Wie mit dem deutschen Jungen.

Nach verhaltenem Abschied von Svetlana fuhr Konrad in die Klinik. Er wollte eine andere Stimme hören, die Meinung des Fachmanns.

«Bei dem Stichwort Auto wurde ich natürlich hellhörig», sagte er zu Dr. Prokoptschuk. «Das werden Sie verstehen. Und da tauchte diese Olha auf. Sagt Ihnen der Name etwas?»

«Olha? Nein.»

«Vielleicht hat er sich diese Frau nur ausgedacht. Ich muss herausfinden, ob es sie gegeben hat oder nicht. Und wenn ja, in welcher Beziehung sie zu ihm steht. Ich habe mich heute mit seiner Mutter unterhalten, sie meint, es habe in Arkadijs Leben keine Frau von Bedeutung gegeben, außer ihr selbst.»

Prokoptschuk lächelte.

«Vermutlich hat sie das zu verhindern gewusst. Die Frau ist narzisstisch, das sehen Sie ja.»

«Gab es denn Frauen in seinem Leben? Hatte er jemals eine engere Beziehung?»

«Sie meinen, Geschlechtsverkehr? Wie gesagt, verheiratet war er nicht. Über seine Beziehungen zu Frauen kann ich nichts sagen. Anamnestisch konnte das nicht ermittelt werden. Aber was er darüber sagt, klingt nicht, als hätte er es ernsthaft versucht. Falls ja, dann ist er auf traumatisierende Weise abgewiesen worden und hat dieses Erlebnis nie mehr angesprochen. Auch das könnte ein Grund für seine Depressionen sein. Mit einem Wort» – Prokoptschuk breitete beide Handflächen aus – «*we don't know.*»

Konrad nickte verständnisvoll.

«Impotent ist er jedenfalls nicht. Die Schwestern stellen bei der morgendlichen Visite regelmäßig Erektionen fest.»

«Wie das? Gucken sie routinemäßig unter die Bettdecke?»

Prokoptschuk verzog einen Mundwinkel.

«In der Psychotherapie ist die Sexualität kein verschämtes Randgebiet, sie ist von ganz zentraler Bedeutung.»

Toll, dachte Konrad, wie fortschrittlich ihr hier seid. Er musste seinen Ärger unterdrücken, ohne genau zu wissen, was ihm an den Worten des Psychiaters missfiel. Das war ja eigentlich selbstverständlich. Konrad missfiel – jetzt wusste er es –, dass er nach Beziehungen zu Frauen gefragt hatte und Prokoptschuk gleich von Geschlechtsverkehr sprach. Das war so, wie wenn Menschen, denen etwas peinlich ist, gerade dieses Etwas mit besonderer Verquastheit hervorheben. Sein Vater zum Beispiel hatte bei jeder Gelegenheit genüsslich das Wort Beiwohnungsvermutung zitiert, wenn er es in irgendwelchen Sorgerechtsurteilen fand; er war Scheidungsspezialist, vermutlich war er deshalb seine Frau so unkompliziert losgeworden. Hörst du, Konrad, eine Beiwohnungsvermutung, kannst du dir was darunter vorstellen? Mit seinem Sohn über Mädchen oder Sexualität zu sprechen, hatte er nicht geschafft, dafür stupste er ihn in dieser Weise auf das Thema wie den Hund auf den Haufen, den er auf den Teppich gemacht hat. Damals schämte Konrad sich nur. Heute wusste er, warum sein Vater so empfindlich war für diesen Begriff. Er hatte längst eine böse Ahnung in Bezug auf seine Frau.

Die scheinbare Offenheit des Psychiaters war nur Fassade. Der Mann gebärdete sich so selbstbewusst, als wäre er die weiße Leinwand, auf der alle Pathologien dieser Welt sich unverfälscht abbilden konnten. Außerdem machte er Arkadij klein, was Konrad gar nicht gefiel.

Es war vielleicht nicht böse gemeint. Junge Leute, gerade wenn es ihnen gutgeht, können in ihrer Sorglosigkeit sehr herablassend wirken. Der sympathische junge Arzt war vielleicht frisch verheiratet und präsentierte sich als Paradebeispiel des sexuell gesunden Mannes, alles an ihm schien so makellos zu sein wie das weiße Gebiss in einer Zahncremereklame. Vermutlich spürte er Konrads Unsicherheit, als er ihn mit leicht geöffneten Lippen anlächelte, mit dieser Reihe tadelloser, harter Zähne, wie aus poliertem Porzellan. Das war viel zu perfekt, einzig ein Speichelfaden verlieh ihm noch Menschlichkeit. Konrad hätte Lust gehabt, mit der Faust in diese Fassade zu hauen, ihr Glas zu zertrümmern.

«Ein bisschen hat er ja recht», sagte er stattdessen. «Manchmal ist es mit den Frauen tatsächlich so.»

Prokoptschuk lächelte.

«Wie meinen?»

«Nun, dass sie hart sind, und knöchern.»

«Und seit wann leiden wir unter diesem Eindruck?» Prokoptschuk lachte.

Konrad lachte zurück. Aber er hatte kein Vertrauen mehr zu ihm. Er behandelte Arkadij ja auch erst seit einem Jahr und musste sich die ganze Vorgeschichte selbst anlesen.

Vor den Kopf stoßen wollte er ihn aber auch nicht. Nach der ersten leisen Euphorie über die fühlbare Unabhängigkeit, wenn er sich von Prokoptschuk lösen und direkter mit Arkadij in Kontakt treten würde, bekam Konrad ein bisschen Angst. Wie immer, wenn er im Begriff war, sich von etwas zu befreien. Er fand auch gleich eine Rechtfertigung, nicht gleich mit ihm zu brechen: Erstens war er aus praktischen Gründen auf Prokoptschuk angewiesen. Ohne ihn kam er hier nicht rein. Dann brauchte er seine fachliche Autorität, zumindest anfangs wäre es riskant, auf die Stimme der ärztlichen Vernunft zu verzichten. Er wollte Arkadij noch besser kennenlernen. Dass er freundlich redete, hieß gar nichts. Möglicherweise konnte er ja wirklich gefährlich werden, und um das herauszufinden, waren die Deutungen des Spezialisten hilfreich. Sie waren die unsichtbare Glaswand, hinter der der Verrückte auf und ab tigerte. Ohne sie würde er dem Kranken schutzlos gegenüberstehen, ohne eigene Sprache für das, was ihn von normalen Menschen unterschied. Ohne sie könnte der Verrückte nach ihm greifen. Mit der Peitsche der Deutungen und Fachbegriffe hielt der Psychiater das in Schach. Und wenn das nicht half, eine ordentliche Dosis Psychopharmaka, damit der Mensch ins Wanken und Schwanken gerät und am Ende selbst nicht mehr weiß, wer er ist.

Als er Dr. Prokoptschuks Zimmer verließ, kam ihm ein schmaler junger Mann entgegen, der unruhig den Flur auf und ab lief, einen Arm auf dem Rücken, die Fingerspitzen an den Lippen, als grübelte er nach einer poetischen Wendung.

«Ich kann Ihnen sagen, wonach Sie suchen.»

«Danke, nein, nicht jetzt», antwortete Konrad, als müsste er einen Zeugen Jehovas abwimmeln.

Am nächsten Mittag saß er schon wieder bei Svetlana in der Küche.

«Ich glaube, Arkadij hatte überhaupt Schwierigkeiten, Dinge in die richtige Beziehung zueinander zu setzen. Auch bei Landkarten. Er grübelte oft lang, welche wirkliche Entfernung der auf der Karte entsprach, aber er hat sich fast immer verrechnet. Genauso mit dem Raum zwischen den Befehlen. Er zeigte mir Ausdrucke aus seiner Arbeit, Fachbegriffe, dazwischen leere Stellen. Die Lücke ist doch so klein, sagte ich. Nein, meinte er, das sieht nur so klein aus. In Wirklichkeit ist die Lücke unendlich groß. Wie jetzt, unendlich, fragte ich. Ja, Tante, die Leere zwischen den Befehlen ist unendlich, nur kann man diese Unendlichkeit auf einem Blatt Papier nicht unterbringen. Der Einfachheit halber muss ein begrenzter Raum dafür genügen.»

«Aber waren Sie nicht ein bisschen stolz, dass er sich so viele Gedanken machte?»

«Ja, stolz waren wir damals schon. Er hatte so eine wichtige Arbeit im Betrieb bekommen, den Rechnern zu sagen, was sie tun sollten. In den siebziger Jahren waren übrigens die sowjetischen Rechner weiter entwickelt als die in den USA, wissen Sie das?»

«Aber eines verstehe ich nicht. Darf ich Sie fragen?»

«Ja, bitte.»

«Wieso liegt er schon so lange dort? Haben Sie nie versucht, Arkadij wieder nach Hause zu holen?»

Sie blickte nicht sehr freundlich.

«Er will doch gar nicht. Außerdem besuche ich ihn regelmäßig und bringe ihm Essen. Soll ich vielleicht in die Klinik ziehen?»

«Was heißt, er will nicht?»

«Er will nicht zu mir zurück. Er hasst mich. Hat er Ihnen das noch nicht gesagt?» Ein rascher, lauernder Blick.

«Er hasst Sie?»

«Ja, und gefährlich ist er auch.»

Svetlana krempelte den linken Ärmel ihrer Bluse hoch. Am Unterarm war eine kurze, breite Narbe zu sehen.

«Meinen Sie, er sitzt umsonst in der Anstalt?»

«Ist das von ihm? Warum hat er das getan?»

«Weil er verrückt ist!», schrie sie fast.

«Und wenn Sie ihm nun eine kleine Wohnung besorgen, damit er ein normales Leben führen kann?»

«Das denken Sie sich so. Erstens, wer kann so eine Wohnung in Kiew bezahlen? Zweitens kann man ihn nicht einfach entlassen. Das haben mir die Ärzte immer wieder gesagt. Er fährt sofort los in diese Gegenden und macht sich auf die Suche.»

«Aber warum kann man ihn nicht fahren lassen? Soll er doch suchen. Was könnte er denn finden?»

«Sie haben ja keine Ahnung, was damals passiert ist. So oft mussten wir ihn aus dem Schlamassel holen. Wie peinlich das war, wenn die Miliz ihn zurückgebracht hat. Die Nachbarn an den Fenstern. Wir waren doch sozialistisches Vorbild. Und der eigene Sohn fährt aufs Land, wälzt sich dort quasi im Dreck. Was meinen Sie, wie er gestunken hat? Entweder kam er zu uns, oder er wurde gleich in die Klinik gebracht. In Grund und Boden habe ich mich geschämt.»

«Aber was hat er denn eigentlich gesucht?»

«Wenn ich das wüsste.» Nach einer Weile: «Er wollte ja in allem und jedem Zeichen sehen», fuhr sie fort. «Er addierte Zahlen, verglich Quersummen, klammerte sich an Namensähnlichkeiten. Er dachte ganz verquer. Als kleiner Junge war er übrigens noch Linkshänder, in der Schule haben sie ihm das ausgetrieben. Ob das etwas mit seiner Krankheit zu tun hat? Manchmal habe ich den Eindruck, er denkt erst einmal auf seine linke Art und muss es dann übersetzen in die normale, rechte. Deshalb dauert bei ihm alles länger.»

«Das kann auch an den Medikamenten liegen.»

«Aber in der Klinik haben sie gesagt, es hat nichts mit seiner Psychose zu tun. Psychose», sagte sie nach einer nachdenklichen Pause. «Wissen Sie, was das ist?»

«Dr. Prokoptschuk hat gesagt, Arkadij sei nach 1986 oft wochenlang verschwunden. Er habe dort im Norden nach einem bestimmten Ort gesucht.»

Svetlana sah ihn an.

«Ja, das stimmt. Wenn es wieder losging, schloss er sich tagelang ein. Daran haben wir es gemerkt, an der plötzlichen Ruhe. Deshalb habe ich manchmal sogar den Schlüssel versteckt, ganz wegwerfen wollte ich ihn nicht, manchmal musste ich ihn ja …»

«Sagen Sie nicht, dass Sie ihn eingeschlossen haben? Wo ist denn das Kinderzimmer?»

Sie machte eine wegwerfende Handbewegung nach links, in die Tiefe des Flures.

«Später habe ich dann diese Landkarten bei ihm entdeckt. Die Markierungen. Diese wütenden roten Striche, mit Wachsstift. Manche Ortsnamen waren rot umrundet, als sollte dort etwas explodieren oder ein Anschlag verübt werden. Ich bekam einen Heidenschreck. Stapel von Blättern, vollgeschrieben mit Namen. Lange Listen. Alphabetisch geordnet, oder der Länge nach. Wenn er weg war, habe ich mich an seinen Tisch gesetzt und versucht, etwas davon zu verstehen.»

«Anschläge?»

«Ja, es sah aus wie die Planung für terroristische Anschläge. Ich war kurz davor, die Miliz anzurufen. Jurij hat mich davon abgehalten.»

«Warum haben Sie Arkadij nicht einfach gefragt?»

«Habe ich ja, am Anfang. Aber er konnte sich nie klar ausdrücken. Immer fing er mit diesen Maßstäben an, mit der Unendlichkeit, bis ich den Faden verlor. Und die Geduld. Bin schließlich auch nur ein Mensch.»

«Damals wohnte er auch hier bei Ihnen, richtig?»

«Ja, er wollte ja nie ausziehen. Es war ein Wunder, dass wir eine eigene Wohnung bekommen hatten. Die meisten lebten in Gemeinschaftsquartieren, auch wir hatten eine Zeitlang Untermieter.»

«Mich wundert sowieso, dass Sie als Kleinfamilie all die Jahrzehnte eine so große Wohnung hatten.»

«Das war eine Anerkennung für Jurijs herausragende Leistungen. Als mein Mann Anfang der dreißiger Jahre dienstlich nach Kiew versetzt wurde, waren diese Zimmer gerade frei. Die Vormieter hatten rausgemusst.»

«Rausgemusst?»

«Volksfeinde, so etwas. Das darf man ja heute gar nicht mehr sagen. Heute ist ja alles falsch, was damals richtig war. Aber das heißt doch nicht, dass mein Mann Unrecht tat.»

Konrad schwieg.

Erst auf der Treppe fiel ihm ein, dass er vergessen hatte, noch einmal nach Olha zu fragen.

Es war früh am Nachmittag, und Konrad fuhr in die Klinik. Bevor er Arkadij ein zweites Mal besuchte, wollte er möglichst viel von den Protokollen gelesen haben. Er wollte die richtigen Fragen stellen. Solange er nicht wusste, was Arkadij den Psychiatern in der jahrelangen Behandlung von sich offenbart hatte, war jedes Gespräch wie ein Stochern im Nebel. Es war ein seltsames Gefühl, wenige Türen von seinem Krankenzimmer entfernt in diesen Protokollen zu lesen, die seine Gedanken und sein Unbewusstes enthielten. Notizblock und Kugelschreiber lagen griffbereit neben den Akten. Er begann zu lesen, die Aufzeichnungen waren aus der ersten Phase, Anfang 1987.

*«Ich sah das Flurlicht hinter der schrumpeligen Glasscheibe in der Tür meines Zimmers.»*

*«Wieso nennen Sie es ‹schrumpelig›?»*

*«Es war so vernarbt. So wellig. Man konnte nicht durchgucken.»*

*«Milchglas?»*

*«Ja, vielleicht. Beim Einschlafen hatte ich es im Blick. Ich sah dieses Glas und bekam das Gefühl, dass meine Beine immer länger wurden und sich von mir entfernten, als zöge es sie unwiderstehlich in den Weltraum hinaus. So als wenn man stirbt und sich von der Erde entfernt. Als unser Hund gestorben war, habe ich mir das vorgestellt, als Kind. Später, da war ich schon groß, ist ja*

*wirklich diese kleine Hündin, Laika, mit der Raumkapsel ins All geschossen worden. Man hatte sie in Moskau auf der Straße aufgegriffen, sie hat dort bestimmt ein glückliches Leben gehabt. Ein Mischling, jeder trat nach ihr, aber sie war frei. Die ganze Nation war stolz, dass wir zuerst einen Satelliten in die Umlaufbahn geschossen hatten. Nur ich habe geheult. Ich bin in mein Zimmer, habe mich eingeschlossen und geweint. Mir war klar, dass dieser Hund sterben würde, wenn er so weit hinausflog. Ist er dann ja auch. In den ersten Jahren wurde nicht darüber gesprochen, der Erfolg war wichtiger, erst später kam es heraus … Überhitzung und Stress. Jedenfalls … (Wird nachdenklich.) Wenn jemand stirbt, dachte ich damals, fliegt er im Weltall immer weiter und weiter von uns weg, und so war das mit meinen Füßen. Jetzt weiß ich wieder, was ich sagen wollte. Sie wurden immer kleiner, und ich mochte dieses Gefühl, konnte es sogar bewusst verstärken. Die Fußspitzen waren ferne Galaxien. Ich konnte sie jetzt beobachten wie durch ein Teleskop. Das matte Licht hinter der Türfensterscheibe erlosch nie, auch nachts. Vielleicht dachte Svetlana, dass ich dadurch besser einschlafen kann. Aber das Gegenteil war der Fall. Je länger ich sie betrachtete, desto mehr machte sie mir Angst. Sie schien sich ihrer selbst nicht sicher zu sein, sie war nicht richtig, nicht so, wie sie sein sollte.»*

*«Was heißt richtig?», fragte der Arzt.*

*«Herr Professor, Sie stellen Fragen. Eine Türfensterscheibe eben. Eine Scheibe und Schluss. Sie sind auch ein bisschen so eine Scheibe, immer haben Sie Hintergedanken.» (Lächelt wohlwollend.)*

*«Ja, ja.»*

*«Aber die war unschlüssig. Einmal schön und glatt, wie der Dnjepr an einem windstillen Tag in der Sonne. Ich lag einmal im Sand am Ufer, mein Vater neben mir. Damals, als junger Mann, war er anders als später, alt und krank. Als kleiner Junge fühlte ich mich bei ihm sicher. Ich lag im Sand und drehte das Gesicht seitlich gegen seinen hohen Brustkorb. An der Wange die Sandkörner, vor der Nase seine Haut. Wenn er Luft holte, drückten die Rippen an mein Gesicht. Er beschützte mich. Die Scheibe war wie ein freundliches Gesicht, und ich wollte mich schon beruhigen und froh werden. Alles wird gut, dachte ich, aber mein Körper machte schon wieder, was er wollte, mein Herz war auf dem Sprung, und tatsächlich, es raste schon – die glatte, verlogene Fläche warf Falten und zog eine hässliche, böse Grimasse. Manchmal stand ich auf und lief vor Angst aus dem Zimmer.»*

*«Wohin?»*

*«Ich – ich lief nach links. Zu Olha.»*

Sehr interessant waren die Randnotizen.

«Das Gesicht der Mutter», hatte jemand handschriftlich vermerkt. «Sie hat noch versucht zu lächeln, dann fiel ihre Miene in sich zusammen wie eine gesprengte Häuserfassade. Schrumpelig und faltig: die Haut der Verhungerten.»

Er konnte sich Svetlanas Gesicht nicht so vorstellen.

«Von wem stammen diese Bemerkungen?»

«Von Professor Guzman», sagte Prokoptschuk.

«Scheint ein kluger Mann gewesen zu sein.»

«Alte sowjetische Schule», erwiderte Prokoptschuk. «Ist längst im Ruhestand.»

Er war nicht sicher, ob er den Anwalt um diese Zeit noch im Büro antreffen würde. Konrad klingelte, nach wenigen Sekunden ließ der Summer ihn ein.

«Ich nehme an, Sie sind noch mitten in Ihren Ermittlungen. Aber bei einer Sache könnten Sie mir helfen. Ich bin inzwischen in der Klinik ein gutes Stück weitergekommen. Ich weiß, Sie lächeln darüber. Aber ich habe den dringenden Verdacht, die Krankengeschichte von Solowjows Sohn enthält Hinweise auf den Wagen. Zumindest auf die Vorgeschichte. Leider sind die meisten Ärzte junge Schnösel, aus denen kriege ich nichts heraus. Aber ich konnte in Erfahrung bringen, wer ihn Ende der achtziger Jahre behandelt hat, ein gewisser Professor Guzman. Für Sie ist es doch ein Kinderspiel, so eine Adresse herauszufinden, falls er noch lebt, oder?»

«Ich versuch's. Ich habe auch was Neues. Ich hatte eigentlich schon vorgestern mit Ihnen gerechnet. Hat man Ihnen im Hotel nichts ausgerichtet? Ich hoffe, Sie hatten eine angenehme Woche in Kiew.»

Konrad nickte. Eine Woche war es schon.

«Sie werden entdeckt haben, dass die Frauen hier mehr als einen Blick wert sind. Oder haben Sie sich wieder mit alten Witwen befasst?»

«Also, was haben Sie Neues?», fragte Konrad.

«Ich habe ermitteln können, wer das Auto auf den Namen des Vaters, auf den Namen von Jurij Solowjow angemeldet hat.»

«Und wie heißt er?»

«Ihor Hryciuk, laut seinem Ausweis. Er hat auf dem Bezirksamt Petschersk eine Vollmacht von Solowjow vorgelegt. Wir prüfen gerade die Unterschrift.»

«Ihor Hryciuk, sagen Sie?»

«Ja, aber bitte erzählen Sie Ihrer Witwe nichts davon. Sie gefährden meine Ermittlungen.»

In einer Sitzung Ende der achtziger Jahre erinnerte sich Arkadij:

*«Manchmal war mehr Lärm, dann wurde ich richtig wach. Im Hausflur wurde es laut. Ich hörte Schreie, Schritte polterten auf der Treppe, Klopfen bei den Nachbarn. Dann ein Geräusch, als würde mit Stiefeln gegen die Tür getreten. Männerstimmen. Schimpfen. Eine eingeschüchterte Frauenstimme. Ich hatte große Angst. Ich ging in den Flur, Vater saß auf dem Stuhl neben dem Telefontischchen. Er war angezogen, trug sogar seinen schwarzen Mantel, als wollte er verreisen. Seine rechte Hand ruhte auf dem Tischchen neben dem Telefonbuch, neben Notizblock, Bleistift und Handschuhen. Erst jetzt sah ich die Pistole in seiner anderen Hand auf dem linken Knie ruhend. Sie hatte so einen dünnen Lauf, wie ein Bleistift. Er sagte nichts. Er hob nur langsam den Finger an die Lippen, als er mich im Schlafanzug sah.»*

*«Als Vater später ganz weg war, im Krieg, Monate oder Jahre …»*

*«Wie alt waren Sie da?»*

*«Na, der Krieg hat 1941 begonnen. Ich weiß nicht.»*

*«Dann waren Sie elf.»*

*«Damals war es richtig unheimlich. Ich kann mich gar nicht mehr erinnern, ob Olha noch da war. Doch, sie muss da gewesen sein. Und meine Tante.»*

*«Sie meinen Svetlana.»*

*«Ja. Zwei Frauen und ich. Svetlana kam auf mein Rufen nur selten herein. Sie war so ungeduldig geworden. Eher ging sie an den Spion der Wohnungstür und wollte wissen, was da draußen passierte. Und wenn sie einmal kam, spürte ich ihre Ungeduld. Sie wollte nur, dass ich schnell wieder ruhig war. Was tat sie da im anderen Zimmer, während mein Vater im Krieg ist und ich in meinem Bettchen liege? Warum kommt sie so selten und lässt mich schreien? Und sie riecht anders. Ein prickelnder, frischer Duft, den ich nie an ihr bemerkt habe.»*

*«Wonach hat sie gerochen?»*

*«Nach Kölnischwasser.»*

*«Woher wissen Sie, wie Kölnischwasser riecht?»*

*«Svetlana hatte eine Flasche davon im Bad stehen.»*

*«Aha.»*

*«Einmal war auch ein Mann in Uniform in der Wohnung. Er sah sich um und ging bald wieder.»*

*«Eine sowjetische Uniform?»*

*«Ich weiß nicht. Da waren so Blätter dran.»*

*«Eichenblätter?»*

Diesmal fuhr er zu Svetlana, ohne mit Arkadij gesprochen zu haben.

«Das soll er erzählt haben?», fragte sie, und aus ihrer Frage klang ebenso viel Angst wie der Wunsch, etwas Neues über ihren Sohn zu erfahren. Konrad tischte ihr alles unterschiedslos auf. Svetlana war nicht ganz aufrichtig zu ihm, da durfte er auch ein bisschen mit ihr spielen.

«Ja. Arkadij hat gesagt, Ihr Mann habe im Flur gesessen, mit der geladenen Pistole auf den Knien.»

«Mein Gott! Das ist ja ewig her, das muss in den dreißiger Jahren gewesen sein. Jurij hat immer gesagt: Bevor ich mich abführen lasse, erschieße ich mich. Ich glaube nicht, dass er es wirklich getan hätte. Er sagte das, um sich selbst zu beruhigen. Aber er saß mit der Pistole am Telefontisch, sobald er Geräusche im Treppenhaus hörte.»

«Hatten Sie denn damals schon Telefon?»

«Ja. Das war eine große Ausnahme. Kurz vor dem Krieg wurde der Apparat auch wieder beschlagnahmt. Sie haben einfach das Kabel durchgeschnitten und ihn mitgenommen. Jurijs Proteste halfen nichts. Aber er blieb panisch, immer, wenn er was hörte. Ich habe zu ihm gesagt: Und wenn es nun die Nachbarin ist, wenn sie Mehl oder Zucker borgen will? Um zwei Uhr nachts?, hat er erwidert. Er wollte nur noch einen letzten Blick durch den Spion werfen, um sicherzugehen. Wenn es Männer in dunklen Mänteln oder Lederjacken waren, wollte er sich erschießen. Sie können sich vorstellen, was für eine Angst ich hatte. Arkadij habe ich immer ins Bett geschickt, der hörte natürlich auch was und war neugierig.»

Ein Schweigen trat ein. Konrad rührte in seinem Tee.

«Svetlana, ich will Ihnen nicht auf die Nerven fallen, ich weiß, Sie glauben gar nicht an das Auto.»

«Ich glaube auch nicht an den lieben Gott.»

«Aber darf ich Ihnen trotzdem eine Frage stellen?»

«Bitte.» In fast resignierendem Ton.

«Ich nehme Ihnen ja inzwischen ab, dass Sie nichts von dem Mercedes wussten, welche Frau weiß schon alles von ihrem Mann. Aber es ist nun einmal Tatsache, dass das Fahrzeug auf seinen Namen angemeldet wurde, das ist aktenkundig. Jetzt frage ich mich, wie kommt jemand dazu, den Namen Ihres Mannes zu benutzen?»

«Woher soll ich das wissen? Wann ist das Auto angemeldet worden?»

«Vor etwa drei Monaten.»

«Da war er schon tot. Im Januar war Beerdigung. Ich habe ihn in den letzten Wochen fast jeden Tag im Krankenhaus besucht. Es war grauenhaft, niemand konnte ihm helfen. Ein einziges Mal habe ich Arkadij abgeholt und mitgenommen. Ein Riesenfehler. Er ertrug den Anblick seines Vaters nicht. Als wir in die Klinik zurückfuhren, hat er die ganze Zeit im Bus gezittert. Fast so wie früher.»

Dann, nach einer Pause: «Vermutlich hat jemand seine Unterschrift gefälscht.»

«Das habe ich auch schon überlegt. Aber dann muss er Ihren Mann gekannt haben, man schlägt ja nicht das Telefonbuch auf und sucht sich einen Namen heraus. Das wäre zu riskant. Deshalb recherchiere ich ja in Ihrem engeren Umkreis.»

«Wieso riskant?»

«Denken Sie mal, der Betrüger geht aufs Amt, und durch einen Zufall kennt der Sachbearbeiter den falsch Angemeldeten persönlich. Zum Beispiel.»

«Aber gerade das spricht doch dafür, dass dieser Jemand die Unterschrift meines Mannes ohne Sinn und Verstand gefälscht hat. Warum sollte er sonst einen Neunzigjährigen aussuchen? Das ist doch absurd, das nimmt ihm doch auf dem Verkehrsamt niemand ab.»

«War aber so, wie Sie sehen. Haben Sie eigentlich einen Ihor in der Bekanntschaft?»

«Ihors kannte ich viele. Ihor Wasilewski zum Beispiel, ein Arbeitskollege. Aber zu dem habe ich schon lange keinen Kontakt mehr. Was ist mit dem?»

«Hat Ihr Mann ihn auch gekannt?»

«Ja. Sehr eng war das aber nicht.»

Jurij Solowjow musste sein eigenes Leben geführt haben. Ein Leben, von dem Svetlana nichts wusste. Oder sie log. Und auch wenn nicht: Irgendetwas stimmte nicht.

Sie drückte sich ungewöhnlich aus für eine Mutter. Sie sprach ohne Liebe, wie über einen Gegenstand, überhaupt blieb Svetlana fast immer sachlich. Verwundert, fast angewidert beugte sie sich über diesen Sohn, als hätte sie ein Alien geboren, das sein ganzes Leben lang an ihr klettete. Sie tat, als hätte sie ihn nie leibhaftig aus sich herausgewrungen, aus ihrer eigenen Scham. Hätte nie seinetwegen geschrien vor Schmerz. Es war, als fürchtete sie ihn. War sie am Ende so obrigkeitsgläubig, dass sie den Anschuldigungen der Staatsanwaltschaft mehr traute als ihrem eigenen Kind? Hielt sie es für möglich, dass er wirklich etwas Böses getan hatte?

«Haben Sie Ihren Sohn denn nie geliebt?»

Das war aus seinem Mund herausgeflogen wie Essen während heftiger Rede. Er nahm die Stoffserviette und drückte sie gegen die Lippen.

Sie zuckte zurück vor der Wucht seiner Frage.

«Doch. Als er klein war ...» Ihr Kinn zitterte ein bisschen. «Er war doch ...»

Sie zog die Nase hoch. Diese seltsame Angewohnheit. Kein Schnupfen, nur ein kurzes Einziehen der Atemluft.

«Er war mein Ein und Alles.»

«Das verstehe ich nicht. Wie können Sie es dann zulassen, dass Ihr Ein und Alles jetzt allein in dieser Klinik liegt, ohne jede Hoffnung? Mit wechselnden Bettnachbarn, und das sind nicht immer die angenehmsten Zeitgenossen.»

«Das ist nicht wahr! Was reden Sie? Ich bezahle dafür, dass er ein Einzelzimmer hat.»

«Sie bezahlen?»

«Ja sicher. Sonst hätte er doch längst rausgemusst.»

«Ach.»

«Sie lügen mich an. Warum?»

«In dem Zimmer stehen drei Betten, ich dachte … Ich habe ihn gesehen, wie er draußen an dem Holztisch saß und anderen Patienten beim Spiel zuguckte, fast wie ein kleines Kind, mit seinem krummen Rücken. Und bei alldem kann er immer noch lachen, ist er immer noch begeisterungsfähig. Ein blasses, großes, altes Kind. Bei diesem Scheißleben kann er noch lachen. Er tat mir so leid. Man lässt ihn noch nicht einmal im Park spazieren gehen. Er wird von Tag zu Tag schwächer, weil er sich nicht bewegt. Er hat gar keinen Anreiz mehr, aufzustehen. Offenbar wartet man dort nur sein Ende ab.»

Ein leichter Film trat auf ihre Augen, nicht mehr.

«Deshalb bringe ich ihm ja jede Woche etwas. Es geht schon so lange. Er tut mir so leid. Manchmal denke ich, es wäre besser für ihn, er würde …»

«Wie bitte?»

«Ja. Sie verstehen richtig. Sie können sich nicht vorstellen, wie es ist, wenn einem das eigene Kind fremd wird.»

«Aber wie kann er Ihnen fremd werden?», rief Konrad und erschauderte über der eigenen Heftigkeit. «Es ist doch Ihr Fleisch und Blut.»

Sie schüttelte den Kopf.

«Wie, etwa nicht?»

Fernsehbilder von iranischen Frauen schossen Konrad durch den Kopf, die ihren zum Tode verurteilten Söhnen im Nachhinein die Menschenwürde absprechen, sich von ihnen lossagen. Mit versteinerten Gesichtern, niemand konnte ihnen ansehen, was sie wirklich empfanden.

Und Konrad erinnerte sich an ein Erlebnis aus der Zeit, als er das Gebäude der Generalstaatsanwaltschaft der DDR bewachen musste. Aus den Fenstern des Vorderhauses ging der Blick auf die Luisenstraße, links blinkten die dunklen Wellen der Spree. Im zweiten Stock war er auf Ermittlungsakten zur Regierungskriminalität der DDR gestoßen, sie lagen unverschlossen in den Schränken. Anfangs hatte er aus purer Langeweile so einen Ordner aufgeschlagen, dann las er sich schnell fest und verbrachte die meiste Zeit in diesem Raum. Er musste nur aufpassen, die Akten rechtzeitig in den Schrank zurückzustellen, wenn das Auto der Kollegen draußen vorfuhr.

In diesen Papieren befand sich der Brief einer Mutter, deren Junge mit achtzehn aus der Zone geflohen war. Vor dem Mauerbau, die Flucht war eine ungehinderte Bewegung im Raum gewesen. Per Anhalter war der Junge nach Südfrankreich gereist, weil er schon immer einmal das Mittelmeer hatte sehen wollen, dann war er nicht zurückgekehrt. Für diese Frau – die sich aufopferungsvoll für den Aufbau der DDR eingesetzt hatte und an den Sozialismus glaubte, das sah man an ihren Briefen – brach eine Welt zusammen. In größter Verzweiflung und mit riesigem Schuldgefühl flehte sie einen hohen Funktionär um Verständnis für ihr «ungehöriges Kind» an. Konrad war erschrocken darüber, wie unterwürfig sich diese Frau gegenüber den kleinkarierten Funktionären zeigte. Er saß am Fenster zur Luisenstraße und las im Licht der Gaslaternen, den Raum ließ er dunkel, um nicht aufzufallen. So beeindruckt war er von diesem Schreiben, dass er bald alles um sich herum vergaß.

Am Morgen kam die Ablösung, ein älterer Kollege. Konrad wechselte ein paar Worte mit ihm und ging zur S-Bahn. Vom Bahnsteig Yorckstraße konnte er durch eine Baulücke, da fehlte ein ganzes Haus, seine Wohnung auf der anderen Seite der Mansteinstraße sehen. Hinter den Gleisen hing das Plakat, das am Abend zuvor Mücken und Eintagsfliegen umtanzt hatten: ein Bohlenhaus auf Holzstelzen im flachen Wasser eines Meeresstrandes, in seinem Inneren brannte warmes, vertrautes Licht. Jetzt in der Südsee sein, hatte er gestern geträumt: In dieser Hütte, unter der die Wellen plätschern, mit Freunden zu sitzen, statt im Nieselregen zu stehen, sich unter muffigen, niesenden S-Bahn-Passagieren zum Gerichtsgebäude zu quälen und dort die Nacht totzuschlagen.

Nun, im Morgenlicht, sah er genauer hin und las unter dem Foto die Worte «Eine von uns». Was sollte das heißen? Eine von wem? Er konnte sich beim besten Willen nicht als Teil einer ominösen Gemeinschaft wie «uns» fühlen, dann begriff er, dass das gar nicht die Südsee, sondern die baltische, die Ostsee war. Und das Bild obendrein eine Zigarettenwerbung. DDR-Propaganda in kapitalistischer Verkleidung! Oder umgekehrt. Verfluchte Lügner! Meinten sie vielleicht den FDJ-Urlaub? Kramten sie hier die Gemütlichkeit der engen Familie DDR wieder hervor, um Zigarettenwerbung zu machen? Die kleine

Heimat! Sie vermischten die Nostalgie nach der warmen, trauten Familie DDR mit der Sehnsucht nach der großen Ferne. Rührten zwei Sehnsüchte zusammen.

Es empörte ihn so, dass er, statt nach Hause zu gehen, die nächste Bahn abwartete und nach Steglitz weiterfuhr, in der Schlossstraße Brötchen kaufte und zu Marlene ging. Leise schloss er die Wohnungstür auf und legte sich zu ihr ins warme Bett.

«Hast du das Plakat gesehen, mit den Cabinet-Zigaretten?»

«Nein.»

Er wusste, dass sie sofort wieder Partei für die gescheiterte sozialistische Utopie ergreifen würde: Der Versuch habe ja auch seine guten Seiten gehabt. Arbeit. Wohnungen. Kindergärten. Früher war sie wild gewesen, auch grausam unlogisch, heute hielt sie sich diese erstickende Art von Gerechtigkeit wie einen Lappen vor den Mund. Nichts an ihrem Leben war mehr rebellisch, sie war in sich zusammengesunken wie eine verwelkte Lilie. Man musste den Reizstrom solcher Themen an ihren Stängel legen, damit die schlaffen weißen Blätter noch einmal zuckten. Er widersprach nicht zu heftig, er brauchte die Nähe ihres Körpers, sein Gesicht ruhte schon glücklich auf ihrer Brust, er brummelte etwas und schlief ein. Dass sie aufstand, merkte er gar nicht mehr. Erst als sie am Mittag zurückkam und mit den Tüten raschelte, wurde er wach.

Bald wehte der Geruch ihrer Zigarette vom Balkon ins Zimmer. Vielleicht war die Reklame doch nicht so schlecht.

«Möchten Sie eins oder nicht?», hörte er Svetlanas Stimme, plötzlich laut.

«Wie bitte?»

«Ich frage zum dritten Mal, ob Sie ein Stück Kuchen wollen. Wo sind Sie mit Ihren Gedanken?»

«Ja, bitte.»

«Es ist nicht einfach für mich, wenn Sie so von mir denken», sagte Svetlana.

«Wie?»

«Dass ich unfähig zur Liebe wäre.»

«Das habe ich ja nicht gesagt, ich finde nur Ihr Verhältnis zu Ihrem Sohn ...»

«Es tut mir weh. Ich hatte gehofft, Sie würden mich verstehen. Sie sind so schnell mit Ihrem Urteil.»

Svetlana war anders – keine jener Frauen, die ihre leiblichen, ungebärdigen Kinder an starre, tote Ideale verraten, gleich Übervätern, fast schon erkaltete, nur von ihrem Starrsinn aufrechterhaltene Männer, in deren Leib sich das Böse schmerzhaft eingewachsen hat. Und die dieses Böse aus lauter Hass auf den Faschismus unter umgekehrtem Vorzeichen weitertrugen und fortpflanzten. Das Slawische bewahrte Svetlana vor der völligen Vertrocknung. Sie hätte nie zu so einem wachsgesichtigen Wesen werden können wie diese DDR-Richterin, wie hieß sie doch gleich.

Ihre Augen funkelten. Er begriff, dass er noch viel zu wenig von ihr wusste.

Svetlana als junge Frau, in den dreißiger Jahren, mit Ende zwanzig: Vermutlich hat sie Stalin geliebt. Dass sie glühende Kommunistin gewesen war, hatte sie selbst gesagt. Als sie eine junge Mutter war, kamen die Nazis gerade erst an die Macht. Seine eigene Mutter war beim BDM gewesen, mehr wusste er nicht, und auch das hatte er nur erfahren, weil er irgendwann die in der Rückwand des Schreibtisches versteckten Fotos gefunden hatte. Seine Mutter in gelblich-braunem Grau, im Sudetenland, als ganz junge Frau. Strahlend und glücklich. Luft. Laub. Kopfsteinpflaster. Alleen. Pferdewagen. Es erleichterte Konrad, dass die Geschichte, die er hier untersuchte, ausnahmsweise einmal ohne die Triebkraft deutscher Schuld auskam.

Aber ob Stalin oder nicht, irgendjemanden musste diese Frau in ihrem Leben geliebt haben, mit großer Wucht und Gewalt. Gerade weil sie ihren eigenen Sohn so geringschätzte. Der Mensch ist so gebaut, dass er einmal im Leben jemanden lieben muss, dachte Konrad. Dass dieser Jemand ihr Mann Jurij gewesen sein sollte, hielt er für unwahrscheinlich. Für drei Monate nach der Beerdigung war sie schon wieder ziemlich fidel.

«Wir reden darüber», sagte er. «Aber nicht mehr heute. Es wird schon dunkel. Sie sind müde.»

Er legte ihr die Hand auf den Unterarm, zum Abschied.

Abends im Hotel zog er sich nackt aus, streifte den flauschigen Bademantel über und zeichnete gedankenverloren den Kreis um Jurij Solowjow nach, Jurij den Ungeliebten. Er bedauerte plötzlich, dass dieser Mann nicht mehr sprechen konnte. Jurij der Stumme. Jurij der Betrogene. Dann fiel ihm Ihor Hryciuk ein, eine blasse Gestalt, die er der Ordnung halber am Rande der Konstellation unterbringen musste.

Wenn Jurij Solowjow noch lebte, hätte er das Auto

vielleicht längst gefunden. Es ist schwer, einen Unbekannten, Sprachlosen zu verstehen. Alle Schwierigkeiten rührten nur daher, dass dieser Vater tot war.

Männer, dachte Konrad und lehnte sich zurück. Männer können wenigstens lachen. Sogar über sich selbst. So wie Jacek und er zwischen den alten Autos, als ihnen beim Aufbruchüben einmal eine ganze Tür von der rostigen Karosserie abgefallen war. Ohne die Frauen könnte ein Mann gar nicht so halsstarrig und steif werden. Er trägt ja immer den kleinen Jungen in sich. Was hat Napoleon sich gekringelt, als er mit dem Großstallmeister Caulaincourt aus Russland zurückfuhr, hinter zugezogenen Fenstervorhängen in der Kutsche, in Decken gehüllt und trotzdem frierend, inkognito quer durch Europa. Was hat er dort im Osten nicht alles angestellt. Hunderttausende Tote, Menschen und Pferde, Felder blieben da im Raureif zurück, auf denen das ungeerntete Getreide verfault, darüber die aufgedunsenen Leichen und Kadaver, an jedem Flussufer, jeder Brücke stauen sie sich, und Napoleon schüttelt sich vor Lachen am Nowy Świat in Warschau, denn er malte sich und seinem Großstallmeister gerade aus, wie dieser zur Strafe für den ganzen Schlamassel, diesen missratenen Streich von Feldzug, in einem Gitterkäfig auf dem Londoner Marktplatz ausgestellt und mit Honig eingeschmiert wird, damit die Bienen ihn zerstechen. Männer verlieren nie diesen spezifischen, lockeren Humor. Mit Hilde Benjamin in ihrer Kutsche hätten sich die beiden ihr Lachen gewiss verkniffen.

Es war schade, dass Konrad den alten Haudegen Jurij Solowjow nicht mehr kennengelernt hatte. Wenn der sich in seinem Alter wirklich noch so ein Auto zugelegt hatte, musste er Humor gehabt haben, oder Mut zur Extravaganz. Da war nichts von Breschnews kleinem Aufschwung mit Kühlschrank und Fernsehgerät, der dem westlichen Bürgertum hinterherhechelte wie die evangelische Kirche dem Fortschritt. Nein, das war eine Kriegserklärung an die eigene Angst. Genau das, was Jacek an den Russen fürchtete und Konrad an ihnen bewunderte.

Ein ehemaliger Politkommissar, der Hunderte von unbewaffneten Lagerhäftlingen in die deutschen Linien hetzt – sollen sie sich ihre Waffen und Ausrüstung erst einmal selbst erbeuten –, der sie von Spezialeinheiten abknallen lässt, wenn sie umdrehen und fliehen wollen, der kutschiert jetzt glücklich im größten Statussymbol des Klassenfeindes umher. Seltsam, wie die alten Glauben, die alten Ideale sich wandeln. Die Wärme der DDR-Gemeinschaft taugt nur noch zur Zigarettenreklame. Die Sowjetunion schnappt nach westlichen Automarken wie ein dumm gewordener Fisch. Kiew hungert, und Jurij Solowjow sitzt im Fonds seines 500 SE – das Sahnehäubchen auf einem langen Leben. Aber eine einzige ehrenrührige Bemerkung, und er würde dieses Häubchen mit den Kugeln seiner MP durchlöchern zum Beweis, wie wenig es ihm bedeutete. Wer mochte ihm das Auto spendiert haben? Genau das war der Punkt, an dem Konrad nicht weiterkam. Diese eine Stimme fehlte, nicht nur, weil Jurij ihm hätte sagen können, wo das verdammte Auto war. Nein, er fehlte wirklich, alle redeten über ihn, nur er selbst war verstummt. Von ihm gab es nicht einmal eine konservierte Stimme wie die von Arkadij.

Konrad fragte sich, warum Arkadij so ganz anders geraten war, so ängstlich und verschreckt. In seiner neurasthenischen Empfindlichkeit ähnelte er eher der Mutter.

Aber Schluss jetzt. Konrad warf das Papier hin und legte sich aufs Bett.

Wie weit wollte er noch gehen? Die Geschichte wurde immer komplizierter, je mehr er sich in diesen familiären Wirrwarr verirrte. Sie war ohnehin schon komplizierter als das Getriebe eines Mercedes 500 SE. Einem Auto kann man unter die Haube schauen und braucht nur aufzupassen, dass man sich nicht am heißen Zylinderkopf verbrennt, und wenn der Motor kalt ist, schießt auch kein Wasserdampf aus dem Kühler. In dieser Familie dagegen war noch einiges am Leben, manche versteckten sich, andere wollten ihn in die Irre führen, sobald er ihnen zu nahe kam. Das Auto ist eine dumme, gutwillige Maschine, es muss mit Benzin getränkt werden, damit es einen Verteilerfinger rührt.

Diese hübschen slawischen Metaphern. Krank war sein Onkel vielleicht gewesen, aber nicht dumm.

## Fünf

Als Konrad aufstand und auf den schwarzen Asphalt des Europaplatzes blickte, fühlte er sich wieder stark genug, Arkadij ins Auge zu schauen. Ein böiger Frühlingswind peitschte die Baumwipfel, es regnete. Eilig, als hätte er Angst, diese Stimmung könnte ihm wieder vergehen, zog er sich an und fuhr in die Klinik.

Arkadij schien auf ihn gewartet zu haben. Der lauernd interessierte Seitenblick, den Konrad erhaschte, verriet die bisherige Dumpfheit als Pose. Dieser Mann war nur körperlich geschwächt. Blass und knochig ruhten die Unterarme auf der Decke. Doch wie er dann ächzend eine Matratzenecke am Kopfende anhob und ihm darunter eine Mulde mit versteckten Tabletten zeigte, das zeugte von einem geradezu animalischen Lebenswillen.

Konrad lächelte anerkennend.

«Sie verraten mich nicht, oder?», flüsterte Arkadij.

«Nein, darauf können Sie sich verlassen.»

«Erste Maßnahme vor jedem Ausbruch», sagte Arkadij, «die Pillen absetzen. Die machen nämlich unheimlich müde.»

Konrad nickte.

«Vielleicht möchten Sie eine?», grinste er. «Ich habe genug davon. Sie helfen gut gegen Nervosität.»

«Danke. Mache ich einen nervösen Eindruck?»

«Ein bisschen. Aber keine Bange. Ich war am Anfang auch völlig durcheinander, als ich hierherkam.»

«Ich habe mit Svetlana gesprochen. Sie behauptet, es gebe gar keine Olha. Sie hätten sich das nur ausgedacht. Das gibt mir natürlich zu denken.»

Er sah Konrad erschrocken an.

«Wundert Sie das? Svetlana hat Angst.»

«Aber wovor?»

«Denken Sie mal nach. Wovor hat ein Mensch Angst? Das ist eine der wichtigsten Fragen, um jemanden zu verstehen. Wenn Sie richtig überlegen, werden Sie damit auf eine Spur kommen.»

«Spur wovon?»

«Von Ihrem sogenannten Auto.»

«Wie bitte?»

«Ich meine das, was Sie suchen. Aber seien Sie vorsichtig. Die Angst macht einen Menschen gefährlich.»

«Sie meinen, Svetlana könnte mir etwas tun?»

«Sehen Sie mich an.»

«Ich werde so enden wie Sie?»

«Was glauben Sie, weshalb ich hier bin?»

«Sie wollen sagen, Ihre Mutter ist schuld daran? Das finde ich ungerecht.»

«Sie sind blauäugig. Auch im übertragenen Sinne.» Arkadij lachte. «Hat sie Sie etwa schon rumgekriegt? Passen Sie auf, sie mag die Deutschen. Sie hat damals mit einem Wehrmachtsoffizier angebändelt.»

«Woher wollen Sie das wissen?»

«Hat mein Vater mal erzählt. Er kam aus dem Krieg zurück und hat ein Foto gefunden.»

«Das muss doch nichts heißen. Vielleicht hat sie ihn einmal zum Kaffee eingeladen. Wissen Sie, dass Svetlana das Gleiche von Ihnen behauptet?»

«Was?»

«Dass Sie gefährlich sind. Ich wollte ihr erst nicht glauben, aber sie hat mir eine Narbe gezeigt, die von Ihnen stammen soll.»

«Eine Narbe?», lächelte Arkadij. «Wo?»

«Am Unterarm.»

«Ja, das ist wahr. Die stammt von mir. Gefällt sie Ihnen?»

«Svetlana?»

«Nein, die Narbe. Ich weiß noch sehr gut, wie sie aussieht. Svetlana versucht immer, sie unter dem Ärmel zu verstecken. Sie ist ja furchtbar eitel. Als sich schon längst kein Mann mehr nach ihr umgedreht hat, stand sie immer noch lange vor dem Flurspiegel und hat Schnuten gezogen, als wollte sie sich selbst verführen. Einmal habe ich sie heimlich beobachtet, und sie hat es gemerkt. Ich bin sehr froh, dass ich sie gebissen habe. Das war eines der wenigen Dinge im Leben, die mir wirklich Vergnügen bereitet haben, noch die Erinnerung daran tut mir gut. Und wenn Sie sagen, es tut ihr noch weh, geht es mir gleich besser. Ich hätte viel mehr solche Dinge tun sollen, dann wäre ich nicht hier. Eigentlich könnten Sie mal einen Krimsekt mitbringen, wir sollten darauf anstoßen.»

«So. Meinen Sie. Woher kommt dieser Hass auf Ihre Mutter?»

«Sie ist ja gar nicht meine Mutter.»

«Was?»

«Verraten Sie mir, was Ihnen im Leben am meisten Vergnügen gemacht hat.»

«Svetlana ist nicht Ihre wirkliche Mutter?»

«Nein», sagte Arkadij. «Also, raus mit der Sprache. Was hat Ihnen am meisten Spaß gemacht?»

Konrad missfiel die Frage. Sie klang, als ginge sein Leben schon zu Ende.

«Am meisten Spaß, die Frauen», antwortete er.

«Wie, die Frauen? Was haben Sie mit denen gemacht?»

«Na, Sie wissen schon.»

«Sie sind ja langweilig», lächelte Arkadij gequält.

Er hatte recht. Spaß war das falsche Wort für diese Geschichten, sie waren am Ende immer mit Schmerz verbunden. Richtigen Spaß hatte ihm zum Beispiel der Krebs im Pressegger See gemacht. Als er ihn beim Tauchen entdeckt hatte, war er ihm im trüben Wasser nach links weggesprungen. Konrad musste auftauchen, die Glasscheibe der Brille innen mit Spucke einreiben, damit sie nicht beschlug. Seine Armbewegungen wirbelten den schlammigen Boden auf. Beim zweiten Versuch sprang der Krebs nach rechts weg. Konrad war siegesgewiss, als er Luft holte und beim dritten Mal mit beiden Händen langsam nach ihm griff. Da sprang der Krebs nach oben ans Glas der Taucherbrille, sodass Konrad vor Schreck ohne Beute wieder aufgetaucht war. Das hatte ihm imponiert: weder links noch rechts, weder ja noch nein. Er ließ ihn in Ruhe.

Er klingelte nach der Schwester und verabschiedete sich.

«Svetlana ist offenbar gar nicht Arkadijs richtige Mutter», sagte Konrad beim Gehen zu Prokoptschuk. «Kann das sein?»

«Davon weiß ich nichts. Im Personalbogen steht nichts davon.»

Auf dem Weg zum Bus fiel ihm noch etwas ein. Von dem Bollerwagen hätte er Arkadij erzählen können, der hatte ihm auch Spaß gemacht. Mit diesem Gefährt, einer offenen Kiste mit schrägen Holzwänden, war er als Kind durch die Gegend gezogen. Die schwarzen Hartgummireifen krachten auf den Pflastersteinen, ab und zu war Konrad so ungeschickt stehen geblieben, dass er über die eigenen Beine stolperte und sich seiner Ladung vergewissern musste: Ziegelsteine aus der Ruine des verfallenen Hauses am Bahngleis oder ein Haufen schwarzer Erde mit Stöckern. Stöcker, dass dieses Wort jetzt zu ihm zurückgekommen war, ausgerechnet hier in Kiew. Vielleicht deshalb, vielleicht fühlte das Wort sich ein bisschen einsam. Stöcker waren mit dem Messer geschnittene oder abgebrochene Weidenzweige. Lang, grün und glatt, mit gelben Pünktchen und dünnen, spitzen Blatttrieben. So ein Stock war lang und biegsam und brach nicht leicht. Damit fühlte man sich sicher, fuchtelte gefährlich herum und konnte die Ungeheuer vertreiben, die hinter der Mauer des alten Bahnschuppens lauerten.

So ein Bollerwagen hatte eigentlich schon alles, was auch ein siebener BMW später hatte. Nur ziehen musste man ihn selbst. Mit ihm war Konrad größer gewesen als die Fahrer von heute. Der Autofahrer steht ja eigentlich auf der Stelle, bei ihm heben sich Jagd- und Fluchtinstinkt auf. Dort, wo er hinwill, ist auch nichts anders als da, wo er herkommt. Aber der Bollerwagen, der war toll gewesen. Das wollte er Arkadij beim nächsten Mal sagen.

Zurück bei Svetlana druckste Konrad nicht lange herum.

«Arkadij behauptet, Sie wären nicht seine leibliche Mutter.»

«Habe ich Ihnen das nicht erzählt?»

«Nein, und das wissen Sie auch. Warum erfahre ich so etwas durch Zufall?»

«Finden Sie das wichtig? Ist Ihnen mal der Gedanke gekommen, dass es mir unangenehm sein könnte, darüber zu sprechen? Wenn man sein Kind liebt, ist es doch egal, ob es das leibliche ist oder adoptiert.»

«Egal? Dadurch wird mir manches klar.»

«Es gibt Dinge im Leben, mit denen muss man sich abfinden.»

«Aber Sie haben es ihm irgendwann gesagt, oder?»

«Ich glaube schon.» Sie hob die Schultern leicht an.

«Er ist dreiundsechzig, und Sie haben ihm nie gesagt, dass Sie gar nicht seine richtige Mutter sind?»

«Natürlich weiß er das, schon lange. Wir haben nur nie offen darüber gesprochen.»

«Und Ihr Mann? War er der leibliche Vater?»

«Sie sind wohl schwerhörig. Arkadij ist adoptiert.»

«Wissen Sie, was das bedeutet? Dass da irgendwo noch Arkadijs leibliche Eltern sind. Zwei Menschen, die ich bisher überhaupt nicht berücksichtigen konnte. Wer war seine Mutter? Wo lebt sie heute, wenn sie noch lebt?»

«Sie phantasieren. Wir haben ihn adoptiert, weil seine Eltern nicht mehr da waren.»

«Und Sie hatten keine Ahnung, wer diese Eltern gewesen sein könnten?»

«Nein, wollten wir auch gar nicht.»

«Wie alt war er, als Sie ihn genommen haben?»

«Ich kann Ihnen das alles gern mal erzählen, aber in Ruhe, nicht, wenn Sie mich so anschreien. Sie tun ja, als wäre das meine Schuld.»

Allmählich beruhigte sie sich.

«Arkadij haben wir ihn genannt», sagte Svetlana. «Seinen richtigen Namen kannten wir ja nicht. Mein Mann hatte Beziehungen, dadurch konnten wir den kleinen Jungen adoptieren. Er war halb verhungert am Rand von Kiew aufgelesen worden, man hatte ihn ins Waisenhaus gebracht.»

Sie hielt inne, um sich zu besinnen. «Jurij ging dort hin, ohne mir etwas zu sagen. Blond und blauäugig sollte er sein, russisch oder baltisch-nordisch. Das hat er mir später erzählt. Und einen Jungen wollte er haben, unbedingt einen Jungen.» Sie lächelte. «Eines Tages kam er in Begleitung einer Frau, die wie eine Krankenschwester gekleidet war, und brachte ihn mit nach Hause. Der kleine Arkadij war fünf. Er hatte braune Augen. Hat fast kein Wort gesprochen. Ich weiß nicht, ob er es noch nicht konnte oder seine Sprache verloren hatte. Er guckte nur immer ängstlich aus seinen aufgerissenen Augen. Natürlich ahnten wir, dass seine Eltern in den Wirren der Kollektivierung und der Hungersnot umgekommen waren. Das war eine schreckliche Zeit damals, alle haben gelitten. Aber so ist das, anders hätte die Sowjetunion nie die Industriemacht werden können, die sie heute ist.»

Für einen Moment verstummte sie. «Wir konnten

damals nicht ahnen, dass er Kleinrusse war, obwohl es natürlich nahelag, dass er hier vom Land kam. Vielleicht wollten wir es nicht wahrhaben.»

Kleinrusse, Konrad kannte dieses Wort noch aus der alten Enzyklopädie seines Vaters. Als Kind hatte er sich dieses Volk immer wie Liliputaner vorgestellt. Die Ukrainer – zu klein geratene Russen.

Abends im Hotel stellte er fest, dass seine Zeichnung langsam belebter wurde. Jetzt musste er Arkadijs leibliche, vermutlich tote Eltern darauf unterbringen, eine Reihe oberhalb von Arkadij und Olha, in ausreichender Entfernung zu Jurij und Svetlana. Die Konstellation schien allzu stimmig. Solch eine Symmetrie machte ihn immer misstrauisch, sie war meist eher ein Hinweis, dass etwas gerade nicht stimmte. Rechts auf dem Blatt, mit Abstand, wartete das Auto. Es schien der ganzen Geschichte amüsiert zuzusehen, wie ein Kind beim Versteckspiel.

Konrad hatte nie werden wollen wie sein Vater, und doch beobachtete er an sich immer wieder dieselbe Grobheit, die er im Innersten verabscheute. Mit welchem Recht machte er dieser Frau, die so viel gelitten hatte in ihrem Leben, Vorwürfe? Wie ein Staatsanwalt hatte er Rechenschaft über ihre Gefühle verlangt. Noch am Abend kaufte er im Supermarkt am Platz des Sieges neben ein paar Dosen Bier auch eine Flasche Cognac. Der Alkohol in seinem Einkaufswagen weckte an der Kasse die Aufmerksamkeit eines Wachmanns, der ihm fast unhöflich nahe kam. Dann machte er sich wieder auf den Weg zu Svetlana.

«Ich möchte mit Ihnen anstoßen», sagte Konrad feierlich und wickelte die Flasche aus.

«Worauf?», fragte sie.

«Auf Ihren Sohn. Egal, ob adoptiert oder nicht. Auf Ihr langes Leben mit ihm. Auf die Liebe. Und auf unsere Versöhnung.»

Sie war gerührt. «Auf die Liebe», sprach sie ihm nach. Sie hielt einen kleinen Cognacschwenker in der Hand, ihre Traurigkeit war verflogen. «Die Liebe», sagte sie noch einmal.

«Sie haben bestimmt viele Verehrer gehabt. Schade, dass ich Sie nicht als junge Frau gekannt habe. Haben Sie keine Fotos aus Ihrer Jugend? Aus den ersten Ehejahren?»

«Ich weiß schon, was Sie wollen. Sie suchen nur wieder nach Verdächtigen. Egal, ich habe Ihnen schon so viel von mir erzählt, da kann ich Ihnen auch ein paar Fotos zeigen.»

Er folgte ihr bis an die Schlafzimmertür. Am Boden des Kleiderschranks, von Mantelschößen verdeckt, standen zwei Schachteln. Svetlana reichte ihm eine und trug die andere selbst ins Wohnzimmer.

Svetlana als junges Mädchen. Mit Pioniertuch. Bilder aus der Zeit vor der Revolution bis heute. Sie hatte die Abgase der ersten Autos in der Sowjetunion eingeatmet, des ersten Wolga ihres Mannes, den Geruch der großen Stahlwerke, den giftigen Dampf aus den Fabrikschornsteinen und die mit dem Rauch verbrannten Holzes vermischte Luft des Dorfes, wo sie ihre Datscha hatten. Svetlana und Jurij, frisch verheiratet. Er in Uniform, sie schmiegt sich mit einem koketten Lächeln an ihn und schaut zu ihm auf. Dann ein Porträtfoto von ihr.

«Das sind Sie?»

Er war frappiert vom Gesicht der jungen Frau auf dem Bild. Damals musste sie Anfang dreißig gewesen sein. Der rechte Mundwinkel war eine Spur nach oben gezogen und verlieh ihrem Gesicht jenen skeptisch lächelnden Ausdruck, den es bis heute besaß. Die Konturen der Lippen verrieten auch auf der Schwarzweißaufnahme, dass Svetlana sich für das Foto geschminkt hatte. Im Hintergrund die Falten des Studiovorhangs. Ihr rabenschwarzes Haar straff zurückgebunden. Die beiden nicht sehr großen dunklen Augen unter dichten, dunklen Brauen träumten rechts an der Kamera vorbei – und dieser Blick war es, der Konrad besonders bewegte. Das war nicht der lebensfrohe, auch nicht nur gespielt frohe Ausdruck einer Jungvermählten.

«Hier wirken Sie sehr nachdenklich.»

Sie nahm das Foto zur Hand. «Ja, ich kann Ihnen auch sagen, warum. Das muss kurz nach dem Krieg aufgenommen worden sein. Ich war noch keine vierzig. Jurij war gerade demobilisiert worden und heimgekehrt. Ich freute mich, aber ich war unglaublich erschöpft. Es war eine neue Situation, eine Herausforderung. Ich hatte eine schwere Zeit hinter mir. Allein mit dem Kind, nach der Besatzung, dem Hunger.»

«Aber Sie hatten überlebt, Ihr Kind auch. Und Ihr Mann war aus dem Krieg zurück. Dafür sehen Sie ziemlich traurig aus.»

«Sie wissen nicht, was ich durchgemacht habe.»

«Auf diesem Bild ... ich hätte mich bestimmt in Sie verliebt», sagte Konrad, nicht um ihr zu schmeicheln, sondern weil das Gesicht ihn tatsächlich faszinierte.

Sie senkte den Kopf, blickte verschmitzt zu ihm hoch und hob das Glas. «Auf die Jugend!»

«Sie waren wirklich sehr schön.» Er korrigierte sich gleich: «Man sieht es Ihnen heute noch an.»

Svetlana hatte eine Zigarrenkiste auf dem Tisch stehen und holte nun ein Foto nach dem anderen heraus. Manche legte sie zur Seite, andere reichte sie ihm weiter. Der kleine Arkadij. Süß. Ein hellhäutiger Bengel mit kurzgeschorenem, rundem Schädel. Dann Arkadij als junger Pionier. Jurij in einer Uniform der Roten Armee. Sie griff das nächste Foto und wollte es ruckartig wieder weglegen, stieß dabei mit der Hand gegen die Kiste und fegte sie vom Tisch. Die Fotos verstreuten sich auf dem Teppich.

Konrad sprang auf, um sie einzusammeln.

«Lassen Sie, ich mach das!»

Da hatte er schon eines in der Hand. «Und wer ist das?»

«Wer?»

«Na, dieses junge Mädchen. Das ist doch der kleine Arkadij, an ihrer Hand, oder? Da macht er aber einen sehr glücklichen Eindruck.»

«Ach, irgendein Kindermädchen. Ich weiß nicht mehr. Damals kamen sehr viele Menschen vom Land in die Stadt. Sie flohen aus den Dörfern, es gab zwei Missernten hintereinander, sie waren hungrig und suchten Arbeit. Man fand ganz leicht Haushaltshilfen oder ein Kindermädchen, für wenig Geld, sie standen an der Straße und bettelten. Die meisten musste man nach kurzer Zeit wieder fortschicken, weil sie unehrlich waren. Die Leute haben gestohlen.»

«Wohin hat man sie geschickt?»

«Na, zurück in ihre Dörfer im Süden, zu ihren Familien.»

«Wann war das ungefähr?»

«Mitte der dreißiger Jahre.»

«Hier – wieder dasselbe Mädchen. Die scheint er sehr gemocht zu haben.»

Diesmal riss sie ihm das Foto aus der Hand.

«Ich wusste gar nicht, dass ich diese Bilder noch habe. Die wollte ich schon lange wegwerfen. Ein primitives Gesicht, nicht wahr? Diese Landpomeranzen. Ein bisschen einfältiger, man sieht es, Wangen wie Äpfel. Und diese große Nase. Nasenlöcher, in die man von der Seite hineinsehen konnte, ich mag das nicht.»

Konrad sah genauer auf das Foto. Das Mädchen war ausgesprochen hübsch, es hatte eine gewisse Ähnlichkeit mit der schwarzhaarigen Patientin im Park der Klinik.

«Ein sehr eindrucksvolles Gesicht», sagte er.

«Eindrucksvoll? Wieder nicht das richtige russische Wort», stichelte Svetlana, zwang sich aber zu einem Lächeln. «Sie wissen nicht, wie viel Unglück diese Frau über uns gebracht hat. Eindrucksvoll, dass ich nicht lache. Bäuerlich primitiv würde ich es nennen. Hätte ich sie nicht jeden Tag daran erinnert, dann hätte sie sich überhaupt nicht gewaschen. Wie sie manchmal stank, mein Gott, ich sage Ihnen, wie ein Pferd! Ihr Schweiß roch nicht nach Mensch, sondern nach Tier, nach einem wilden Tier! Barfuß lief sie durch die Wohnung, mit ihren ungewaschenen großen Füßen. Sie war nicht groß, aber Füße hatte sie wie ein Bauernlümmel von Tolstoj. Oder wie Tolstoj selbst, der soll auch solche Maulwurfspranken gehabt haben. Eigentlich sollte sie mich entlasten, stattdessen musste ich sie auch noch erziehen! Sie war ein ganz schlechtes Vorbild für Arkadij.»

«Aber offensichtlich hat er sie gemocht.»

«Ich will nichts mehr davon hören. Wieso habe ich Ihnen bloß die Fotos gezeigt?»

Sie sammelte hektisch die letzten Bilder ein.

«Dann ist das Olha, habe ich recht? Das Mädchen, von dem er gesprochen hat.»

Sie kippte den Rest Cognac mit einem Schluck hinunter. «Wahrscheinlich lebt sie gar nicht mehr.»

«Warum hat sie Unglück über Ihre Familie gebracht?»

Svetlana hatte keine Lust mehr. «Ich glaube, Sie müssen langsam gehen, oder? Ist schon spät.»

Ein Foto von Olha und Arkadij hatte Konrad noch schnell in seine Jackentasche gleiten lassen.

Am nächsten Tag fuhr Konrad mit dem Bild in die Klinik. Er hängte sein nasses Sakko über die Stuhllehne, auf dem Weg hatte ein Sturzregen ihn überrascht. Jetzt platschten nur noch ein paar Tropfen von der Dachrinne. Das Laub der Fliederbüsche zitterte im goldenen Licht, Wasserperlen glänzten darauf. Sogar die grau verputzte Hauswand gegenüber leuchtete fast farbig.

Er lehnte das Foto an die Wand hinter dem Schreibtisch. Arkadijs kindlich großer Kopf mit dem hellhäutigen Gesicht. Seine braunen Augen schauen zu dem Mädchen auf, das ihn an der Hand hält. Warum hatte Svetlana versucht, ihm Olha zu verheimlichen? So viel er von ihr gehört hatte, er wusste bisher nichts sicher. Das Foto gab ihm das Gefühl, nicht völlig im Nebel zu stochern. Als könnte er sie jetzt, da er ihr Gesicht kannte, leichter in den Protokollen identifizieren, ließ er den Blick über die Seiten schweifen und suchte nach ihrem Namen. Es waren Aufzeichnungen von Juni 1987.

*«Erinnern Sie sich an Ihre leibliche Mutter?», fragt Professor Guzman.*

*«Wen meinen Sie?»*

*«Ich meine die Mutter, die Sie geboren hat.»*

*«Ich weiß nicht. Manchmal habe ich Erinnerungen, die aus der Zeit stammen könnten. Ein lauer Sommerwind, ungetrübtes Wohlgefühl. Aber von ihr selbst weiß ich nichts. Immer wenn ich an sie denken will, sehe ich Olha vor mir. Kann es sein, dass Olha meine Mutter war?»*

*«Nein, unmöglich. Ihre Mutter ist nach allem, was wir wissen, verhungert. Ihre eigenen Erinnerungen deuten darauf hin. Sie selbst haben überlebt und kamen in ein Kinderheim. Von dort haben die Solowjows Sie als Ihren Sohn angenommen.»*

*Arkadij nickt wortlos.*

*18. Mai 1988.*
*«Erinnern Sie sich an die Zeit, als Sie zu den Solowjows kamen?»*

*«Ich habe die neuen Eltern gehasst, ich wollte dort nicht bleiben. Ich wollte zurück ins Kinderheim, zu Olena.»*

*«Was war so schlimm?»*

*«Die erste Zeit. Der erste Winter. Alles war so eng in der Wohnung. Viel zu warm. Im Kinderheim hatten sie nicht genug Holz zum Heizen, deshalb war es kühl, und da waren viele andere Kinder. Dort habe ich mich wohl gefühlt. Nur die böse Wärterin, die im Flur saß ...»*

*«Warum böse?»*

*«Die Hexe saß dort und passte auf. Nachts hat sie mich festgehalten, wenn ich zu Olena wollte.»*

*«Und die Zeit davor?»*

*«Daran kann ich mich nicht erinnern.»*

*«Gar nicht?»*

*«Ich glaube immer, da war ein Fluss, ein fauliger Geruch im Sommer, wenn der Wasserspiegel sank. Kaulquappen, die in dem seichten Wasser dahinschlängelten. Sie wurden immer langsamer, dann grau und glanzlos in der Sonne. Die Reiher und Möwen warteten schon am Ufer.»*

*«Möwen? Dann muss es ein großes Gewässer gewesen sein.»*

*«Ja, ihre spitzen Schreie. Aber ich bin nicht sicher, ob das nicht aus einem Film ist. In der Stadtwohnung war es nicht schön. Dunkel und still, ohne Tiere. Nur Stofftiere. Ich war eingesperrt. Von Svetlana bekam ich viel Spielzeug, Svetlana und Vater kauften mir alles.»*

*«Und wissen Sie noch, wie Olha zu Ihnen kam?»*

*«Nein. Ich erinnere mich nur an die Zeit, als sie schon da war.»*

*«Erzählen Sie mir davon.»*

*«Olha war fröhlich. Sie sang gern bei der Arbeit, beim Bügeln oder Staubwischen. Und wenn Vater und Tante nicht da waren, sang sie ukrainische Lieder. Oh, dieser Klang! Ich glaubte immer, mehrere Stimmen in ihrem Gesang zu hören, wie in einem Kanon. Viele Wörter hatten zwei Betonungen. Alles an ihr war in Bewegung. Ich wusste nicht, woher ich diesen Klang kannte, und doch war ich mit einem Mal an meinem Ursprung. In meiner Heimat, sozusagen.»*

*«Sie wissen ja jetzt, dass Ihre Eltern wahrscheinlich auf dem Land lebten, nicht wahr. Wo waren in der Zeit Ihre Adoptiveltern?»*

*«Vater im Krieg und Svetlana arbeiten. Sie kam oft spät nach Hause, manchmal gar nicht. Nur Olha war immer bei mir.»*

*«Worüber haben Sie mit ihr gesprochen, können Sie sich erinnern?»*

*Arkadij denkt nach.*

*«Ich war ja noch ein Kind, elf Jahre alt. Olha war schon zwanzig.»*

*«Woher kamen denn Olhas Eltern? In welchem Dorf lebten sie?»*

*«Den Namen habe ich vergessen.»*

Die nächste Sitzung, wenige Tage später, im Mai 1988.

*«Haben Sie nur gute Gefühle, wenn Sie an Olha denken?»*

*«Manchmal bin ich richtig böse auf sie, oft sogar. Sie liebt mich nicht, denke ich dann. Lässt mich hier allein, sie könnte mich doch suchen und holen. Sie weiß doch, wo ich wohne. Auch deshalb wollte ich nie wegziehen. Damit sie mich findet, wenn sie eines Tages will.»*

*«Und dann?»*

*«Dann denke ich wieder, sie wird irgendwo festgehalten. In einem Käfig. Sie kann gar nicht weg. Sie hat genau so eine Sehnsucht nach mir wie ich nach ihr. So nahe wir beide uns einmal waren, das kann nie vergehen. Die Sehnsucht kann sich in etwas anderes verwandeln, aber vergehen wird sie nicht. Es ist nicht Olhas Schuld, wenn sie*

*mich nicht erreichen kann. Sie lebt in einem Schweinestall und weiß vielleicht nicht mal mehr, dass sie ein Mensch ist.»*

*Randbemerkung Dr. Guzman: Das Schwein scheint wichtig zu sein.*

*«Olha durfte nicht Ukrainisch mit mir sprechen. Sie tat es trotzdem, wenn wir allein zu Hause waren. Ihr Gesicht wurde dann ganz weich, der Blick lebendig. Sie wurde viel schöner. Und sie war so frech. Vater oder Tante waren noch im Treppenhaus, da summte sie mir schon leise ein ukrainisches Lied vor. Am schönsten war es für mich, wenn sie bügelte. Dann konnte sie nicht weglaufen.»*

*«Warum hätte sie denn weglaufen sollen?»*

*«Weil ich immer so viel geredet habe. Manchmal konnte sie das nicht mehr hören und ist aus dem Zimmer gegangen. Vom Bügelbrett konnte sie nicht weg. Also, ich legte mich auf die Couch und verschränkte die Arme hinterm Kopf. Ich hörte ihren Singsang und sah sie die ganze Zeit von der Seite. In ihrem Gesicht konnte ich versinken wie in einer Landschaft. Wenn ich die Augen schloss, war ich auf einer weiten Ebene, über die der Sommerwind wehte, die Samen der Pflanzen flogen über die Erde und das Gras, und ich war mittendrin in dieser Landschaft. Sie ging in alle Himmelsrichtungen, bis zum Horizont, und ich war hier aufgehoben.»*

*«Was meinen Sie damit?»*

*«Es gab keine Überraschungen. Alles war schon von weitem zu sehen.»*

*«Aha.»*

*«Olha hatte kräftige Arme. Sie griff sich einen schweren Rock von Svetlana und warf ihn mit Schwung auf das*

*Brett, ich spürte den Lufthauch mit geschlossenen Augen, und das war, als koste mich der Sommerwind. Die Luft roch so würzig, nach Kräutern, Lavendel, diese Pflanze mit den kleinen, blauen Blüten, Zitronenkraut. Nach getrocknetem Rindermist. Auch Kuhfladen können duften, Herr Professor, wenn sie von der Sonne warm werden. Es roch auch nach der Stärke, die Olha verwendete. Manchmal war mir auch, als läge ich in einer Wiege aus Bast oder Weide und schaukelte sanft hin und her. Ich schloss die Augen und träumte.»*

*«Was empfinden Sie jetzt, wenn Sie das erzählen?»*

Konrad ließ das Blatt sinken. Der in Deutschland übliche Psychojargon hatte es bis hierher noch nicht geschafft. Was macht das mit dir, wie gehst du damit um? Der kleine Arkadij, Jahre zurückversetzt vom Barbamil, antwortete zutraulich:

*«Wenn ich das erzähle, kommt mir das Gefühl von damals wieder in den Sinn, und ich will nicht verstehen, dass ich jemals so glücklich war.»*

Konrad hob den Blick von der Akte und nahm das Foto in die Hand. Lange betrachtete er das Gesicht des Kindermädchens, das direkt in die Kamera sah.

Ob Arkadij denn später, nach dem Krieg, nicht versucht habe, zu ihr zu kommen? Die Frage war vom Sommer 1989. Konrad verlor die Übersicht über die chronologische Abfolge der Protokolle, immer wieder kam es ihm auch so vor, als ob Blätter fehlten.

*«Doch. Ich wollte immer zu ihr. Mein Leben lang. Ich habe sie nie aufgegeben, ich konnte sie nur einfach nicht finden.»*

*Beginnt zu weinen.*

*«Das Schlimmste ist, wenn ich mir vorstelle, sie wartet vielleicht die ganze Zeit auf mich, Herr Professor. Glauben Sie nicht? Ich wusste, dass sie vom Land gekommen war, aus einem Dorf nördlich der Stadt. Den Namen hab ich vergessen, ich könnte mich schlagen dafür.»*

*«Das wundert mich», sagte Guzman, «Sie haben doch sonst so ein gutes Gedächtnis.»*

*«Ich weiß auch nicht. Ich wollte den Ort ja wiederfinden.»*

*«Warum haben Sie sich nicht einfach eine Landkarte besorgt und sie abgesucht? Dabei fällt einem doch meistens der Name ein.»*

*«Herr Professor, meinen Sie, das hätte ich nicht getan? Ich habe ganze Listen von Ortsnamen angelegt. Alphabetisch wie der Lage nach, jede Straße bin ich abgefahren. Aber die Karten sind nicht zuverlässig.»*

*«Sie sind überhaupt sehr misstrauisch, was die Fabrikate anderer Menschen angeht, oder?»*

*«Weil ich weiß, wie leicht man Fehler machen kann. Und wie verstockt man ist, wenn man sie nicht zugeben will.»*

*«Woran denken Sie?»*

*«Also, um Ihnen ein Beispiel zu geben: Einmal, das ist Jahre her, wurde an unserem Haus gebaut. Es war vollständig eingerüstet, die Maurer kletterten vor den Fenstern herum. Grobe Männer, Bauarbeiter. Sie beugten sich manchmal vom Gerüst und guckten zu uns in die Küche,*

*lachten oder machten zotige Witze, oder sie bändelten unter einem Vorwand mit Svetlana an, baten um ein Glas Wasser, ihr Zigarettenrauch zog in die Wohnung. Es war Sommer, August. Die Stadt leer. Und wissen Sie, was ich getan habe? Ich habe das ganze Haus an einer Seite wenige Millimeter angehoben, mit Hilfe eines Flaschenzuges.»*

*«Warum haben Sie das getan?»*

*«Aus Übermut. Vielleicht wollte ich ihnen irgendetwas beweisen. Die Handwerker mauerten und spachtelten eifrig, verputzten das Haus, das nicht so stand, wie es eigentlich stehen sollte. Nach Abschluss der Bauarbeiten sollte der Flaschenzug herabgelassen werden, und es würden sich Risse über die ganze Fassade ziehen, schlimmstenfalls würde das ganze Gebäude zusammenkrachen. Unser Haus. Die ganze Welt. Und Schuld hatte ich. Ich hätte es sofort allen sagen müssen, damit sie ihre unsinnige Arbeit einstellen. Aber ich schämte mich für meine unsinnige Tat, die niemand verstehen würde. Und war es jetzt nicht ohnehin zu spät? Die Arbeiten waren ja viel zu weit fortgeschritten.»*

*«Und? Wie ging es aus? Ihr Haus steht ja heute noch.»*

*«Ja. Zum Glück.» Schweigen.*

*«Wie erklären Sie sich, dass Sie Olha bis jetzt nicht gefunden haben?»*

*«Ich wurde immer verhaftet.»*

*«Haben Sie denn etwas Verbotenes getan?»*

*«Ich hab mich nur dumm angestellt.»*

*«Aber aufgeben wollten Sie nie, oder?»*

*«Nein. Natürlich nicht. Ich dachte ständig an sie. Sie muss das gemerkt haben. Gedanken haben eine Fernwirkung. Kennen Sie die Untersuchungen von Leonid Was-*

*siliew? Ich sandte Signale an sie aus. Geheime Zeichen, die nur wir beide verstehen. Und solche Dinge habe ich in meine Programme eingebaut.»*

*«Welche Dinge?»*

*«Ich saß an den Lochkarten, später bekamen wir Magnetbänder. Ich las den Ausdruck des Programms mechanisch durch, prüfte es auf syntaktische Fehler, aber in Wirklichkeit dachte ich die ganze Zeit an Olha. Einmal schrieb ich an die Stelle, wo ein normaler Maschinenbefehl stehen sollte, ihren Namen. Aus Zerstreutheit. Später habe ich das öfter getan, mit Absicht, so wie einen Befehl oder eine Variable. Ich wollte, dass ihr Name im großen Bauch des Rechners steht. Damit nichts passierte, habe ich ihn als Kommentar eingeklammert. Wie mit ...»*

*Kichert.*

*«... mit einem Pariser. Wissen Sie, was das ist? Damit kann auch nichts schiefgehen. So ein feiges kleines Menschlein war ich. Bis heute bin ich ja kein richtiger Mann. Ich habe nichts zu melden. Und dann flog plötzlich der Reaktor in die Luft. Du lieber Gott, dachte ich, jetzt ist es passiert. Olha hat gewirkt. Ich habe irgendwo die Klammern vergessen. Das ist die Strafe. Für euch, weil ihr mir Olha weggenommen habt. Ich habe das Haus einen Millimeter angehoben, und jetzt ist alles zusammengekracht. Mutter hielt die Fenster geschlossen und schrie mich an, wenn ich auf den Balkon wollte. Ich wusste, etwas Schlimmes war passiert, und ich war begeistert. Heute weiß ich, dass das gar nicht meine Schuld war. Ich bin ja nicht verrückt.»*

*«Nein, verrückt sind Sie nicht», versicherte Guz-*

*man. «Sie müssen nur ein bisschen aufräumen in Ihrem Kopf.»*

*«Olha ist ja auch nicht gleich Olha.»*

*«Was meinen Sie?»*

*«Sie haben neulich zu Dr. Medwedjewa gesagt, dass Olha zu einem Symbol geworden ist, dessen Bedeutung längst über das konkrete Mädchen von damals hinausgewachsen ist.»*

*«Das haben Sie sich gemerkt?»*

*«Ich bin ja nicht taub, Herr Professor. Aber gesund bin ich wohl auch nicht. Ich bleibe noch eine Weile hier.»*

Das war im Oktober 1989. Kurz darauf wurde Arkadij entlassen, damit endeten die Protokolle. Die nächste Einweisung vermerkte die Krankenakte im Herbst 1993, da war Professor Guzman schon im Ruhestand. Niemand machte sich mehr die Mühe, die Gespräche aufzuzeichnen.

Konrad legte den Hefter weg und streckte sich. Nach all dem hatte er heute kein Bedürfnis mehr, Arkadij noch leibhaftig zu hören. Prokoptschuk ließ ihn raus. Im Park sah er das Mädchen, er erkannte es schon von weitem, am Gang. Sie setzte ihre Schritte langsam und merkwürdig, sie wichen nur um Haaresbreite vom normalen Gehen ab. Als sie ihn sah, wollte sie erst kehrtmachen, bezwang sich aber und kam weiter auf ihn zu. Sie hatte wirklich ein hübsches Gesicht. Es war nur ein bisschen zu weiß und eine Spur zu hart. Als sie einander passierten, schaute sie eine Sekunde zu ihm herüber. Er lächelte.

Doch mit einem Mal stürzte in ihrem Gesicht alles zusammen, und er hatte den Eindruck, es sei gar nicht mehr sie selbst, sondern nur noch der nackte Schrecken über das eigene Ende. Wie sehr ihn das schmerzte, dieser jähe Zerfall von Schönheit in Chaos! Kein fröhliches, schöpferisches Chaos, sondern die Sekunden vor dem Nichts. Er empfand großes Mitleid, dann auch Schuld, schließlich hatte er sie angesehen. Und er verspürte den Wunsch, ihr zu helfen, die Teile wieder zusammenzufügen. Er wollte sie umarmen, sie wieder schön machen.

Zum Glück hatte die alte Pflegerin diesmal nichts gesehen. Sie stand wieder auf den Stufen zur Männerpsychiatrie und rauchte. Konrad wusste nicht, was ihre hohe weiße Haube bedeutete, aber er konnte auch die Funktion der anderen Mitarbeiter nicht anhand ihrer Kleidung bestimmen.

«Sie sind kein Patient, nicht?», rief die Frau.

«Nein. Ich bin wegen einer anderen Sache hier.»

«Und zwar?»

«Ich arbeite an einem Fall. Sagt Ihnen der Name Arkadij Solowjow etwas?»

«Natürlich. Arkadij Jurjewitsch. Auf der geschlossenen Männerstation. Den kennt hier jeder. Wieso ‹Fall›? Der ist schon kurz nach dem Krieg mal hier gewesen. Ich kann mich genau erinnern, weil er einer meiner ersten Patienten war. Ich sollte damals als Krankenschwester an die Front, aber dazu ist es nicht mehr gekommen. Ende 1946, da war ich ein knappes Jahr hier, wurde Arkadij eingeliefert.»

«Wie alt war er da?»

«Noch ein Junge, fünfzehn oder sechzehn. Er war ganz ruhig, hat nicht um sich geschlagen wie andere. Das war das eigentlich Traurige, dass er sich so in sein Schicksal fügte. Vielleicht hatte man ihm auch schon etwas gespritzt.»

«Unglaublich. Nach fünfzig Jahren können Sie sich an solche Einzelheiten erinnern?»

«Weil er der Erste war. An den Ersten erinnert man sich immer.» Sie zwinkerte ihm zu. «Ich habe diesen staksigen, tastenden Gang später noch oft gesehen, aber Arkadij werde ich nie vergessen. Ich war noch unerfahren, und er tat mir so leid.» Sie nahm einen Zug. «Er blieb nicht lange. Man stellte ihn mit Medikamenten ruhig und schickte ihn bald wieder nach Hause. Es gab ja viel schwerere Fälle, so kurz nach dem Krieg. So viele Menschen waren hier ganz in der Nähe gestorben. Aber das wissen Sie bestimmt.»

«Haben Sie denn miterlebt, was hier im Krieg passiert ist?»

«Nein, da war ich woanders. In Charkiw. Ich habe sein Gesicht gesehen, als sein Vater ihn abholte, es war weiß und aufgedunsen. Ein hübscher Junge mit blondem Struwwelhaar und einem klugen Gesicht. Doch jetzt starrte er nur ängstlich, und er bewegte sich, als müsste er das Gehen erst wieder erlernen. Sein Vater war sehr geduldig, stützte ihn und öffnete ihm die hintere Tür seines Wolga. Am Steuer saß ein Chauffeur, da wurde mir klar, dass der Vater jemand ganz Wichtiges ist.»

«Wie sah der denn aus?»

«Groß gewachsen, hager, dunkles Haar. Gut gekleidet. Er machte einen fast vornehmen Eindruck.»

«Nicht zu fassen, dass Sie sich daran noch erinnern.»

«Ja, da staunen Sie. Ich habe hier kurz nach dem Krieg angefangen.»

«Müssten Sie dann nicht längst in Rente sein?»

«Formal gesehen schon. Aber formal gesehen existiere

ich gar nicht mehr. Der Direktor lässt mich weiterarbeiten. Es fehlt an erfahrenen Leuten, die für das lächerliche Gehalt hier schuften.»

«Wie war das denn hier kurz nach dem Krieg?»

«Da dampfte noch alles. Blut und Rauch, ein seltsamer Nebel. Ein ganz merkwürdiger Geruch hing in der Luft. Ich kam im Herbst nach Kiew. Ich teilte mir damals mit anderen Pflegerinnen ein Zimmer. Frühmorgens fiel die Sonne ins Fenster. Wenn man nach draußen kam, glitzerte der Tau, und die Vögel zwitscherten. Was für eine Idylle, dachte ich im ersten Moment. Aber dann kam, wie eine Verletzung, der Gedanke an das, was hier geschehen war. Viele Gebäude hier waren halb zerstört. Maurerkolonnen bauten sie wieder auf. Die Kuppeln der alten Kathedrale zeichneten sich unscharf im Nebel ab. Da vorn, sehen Sie, steht noch eine alte Glocke in diesem Eisenkäfig. Ganz in der Nähe waren Tausende von Juden umgebracht worden, in einer Schlucht, die sie später zugeschüttet haben. 1941 haben die Deutschen als Erstes über dreihundert jüdische Patienten erschossen. Im Frühjahr 1942 noch mehr. Einige Ärzte versuchten, die Patienten zu entlassen, um ihr Leben zu retten.

Wer weiß, welche Auswirkungen das alles bis heute hat, auf die Menschen. Kiew macht so einen modernen Eindruck, finden Sie nicht? Überall neue Hochhäuser. Die Leute sind zu Geld gekommen, ich weiß zwar nicht, wie, ich jedenfalls kann von meinem Gehalt nicht leben. Alle kaufen in den Supermärkten Westwaren, es geht ihnen gut. Auf mich wirkt das immer wie ein Vorhang. Vielleicht weil ich jeden Tag mit ganz anderen Menschen zu tun habe. Und ich kann nicht vergessen, was damals passiert ist. Ich sehe immer noch die Komsomolzin an der alten Kastanie hängen, einem der wenigen Bäume, die im Krieg unversehrt geblieben waren. Die Frau hatte bei der Entkulakisierung mitgemacht und kam mit ihren Schuldgefühlen nicht zurecht, deshalb war sie in Behandlung. Albträume habe ich heute nicht mehr, aber es ist noch in meinem Kopf. Wenn Sie sich den Ort ansehen wollen, gehen Sie dort durch den Wald, es sind nur fünf Minuten. Und Sie? Ich habe gehört, Sie kommen aus Deutschland? Wie fühlen Sie sich hier? Nach alledem?»

«Ich hab eine ziemlich dicke Haut. Nur die Kranken, die sind manchmal merkwürdig. Sagen Sie, wie war das denn, als Arkadij später erneut eingeliefert wurde?»

«Da war ich nicht dabei. Ich habe ihn noch nicht mal wiedererkannt, erst später, als ich seinen Namen auf dem Krankenblatt las.»

«Und er hat Sie auch nicht wiedererkannt?»

«Nein, nein. Bin ja auch viel älter geworden.»

Sie entblößte lachend ihre Zähne.

«Und, verstehen Sie sich gut mit ihm?»

«Klar. Arkadij mag hier jeder. Eine Seele von Mensch. Eigentlich gehört er gar nicht in diese Anstalt.»

«Er ist nicht verrückt?»

«Nur ein bisschen melancholisch, manchmal. Und erzählt so phantastische Geschichten.»

Am nächsten Morgen ging er zu Mazepa.

«Haben Sie etwas über diesen Hryciuk herausbekommen?»

«Vergessen Sie den Mann. Das ist eine kleine Nummer,

hat sich als Helfer missbrauchen lassen. Er hat uns einen Tipp gegeben, deshalb lassen wir ihn laufen.»

«Was hat er gesagt?»

«Den Namen seines Auftraggebers.»

«Nämlich?»

«Wasyl Holota.»

«Und wer ist das?»

Mazepa schien ein bisschen enttäuscht. «Der Mann ist in Kiew ein Begriff. Vorbestraft wegen Betrugs, Raub, Vergewaltigung. Er hat in den neunziger Jahren gesessen, einige Monate. Ich habe mir mal das Vorstrafenregister kommen lassen.»

Er knallte einen Schwung Papiere auf den Tisch.

«Wie kommt dieser Wasyl an die Vollmacht des alten Solowjow?», fragte Konrad.

«Das ist genau die Frage. Ob die Unterschrift echt ist oder nicht. Entweder hat er ihn gekannt, oder er ist einfach auf die Krebsstation des Krankenhauses marschiert und hat einen Todgeweihten, der unter dem Einfluss von Medikamenten nicht mehr klar war, etwas unterschreiben lassen. Wehren konnte er sich ja nicht. Alles möglich.»

«Aber warum ausgerechnet Solowjow?»

Mazepa zuckte mit den Schultern.

«In welchem Krankenhaus lag er am Ende?»

«Im Militärhaupthospital.»

«Wo ist das?»

«Lesja-Ukrainka-Straße. Und hier, noch interessanter, aus dem internen Dossier unserer Polizei.» Für diese alten Kontakte, noch aus der Zeit des sowjetischen Sicherheits- und Polizeiapparats, schätzte die Versicherung Mazepa. «Man hat ihn wiederholt verhaftet und vernommen. Geboren ist er kurz nach dem Krieg in einem Dorf südlich von Kiew, Suschtschani, den Dnjepr abwärts, Richtung Tscherkassy. Den Namen haben Sie schon mal gehört, wenn Sie ein bisschen von Militärgeschichte verstehen. Der Vater war weg, wie bei so vielen Familien damals nach dem Krieg. Er ist gefallen, oder er hielt sich noch als Partisan im Wald versteckt oder war als Kriegsgefangener in deutschen Lagern umgekommen. Jedenfalls kehrte er nie zurück. Die Mutter hat den Sohn allein großgezogen und rasch die Kontrolle verloren. Über sie ist so gut wie nichts bekannt, wahrscheinlich ein typisches Nachkriegsschicksal. Wasyl hat sich irgendwelchen Verrückten von der Ukrainischen Aufstandsarmee angeschlossen, die sich in den galizischen Wäldern herumtrieben. Wollte vielleicht dem Vater nacheifern. Das war Ende der Fünfziger. Er wurde festgenommen und ist nur deshalb knapp der Todesstrafe entkommen, weil er so jung war. Später kam er zu einer nationalistischen Bande, die Kaukasier, Zentralasiaten verprügelt hat.»

«Nationalistische Bande, in der Sowjetunion?», fragte Konrad erstaunt.

«Aber klar. In den Achtzigern wurde es dann plötzlich ruhig um ihn, jedenfalls aus polizeilicher Sicht. Aktenkundig ist er nicht mehr geworden. Erst Anfang der neunziger Jahre, nach der sogenannten Wende, tauchte er wie aus dem Nichts in der Stadt auf und schaltete sich in den Kampf um das Bestattungsgewerbe in Kiew ein. Er hatte seine eigene Bande, beteiligte sich an Schießereien, am Ende ohne rechten Erfolg. Er legte große Brutalität an den Tag, galt aber sogar in der Szene als nicht besonders helle. War dafür sadistisch. Typisch für jemanden, der keinen Vater hatte und denkt, er müsse die Ehre seiner Mutter verteidigen. Solche Typen sind gefährlich. Du musst sie nur einmal falsch angucken.»

Konrad nickte.

Mazepa blätterte weiter. «Hier. Einmal hat er sogar wegen Mordes gesessen. Er hat einen Offizier erschossen.»

«Raub?»

«Heimtücke.»

«Und warum?»

«Die Einzelheiten kenne ich nicht. Hier steht, dass Holota zwei Jahre abgesessen hat. Daran sehen Sie schon, was für ein Kaliber der ist. Wer bei Mord nach zwei Jahren freikommt, muss gute Beziehungen haben. Autodiebstahl passt nicht zu ihm.»

«Haben Sie nähere Informationen über diesen Mordfall?»

«Kann ich besorgen, aber es wird uns nicht weiterbringen. Das eine hat mit dem anderen nichts zu tun. Oder anders gesagt: Bei ihm hat alles immer nur mit Geld zu tun. Holota ist bis heute Besitzer eines Beerdigungsinstituts. Daneben verdient er mit Spielhöllen und Hotelprostitution und hat sich gewissermaßen etabliert.»

«Mit einem Beerdigungsinstitut kann man Geld verdienen?»

«Was glauben Sie? Am Ende oder wenn es um den Tod der Nächsten geht, achten die Leute nicht auf die Hrywnja. Schon der Transport des Leichnams zum Friedhof bringt Geld, obwohl das offiziell eine staatliche Aufgabe ist und eigentlich nichts kosten dürfte. Der Grabstein, die Kränze. Rituelle Dienstleistungen. Die Ukrainer sind zu Lebzeiten widerlich zueinander, aber zu ihren Toten haben sie ein sentimentales Verhältnis. Vielleicht ist es die Nähe zum Tod, die die Kriminellen an der Branche anzieht.»

«Klingt gruselig.»

«Ist es, und wenn Sie Holota heute begegnen würden, dann würden Sie ihn für einen Geschäftsmann halten. Er trägt feine italienische Anzüge. In einer Bank würde er nicht auffallen. Autodiebstahl, ach was, dem weisen Sie auch keine krummen Geschäfte mehr nach, falls Sie ihm nicht genau auf die Finger sehen – und das tut niemand. Wenn Sie wollen, ist er so etwas wie ein verbürgerlichter Oligarch. Keiner der großen Fische aus Donetzk.»

«Dann wäre die Sache ja geklärt.»

Mazepa lächelte. «Was meinen Sie?»

«Ein Zugriff, und wir haben das Auto.»

«Ich sagte, er hat Beziehungen», antwortete Mazepa trocken.

«Das heißt?»

«Wenn er davon Wind bekommt, ist der Wagen weg.»

«Und die Polizei?»

«Wenn die Polizei ihre Arbeit tun würde, wäre ich arbeitslos. Autodiebstahl ist kein Staatsdelikt.»

«Hat dieser Holota eine Meldeadresse?»

«Natürlich ist er irgendwo gemeldet. Aber finden werden Sie ihn dort nicht. Man vermutet ihn im Süden, in der Nähe seines Geburtsortes.»

«Können Sie mir die offizielle Adresse geben?»

«Damit Sie ihm einen persönlichen Besuch abstatten?», grinste Mazepa. «Das lassen Sie besser. Vergessen Sie nicht, es ist nicht unsere Aufgabe, Holota hinter Gitter zu bringen. Wir sollen das Auto finden. Ich bitte Sie ohnehin, diesen Namen niemandem gegenüber zu erwähnen. Wenn er erfährt, dass ihm jemand auf der Spur ist, könnte es gefährlich werden. Für mich.»

«Versprochen», sagte Konrad.

«Wie ist das Befinden Ihrer werten Frau Witwe?», fragte er mit einem maliziösen Lächeln.

«Danke der Nachfrage. Den Umständen entsprechend.»

«Passen Sie mit den Mädchen hier auf», rief Mazepa ihm nach. «Viele von ihnen sind infiziert.»

Prokoptschuk musste seine Arbeit unterbrechen, um Konrads Frage zu beantworten. Er blätterte ungehalten in dem Aktenbündel.

«Ja, stimmt. Arkadij war schon als Jugendlicher einmal in Behandlung. Damals war er sechzehn.»

«In welchem Jahr ist das gewesen?»

«Warten Sie. Geboren ist er 1930, also muss es 46 gewesen sein.»

«Da war der Krieg zu Ende.»

«Und sein Vater kam 1946 zurück. Politoffizier ist er gewesen.»

«Interessant. Steht dort noch was über seine Eltern?»

«Nein.»

«Und was ist damals passiert?»

«Er wurde wegen gesteigerter Aggressivität eingeliefert.»

«Wer hat das veranlasst?»

Prokoptschuk las nach. «Die Eltern selbst. Der Vater hat ihn gebracht.»

«Und warum?»

«Er hat seine Mutter angegriffen.»

«Also kann er doch aggressiv werden.»

«Bei uns ist er in dieser Hinsicht nie auffällig geworden. Bedenken Sie, das war vor neunundvierzig Jahren, ist ein halbes Jahrhundert her.»

«So lange werden die Akten bei Ihnen aufbewahrt?»

«Nein, das ist ein Zufall. Ich fand im Keller nur diese eine Akte aus dem Jahr, sie war in einem jüngeren Ordner zu Arkadij abgelegt.»

«Hat man eigentlich nach diesem Kindermädchen gesucht?»

«Nein, dafür finde ich keine Hinweise. Auch keine Adresse. In den Akten steht auch keine einzige Aussage von ihr.»

Prokoptschuk ließ zur Veranschaulichung einige Seiten an seinem Daumen vorbeischwirren.

«Beinahe so, als hätte sie nie existiert, oder?», fragte Konrad. Der Psychiater nickte.

«Übrigens, was ich Sie fragen wollte. Dort draußen läuft ein Mädchen herum, kurzes schwarzes Haar, ziemlich hübsch, ganz jung. Sie scheint Angst vor Fremden zu haben, vor mir erschrickt sie jedenfalls immer. Wissen Sie Näheres über sie?»

«Weiten Sie Ihre Nachforschungen jetzt auch auf die Frauenstation aus? Sie ist keine Patientin von mir. Ich habe nur gehört, dass sie versucht hat, ihren Vater umzubringen. Seien Sie vorsichtig.»

«Umzubringen?»

«Ja, sie ist von ihm missbraucht worden. Vergewaltigt. Und das mehrfach.»

Konrad nickte entsetzt.

«Aber würden Sie sagen, man darf gar nicht mit ihr reden?»

«Besser, Sie lassen es. Möglicherweise entwickelt sie einen Hass auf Sie, schon weil Sie ein Mann sind und nett zu ihr sein wollen.»

## Sechs

Wasyl Holota. Wenn dieser Mann so bekannt war, musste in jedem einschlägigen Etablissement jemand zu finden sein, der mehr über ihn sagen konnte. Noch am selben Abend beschloss Konrad, das zu überprüfen. Er brauchte sich von Mazepa nicht sagen zu lassen, wovon er die Finger lassen sollte. Er musste nur seine Abneigung gegen Ermittlungen im Milieu überwinden. Sie war durchaus nicht unbegründet, das war einfach nicht seine Stärke. Aber es war schon zu viel Stillstand in der Sache. Er ging den Kreschtschatik hinunter, dann in eine Querstraße, und betrat die Bar eines von außen prachtvoll illuminierten Hotels.

Sofort wies ihm ein dienstfertiger Kellner einen Tisch mitten im Saal zu. Nicht hochfahrend und arrogant, wie er in Moskau gewesen wäre, sondern fast schüchtern in seiner Höflichkeit.

Ein junges Mädchen kam an seinen Tisch und fragte höflich, ob er einen persönlichen Striptease wünsche.

«Ich würde gern Wasyl sprechen», sagte Konrad.

Sie schüttelte den Kopf. «Wer soll das sein?»

Unaufgefordert näherte sich eine andere Dame und begann einen langwierigen Tanz direkt vor seinem Tisch. Es dauerte, bis sie ihre flachen Brüste entblößt hatte.

Konrad sah die glatte Haut und wusste nicht, welchen Gesichtsausdruck er auflegen sollte. Jedes Mal, wenn sie seinen Blick auffing, lächelte sie ihm auffordernd zu. Seine Miene erstarrte bald in dem Bemühen, sie möglichst wohlwollend zu mustern. Der Kellner kam und stellte ihm ebenfalls ungefragt eine eisgekühlte Flasche Wodka auf den Tisch. Damit konnte er sich wenigstens ablenken. Konrad trank das erste Glas.

«Ich möchte den Chef sprechen», sagte er dann.

Ein Mann setzte sich an seinen Tisch. «Niemand weiß, wo er sich aufhält.»

«Wer könnte das wissen?»

Der Mann zuckte mit den Schultern und wollte wieder aufstehen. Konrad ließ ein zweites Glas bringen, goss sich und dem Mann ein, sie stießen an.

Das Mädchen hatte inzwischen nur noch einen Tanga an. Wenn sie sich im Kreise drehte, sah er ihre Pobacken, ein bisschen zu breit und muskulös für die dünnen Beinchen. Seine Verklemmtheit inspirierte sie kaum zu Höchstleistungen; ihm raubten die mechanisch-lasziven Schlangenbewegungen vor seinen Augen die letzte Konzentration.

Erst nach dem dritten Wodka fühlte er sich besser und entdeckte in sich plötzlich den Verdacht, alle Frauen in diesem Laden gehörten in Wirklichkeit ihm und er dürfe jeder, die in seine Reichweite käme, mit fester Hand auf den Popo klatschen. Nur ein minimales Restmisstrauen bewahrte ihn davor, es zu tun, aber seiner Tänzerin legte er schon einmal die flache Hand auf ihre Hinterbacke. Sie ließ es sich gefallen und näherte sich, als zöge er sie zu sich heran. Ihren Bauch und das, was von der rasierten

Scham zu erkennen war, bewegte sie jetzt ganz nah vor seinem Gesicht.

Dann trank er noch einen Wodka und noch einen, sein Informant war längst gegangen, und irgendwann fasste das Mädchen ihn sanft am Ellbogen und führte ihn nach hinten, durch einen langen Korridor, dann fuhren sie im Fahrstuhl nach oben. Er achtete nicht auf das Stockwerk. Was dann folgte, war Routine. So betrunken kann man gar nicht sein, dass man die innere Landkarte, auf der der Körper der Frau verzeichnet ist, vergisst.

Die Rechnung konnte er gerade noch bezahlen. Als er morgens um drei Uhr in die frische Luft trat, entzündete sich die Wirkung des Wodkas in seinem Kopf mit einer solchen Wucht, als hätte der Alkohol nur auf Sauerstoffzufuhr gewartet. Seinem Orientierungssinn schien das nichts anzuhaben, er fand instinktiv die Richtung zum Hotel. Er war zufrieden und stolz, als hätte er Kiew endgültig erobert und seine Mission erfüllt.

Sein Gehör war feiner als sonst, empfindlich wie ein Pinsel, der jeden Geräuschkrumen von der Wirklichkeit aufnimmt. Jeden einzelnen Wassertropfen, der von Zweigen oder Dachrinnen aufs Pflaster fällt. Noch etwas anderes fiel ihm auf, gerade weil es um diese Zeit so still war: ein feuchtes Schmatzen, das sich in die Länge zog. Das Geräusch von Schuhsohlen auf dem nassen Straßenpflaster. Er drehte sich um und konnte gerade so das Gleichgewicht halten, entdeckte aber niemanden. Kaum ging er weiter, hörte er die Schritte wieder. Am Anfang zögerlich, wie ein Echo. Dann schneller, wenn auch er schneller ging.

Jemand folgte ihm. Er beschloss, den Verfolger nicht

auf die Spur seines Hotels zu bringen und die Richtung zu ändern. Nach einem Schlenker schlug er die Gegenrichtung ein und ging einfach immer geradeaus. Er überquerte einen weiten, leeren Platz. Hinter hohen Eisenzäunen standen die imposanten Türme der Sophien-Kathedrale im Scheinwerferlicht. Sein Verfolger musste sich ein gutes Stück zurückfallen lassen, um weiter unbemerkt zu bleiben. Bald darauf spürte Konrad in den Beinen, dass es bergauf ging. Die Straße wurde schmaler. Am Horizont schimmerte schon bläuliches Licht, die kleinen Gassen dagegen verdüsterten sich. Er hatte den Eindruck, den Weg zu einer Burg hinaufzusteigen. Schließlich gelangte er in ein dunkles Viertel. Wie dumm von ihm, den Verfolger ausgerechnet in diese Gegend zu locken. Hier gab es weder Hilfe noch Fluchtwege. Die Gasse war eingeklemmt zwischen einem hohen, leerstehenden Fabrikgebäude zur Rechten und einem überwucherten Wall zur Linken. Aus den schwarzen Fensterhöhlen der Fabrik hallte eine Stimme, als brülle sich dort der Nachtwächter oder ein einsamer Betrunkener ins Delirium. Dem Brüllen antwortete, ebenso verzweifelt, das Bellen eines Hundes. Alle Stimmen hallten, als wäre das Gebäude völlig entkernt. Jetzt bin ich am Ende, dachte Konrad. Am Ende der Welt. Konnte diese Gasse noch in Kiew sein? Konrad fürchtete, er hätte in seinem panischen Treiben eine unsichtbare Grenze überschritten und wäre ganz woanders, bei dieser Vorstellung packte ihn eine Angst, die auch die Unbekümmertheit des Wodkas durchschlug, und er fiel in einen leichten Trab. Da wollte er doch einmal sehen, ob sein Verfolger bei dem Tempo mithalten konnte.

Keuchend vor Anstrengung und Aufregung erreichte er

einen hell erleuchteten Platz. Einige Frühaufsteher huschten in die Waggons der Straßenbahn, es war die Haltestelle, von der aus er in die Klinik fuhr. Als er ins Hotel kam, war es schon Tag.

Er verriegelte die Zimmertür, ging ins Bad und ließ Wasser in die Wanne laufen. Er war wütend auf sich selbst. Für diese Art Ermittlungen war er eben nicht geeignet. Zu schüchtern, wie Svetlana sagte. Zu nachgiebig. Jeder sah ihm sofort an, dass er mit seiner Cordhose und dem alten Jackett nicht in so einen Nachtclub passte. Er war ein guter Beobachter, konnte stundenlang an einem Ort verharren und warten, anschließend seine Zeichnungen machen. Zu mehr taugte er nicht.

Er zog sich aus, warf die Kleider auf den Kachelboden und stieg in das heiße Wasser. Die Badewanne war kurz, aber tief, er konnte mit dem ganzen Körper eintauchen und nur die Spitzen der Knie herausschauen lassen. Durch die halbgeöffneten Lamellen der Jalousie beobachtete er, wie die Fensterscheibe beschlug. Er tauchte unter, drückte den Hinterkopf an den Wannenboden, hielt sich die Nase zu und ließ Luft aus dem Mund blubbern.

Da hörte er durch das Blubbern und das Wasser hindurch ein Klacken, als wäre ein Stück Seife vom Wannenrand gerutscht und auf die Kacheln gefallen, etwas Hartes jedenfalls. Vielleicht war er mit dem Ellbogen gegen die Wanne gestoßen? Er hatte aber nichts gespürt, oder war er noch zu betrunken? Er tauchte auf und horchte. Ganz still saß er im Wasser, strengte seine Sinne an, um das leiseste Geräusch zu erfassen. Er beugte sich über den Rand – auf dem Boden lag nichts. Ließ den Blick durch das Bad schweifen und konnte nichts entdecken. Womöglich war jemand ins Zimmer gekommen. Der Mann, der ihn verfolgt hatte. Er war nun ganz auf sein Gehör angewiesen. Regungslos blieb er im Wasser liegen, um sich nicht zu verraten.

Wenn jemand es auf ihn abgesehen hätte, auf sein Leben, dann wäre der Besucher längst im Bad und hätte seinen Kopf unter Wasser gedrückt. Wahrscheinlich suchte er etwas. Jemand durchwühlte seine Papiere. Jetzt bereute Konrad, dass er seine Aufzeichnungen immer offen auf dem Tisch liegen ließ. Vielleicht hatte der Mann, der jetzt im Wohnzimmer war, Konrads Platschen gehört und war nun ebenso erstarrt wie er selbst. Vielleicht stand er an der Tür zum Bad. Oder saß seelenruhig im Sessel und versuchte, die Aufzeichnungen zu verstehen. Vielleicht wartete er auch, dass Konrad aus dem Bad käme. Oder er war längst weg.

Die Zeit verstrich, das Wasser wurde langsam kalt. Obwohl nichts mehr zu hören war, musste er weiter ausharren, um sich nicht zu verraten. Ausdauer war eine seiner Stärken. Erst als er fror und zu zittern begann und begriff, dass die Kälte eine handfestere Bedrohung war als eine eventuelle Gefahr im Zimmer, stand er bibbernd auf, griff sich ein Handtuch und stürzte nackt und entschlossen aus dem Bad. Was sollte ihm jetzt noch passieren, wenn er sich ohnehin gleich eine Lungenentzündung holen würde? Er hustete laut, um nebenan niemanden zu überraschen. Das Zimmer war leer. Die Bettdecke war glatt gestrichen, das Bett schon mittags frisch gemacht worden. Auf dem aufgeklopften Kopfkissen lag eine Schokoladenpraline vom Красный Октябрь, «Roter Oktober», die das Zimmermädchen ihm jeden Tag hinlegte.

Zitternd nahm er eine kleine Flasche Wodka aus der Minibar, rollte sich in die dünne Bettdecke und ließ einen langen Schluck in seine Kehle laufen. Das war eine neue Situation. Angst wollte er es noch nicht nennen. Aber so weit war es inzwischen gekommen.

Wer, wer war der Grund dafür?

Er durfte sich nichts einreden lassen. Erschossene Sowjetoffiziere, das hatte mit seinem Fall nichts zu tun, das war eine andere Welt. Möglicherweise hatte Mazepa mit dem Sadismus dieses kleinen Oligarchen bewusst übertrieben, um ihn von eigenen Nachforschungen abzuhalten.

Längst war er nicht mehr der Beobachter von außen, der für einige Tage hier abgestiegen war, um ein Auto zu finden und dann rasch wieder in sein altes Leben zurückzukehren. Vielleicht war es das, was diesen Fall von allen bisherigen unterschied – die Tatsache, dass er nicht mehr ohne weiteres und unverändert zurückkonnte. Nach allem, was er über seine Mutter erfahren hatte, konnte er ohnehin weder einfach zurück nach Berlin noch in seine alte Vorstellung von dem, was sein Leben gewesen sein sollte. Was Ilse getan hatte, machte sie zu einer Fremden für ihn. Der Einsatz in Kiew zögerte diese Erkenntnis nur hinaus. Seit dem Gespräch mit seinem Onkel nannte er seine Mutter beim Vornamen. Um sie so von sich fernzuhalten. Statt der Wahrheit auf den Grund zu gehen, geriet er selbst in ihren Sog.

Der Alkohol verschaffte ihm das angenehme Gefühl von Wärme, dennoch spürte er eine Art Fühllosigkeit von den Zehen bis zu den Knöcheln hochsteigen und in die Unterschenkel wandern. Erst kurz vor dem Wegdämmern wich diese Taubheit einer Wärmewelle in die entgegengesetzte Richtung.

Irgendwann hörte er die Tür aufgehen. Das konnte nur das Zimmermädchen sein. Er zog sich die Decke über den Kopf und schlief weiter.

«Was ist denn mit Ihnen?», lachte Svetlana am Nachmittag, als sie ihm die Tür öffnete. «Haben Sie im Dnjepr gebadet?»

«Eingeschlafen, in der Badewanne», sagte Konrad.

«Sie haben doch nicht getrunken? Das wäre ja was Neues. Ich würde Sie gern mal betrunken sehen, sie sind immer so verkrampft. Kommen Sie, ich mache Ihnen einen heißen Tee mit Rum. Das hilft gegen den Kater.»

Er musste niesen. «Sagen Sie mir bitte, wo die Toilette ist?»

«Die nächste Tür», sagte Svetlana.

Konrad ging am Wohnzimmer vorbei nach links und blieb vor einer Tür stehen, durch deren Milchglasscheibe Licht fiel. Keine Sekunde später trat Svetlana in den Flur.

«Nein, nein, das ist das Kinderzimmer. Die Toilette ist rechts.»

«Kinderzimmer? Das Zimmer Ihres Sohnes?», fragte Konrad.

«Ja, ja. Es ist verschlossen. Ich war schon ewig nicht mehr darin. Seit damals, als die Beamten hier waren und sich alles noch einmal angesehen haben.»

«So lange ist das Zimmer schon verschlossen? Das glaube ich nicht.»

«Sie haben gesagt, ich soll alles unangetastet lassen, falls später noch Fragen auftauchen.»

«Aber das ist doch über ein Jahr her. Man hat vermutlich einfach vergessen, Ihnen Bescheid zu geben.»

«Keine Ahnung.»

«Und was ist das hier für ein Sprung durch die ganze Tür?»

«Ist kaputt.»

«Kaputt? Eine Tür geht doch nicht einfach so kaputt. Hat man einen Schrank durch den Flur getragen? Da muss jemand dagegengetreten sein. Vielleicht Ihr Mann, in einem Wutanfall?»

«Spielen Sie nicht den Detektiv. Nicht in meiner Wohnung, bitte.»

«War Ihr Mann gewalttätig?»

«Unsinn.»

«Hat Arkadij sich verbarrikadiert, als die Leute kamen?»

«Quatsch.»

«Haben Sie den Schlüssel noch?»

«Irgendwo. Ich habe ihn immer gut versteckt, damit Arkadij sich nicht einschließen konnte. Ich hatte oft Angst, er könnte sich etwas antun.»

«Sie haben nicht ein einziges Mal wieder hineingeschaut? Nicht mal zum Staubwischen? Fürchten Sie nicht, dass in Ihrer Abwesenheit etwas darin gewachsen sein könnte?»

Sie erschrak. «Gewachsen? Was meinen Sie damit? Wie Sie sich immer ausdrücken. Da wächst doch nicht einfach was.»

«Wenn man Dinge einfach wegschließt, kann etwas wachsen.»

«Wachsen, wachsen. Gewachsen ist etwas bei meinem

Mann, in seiner Lunge, etwas, auf das er keinen Wert gelegt hat. Jetzt ist es weg, und er auch.»

Konrad hatte den heißen Tee getrunken, der Rum brachte ihn in die Laune, ihr ein wenig Angst einzujagen.

«Ich meine, in dem Zimmer könnte alles Mögliche entstanden sein. Wenn Sie so lange nicht drin waren. Ein riesiger Pilz. Oder ein Käfer, der auf dem Rücken liegt.»

«Hören Sie auf.»

Sie spielte das erschrockene Mädchen.

«Geben Sie mir den Schlüssel, ich sehe nach», sagte Konrad. Svetlana weigerte sich.

Konrad ging ins Wohnzimmer und hob den Teppichrand an. Sie lief ihm nach und sah erschrocken zu.

«Da ist er nicht!»

«Sie sind ja fast wie meine Mutter», lachte Konrad. «Wissen Sie, woran mich das erinnert? Als ich klein war, hat sich meine Mutter einmal geweigert, eine Flasche mit Küchenreiniger zu öffnen, den sie neu gekauft hatte. In der Fernsehreklame hatte sie gesehen, wie der Flasche ein Wirbelwind entwich, ein verrückter Geist, sobald man den Verschluss aufdrehte. Meister Proper hieß der, ein Wirbelwind im Dienste der amerikanischen Putzmittelindustrie. Ein glatzköpfiger Mann mit einem ganz dummen, aber lustigen Gesicht. Vor dem hatte sie Angst.»

«So etwas gab es in der Sowjetunion nicht. Aber heute ist die Reklame bei uns genauso verrückt.»

Das war noch in Westdeutschland gewesen. Sein Vater hatte sich das eine Weile amüsiert mit angesehen. Dann hatte er sich, wie immer, furchtbar aufgeregt und die Mutter am Ende gezwungen, die Flasche aufzudrehen.

Er begnügte sich nicht damit, das einfach selbst zu übernehmen. Er trat von hinten an die Mutter heran, legte ihr einen Arm um den Bauch und hielt sie fest, dann zwang er sie, vor seinen Augen den Verschluss aufzudrehen, um ihr zu zeigen, wie unsinnig ihre Angst war. Sie, hilflos, steigerte sich in ihre Hysterie hinein, aber am Ende blieb ihr keine Wahl. Ein feiner Geruch von Spülmittel, witzlos und profan, nicht mal Schaum, entwich der Flasche und machte ihre Scham und Niederlage erst richtig ruchbar. Da brach sie in Tränen aus.

«Also haben Sie doch Erinnerungen an sie», sagte Svetlana. Er sah sie noch vor sich, zur Wohnungstür rennen. An dem Tag kam sie nicht mehr zurück. Am nächsten Morgen, als er sich seine Schulbrote schmierte, sagte der Vater: ‹Deine Mutter ist eine Hure.› Er wusste damals nicht genau, was das war, traute sich aber nicht zu fragen.

«Machen Sie das Zimmer jetzt auf, für mich?»

«Nein. Sie haben selbst gesagt, da könnte ein Pilz drin sein. Ich werde die Leute von der Schädlingsbekämpfung anrufen. Die kommen mit großen Spritzpistolen und desinfizieren alles.»

Das war eine Mischung aus Koketterie und Angst.

«Es sei denn, Sie wollen hier einziehen. Dann müsste ich Ihnen das Zimmer aufschließen. Ihr Hotel ist ja sehr teuer. Ich hab mir neulich in der Halle mal die Preise angesehen.»

«Sie waren in meinem Hotel?»

«Ich wollte wissen, ob Sie mich nicht anlügen», lachte sie. «Und wie Sie da so wohnen.»

«Waren Sie allein dort?»

«Natürlich!»

«Sie wollen mich wohl als neuen Sohn adoptieren?», fragte er.

«Bestimmt nicht. Arkadij reicht mir.»

Möglicherweise ist er in der Klinik sicherer als zu Hause, überlegte Konrad, als er am späten Nachmittag zu Arkadij fuhr.

Svetlanas Ungeziefer lag hellwach und munter auf dem Bett und schien bereits auf ihn gewartet zu haben.

«Mir ist etwas eingefallen», sagte Arkadij, kaum hatte Konrad sich gesetzt. «Wieso fragen Sie nicht einfach meinen Vater nach dem Auto? Er selbst wird doch am besten wissen, ob er einen Mercedes hat.»

«Ihren Adoptivvater, meinen Sie?»

«Jurij, ja.»

«Aber er ist doch ...», fing Konrad an und besann sich.

«Ich weiß. Er ist sehr krank. Ich kann gar nicht sagen, wann ich ihn das letzte Mal gesehen habe. Ich glaube, vor einem halben Jahr. Svetlana hat mich damals abgeholt und ist mit mir ins Krankenhaus gefahren. Das war so ein großes, mit einem Park.»

«Ich kann ...»

«Svetlana wird Ihnen das ausreden wollen. Sie wird versuchen, die Begegnung zu verhindern. Sie kann auch Ihre Gedanken verändern. Aber Sie schaffen das. Und ich hätte eine Bitte: Fragen Sie ihn, ob alles in Ordnung ist und ob ich hier bald wieder rauskann.»

«Das wird Ihr Vater wohl nicht allein entscheiden», sagte Konrad.

«Er weiß dann schon, was ich meine. Richten Sie ihm das einfach aus.»

«Wo ist denn die Toilette?», fragte Konrad und erinnerte sich, diese Frage kürzlich erst gestellt zu haben.

«Auf dem Flur rechts, dritte Tür», sagte Arkadij und sah ihn aufmerksam an. «Ist Ihnen schlecht?»

Konrad schüttelte den Kopf, verließ das Krankenzimmer, ging an der Patiententoilette vorbei und klopfte bei Prokoptschuk.

«Svetlanas Mann ist doch vor kurzem gestorben, oder nicht?»

«Keine Ahnung.»

«Keine Ahnung? Ich war sogar an seinem Grab. Und sein Sohn weiß davon nichts? Hat ihm niemand etwas gesagt?»

Prokoptschuk verzog das Gesicht.

«Dann werde ich es ihm sagen», sagte Konrad.

«Warten Sie. Er hat seinen Vater sehr geliebt. Das will gut vorbereitet sein.»

«Deswegen ja.»

«Ich würde gern selbst mit ihm sprechen. Im Augenblick kann ich nicht.» Zum Beweis hob er wie üblich einen Stapel Papiere an und ließ sie über seinen Daumen schwirren.

«Also, wo waren wir stehengeblieben?», fragte Konrad, als er zurück im Krankenzimmer war.

«Bei meinem Vater. Dann mussten Sie plötzlich raus.»

Konrad staunte über seine Auffassungsgabe, der keine Kleinigkeit entging.

«Richtig. Ich frage Svetlana, ob er noch in dieser Klinik ist.»

Arkadij nickte. Die leichte Verwunderung war nicht aus seinem Blick verschwunden.

Bei Svetlana öffnete niemand. Zum ersten Mal musste Konrad vor ihrer Haustür warten. Als sie mit ihren Einkaufsnetzen zurück war und die Haustür aufgeschlossen hatte, beschwerte er sich schon auf der Treppe: «Svetlana, ich verstehe das nicht! Arkadij weiß nichts vom Tod seines Vaters! Wie können Sie ihm das verheimlichen?»

«Still!», fauchte Svetlana. «Die Nachbarn müssen nicht alles erfahren.»

Erst im Wohnungsflur fragte sie: «Haben Sie es ihm gesagt?»

«Es wäre mir fast rausgerutscht. Ich wusste ja nicht, dass Sie es ihm verheimlichen. Sie behandeln ihn nicht wie einen Menschen.»

«Er ist ja auch entmündigt.»

«Sie haben ihn entmündigen lassen?», fragte Konrad empört, als wüsste er es nicht längst.

«Was denken Sie? Er ist nicht in der Lage, eigene Entscheidungen zu treffen. Er kann kein selbständiges Leben führen. Sonst hätte ich Ihnen auch gar nicht die Vollmacht für die Krankengeschichte geben können.»

Konrad musste sich setzen.

«Aber gerade weil er seinen Vater so geliebt hat, hätte er ein Recht auf die Wahrheit.»

«Ich wollte noch warten. In seinem Zustand würde ihn das überfordern. Schon der Besuch bei Jurij im Krankenhaus hat einen schweren Rückfall verursacht.»

«Die Beerdigung ist jetzt mehr als drei Monate her. Wie lange wollten Sie denn noch warten? Er hätte ein Recht gehabt, sich von seinem Vater zu verabschieden.»

«Er konnte nicht aus der Klinik raus.»

«Sie haben es ja nicht einmal versucht.»

Sie verstummte. Ging zur Spüle. Genau wie seine Mutter immer in die Küche entschwunden war, sobald es Streit gab. Bald darauf hörte er sie vor sich hin pfeifen und leise summen.

Lili Marleen. «Vor der Kaserne, vor dem alten Tor» oder ein anderes Lied aus den letzten Kriegsjahren.

Svetlana setzte Teewasser auf und kam wieder an den Küchentisch. Konrads Empörung legte sich, er bekam allmählich ein Gespür für diese Familie. Svetlana war nicht mehr seine einzige Bezugsperson. Er kannte Arkadij und empfand sogar so etwas wie Verantwortung für ihn. Er konnte nicht mehr einfach weglaufen wie noch vor ein paar Tagen.

«Hatten Sie Angst, dass er am Grab jemandem begegnet, den er nicht sehen sollte?», fragte Konrad.

«Unsinn.»

«War es wenigstens eine schöne Beerdigung?»

«Würdevoll», sagte Svetlana, als wäre das Thema damit für sie abgeschlossen. «Bescheidener Rahmen, kleiner Kreis. Sie kennen ja den Friedhof.»

«Hatte er viele Freunde?»

«Ich weiß, worauf Sie hinauswollen. Ich zähle Ihnen jetzt bestimmt keine Namen auf. Das sind Leute, die Sie nicht kennen. Keiner von ihnen hat etwas mit dem Auto zu tun.»

«Vielleicht doch. Warum berichten Sie mir nicht von den Trauergästen?»

«Die kennen Sie alle nicht.» Svetlana wand sich. «Zwei oder drei Kriegsveteranen. Ein Vertreter vom Rayonskomitee der Partei.»

«Aber vielleicht stellt sich heraus, dass jemand dabei war, der uns weiterhilft. Bei solchen Anlässen macht man manchmal überraschende Bekanntschaften», sagte Konrad. «Irgendjemand, an den Sie im Augenblick gar nicht denken.»

Svetlana schwieg.

«So habe ich übrigens meinen Onkel kennengelernt», fiel Konrad ihr gut gelaunt ins Grübeln. «Den Bruder meiner Mutter.»

«Den kannten Sie vorher nicht?»

Sicher war sie froh, von der Beisetzung ihres Mannes wegzukommen.

«Nein, stellen Sie sich vor. Auf der Beerdigung meines Vaters bin ich ihm seit meiner Kindheit zum ersten Mal wiederbegegnet. Ich hatte völlig vergessen, dass ich überhaupt einen Onkel hatte. Vor ein paar Wochen habe ich ihn dann besucht.»

Sie hob ihren Zeigefinger. «Ich wusste ja, mit Ihnen stimmt etwas nicht.»

«Man hat ihn quasi vor mir versteckt. Er war der Familie peinlich, hatte seltsame Ansichten. Lebte ganz allein mit einer Haushälterin am Rande Berlins.»

Er sagte ihr nur die halbe Wahrheit. Stereotype, von denen er glaubte, dass sie auf Anhieb verständlich wären, Geschichten vom schrulligen Onkel. Alles andere ließ er weg. Mit der Liebe zwischen Geschwistern konnte sie bestimmt nichts anfangen.

«Immerhin, eine Haushälterin», sagte sie. «Es ist nicht gut, wenn Männer allein leben.»

«Er war auch Soldat in Russland, erzählte in einem fort Geschichten von Tscherkassy. Kam nicht mehr von seinen Kriegserlebnissen los. Hat immer von toten Sowjetsoldaten geredet.»

«Und er hat sich das gefallen lassen?»

«Was?»

«Dass er von der Familie geschnitten wurde.»

«Ja, was sollte er tun?»

«Ich wäre trotzdem gekommen», sagte sie. «Zu jedem Familienfest. Einfach so, als dreizehnte Fee.»

Aus dieser Perspektive hatte Konrad die Sache noch nie betrachtet. Aber ihm war klar, weshalb Onkel Wolfgang nicht gern zu Familienfeiern kam. Auf der Beerdigung seines Bruders hatte man ja gesehen, wie er behandelt wurde.

«In Ihrer Familie gibt es ja auch kein schwarzes Schaf.»

«Ist Arkadij etwa keins?»

«Und Wasyl Holota, war der auf der Beerdigung?»

«Wer?»

«Holota, Wasyl.»

Svetlana errötete so schnell, dass es trotz ihres dunklen Teints zu erkennen war.

«Nie gehört. Wer soll das sein?»

«Ein Oligarch.»

«Wir pflegten keinen Umgang mit Oligarchen. Sie wissen, dass ich diese Neureichen nicht ausstehen kann. Mein Mann bezog eine Rente, die nicht kümmerlich war, aber auch kein ausschweifendes Leben ermöglichte. Sie sehen ja, wie ich hier wohne.»

«Aber den Namen kennt in Kiew angeblich jeder.»

«Holotas gibt es wie Sand am Meer. Und Oligarchen – diese Leute haben alles kaputtgemacht, was wir in siebzig Jahren aufgebaut haben. Ich verachte sie.»

Konrad nickte und schwieg.

«Saßen Sie nach der Beerdigung noch beisammen? Es gab doch sicher eine Trauerfeier.»

Svetlana lächelte. «Sie geben nie auf, was?»

«Verstehen Sie, wenn der Wagen kurz vorher angemeldet worden war, muss Ihr Mann Kontakt mit der Person gehabt haben, die das veranlasst hat. Wenn er denjenigen kannte, liegt es nahe, dass der auch zu der Beerdigung kam.»

«Diese Hartnäckigkeit mag ich an Ihnen», sagte Svetlana.

Und er konnte das erste Mal nicht überhören, dass sie ihn mit diesem Kompliment weichbekommen wollte.

«Wird schwer sein, es Arkadij zu sagen. Ich glaube, er hat seinen Vater sehr geliebt.»

«Ach was, geliebt – vergöttert. Blind vertraut hat er ihm. Neulich ist mir eingefallen, was er mit dem Auto gemeint haben könnte, das von allein losfuhr.»

«So?», sagte Konrad ungeduldig, denn er ahnte, dass jetzt wieder eine skurrile Anekdote kommen würde, die ihm nicht weiterhalf.

«Das muss er aufgeschnappt haben, als mein Mann seinen neuen Dienstwagen bekam. Jurij wollte unbedingt selbst am Steuer sitzen, dem Chauffeur gab er frei. Und gleich am ersten Tag ist Jurij prompt gegen die Hauswand gefahren, auf dem Hof. Die Nachbarn haben schadenfroh durch die Gardinen gelinst. Das schöne Blech. Stoßstange und Kotflügel waren verbeult, der Lack völlig zerkratzt.»

Blech, Lack. Zerkratzt. Konrad konnte sich schwer gegen die Wirkung dieser Wörter wehren.

«Jurij sagte: ‹Die Kupplung ist mir weggerutscht.› Arkadij lief auf den Hof hinunter, in seinem zerknitterten Hemd, mit zerwuselten Haaren, ich habe mich immer geschämt, wenn er sich draußen zeigte. Wir standen alle drei neben dem Auto, und Jurij sagte zu Arkadij: ‹Siehst du, das Auto ist von allein losgefahren.› Das sollte ein Witz sein, mein Mann hatte diesen absurden Humor. Außerdem wollte er nie Fehler zugeben. Schon gar nicht vor seinem Sohn. Und Arkadij – dreißig Jahre alt – muss ihm geglaubt haben. Daran können Sie sehen, was für ein grenzenloses Vertrauen er zu seinem Vater hatte. Er hat Jurij alles abgenommen, jede Lüge. Deshalb wird er Ihnen auch immer seine eigene Version erzählen. Bestimmt behauptet er, ich lüge, oder?»

«Nein, nein. Aber es wäre wunderbar, wenn Sie sich an alle Dinge so genau erinnern könnten wie an diese Geschichte vor vielen Jahren.»

Sie schwieg, dann, nach einer Weile: «Sie müssen auch nicht alles über unsere Familie wissen. Manchmal habe ich den Eindruck, Sie wollen mich ausziehen.»

Konrad wurde rot und ärgerte sich, dass er das nicht verbergen konnte.

«Vielleicht schämen Sie sich für Ihren Krieg und wollen mir ein schlechtes Gewissen einreden», sagte sie fast wieder fröhlich. «Damit Sie am Ende als der Gute dastehen?»

«Blödsinn.»

«Ein Scherz», lächelte sie und legte ihm die Hand auf den Unterarm. «Aber es ändert nichts, wenn Sie Arkadij die Wahrheit sagen. Es wird ihm nicht helfen.»

«Ich muss es ihm sagen.»

Konrad schlief in der Nacht schlecht vor Aufregung, wie Arkadij auf diese Nachricht reagieren würde. Schon am Vormittag war er in der Klinik.

«Ich habe mit Ihrer Mutter gesprochen. Ich habe leider eine traurige Nachricht für Sie. Svetlana hat versäumt, es Ihnen rechtzeitig zu sagen.»

Arkadij stützte sich auf beide Ellbogen und sah ihm ins Gesicht. «Mein Vater?»

«Ja.»

«Tot?»

«Gestorben.»

Arkadij fiel auf das Kissen zurück und starrte an die Decke.

«Wie?», fragte er dann. «Wie ist er gestorben?»

«Friedlich eingeschlafen», log Konrad.

«Sie lügen!», schrie Arkadij. «Wieso lügen Sie mich an? Waren Sie dabei? Sie können das gar nicht wissen.»

Vom Geschrei alarmiert, kam eine Schwester ins Zimmer gelaufen. Konrad hob beschwichtigend die Hand.

«Aber er war doch fast neunzig.»

«Na und?», rief Arkadij, noch lauter. «Das ist kein Grund. Man hat ihn bedroht. Ist er nicht zusammengeschlagen worden? Erschossen? Hat man wirklich abgewartet, bis die Krankheit ihn erledigt?»

«Wer soll ihn bedroht haben? Und warum?»

«Sie dürfen ihn nicht aufregen», rief die Schwester. «Es ist besser, Sie gehen jetzt.»

Dr. Prokoptschuk erschien in der Tür, Konrad konnte gar nicht so schnell gucken, wie er eine Spritze aufgezogen hatte und nach einer Vene am schmächtigen, sehnigen Unterarm Arkadijs tastete. Der bäumte sich auf, wollte ihm den Arm wegreißen. Nach einigen Sekunden sank er aufs Laken.

Konrad wurde hinausgebeten. An der Tür drehte er sich um und fing Arkadijs dahindämmernden Blick auf. Er floh geradezu aus der Klinik und fuhr sofort zu Svetlana.

«Ich habe es ihm gesagt.»

«Also doch! Wie hat er es aufgenommen?»

«Ich dachte, er wird ohnmächtig. Er hat kein Wort mehr herausgebracht. Ich blieb noch eine Weile an seinem Bett.»

«Und, hat er nichts gesagt?»

«Er hat gefragt, ob Ihr Mann gewaltsam gestorben sei.»

«Wie bitte?»

«War es denn so?»

«Sind Sie verrückt? Ich habe Ihnen doch gesagt, es war eine Neubildung.»

Dieses russische Wort wollte für Konrad seinen ungewöhnlichen Klang nicht verlieren, sooft es Svetlana auch benutzte: Er glaubte ihr nicht mehr.

«Ehrlich gesagt, beunruhigt es mich, dass Sie Ihrem eigenen Sohn so eine wichtige Tatsache verheimlicht haben. Da kann ich ja nur erahnen, was Sie mir alles verschweigen.»

«Mein Gott, sind Sie mein Beichtvater?»

«Nein, aber ich …»

«Glauben Sie vielleicht, Sie sind der liebe Gott? Meine Religiosität hält sich in Grenzen. Sie suchen ein Auto. Versuchen Sie nicht, mich auch noch zu bekehren.»

«Und Sie behandeln mich nicht wie ein kleines Kind.»

Sie war verblüfft. «Aber Sie sind doch eins!»

Ach, so war das. Sie spielte mit ihm Katz und Maus.

«Ich mache uns erst einmal etwas zu essen, was meinen Sie?», sagte Svetlana.

Essen. Er wollte die Wahrheit, sie fütterte ihn.

Als sie am Tisch saßen, klingelte das Telefon. Zum ersten Mal hörte er den altmodischen Apparat in dieser Wohnung läuten. Svetlana lief erschrocken in den Flur.

«Sie sollen in die Klinik kommen», sagte sie, als sie aufgelegt hatte. «Jetzt haben Sie den Salat. Arkadij ist völlig durcheinander. Er will Sie sehen.»

«Jetzt, um diese Zeit? Wer war das?»

«Dr. Prokoptschuk. Mein Gott», sagte sie, griff sich ans Herz und schraubte schon im Hinsetzen den Aluverschluss der Wodkaflasche ab. «Dieses Klingeln ist so furchtbar. Immer wenn der Apparat geschrillt hat, war irgendetwas Schlimmes passiert. Einmal war es der Betriebsarzt des Stahlwerks, als Arkadij umkippte. Als das mit Tschernobyl war, verstand ich erst gar nicht, wer anrief. Dann erkannte ich ganz weit weg die Stimme meines Mannes. ‹Geht nicht auf die Straße›, sagte er. ‹Warum nicht?›, hab ich gefragt, er hat es nur wiederholt und dann aufgelegt.»

Es wurde schon dunkel, als Konrad die Pawlowka erreichte.

«Ich muss Ihnen etwas sagen», flüsterte Arkadij. «Sie wollten nicht, dass Sie noch einmal kommen. Aber ich muss es Ihnen sagen. Dass mein Vater tot ist, ändert alles.»

«Was meinen Sie?»

«Damit ist die letzte Barriere gefallen. Von nun an brauchen wir keine Rücksicht mehr zu nehmen.»

«Rücksicht worauf? Ich verstehe Sie nicht.»

«Ich habe immer Angst um meinen Vater gehabt. Er hat so viel mitgemacht, er war so zart. Wenn er jetzt tot ist, brauche ich keine Angst mehr zu haben. Dann bin ich frei und kann hier raus.»

«Die Entscheidung liegt wohl nicht bei Ihnen», sagte Konrad.

«Doch. Ich hau ab.»

«Wo wollen Sie denn hin?»

«Dorthin, wo ich herkomme.»

«Nehmen wir einmal an, Ihr Vater ist tatsächlich gewaltsam zu Tode gekommen», sagte Konrad. «Auszuschließen ist es ja nicht. Könnte das nicht etwas mit dem Auto zu tun haben?»

Arkadij sah ihn verständnislos an. «Was meinen Sie jetzt mit Auto?»

«Na, Sie wissen schon, Auto. Ein Haufen Blech mit vier Rädern drunter.»

«Bei Ihnen wechseln die Bedeutungen ganz schön schnell», staunte Arkadij, und Konrad wusste nicht, ob er sich über ihn lustig machte.

«Überlegen Sie doch mal – Ihr Vater meldet einen Mercedes an, und kurz darauf stirbt er. So schnell hintereinander, das ist doch auffällig. Und Sie sagen mir ja, er wurde bedroht!»

Arkadij schien angestrengt nachzudenken. «Jemand wollte, dass er nicht mehr reden kann?»

«Genau. Und das kann er jetzt nicht mehr. Deshalb

müssen wir nun herauskriegen, was passiert ist», sagte Konrad.

Arkadij sank aufs Bett zurück.

«Gute Nacht.»

Noch am nächsten Morgen, auf dem Weg zu Mazepa, grübelte er, was Arkadij mit dieser wechselnden Bedeutung gemeint haben könnte.

«Ich weiß, Sie halten meine Ermittlungen für unprofessionell, aber gestern habe ich etwas erfahren, das vielleicht wichtig ist.»

«Spucken Sie's aus.»

Mazepas Hand zitterte, als er die Zigarette abklopfte. Die Asche landete auf dem breiten Rand des gläsernen Aschenbechers. Der Mann hatte also auch mal einen schlechten Tag. Vielleicht einen Kater. Es wäre Konrad nur recht. Mazepas Wangen waren gerötet, am Kinn klebte ein rundes Pflästerchen.

«Irgendwas passiert?», fragte Konrad.

«Hryciuk ist tot.»

«Der Informant?»

Mazepa nickte mit zusammengekniffenen Lippen. «Sie haben ihn unten am Dnjepr gefunden. Auf das flache Kieselufer geschwemmt. Mit einem kleinen Loch im Schädel. Wissen Sie, was das bedeutet?»

«Ja, es ...»

«Es bedeutet», schrie Mazepa plötzlich, und seine helle Haut wurde fleckig, «dass sie Bescheid wissen. Sie haben mitbekommen, dass wir hinter dem Wagen her sind. Das ist die größte Scheiße. Und ich weiß verflucht noch nicht mal, ob nicht Ihre Witwe dahintersteckt.»

«Unsinn. Sie kennt gar keinen Holota.»

«Was?» Mazepa drehte sich halb zu ihm um, bevor er erstarrte.

«Ich habe sie …»

«Sie haben mit ihr darüber gesprochen?»

«Aber ganz nebenher. Hab nur gefragt, ob er auch auf der Beerdigung war.»

Mazepa erhob sich. Er stand ein paar Sekunden unnatürlich ruhig da. Dann trat er mit voller Wucht gegen den Metallschrank, auf dem das Faxgerät stand. Zwei Schubladen sprangen heraus, Papier segelte zu Boden, der Apparat hing gerade noch auf der Kante des Möbels. Danach war er wieder kalt wie Eis. «Das wär's. Haben Sie noch Fragen?»

«Natürlich. Deshalb bin ich ja gekommen. Der Sohn von Jurij Solowjow hat die Vermutung geäußert, dass sein Vater bedroht worden sei. Er glaubt nicht, dass er eines natürlichen Todes gestorben ist.»

«Welcher Sohn?», fragte Mazepa gereizt. Er sah ihm nicht einmal mehr in die Augen.

«Er ist – hatte ich Ihnen das nicht gesagt? Er sitzt in einer Klinik. Chronisch krank.»

«Bald sind Sie ja bei den Tanten und Onkeln dieser Familie angelangt. Hat dieser Sohn Gründe für seine Vermutung geäußert?»

«Nein. Aber nehmen wir mal an, es stimmt. Dann liegt es doch nahe, an Holota zu denken. Vielleicht hat der ihn bedroht.»

«Möglich. Ich konnte mich noch nicht näher mit Holota befassen. Hab hier eine Menge anderer Diebstahlsfälle –» Mazepa wies auf einen Stapel Papier.

«Sie konnten noch nicht?»

«Die Frage ist, ob ich überhaupt will.»

«Aber ich kann nicht ewig hierbleiben. Das Hotel kostet, meine Zeit läuft ab.»

«Das sehen Sie, glaube ich, richtig. Apropos, Herr Muschter will Sie morgen um zwölf im Hotel anrufen.»

«So etwas wie gestern darf nicht mehr passieren», sagte Prokoptschuk, als Konrad gegen Mittag in die Klinik kam. «Wenn die Befragung Herrn Arkadij so aufregt, kann ich das nicht mehr verantworten. Es wirft unsere Therapie zurück.»

Konrad erschrak. «Tut mir leid. Ich ahnte ja nicht, dass er nichts vom Tod seines Vaters wusste.»

«Heute können Sie jedenfalls nicht zu ihm», sagte Prokoptschuk.

«Ist etwas passiert?»

«Nein. Aber wir haben ihn ruhiggestellt. Er muss sich ein paar Tage erholen.»

«Können Sie sich vorstellen, wen Arkadij gemeint haben könnte, als er davon sprach, dass irgendwer seinen Vater bedrohte?»

Prokoptschuk hatte natürlich keine Ahnung, er konnte sich nicht einmal an den Dialog mit Guzman erinnern.

«Wahrscheinlich eine Schreckensfigur, mit der man kleinen Kindern Angst macht. Ich würde das nicht so wörtlich nehmen.»

Konrad blieben offenbar nur Geschichten aus der Vergangenheit. Dabei war die Gegenwart so klar: Die Blütenrispen des Flieders standen kraftvoll und aufrecht von den Zweigen. Es war schon Ende Mai. Er setzte sich auf den harten Holzstuhl, öffnete den Aktendeckel und erteilte Professor Guzman das Wort. Dabei fiel ihm ein, dass Mazepa ihm immer noch nicht verraten hatte, ob dieser Mann noch lebte.

*«Wie war das, als Ihr Vater aus dem Krieg zurückkam?»*

*«Aus dem Krieg, aus dem Krieg. Wissen Sie, was Krieg ist, Herr Professor? Ich weiß es nicht. Wir hatten Vater ja fast vergessen. Ich jedenfalls. Ich hatte gar nicht mehr mit ihm gerechnet.»*

*«Sagen Sie mir doch einfach, was Sie empfanden, als er plötzlich wieder da war.»*

*«Ich hatte das Gefühl, innerlich zwei zu sein.»*

*«Ach?» Der Psychiater merkt auf.*

*Arkadij freut sich diebisch.*

*«Nicht, was Sie denken, Herr Professor. Ich war noch derselbe kleine Junge wie fünf Jahre zuvor, als Vater fortging. Dieser kleine Junge freute sich riesig, wollte sich ihm in die Arme werfen. Aber inzwischen war da auch ein großer Junge, ein junger Mann fast, der all die Monate mit Olha im Bett gelegen hatte und an ihr schnüffelte, um sich heimlich in einen Rausch zu versetzen. Dieser große Junge freute sich überhaupt nicht. Überhaupt: Was suchte der Vater eigentlich noch hier? Der kleine Junge hatte so lange Sehnsucht nach ihm gehabt, Angst um ihn, in Albträumen vom Krieg, sterben hatte er ihn sehen in seinen Träumen, und er? Er kam ja viel zu spät, um diese Sehnsucht wiedergutzumachen.»*

*«Kann man das denn, eine Sehnsucht wiedergutmachen?»*

*«Ich glaube schon, aber wenn jemand sich zu lange*

*sehnt, dann hilft am Ende nichts mehr. Dann ist die Sehnsucht nicht mehr zu heilen.»*

*«Verstehe. Und glauben Sie, dass Ihre Sehnsucht, wie Sie es nennen, sich noch heilen lässt?»*

*Arkadij zuckte mit den Schultern. «Ist mir egal. Heute erwischen Sie mich mit dieser Frage auf dem falschen Fuß, Herr Professor, auf dem guten nämlich. Heute geht es mir hervorragend, wegen Ihrer Tabletten.» Lacht.*

*«Und außerdem hatte ich Angst vor dem Vater. Ich hatte Angst, er könnte merken, dass Olha mich sehr mochte, und mich dafür töten. Deshalb hatte ich auch Angst um Olha. Vater hatte ja viele Menschen umgebracht, im Krieg.»*

*«Woher wissen Sie das?»*

*«Das machen Soldaten im Krieg.»*

*«Haben Sie mit ihm darüber gesprochen?»*

*«Nie. Svetlana hat mir gedroht, wenn ich nicht brav bin, würde er mich umbringen wie seine eigenen Kameraden.»*

*«Aha. Dann wusste Svetlana also, was der Vater im Krieg getan hatte. Und die beiden Jungen in Ihnen, haben die miteinander geredet?»*

*Arkadij lacht. «Hören Sie auf, Herr Professor, das war nur ein Vergleich. Um es Ihnen anschaulich zu machen.»*

*«Warum hatten Sie Angst um Olha? Warum hätte der Vater ihr etwas antun sollen?»*

*«Weil sie immer so lieb zu mir gewesen ist.»*

*«Was meinen Sie? Auf welche Weise war sie lieb zu Ihnen?»*

*Arkadij wird nachdenklich. «Eigentlich hat sie mir immer nur was auf die Finger gegeben.»*

*«Und das hat Ihnen gefallen?»*

*«Nein. Nur, wenn ich an meinem ... an meinem ...» Blickt an seiner Bettdecke hinunter.*

*«Wollte sie nicht, dass Sie das machen?»*

*«Sie legte es doch darauf an. Sie lief so nachlässig gekleidet herum. Einmal habe ich sogar ihren nackten Po unter der Schürze gesehen. Diesen dunklen Strich. Svetlana hat sie dafür immer ausgeschimpft. Irgendwann abends bei ihr – da muss ich schon größer gewesen sein – schob sie meine Finger von dort unten weg, schaute auf ihre Hand, als ob sie schmutzig sei, und verzog das Gesicht. Sie tat, als wenn sie etwas abstreift, dann drohte sie mir mit dem Finger. Sie lachte, aber sie drohte auch, als sie lachte. Das war unser kleines Geheimnis. Aber von da an durfte ich nicht mehr zu ihr ins Bett. Ich war fast stolz darauf, denn es bedeutete für mich irgendwie, dass ich nun erwachsen war. Und ihr Beschützer.»*

*«Und Sie glauben, deshalb könnte Ihr Vater böse geworden sein?»*

*«Deshalb hat er sie am Ende weggebracht.»*

*«Weshalb? Wegen dieser Spielereien?»*

*Arkadij schweigt.*

*«Dann waren Sie sicher böse auf Ihren Vater?»*

*«Nein, nicht böse. Ich habe es ja verstanden. Er musste das tun, und am meisten hat er selbst gelitten. Er hatte sie wirklich gern. Aber Svetlana hat ihn gezwungen, sie wollte Olha weghaben.»*

*«Darf ich noch einmal fragen – um es besser zu verstehen: Was hat Ihnen an Olha so besonders gefallen?»*

*«Sie war so ein guter Kamerad. Und sie roch so gut. Wenn wir morgens nach dem Aufstehen im Flur an-*

*einander vorbeimussten, haben wir uns immer gebalgt. Keiner wollte den anderen durchlassen. Sie kam von der Toilette, ich war auf dem Weg dorthin, oder umgekehrt. Meistens war sie die Erste. Sie stand früh auf. Wenn wir miteinander rangen, stieg mir oft ihr Achselschweiß in die Nase, so schwer und herb wie von einem Mann. Viel zu heftig für ein schmales junges Mädchen. Sie lief barfuß im Nachthemd über den Flur. Manchmal guckten dunkle Haare unter den Trägern ihres Kleides heraus, so was war ihr egal. Sie schämte sich gar nicht. Oder? Lassen Sie mich überlegen.»*

Hier fehlte wieder ein Stück, denn die nächste Seite fing mitten im Satz an:

*«... machten mich ihre Nähe und ihr Geruch so wild, und dann bekam ich Phantasien, dass ich neben einem Raubtier sitze, ich konnte mich nicht mehr beherrschen, ich wollte, dass der Tiger mich auffrisst, ließ meinen Kopf in seinen schwarzen Rachen fallen, in ihre haarige Achselhöhle, scheinbar aus Müdigkeit. Wenn ich dann so dumm war, die Augen zu öffnen, stieß sie mir den Ellbogen in die Rippen. Gar nicht böse gemeint, sie war auch gleich wieder lieb, legte den Arm um mich und drückte mich an sich. Wie ein wildes Kind.»*

*«Wer war ein Kind? Sie oder Olha?»*

*«Olha. Und ich.»*

*«Und wer der Tiger?»*

*«So hat sie gerochen. Wie ein Tiger.»*

Über dem Hof ging die Sonne unter. Die Fassade des gegenüberliegenden Gebäudes war in rissiges Rosa getaucht. Der Tag ist zu Ende und alle Hoffnung vergeblich, schien die Amsel zu schimpfen und flog von links nach rechts durchs Bild. Auf dem Flur schlurften die Patienten vorbei, die sich wie zum Trost ihr Abendessen in großen Blechnäpfen aus der Küche holen durften. Konrad wollte das Zimmer nicht verlassen, sie hätten ihn sonst in Gespräche hineingezogen, hätten auf ihn eingeredet und ihn auch körperlich bedrängt. Er ließ die Akte sinken, mit seiner Konzentration war es vorbei. Für einen Augenblick verschwamm alles in seinem Kopf, er wusste nicht mehr, wo er war und in welcher Zeit, was diese Geschichte mit Arkadij und Olha mit dem Mercedes zu tun haben sollte. Dann sah er Mazepas unsteten Blick vor sich, der ihn heute so beunruhigt hatte. Auch eine männliche Stimme, die zittrig wurde. Einzig und allein auf Guzman war noch Verlass. Dieser Mann war unermüdlich. Arkadij konnte sich glücklich schätzen: Wohl dem, dessen Leben bei einem anderen Menschen auf solche Aufmerksamkeit stößt.

Konrad ließ sich erneut von den hypnotischen Fragen des Psychiaters einfangen. Arkadij redete im nächsten Abschnitt erstaunlicherweise frei, ohne dass man medikamentös nachgeholfen hätte. Die Verabreichung war nicht einfach vergessen worden. 0/0 ml, stand am Rand.

*«Hat er denn sofort gemerkt, dass Sie und Olha sich so mochten?»*

*«Natürlich nicht, wie denn? Als er heimkam, stand er im Flur mit seinem großen Seesack, und ich lief auf ihn zu.»*

*«Sie sind ihm in die Arme gelaufen, als er in die Wohnung kam?»*

*«Ja, aber er hatte den rechten Arm in einer Schlinge. Ich rannte vor Freude gegen diesen bandagierten Arm. Er verzog das Gesicht vor Schmerz und schubste mich weg. Ich ging in mein Zimmer und versuchte, nicht zu heulen.»*

*«Hatte er sich denn verändert?»*

*«Sein Gesicht sah anders aus. Härter. Vorher hatte er etwas Rundliches gehabt, etwas Gutmütiges und Unentschlossenes. Das war jetzt weg. Er kam wie ein fremder Mann in die Familie zurück, wie ein Fremder aus dem Schneesturm ins Warme, wie einer, mit dem man gar nicht mehr gerechnet hat. Von dem man nicht mehr weiß, wie er früher gewesen war. So viel Zeit hatte er in der Sonne verbracht, im Schnee an der finnischen Grenze. Wenn Schnee liegt, brennt die Sonne noch stärker, weil die Kristalle sie widerspiegeln. Seine Gesichtszüge waren schärfer geworden. Er hatte stark abgenommen, und seine Augen lagen schwarz in den Höhlen. Brennende Augen, und gleichzeitig voller Angst, gehetzt. Sogar Svetlana erschrak, als sie ihn sah.*

*Später, als er seinen Mantel ausgezogen hatte und auf dem Sofa im Wohnzimmer saß, holte Svetlana mich. ‹Na, komm schon›, sagte er zu mir. Ich ging hin, setzte mich auf seine Knie, und er umarmte mich. Seine Uniformjacke roch nach Schnee und Erde.*

*‹Wie war es ohne mich?›, fragte er. ‹Hast du gut auf die Frauen aufgepasst?› Da wurde ich knallrot. Ich war überzeugt, dass er alles von mir und Olha wusste.»*

Es lag vielleicht am Schamgefühl, dass Konrad Arkadij nach dieser Lektüre nicht gleich unter die Augen treten wollte. Die Geständnisse, die Professor Guzman ihm entlockt hatte, gingen sehr in die Tiefe. So ohne weiteres hätte er das niemandem erzählt. Vielleicht hätte er es selbst nicht einmal gewusst.

## Sieben

Dass Muschter schon nach so kurzer Zeit anrief, war ungewöhnlich. Meistens redeten sie erst wieder, wenn Konrad von einem Einsatz zurück war. Der Junge an der Rezeption zeigte auf eine der holzgetäfelten Telefonkabinen in der Halle.

«Ich sehe, es gefällt Ihnen in Kiew?», lachte Muschter aus dem Hörer. «Sie nehmen sich Zeit für die Stadt.»

Deutsche Worte verliehen der Welt sofort festere Konturen. Als wäre ein Schleier von ihr gezogen worden, war sie gleich weniger geheimnisvoll, weniger vieldeutig. Schon nach Muschters ersten Worten begriff Konrad, dass er in seiner eigenen Sprache nie so tief in diese andere Wirklichkeit hineingezogen worden wäre.

«Ist eine Menge zu tun, ja.»

«Wie weit sind Sie?»

«Ich habe schon einiges in Erfahrung gebracht. Der Halter des Fahrzeugs ist tot.»

«Ja, wissen wir. Von Jurko.»

«Aber der Wagen ist noch nicht umgemeldet, und es sieht nicht so aus, als hätte irgendjemand es eilig damit.»

«Wissen wir auch.»

«Von der Polizei ist nichts zu erfahren. Die wollen hier angeblich alle erst mal Geld.» Er dämpfte seine Stimme und spähte in die Halle. «Dieser Anwalt spielt auch eine undurchsichtige Rolle. Er berichtet mir von einem ominösen Kriminellen namens Holota, der der Nutzer des Autos sein soll. Aber das hat er schon vor Tagen gesagt, und bewegen tut sich seither gar nichts. Ich habe den Eindruck, er hält Informationen zurück. Vielleicht will er auch nur möglichst viel für sich herausschlagen und spielt auf Zeit.»

«Wir haben bislang sehr gute Erfahrungen mit dem Mann gemacht.»

«Mag sein. Ich verfolge jedenfalls meine eigene Spur. Ich bin gerade an der Witwe dran.»

«Meinen Sie, die hat was damit zu tun?»

«Ich weiß es nicht. Jedenfalls stimmt da etwas nicht. Sie hat einen Sohn, merkwürdige Gestalt, über den ich noch keine endgültige Klarheit habe. Vielleicht ist er die Lösung des Problems. Es scheint, als hätte sie ein ganz spezielles Verhältnis zu diesem Kind. Überhaupt stimmt etwas in dieser Familie nicht.»

«Krynitzki?»

«Ja?»

«Krynitzki, das Auto. Wo ist der Wagen? Uns interessiert diese Familie nicht, bei allem Respekt, wir suchen das Auto.»

Der Satz war so simpel, dass Konrad ihn nur mit Mühe verstehen konnte. Er musste sich zum Verständnis seines Sinns zwingen wie ein Linkshänder sich zum Schreiben mit der Rechten. Was dachten die sich denn alle? Jeder glaubte, das Wort Auto nach Lust und Laune verwenden zu dürfen. Sie gingen so leichtfertig mit dem Begriff um, als wollten sie es ausspucken.

«Aber das ist doch ein und dasselbe», erwiderte er etwas zu eilig. «Um etwas über das Auto herauszukriegen, muss ich mich auf diese Leute hier einlassen. Um den Wagen machen Sie sich mal keine Sorgen, der geht uns nicht durch die Lappen. Falls er nicht längst in Taschkent ist, steht er wahrscheinlich gar nicht weit von hier in einer Garage, mit Plane zugedeckt, sodass er auch durch die Ritzen der Wände nicht zu erkennen ist. Dem passiert nichts, aber wir können lange nach ihm suchen. Soll ich hier sämtliche Hinterhöfe abgrasen und nachts Garagen aufbrechen?»

«Ich werde Ihnen jetzt keinen Crashkurs in Ermittlungsarbeit geben», bemerkte Muschter trocken.

«Der einzige Weg, an das Auto heranzukommen, führt über diese Familie. Das ist meine Methode. Ich rieche förmlich, dass dort etwas anbrennt.»

«Anbrennt?», fragte Muschter in seinem Hamburger Akzent, mit nach unten führendem Tonfall, als erwarte er gar keine Antwort mehr.

«Nur über dieses Geheimnis komme ich an den Wagen heran. Und das geht nicht auf die Schnelle. Ich muss mit den Leuten reden, ihr Vertrauen gewinnen.»

In dem Moment war die Leitung tot.

«Hallo?», fragte Konrad ungläubig.

Er blieb mit dem Hörer in der Hand zurück. Nicht «Menschen» hatte er gesagt, sondern «Leute». Im Russischen macht das keinen Unterschied, im Deutschen sehr wohl, sodass er sich, wenn auch nur Muschter gegenüber, über die Menschen hier erhob. Und was sollte das heißen, «ihr Vertrauen gewinnen»? Hieß das nicht im Umkehrschluss, dass eigentlich er es war, der unlautere Absichten hegte? Fast beschämt legte er den Bakelithörer auf die schwere Gabel. Im Halbdunkel der Telefonkabine war er vor den Blicken der Gäste und der durchs Foyer streunenden Liftboys sicher, deswegen verharrte er noch einen Moment. Ihm schien, draußen würde man ihm sofort ansehen, dass gerade eine für ihn lebenswichtige Verbindung durchtrennt worden war. Dass er diese Zelle nicht mehr so vital verlassen würde, wie er sie betreten hatte. Schmerzlich wurde ihm klar, wie weit er sich schon von seinem alten Kontinent entfernt hatte, von dem festen Boden, der ihm nicht viel Freude, aber immerhin große Sicherheit gegeben hatte. Weshalb musste er Muschter etwas vorspielen? Ausgerechnet dem Mann, der ihm Aufträge verschaffte, ihm wohlgesinnt war? Mit Muschter konnte man über alles reden, wie oft hatten sie herumgealbert. Und jetzt? Bizarr! Er war noch nicht verrückt, aber sein innerer Ort hatte sich verschoben. Das sah er, als er sich im Echo seiner eigenen Worte betrachtete wie in einem Spiegel. Einem so aufgeweckten Mann wie Muschter konnte diese Veränderung nicht entgangen sein.

Nach dem Telefongespräch musste Konrad erst einmal zu sich kommen. Er ging auf sein Zimmer, die Tür war angelehnt. Das Zimmermädchen machte sich mit dem Staublappen am Tisch zu schaffen. Etwas unwirsch bat er sie, ihre Arbeit zu unterbrechen und ihn allein zu lassen. Sie huschte erschrocken aus dem Zimmer, und noch bevor die Tür zufiel, warf er sich rücklings aufs Bett. Mit dieser Energie wollte er ungern Svetlana gegenübertreten.

Warum war Muschter misstrauisch geworden? Weil er schon ein paar Tage länger hier war als geplant? Hatte Mazepa ihm berichtet? Oder hatte er erfahren, was in

Berlin passiert war? Und wenn schon. Konrad hatte nichts getan.

Auf dem Weg zum Lemberger Platz wunderte er sich. Er sah sich die Trjochswjatitelskastraße bergan steigen und fragte sich, wer er war, wie er da durch die Straßen von Kiew lief. Das war keine rhetorische Frage – er kannte die Antwort tatsächlich nicht. Erst durch Svetlana war er wieder gezwungen, sich in eine Form zu bringen. Glücklicherweise half sie ihm.

Auch heute, wo es ihm schlechtging, war sie beinahe fröhlich.

«Sie behaupten doch immer, ich könnte nicht lieben.» Mit diesen Worten empfing sie ihn, kaum dass er die Küche betreten hatte.

«Das habe ich nie gesagt», erwiderte Konrad und war froh, sich auf das Gespräch mit ihr einlassen zu können, über ein anderes Thema, über Gefühle, wo jeder ein bisschen schwärmen und schwindeln kann, fern der harten Fakten.

«Es ist nämlich nicht wahr», fuhr sie fort, nachdem er sie mit hochgezogenen Brauen ermuntert hatte. «Mir ist eine Erinnerung gekommen. Seit Sie hier sind, geht mir so einiges im Kopf herum. Ich muss Ihnen das erzählen, nicht dass Sie anfangen, mich zu hassen. Am Anfang wollte ich Arkadij wirklich alles geben. Er ist zusammengezuckt, wenn ich ihn an mich gedrückt habe.»

Sie beugte den Kopf zu dem vorgestellten Kind und hielt es mit beiden Armen, wiegte es, drückte es an ihren Busen. Dann sah sie Konrad wieder in die Augen – ein Blick, als wäre sie immer noch stolz auf dieses Kind.

«Und am Anfang hat er mich gebissen.» Ihr Gesicht wurde hart. «Wissen Sie, wie weh das tut?»

«Sie haben Arkadij gestillt, obwohl Sie keine Milch hatten?»

«Na ja. Das ist doch keine Schande.»

«Warum haben Sie eigentlich nie eigene Kinder gehabt?»

«Meine Brüste waren so prall damals.» Sie drückte mit den Handflächen von beiden Seiten gegen ihren Busen.

Nie hätte Konrad sich träumen lassen, dass er sich eines Tages, wenn auch nur in Gedanken, auf den Körper einer über Achtzigjährigen einlassen würde. Er durfte sich die Irritation nicht anmerken lassen. Dieser Augenblick war ungemein wichtig, die Situation von großer Zerbrechlichkeit. Von nun an konnte es in jede Richtung gehen. Eine unbedachte Reaktion, und sie würde sich für immer verschließen. Er brauchte Svetlana jetzt mehr als je zuvor, und wenn er noch etwas von ihr erfahren wollte, musste er auf diese Koketterie eingehen. Geschwächt nach dem Gespräch mit Muschter, fiel es ihm nicht besonders schwer.

«Man hätte denken können, sie sind übervoll, als wollte ich ihm für alle Kinder, die ich hätte haben können, zu trinken geben. Dabei hatte ich wirklich keine Milch, meine Brüste waren einfach nur groß.»

«Und ein eigenes Kind haben Sie nie gestillt?», versuchte es Konrad noch mal.

«Der Kleine bekam gar keine Luft mehr, wenn ich ihn an meinen Busen drückte. Er war ja schon fünf. Ich wollte ihm alles von mir geben, er hatte so viel entbehrt. Bestimmt hatte er die schlaffen, leeren Beutelchen seiner

Mutter noch vor Augen, auf denen er wütend herumkaute, bis sie ihn vor Schmerzen wegstieß. Da lag er dann klein und schwach, völlig hilflos ohne seine Mutter.»

«So stellen Sie sich das vor?»

«Ich weiß es. Ich habe Fotos gesehen von der Hungersnot. Was konnte er dafür, dass seine Eltern Kulaken waren? Die Feinde des Volkes musste man liquidieren, das ist klar, aber die Kinder? Euren Goebbels habe ich am meisten dafür gehasst, dass er seine eigenen Kinder vergiftet hat, später, als ich Bilder davon sah. Nebeneinander auf dem Boden aufgereiht. Was konnten die armen Würmchen dafür! Auch bei uns war es damals unmenschlich, aber man durfte so etwas nicht laut sagen. Sie wissen nicht, was für Zeiten das waren. Jeder konnte einen denunzieren, sogar die nettesten Nachbarn.»

Auf dem Weg zum Hotel ging Konrad im Supermarkt vorbei. Mit zwei Dosen Bier in den Händen und zwei weiteren, die die Seitentaschen seines Jacketts ausbeulten, schlich er durch die Empfangshalle zum Fahrstuhl. Nur noch fallen lassen wollte er sich.

Muschters Schweigen machte ihm mehr zu schaffen, als er sich eingestand. Auf die anderen konnte er mehr oder weniger verzichten: Zu Prokoptschuk hatte er sich die nötige innere Distanz erarbeitet. Mazepa akzeptierte er als Profi, mochte ihn sogar. Aber Muschter war ein anderes Kaliber. Muschter war Teil seiner Wirklichkeit, einer Welt, aus der sich Konrad räumlich zwar entfernt, aber nicht innerlich gelöst hatte. Muschter war zu wichtig. Er konnte ihn nicht ohne weiteres abschreiben.

Dabei war es nicht schwer, ihn sich als Rädchen im Getriebe des Unternehmens vorzustellen. In der Masse der anderen Angestellten verlor er an Statur, das hatte Konrad bei seinem ersten Besuch in der Versicherungszentrale in Köln festgestellt. Man führte ihn durch die immer neu sich verzweigenden Flure des alten Gebäudes. Höflich steckte er den Kopf in einzelne Zimmer, Muschter rief über die Schultern seinen Namen in den Raum. Sachbearbeiter reichten ihm die Hand. Die Regale hingen voller Akten. Ein Jonglieren mit Blech- und Personenschäden, aber nie direkt, immer nur vermittelt über die Dokumente in den Hängeregistraturen. Alles, auch die schrecklichsten Autounfälle, die er ihnen manchmal übersetzte, sahen die Sachbearbeiter – er liebte diesen Ausdruck – immer nur auf dem Papier. Sie bekamen Fälle vorgelegt, beschrieben. Sie studierten Polizeiprotokolle, Zeugenaussagen, Obduktionsbefunde und entschieden dann über eine Entschädigung. Über Schuldanteile. Klageerhebung. Gerichtsprozesse. Leichen an der Schnellstraße bergen und im Unterholz nach dem abgerissenen Unterschenkel eines Radfahrers suchen, das machten andere.

Aber was man Muschter auch vorwerfen wollte – sein Porträt als Kleinbürger war rasch skizziert, Reihenhaus bei Köln, seine Ehefrau, ein blondes Weibchen, girrend stolz auf die Karriere ihres Mannes, dazu Tennis, Urlaub auf den Malediven –, Konrad mochte ihn, und Muschter war für ihn eine Autorität. Nicht nur wegen seiner Position: Als Leiter der Schadensabteilung hatte er sein eigenes Kästchen im Organigramm. Sondern wegen seiner Person. Muschter hatte Format. Vor allem Mut. Es war nicht selbstverständlich, einem Quereinsteiger wie Konrad solche Aufträge zu geben – er wurde nicht nur auf

Diebstähle angesetzt, bald hatte er auch Anfragen aus anderen Abteilungen erhalten, zum Beispiel der Lebensversicherung, wenn ein suspekter Todesfall in Osteuropa zu klären war. Wenn etwas schiefging, fiel es auf Muschter zurück, er stand dafür gerade. Über Erfolge freute sich Muschter mit ihm. Er hätte auch neidisch sein können. Konrad musste nicht jeden Tag um acht im Büro antanzen. Bei aller Unsicherheit war er ein freier Mensch, Muschter dagegen blieb Befehlsempfänger, wenn auch vom Vorstand selbst. Konrad verdiente im Erfolgsfall auf einen Schlag mehr als Muschter in mehreren Monaten. Möglicherweise betrachtete der ihn insgeheim wie ein bizarres Insekt. Und diesen unsichtbaren, freundlichen Ringkampf hätte jeder als kollegiales Verhältnis bezeichnet.

So lief das Spiel. Solange beide Seiten mitmachten. Wenn Muschter wirklich einfach aufgelegt hatte, dann war aus dem Spiel Ernst geworden. Dann hatte er in Deutschland keinen Partner mehr. Dann hing er an keiner Leine mehr, er war ein Köder, der frei durchs Wasser schwebte.

Konrad hob den Hörer und wählte die Rezeption. «Das Mädchen, das schon einmal bei mir war, bitte.»

«Sie ist beschäftigt», sagte die Frau an der Rezeption. «Sie meldet sich, sobald sie frei ist.»

Diesmal dauerte es länger, bis sie eintraf. Er wartete gereizt und versuchte, nicht daran zu denken, womit sie gerade beschäftigt war. Er war kurz davor, sie wieder abzubestellen, da klopfte es, leise wie beim ersten Mal.

«Hallo», sagte sie, huschte ins Zimmer und warf einen

zu langen Blick auf die drei leeren Bierdosen auf dem Tisch.

«Viel Stress», erklärte er ganz überflüssig.

«Hast du das Auto nicht gefunden?»

«Nein. Wie heißt du eigentlich?»

«Irina.»

Das musste er glauben wie alles andere. Sie setzte sich auf die Bettkante und legte ohne Umschweife die Hand auf seinen Oberschenkel. Langsam wandte sie ihm das Gesicht zu. Hellgraue Pupillen mit schwarzen Pfefferkörnern darin. Er fasste ihre Hand und näherte sich ihrem Gesicht. Sie roch gut, ihre Haut war nicht gepudert. Sie öffnete die Lippen und strich mit ihrer rauen Zunge über seinen Mund. Diese Zunge war so schlangengleich zärtlich, dass er fast glauben wollte, sie hätte etwas für ihn übrig. Heute war es dennoch anders. Vom kleinen Rausch der Unbesiegbarkeit, in den ihn die Entdeckung Svetlanas am ersten Abend versetzt hatte, war keine Spur mehr. Euphorie lässt sich nicht durch Bier erzeugen. An diesem Abend fühlte er sich hässlich wie ein Stück Fisch, ein unbrauchbarer, zerfledderter Köder, der ins Wasser zurückgeworfen wird. Er hatte Irina gerufen, damit sie ihm das Gegenteil bewies.

«Warte mal», er schob ihre Hand sanft weg. «Du könntest mir vielleicht helfen.»

«Gern, wenn ich kann», lächelte sie.

«Nein, ich meine etwas anderes.»

«Aha», sie schüttelte fragend den Kopf.

«Du kennst dich doch aus in der Szene hier.»

«Ich studiere Jura.»

«Gut, dann nenne ich dir mal die Fachbegriffe. Diebstahl, Hehlerei, gewerbliche Unzucht, Mord. Ich suche einen ganz bestimmten Mann.»

«Aha.»

«Wasyl Holota.»

«Du spinnst ja», rief sie und sprang auf. Er fasste sie am Arm und zog sie zurück. Federleicht plumpste sie auf das Bett. «Lass mich!», schimpfte sie.

«Aber ich bezahle dich.»

Er stand auf, ging zu seinem Sakko, reichte ihr eine Banknote. Sie hielt sie gegen das Deckenlicht, faltete sie zusammen und steckte sie mit betonter Ruhe ein.

«Also, einen Holota kenne ich jedenfalls nicht.»

«Aber den kennt in Kiew angeblich jeder.»

«Kann schon sein. Guck mal im Telefonbuch nach.»

«Witzig», sagte er, musste sich aber eingestehen, dass er das noch nicht getan hatte. «Dann frag ich mal anders: Wem musst du das Geld abgeben, das du hier verdienst? Wer ist dein Chef?»

«Bist du übergeschnappt?»

Sie griff nach ihrer Handtasche, deren braun-gelbes Muster auf dem glatten Kunstleder eine bekannte Marke imitierte.

«Warte.» Er hielt sie fest.

«Dann mach endlich.»

Mit verletztem, hochnäsigem Gesicht knöpfte sie ihre Bluse auf, riss den Reißverschluss ihrer Jeans mit einem Ruck runter, streifte die Hose herab und warf sich rücklings aufs Bett.

Er zog hastig seine Hose aus. Sie hatte die Arme ausgebreitet wie eine Gekreuzigte.

Da stand er.

Nicht.

«Ich kann so nicht», sagte er.

Sie gab sich keine Mühe, setzte sich nur auf und guckte verächtlich an ihm herunter. «Weichei», sagte sie und ging. Und von der Tür her, mit nachäffend quengeliger Stimme: «Wer ist eigentlich dein Chef?»

Als sie gegangen war, rührte er sich nicht aus dem tiefen, weichen Sessel. Sogar die Hosen ließ er unter den Knien hängen, auch wenn ihm kühl war. Wie zur Selbstkasteiung. Er saß da und war am Ende. Die letzte Dose Bier blieb ungeöffnet. Ihn betäubte das Bewusstsein, auf ganzer Linie versagt zu haben. Verzweifelt war er nicht. Er musste nur lange genug warten, dann kam irgendwann immer der Moment, an dem er den Boden erreicht hatte. Die tiefste Tiefe. Wenn er dann noch lebte, und das war bisher immer der Fall gewesen, ging es nicht mehr schlimmer, konnte er nicht noch kleiner werden, dann war er so gestaucht, dass es nur noch eine Richtung gab. Wieder nach oben.

Und tatsächlich: Am anderen Morgen machte er fünfundsiebzig Liegestütze und freute sich auf den Kaffee im Frühstückssaal. Muschter glaubte nicht mehr an ihn. Doch das spielte jetzt keine Rolle mehr. Muschter hatte keine Ahnung, was hier in Kiew vorging. Er sah alles nur durch das Prisma seiner spröden Fragebögen. Hielt sein sachliches norddeutsches Weibchen für die einzig mögliche Variante. Muschter hatte nie eine Frau wie Svetlana erlebt, ihren rührenden Versuch, einem jüngeren Mann die Liebe zu erklären, ihm von Brüsten zu erzählen, die sie ihm nicht mehr zeigen konnte. Eine derart vom Leben ausgebrannte und dennoch glühende Frau hätte er gar nicht verstanden, er hätte vor der Leidenschaft dieses alten Körpers die Flucht ergriffen.

«Ich verstehe allmählich Ihr Verhältnis zu Arkadij», sagte Konrad zu Svetlana, zwei Stunden später. «Sie hatten ja wirklich schwierige Zeiten. Ich finde es nur merkwürdig, dass sich nach dem Krieg jede Spur von Olha verloren haben soll. Wenn ein Kindermädchen so lange in der Familie war, lädt man es doch später mal ein, man begegnet sich wieder. Wie lange war sie denn nach dem Krieg noch bei Ihnen?»

«Oh, ein Jahr bestimmt. Ich habe Ihnen gesagt, dass ich es am Ende nicht übers Herz gebracht habe. Bis mein Mann zurückkam.»

«Da war Arkadij ja auch größer und brauchte kein Kindermädchen mehr.»

«Sie sagen es.»

Sie schwiegen eine Weile.

«Ist sie freiwillig gegangen?»

Svetlana atmete tief durch. «Wahrscheinlich wäre sie gern geblieben, schließlich verlor sie ihre Arbeit. Aber wir brauchten sie nicht mehr. Arkadij ging ans Institut. Und das bisschen Haushalt habe ich allein geschafft.»

«Wohin ist sie denn gegangen?»

«Weiß ich nicht.»

«Sie hat ihre Koffer gepackt und ist die Treppe runtergestiefelt, wie sie gekommen war? Und Sie wussten nicht, wohin? Ist sie in ihr Heimatdorf, oder hatte sie jemanden in Kiew?»

Konrad sah die junge Frau vor sich, als er das fragte.

«Ich bitte Sie, nach fünfzig Jahren! Möglicherweise ist sie längst tot.»

«Genau das macht mir Sorgen. Dass ich absolut nichts von ihr weiß.»

«Das ist absurd. Konzentrieren Sie sich auf Ihr Auto, statt in der Vergangenheit herumzuwühlen.»

«Woher wissen Sie, dass sie nichts mit dem Auto zu tun hat? Sie ist ein blinder Fleck. Aber gut, wenn Sie mir nichts sagen wollen. Vielleicht weiß Arkadij mehr.»

Svetlana schniefte. «Sie hat ja nicht weggewollt.»

«Was heißt das, nicht weggewollt?»

«Jurij musste sie fortschicken, musste sie regelrecht aus dem Haus jagen. Sie wollte ihren geliebten Arkadij nicht allein lassen. Er schaffte es mit einem Trick: Er lockte sie unter einem Vorwand nach draußen, setzte sie ins Auto und ist mit ihr weggefahren.»

«Wissen Sie denn nicht, wohin?»

«Er wollte es mir nie sagen. Ich weiß nicht einmal, ob sie heil dort angekommen ist. Ich war so wütend, dass ich kurz dachte ... wenn er sie in einem Wald umgebracht hätte ... Mein Mann besaß ja eine Waffe.»

«Das meinen Sie nicht im Ernst.»

«Sie war doch selbst schuld.»

«Also ist sie tot?»

«Nicht durch Jurij jedenfalls, er hätte ihr nichts getan. Ich weiß es nicht», schimpfte Svetlana.

«Hatten Sie später Kontakt zu ihr?»

«Mein Mann, vielleicht. Jurij war so oft auf Dienstreisen, wie hätte ich das kontrollieren sollen. Und mir war es auch herzlich egal. Ich war froh, dass endlich Ruhe im Haus war.»

«Wie hat denn der kleine Arkadij darauf reagiert?»

«Er war damals ... Ihm ist das nicht so gut bekommen.

Ich hab noch versucht, die Wohnungstür zuzuhalten, damit er ihr nicht nachlaufen konnte. Er rüttelte wild an der Klinke, wollte die Tür aufreißen. Ich lehnte mich dagegen. Da hat er mich gekratzt und mir in den Arm gebissen.»

«Ach, da hat er Sie gebissen?»

«Ja, ja. Er war mit seinen sechzehn Jahren viel kräftiger als ich. Allein kam ich nicht mehr gegen ihn an. Als er die Tür aufgerissen hatte und nach unten rannte, waren die beiden zum Glück schon über alle Berge. Arkadij blieb stundenlang weg und kam erst im Dunkeln wieder nach Hause.»

Sie umfasste ihr Teeglas mit beiden Händen.

«Jurij kehrte erst am frühen Morgen zurück. Ich hab ihn nicht gefragt, wo er war. Als er Arkadij in diesem Zustand sah, hat er sofort den Mantel wieder angezogen und ist mit ihm in die Klinik.»

«Was für ein Zustand?»

«Arkadij saß am Schreibtisch, den Kopf auf der Tischplatte, mit beiden Händen hielt er sich die Ohren zu und zitterte am ganzen Leib. Seine Zähne klapperten.»

«Und er ließ sich einfach so in die Klinik bringen?»

«Meinem Mann hat er doch aus der Hand gefressen. Mich hat Jurij in dem Augenblick gar nicht beachtet. Meinen Arm hatte ich notdürftig verbunden, ich hatte Schmerzen, aber das interessierte ihn nicht. Nur sein kleiner Arkadij.»

«Damals kam er zum ersten Mal in die Klinik, richtig? Dieselbe wie heute?»

«Ja. Und als er zurückgebracht wurde, habe ich ihn gar nicht wiedererkannt. Man hatte ihm irgendwas gegeben. Er bewegte sich langsam, stierte vor sich hin. Alle Lebhaftigkeit war weg. Mein Gott, dachte ich. Das soll jetzt mein Sohn sein? Da wäre es mir lieber gewesen, er hätte mich ab und zu gebissen.»

Konrad lächelte ungläubig.

«Ich habe Schweinefleisch vom Markt», rief Svetlana, als wäre ihr das eben eingefallen. «Und Grünkohl. Soll ich uns was kochen?»

Er saß am Tisch und sah zu, wie sie in der Küche herumhantierte.

«Und Sie erzählen mir in der Zeit, was Sie heute gemacht haben.»

Nein, nein. Diesmal fiel er nicht darauf herein.

«Wann kam Olha denn eigentlich zu Ihnen?»

«Als ich angefangen hatte zu arbeiten. In der Belegschaftsbibliothek einer großen Reifenfabrik, die haben Traktorenreifen produziert. Mir fiel zu Hause die Decke auf den Kopf. In der Bibliothek kam ich mit Menschen in Kontakt, ich konnte viel lesen und habe die Genossen bei ihrer Lektüre beraten. Mit meinem Einkommen konnten wir uns endlich eine Hilfe leisten.» Sie stand da, ließ die Hand mit dem Messer sinken, in der halb erhobenen Linken hielt sie ein Schweinekotelett. «Es klingelte, und Arkadij rannte zur Tür. ‹He, du!›, hat sie gerufen, ihren Koffer hingestellt und die Arme ausgebreitet, und schon in diesem ersten Moment war es, als wäre ein Funke übergesprungen. Sie haben sich auf Anhieb gemocht. Er blieb wie angewurzelt im Flur stehen, mit halb erstarrtem Lächeln. Er war verzaubert, schon bei der ersten Begegnung. Ich existierte von da ab nicht mehr für ihn. Stellen Sie sich vor, Sie sind plötzlich Luft für Ihr Kind. Mir wurde klar, dass ich keine Chance mehr hatte. Dass ich ihn verlieren würde. Und ich spürte einen Schmerz, als mir bewusst wurde, dass ich ihn noch gar nicht richtig gehabt hatte. Er sollte doch mein Kind sein. An dem Tag bekam ich zum ersten Mal schwere Migräne.»

Ihr Gesicht wurde finster. Sie klatschte das nasse Kotelett auf das Holzbrett und versetzte ihm einige wütende Schnitte. Dann blickte sie wieder in den Flur.

«Statt in ihre ausgebreiteten Arme zu laufen, drehte er sich abrupt um und stolzierte in sein Zimmer.»

Ihr Blick folgte der Erinnerung, sie machte sie weicher. Jetzt lächelte sie sogar. «Im Gehen drehte er sich noch einmal um und vergewisserte sich, dass sie ihm folgte. Was sie tat. Dann verschwanden die beiden in seinem Zimmer. Als ich dazukam, saß er auf dem Fußboden und zeigte ihr sein kleines Reich.» Sie schnäuzte sich. «Er war ja wirklich süß in diesem Alter.»

«Was hatte er denn da in seinem Zimmer? Wissen Sie das noch?»

«Bücher. Zinn- oder Gummisoldaten der Roten Armee. Spielzeug. Eine richtige kleine Pistole aus Eisen, ein Geschenk von Jurij.»

«Und wie sah dieses Kindermädchen aus?», fragte Konrad.

«Sie sind gemein, oder wirklich zerstreut», sagte Svetlana. Mit einem geriffelten Holzhammer klopfte sie das Fleisch weich. «Ich habe Ihnen die Fotos doch gezeigt.» Satz für Satz wandte sie ihm das Gesicht zu. «Schmal, nicht besonders groß, knabenhafte Figur. Von hinten hätte man sie für einen Jungen halten können. Struwweliges schwarzes Haar, kurz geschnitten. Helle Haut, aber nicht blass. Man sah, dass sie viel unter dem Himmel gewesen war. Die Nase eine Spur zu groß. Ich weiß bis heute nicht, was mein Mann an ihr fand.»

«Ihr Mann?»

«Ja, er fand sie hübsch. Aber das will nichts heißen. Meinem Mann haben fast alle Frauen gefallen, als er jünger war. Der kleine Arkadij war blond und sie dunkel, aber die Ähnlichkeit zwischen den beiden war unübersehbar. Sie kam in unsere Wohnung und machte es sichtbar. Allen fiel es auf. Man sah sofort, dass beide vom Land kamen, kleinrussische Bauernkinder. Arkadijs Gesicht wurde für mich schmaler, strenger, obwohl es dasselbe blieb. Verstehen Sie, was ich meine? Ich las etwas anderes aus seinem Gesicht heraus. Etwas, das ihn nicht unbedingt liebenswerter machte. Ich hatte so viel in meinem Sohn sehen wollen. Olha kam und vergröberte ihn, seine Wangen, sein Kinn. Ich hätte von Anfang an wissen müssen, was aus ihm wird.»

Tatsächlich, bei seiner heutigen Hagerkeit wirkte Arkadijs Kinn kräftig, beinahe stur.

«Es war ein Schreck. Zum ersten Mal erkannte ich das Fremde in ihm. Allein durch ihre Ähnlichkeit nahm sie ihn mir weg. Sie behaupten immer, ich hätte ihn nicht geliebt. Das ist nicht wahr. Ich hätte fast vergessen, wie sehr ich ihn damals liebte. Ich versuchte lange, mich gegen die wachsende Abneigung zu wehren. Ich spürte, dass mir wieder etwas weggenommen werden sollte.»

«Wieder?», fragte Konrad.

«Ich meine, unmöglich gemacht. Ich nahm ihn oft in die Arme, schnupperte an seinem Haar, an seiner Haut. Er roch so gut, wissen Sie, wie die Haut eines Babys riecht? Ich wollte ihn ganz und gar für mich haben, für alle Zeit. Er war so ein süßer Junge, am liebsten hätte ich ihn aufgegessen. Dieser Sturkopf ... Er wehrte sich, wand sich immer wieder aus meinen Armen und lief zu Olha. Können Sie sich vorstellen, wie weh mir das tat?»

«Darf ich Sie etwas fragen? Sie hatten nicht vielleicht etwas gegen Olha, weil sie Ukrainerin war?»

«Um Gottes willen, nein. Die Sowjetunion war ein Vielvölkerstaat, das heißt: Bei uns gab es nur ein Volk, das sowjetische. Alle waren gleich. Heute ist das anders. Überall nationale Zwietracht. Armenier und Aserbaidschaner, Usbeken und Kirgisen, alle bringen sich gegenseitig um. Und am meisten kriegen die Russen ab. Nein, das war es nicht. Ich habe lange versucht, Sympathie für Olha zu entwickeln. Ich dachte mir, wenn ich ihr näherkomme, wenn ich sie auf meine Seite ziehe, dann kann sich alles zum Besseren wenden.»

«Und, hat es nicht geklappt?»

Sie antwortete nicht.

«Und Ihr Mann?»

«Jurij war enttäuscht von mir. ‹Du wolltest ein Kindermädchen, jetzt hast du eins›, sagte er. Er dachte, seine Mühe wird nicht gewürdigt, aber er wollte nicht mehr über solche Dinge diskutieren. Er war müde von dem, was draußen vor sich ging.»

«Was meinen Sie?»

«Den Krieg, der Krieg, der kommen sollte. Alle ahnten das, auch Stalin. Aber ich wollte mir Arkadij nicht wegnehmen lassen, das ist doch verständlich, oder?»

Das Fleisch zischelte in der Pfanne.

«Irgendwann wurde mir klar, dass sie wegmusste. Ich wollte um Arkadij kämpfen. Am einfachsten hätten wir sie entlassen, unter einem Vorwand. Stellen Sie sich vor, in meiner Verzweiflung habe ich sogar daran gedacht, sie zu denunzieren. Mir kam der Gedanke, sie beim Rayonskomitee als Volksfeindin anzuzeigen. Als Kulakenkind, das bei uns untergeschlüpft ist. Ein Kuckucksei.»

«Woher wussten Sie das mit den Kulaken?»

«Wir haben doch mit ihr geredet. Sie erzählte ungern davon, aber so etwas kriegt man mit. Als sie Vertrauen zu mir gefasst hatte, rückte sie Stück für Stück damit heraus. Die Brotrequirierungskommandos hatten ihrer Familie alles weggenommen. Ihre Mutter war verhungert. Als ihr Vater wegging, war sie vierzehn. Sie hatte keine Ahnung, ob er noch lebte. Als sie alle Angehörigen verloren hatte, kam sie in die Stadt.»

«Das hätten Sie getan?»

«Damals hätte ich es fertiggebracht, so gehasst hab ich sie. Wenn man ein Zimmer mehr brauchte, hat man einfach die Nachbarn angezeigt, oder die Mitbewohner. Dann wurde was frei.»

«Dabei konnte sie nichts dafür.»

«Ja, sie tat mir auch leid. Es hat mich ja gequält. Einerseits war die Kollektivierung notwendig, darüber will ich jetzt nicht mit Ihnen diskutieren. Ich weiß, Sie sind anderer Ansicht, aber es war so, ohne Brot für die Städte, für den industriellen Aufbau wäre die Sowjetunion dem faschistischen Aggressor wehrlos ausgeliefert gewesen, und unser Land hätte nie seine heutige», sie seufzte, fast verzweifelt, «seine Größe und Bedeutung erlangt. Aber die einzelnen Menschen, besonders die Kinder, konnten ja nichts dafür. Aber dann kamen ja zum Glück die Deutschen.»

«Zum Glück?»

«Sie wissen schon, wie ich das meine. Drehen Sie mir nicht das Wort im Mund um. Arroganz steht Ihnen nicht.»

Sie ging an den Küchenschrank, holte die Cognacflasche und goss sich ein Gläschen ein.

«Jurij war an der Front, in der ganzen Stadt herrschte Chaos. Es war die Hölle. Die Sowjetmacht hatte Kiew geräumt, es gab keine staatliche Autorität mehr, die Menschen plünderten die Geschäfte. Sie machten sogar noch weiter, als die Deutschen einmarschierten. Als ihr kamt.» Sie blickte ihn sanft an, als fürchtete sie, ihn zu verletzen. «Alles ging drunter und drüber. Ich war allein mit Arkadij und brauchte Olha jetzt wirklich, für den Haushalt und überhaupt. Am schlimmsten waren die ersten Tage. Zum Einkaufen musste man raus, auf die Basare. Es gab immer weniger. Die Bauern brachten Brot, Milch, Piroggen, Pilze, aber sie durften nicht nach Kiew. Manchmal sah man eine blutige Leiche im Schnee, wenn die ukrainische Hilfspolizei jemand mit Schmuggelware erwischt hatte. Ich rechnete damit, dass sie Olha irgendwann schnappen und ins Reich schicken würden, denn überall gab es Razzien, sie suchten Arbeitskräfte. Aber sie war gewitzt, bald konnte sie ein paar Brocken Deutsch. Fand Freunde unter den Soldaten, na, um das Mindeste zu sagen. Einmal hat sie sogar einen …»

«Einen Soldaten?»

«Helmut hieß er. Sie brachte ihn mit nach Hause. Ist das ein verbreiteter Name? Ich habe Ihnen gesagt, es gab auch gute Deutsche.»

«Wo hat Olha denn geschlafen?», fragte Konrad.

«Das interessiert Sie? Sie hatte eine kleine Schlafkammer ganz hinten. Kommen Sie, ich zeige sie Ihnen. Eigentlich ist das nur eine Rumpelkammer. Eine Liege steht darin.»

Am Ende des Flurs öffnete sie eine Tür.

«Aber immerhin, sehen Sie, ganz bequem.»

Sie nahm auf der dünnen Matratze Platz. Ihr Rock rutschte über die Knie, die in einer gelblich schimmernden Strumpfhose steckten.

Es war eher ein Feldbett. Ein gebogenes Stahlrohr an jedem Ende, die weiß-blau gestreifte Matratze auf einem Drahtgestell, darauf eine Wolldecke. Konrad setzte sich neben Svetlana. Er wollte die Wohnung aus Olhas Sicht betrachten.

«Der kleine Arkadij ist immer zu ihr unter die Decke gekrochen, wenn wir weg waren. Ich weiß das. Ich konnte ihm tausendmal sagen, er darf nur nach rechts, wenn er aus seinem Zimmer kommt, nie nach links. Als er größer war, ließ sie ihn nicht mehr rein. Einmal habe ich nachts gehört, wie er wieder leise an ihrer Tür klopfte. Ich glaube, sie hatte das Bett davorgeschoben.»

«Würden Sie bitte mal aufstehen?», fragte er.

Als sie es verwundert tat, legte er sich flach auf das Bett. Die Matratze war hart.

«Hier hat sie also immer gelegen. Wo war das Kopfende?»

«Übertreiben Sie es nicht!», rief Svetlana. «Dort an der Wand.»

Er bettete sich um. Dann hob er die Decke und hielt sie an seine Nase.

«Ist doch tausendmal gewaschen! Sie mit Ihrem Geruchsfimmel! Als sie weg war, stand die Kammer lange leer. Später hat dann mein Mann hier geschlafen. Erst hat mich das gestört, weil es so aussah, als würde er nachts zu ihr gehen. Aber neben mir bekam er Beklemmungen. Er wurde wach und schrie herum, brüllte irgendwelche Befehle. Seit dem Krieg war das so. Irgendwann hat er einfach sein Bettzeug gepackt und ist in Olhas Zimmer gegangen.»

«Arkadij wird das sicher mitbekommen haben. Er lag ja nachts oft wach, weil das Licht im Flur ständig brannte.»

Svetlana wurde blass. «Das hat er Ihnen erzählt?»

Er nickte.

«Verstehen Sie jetzt, wie peinlich es mir ist, dass er vor den Ärzten all diese Familiengeheimnisse ausbreitet? Ich möchte nicht wissen, was für einen Unsinn er über mich gesagt hat.»

«Nichts, eigentlich. Haben Sie denn Geheimnisse?» Konrad lächelte.

Sie senkte den Kopf und sah ihn an. «Einmal hat Arkadij uns erwischt, wie wir in der Küche …»

Nein. Im Reflex hob er die Hand, um sie vom Weiterreden abzuhalten, aber sie reagierte nicht.

«Hat er davon nichts erzählt? Oh, bestimmt. Jurij war ein starker Mann, nicht dass Sie denken. Ich hatte zwar oft nicht viel Lust, aber wenn er wirklich wollte, dann ließ ich mir den Rock hochstreifen und ihn machen. Liebe war das nicht, vielleicht nicht einmal Leidenschaft. Ich redete dabei weiter, ich hatte den Einkaufszettel neben mir liegen und überlegte, was wir noch brauchten. Ich dachte an Brot und Kartoffeln, und er machte. Er öffnete nur den Hosenschlitz, zog nicht einmal seine Hose runter. Es war rein physisch. Das habe ich begriffen, spätestens als er mit anderen Frauen anfing.»

Die Gabe der Frauen zur unverstellten Rede hatte Konrad immer fasziniert. Es stimmt sowieso nicht, dass Romantik und Verklärung typische weibliche Züge wären, bei einer über Achtzigjährigen erstaunte ihn diese fehlende Scheu aber dennoch.

«Hatten Sie keine Angst, dass Arkadij Sie überrascht?», fragte Konrad verlegen.

«Ehrlich gesagt», begann Svetlana, dann: «Das Fleisch! Das Fleisch!» Sie rannte in die Küche. «Sehen Sie, das kommt davon. Jetzt sind sie verbrannt.»

Sie nahm die Kartoffeln vom Herd und goss sie ab, während er das Schwarze vom Fleisch schabte. Sie setzten sich an den Tisch.

«Ich wollte, dass Olha es hört», sagte Svetlana wie beiläufig, während sie mit der Zunge ein Stück Schnitzel zwischen den Zähnen suchte. «Ich wusste, dass sie in ihrem Zimmer war.»

Diese Frau war so zäh wie die Fleischfaser. Sie wäre fähig, aus Eifersucht zu töten. Konrad war unsicher, ob er nicht vielleicht phantasierte. Er hatte gerade jedes Gespür für sie verloren.

«Es ist so gut, dass ich Ihnen das alles sagen kann», erklärte sie, als würde sie nach ihrer Beichte den Rock wieder herunterlassen. «Sie können zuhören. Sie glauben nicht, wie gut mir das tut.»

«Dazu bin ich ja hier», sagte er, gedankenleer von seiner inneren Starre.

In der Klinik erinnerte sich Konrad an eine Episode, die er in den Protokollen gefunden hatte, blätterte ungeduldig und hörte sie schon – Arkadijs lautlose Stimme.

*«Aus der Küche kam ein Stöhnen, als hätte sich jemand verletzt oder Svetlana würde wieder rumheulen. Sie stopfte sich dann immer das Handtuch in den Mund, und es wurde verdächtig ruhig. Kein Geschirrklappern mehr, und dann ging es los. Sie heulte. Sie stand da, wollte explodieren und schrumpfte zu einem kleinen Punkt zusammen, einem Kern von ungeheurer Energie. Ich kannte das und bin ihr ausgewichen.*

*Diesmal war etwas anders. Ich schlich durch den Flur an die Küchentür. Da stand Svetlana und mein Vater hinter ihr. Ich sah die blassen Kniekehlen, sie hatte den Rock hochgeschoben. Bevor ich mehr erkennen konnte, war Olha schon bei mir, hielt mir mit beiden Händen die Augen zu und zog mich in ihre Kammer. Ich fiel mit ihr auf das Bett, sie umarmte mich und hielt mich fest. So lange, bis in der Küche wieder alles ruhig war.»*

*«Was haben Sie dabei empfunden?»*

*«Ich spürte zum ersten Mal, wie ich hart wurde. Sie hat das nicht gemerkt. Sie hielt mich weiter fest umarmt wie ein Kind, ihr kurzes Haar kitzelte meinen Hals.»*

Konrad war aus heiterem Himmel übel gelaunt und wusste nicht, warum. Schon Svetlanas schlüpfrig-selbstzufriedene Erinnerungen hatten ihn leicht aus der Fassung gebracht, aber darüber konnte er noch lächeln. Die Dinge in einer Ehe nötigen einem Außenstehenden doch immer nur ein mildes Lächeln ab. Die Ehe ist ein geschlossener

Kreislauf, was darin passiert, geht niemanden etwas an, und nur wenig Energie dringt nach außen.

Aber ein Kindermädchen mit seinem Schützling, nachdem sie die Eltern beobachtet haben – das war irgendwie unappetitlich, auch wenn Olha gar nichts von den Regungen des Jungen bemerkt haben sollte. Er musste schon ziemlich verkrampft in ihren Armen gelegen haben, wenn man das glauben sollte. Das Kindermädchen mit dem Adoptivkind des Vaters. War er am Ende eifersüchtig? Auf sie oder auf ihn? Arkadijs Sehnsucht nach Olha war lange so zart wie die Liebe zwischen Geschwistern, aber mit dieser Episode wurde sie auf eine andere Ebene gezogen. Das war eine unklare Erotik, eine unausgesprochene Beiwohnungsvermutung – Konrad, weißt du, was das ist? Sein armer, hemdsärmeliger Vater, wie er mit juristischen Fachbegriffen um sich warf, um sich gegen die schmerzende Tatsache zu wehren, die er nicht ertrug. Da war das Schreckliche wieder, das der Onkel ihm am letzten Tag gebeichtet hatte. Das scheußliche Geständnis sickerte jetzt in Kiew in seine Ermittlungen herein wie eine giftige Substanz.

Arkadij zu fragen, wäre sinnlos. Er würde sich entweder nicht erinnern oder aus Scham so tun. Einzig und allein Guzmans Gesprächskunst und das wunderwirkende Präparat waren in der Lage gewesen, die alten Geschichten aus ihm hervorzuholen.

Konrad verlor allmählich jedes Zeitgefühl. Die Amseln draußen prophezeiten den Sonnenuntergang. Er nahm es kaum noch wahr. Sein Blick huschte über die tief ins gelbliche Papier gestanzten kyrillischen Buchstaben, Seite für Seite, bis er wieder auf Olhas Namen stieß. Wenn auch er jetzt schon wie besessen nach dieser Frau suchte, dann übte sie wirklich überirdische Anziehungskraft aus. Erleichtert stieß Konrad bald auf eine Stelle, die ihn wieder mit Arkadij versöhnte. Olha brät Fisch, Olha hat Butter auf dem Markt bekommen, Olha ist eine Künstlerin. Konrad nahm die vier Seiten aus dem Hefter, legte die Beine auf den Tisch und las das Tagesprotokoll von Anfang an.

*«Bei unserer letzten Sitzung haben Sie etwas von einem Tag am Dnjepr erwähnt, mit Ihrem Vater zusammen.»*

*«Ich kann mich nicht erinnern.»*

*«Darf ich Ihnen helfen? Das war, als Sie von der Milchglasfensterscheibe erzählten. Wenn sie glatt war, sagten Sie, erinnerte sie Sie an die stille Wasserfläche des Dnjepr, an einem Sommertag mit ihrem Vater.»*

*«Ach so. An einem Sommertag im Juli 1939 oder 1940. Am Sandufer der Insel. Flussabwärts am gegenüberliegenden Ufer Petschersk, die vergoldeten Klosterkuppeln im Sonnenlicht. Menschen am Strand, leichtbekleidete, gesunde Körper.»*

*«Da war noch kein Krieg.»*

*«Nein. Ich lag im Sand und hatte eine Badehose an. Neben mir saß Vater. Er trug nichts als helle Shorts. Sein Gesicht war von der Sonne braun, Oberkörper und Bauch waren so bleich wie ein Engerling, das fand ich sehr komisch. Er angelte. Wenn ich daran denke, kommt mir der Duft seines Rasierwassers in die Nase, vermischt mit einem Hauch von Schweiß. Dieser Duft gab mir Sicherheit. Und dann der Geruch des Fischköders, so ein knetbarer Teig in einer hellblauen, runden Blechdose.»*

*Arkadij wittert.*

*«Ja, und dann die Zigaretten. Vater hat ja geraucht. Seit Olha da war, hatte sein Duft sich verändert. Er benutzte ein anderes Rasierwasser. Er warf den Köder aus, saß auf einem Stein und rauchte.*

*‹Olha gefällt dir, stimmt's?›, fragte er mich. Er verschonte mich mit seinem Blick, guckte geradeaus, auf die Pose, die draußen irgendwo schwamm.»*

*«Was haben Sie geantwortet?»*

*«Ich weiß nicht mehr. Wahrscheinlich nur was gedruckst. Aber an mein Gefühl erinnere ich mich noch ziemlich gut. Die Frage tat mir weh. Ich hatte Vater immer auf Anhieb verstanden. Diesmal machte mir etwas Fremdes an ihm Angst. Und ich schämte mich. Natürlich gefiel Olha mir, insgeheim liebte ich sie. Aber das wollte mein Vater gar nicht wissen. Wissen wollte er im Grunde gar nichts, er wollte mir selbst etwas mitteilen, ungefähr das: ‹Ich finde Olha auch attraktiv.› Er redete zu mir wie zu einem erwachsenen Mann. Er wollte uns beide als Angehörige des männlichen Geschlechts zusammenbringen und sagen: Kein Wunder, dass wir uns für Olha interessieren. Wir sind ja Männer.»*

*«Und das hat Ihnen nicht gefallen?»*

*«Ich wollte Olha nicht teilen, mit anderen Männern, die sie schmutzig machen könnten. Nicht mal mit meinem Vater. Für mich war Olha eine Heilige.»*

*«Was verstehen Sie denn unter schmutzig?»*

*«Schmutzig?»*

*«Ja. Sexualität zum Beispiel, ist das für Sie etwas Schmutziges?»*

*«Ja. Auch Vaters glitzernder Schaum, wenn er nachts*

*ins Bad rannte. Manchmal stieß er dabei einen Schrei aus. Svetlana ging ihm nach. ‹Was machst du?› – ‹Ich bin tot!›, sagte Jurij. ‹Nein, bist du nicht›, sagte sie und strich ihm über den Rücken, als er am Klo stand. Die Spucke blieb auf dem Boden liegen, im Flur oder im Bad, und sank dann in sich zusammen. Niemand wischte das auf. Svetlana nicht, Olha auch nicht. Morgens war da nur noch diese flache, silbrigweiße Spur. Wie von einer Schnecke.»*

*«Hat Ihr Vater noch weiter nach Olha gefragt?»*

*«Nein. Vielleicht hat er gemerkt, wie unangenehm mir das war. Im Grunde war er sehr zart. Ich bilde mir vielleicht viel zu viel ein, womöglich wollte er einfach nur herauskriegen, wie sehr ich an ihr hing. Ob es sich lohnte, Svetlana davon zu überzeugen, dass sie bleiben durfte. Als er aus dem Krieg zurückkam, ist es dann wahr geworden. Vielleicht hat er da draußen im finnischen Schnee, in den Schützengräben, die ganze Zeit nur an sie gedacht. Damals war ich sechzehn, da hat er keine Rücksicht mehr auf mich genommen, vielleicht hat er mich da eher als Nebenbuhler gesehen. Vielleicht hatte er gerade deshalb keine Hemmungen mehr mit Olha.»*

*«Kam Olha zu solchen Ausflügen mit?»*

*«Natürlich nicht. Sie blieb zu Hause.»*

*«Und Svetlana ging nicht mit angeln?»*

*«Nein, Vater wollte den Tag mit mir allein verbringen. Und dann biss ein großer Fisch an, den er mit Mühe aus dem Wasser zog. Wie aufgeregt er war, auf seine beherrschte Weise! Ich wollte, dass mein Vater stark war und alle besiegen konnte! Ich bewunderte seine Männlichkeit. Er blieb immer ruhig, während Svetlana die Ner-*

*ven verlor. Dieses Geheule, dieses beleidigte Schweigen, das war schwer zu ertragen.*

*Die Schnur spannte sich, mein Vater ließ den Fisch zappeln, gegen die Strömung, damit er sich erschöpfte. Dann holte er die Leine ein, zog ihn aus dem Wasser, seine Flossen spreizten sich, er sah jetzt aus wie ein fliegender Fisch, mit aufgerissenem Maul. Er tat mir leid. Er hing an dieser Schnur und bewegte sich nicht mehr. Er hatte sich gefügt. Ich fand das schrecklich. Als er am Ufer lag, schob mein Vater ihm drei Finger in den Rachen, um den Haken herauszuholen. Er konnte ihn nicht finden, dieses Würgen und Suchen dauerte ewig. Der Fisch war nicht betäubt und ließ alles mit sich geschehen, reglos. Der Übergang von Leben zu Tod war schwer zu erkennen. Nur ein paar Mal durchfuhr ihn ein Zucken, aber Tiere zucken ja auch, wenn sie schon tot sind.»*

*«Tiere, die schon tot sind? Wo haben Sie das gesehen?»*

*«Das Nashorn. Im Zoo. Es stand noch auf seinen Beinen, war aber schon tot.»*

Guzman macht sich eine längere Notiz, wie Dr. Medwedjewa im Protokoll vermerkte; die Notiz selbst fand sich nicht mehr bei den Papieren. Guzman musste sie mitgenommen haben.

*«Wir kamen heim, als es schon dunkel wurde. Ich wollte nicht nach Hause. Für mich war das wie die Vertreibung aus dem Paradies. Ich wollte mit meinem Vater weit weggehen, für immer, nach Sibirien, in die Taiga. Nur wir beide allein. Aber wir mussten zurück in diese kleine Familie.*

*Und natürlich, statt sich zu freuen, schimpfte Svetlana über den Fisch. Das hatten wir beide geahnt. ‹Er stinkt›, rief sie. ‹Du weißt doch, dass ich Fisch hasse.›»*

*«Die beiden Frauen waren allein zu Hause? Haben sie sich denn vertragen?»*

*«Ich weiß nicht. Olha kam gleich aus der Küche und freute sich. Svetlana tauchte erst nach einer Weile auf. Die beiden gingen sich aus dem Weg. Olha bereitete dann den Fisch zu. Sie schnitt ihm mit einem langen, scharfen Messer den Bauch auf, das hellrote Blut lief auf das Holzbrett. Bei dem Anblick rannte Svetlana ins Schlafzimmer, warf sich aufs Bett und heulte. Olha briet den Fisch in der Pfanne. Am Ende saßen wir zu dritt am Küchentisch und aßen den gebratenen Zander – Vater, Olha und ich. Irgendwo hatte Olha Butter besorgt. Sie war eine Künstlerin darin, solche Waren aufzutreiben. Hatte eine gute Nase, eine große, und viele Bekannte in der Stadt. Es war eine unheimliche Atmosphäre. Vater ist einmal ins Schlafzimmer gegangen und hat versucht, Svetlana zu holen. Er kam mürrisch zurück. Das war ein Sonntagabend. Ich weiß das noch, weil Vater am nächsten Tag früh wegmusste, ich sah ihn am Morgen in Uniform. Er kam oft erst nach Tagen oder Wochen zurück. In der Zeit waren Olha, Svetlana und ich allein.*

*Manchmal gingen wir nach dem Angeln, wenn es schon dunkel wurde, auch noch auf der Insel spazieren. Weiter hinten war alles zugewuchert, Dickicht und Bäume, man erkannte die Sandwege im Zwielicht nicht richtig und konnte sich verlaufen. Wir hörten Stimmen, das Gelächter von Frauen, Schemen bewegten sich im Gebüsch. Wenn man noch weiterging, wurde es wieder stiller. Am anderen Ende war ein toter Zweig des Dnjepr. Dort machten wir Lagerfeuer.*

*Ich erinnere mich sehr gut daran. Ehrlich gesagt, hatte ich lange nicht geglaubt, dass Vater aus dem Krieg zurückkehren würde. ‹Wenn ich nicht zurückkomme›, hatte er gesagt, ‹bist du der Mann im Haus. Du wirst dich um Svetlana und Olha kümmern, nicht wahr?› Damals war ich neun oder zehn. Ich versprach es ihm und fühlte mich sehr erwachsen. Und als er dann zurückkam, war ich enttäuscht, denn ich fühlte mich ja schon als der Mann im Haus.»*

Mit den letzten Protokollen, kurz vor Guzmans Pensionierung, fand auch Olhas lesbar gemachte Existenz ein Ende. Mit dem Tag, an dem sie den Haushalt der Solowjows verließ, verlor sich jede Spur. Das wäre nichts Besonderes, wenn sie ein gewöhnliches Kindermädchen gewesen wäre. Aber für Arkadij war sie eine Göttin, die wiedergeborene Mutter. In ihrer Person hatte seine Krankheit sich eingerichtet wie in einer leeren Muschel.

«Ja, stimmt», schüttelte Svetlana sich, als Konrad ihr davon erzählte. «Mein Mann hat immer dieses eklige Viehzeug mit nach Hause gebracht, obwohl er wusste, dass ich keinen Fisch mag. Der Geruch hat mich wahnsinnig gemacht. Er blieb den ganzen Tag mit Arkadij weg und kam dann abends mit diesen stinkenden, zappelnden Tieren nach Hause.»

«Gezappelt werden sie wohl nicht mehr haben.»

«Doch, sie bewegten sich in der Tüte, so glitschig waren sie, und manchmal hat noch der ganze Körper gezuckt. Olha tat, als würde ihr das nichts ausmachen. Sie hätte alles dafür getan, bei uns zu bleiben. Das falsche Biest.»

«Was meinen Sie?»

«Es heißt immer, alle Menschen seien gleich. Aber dass sie so hinterhältig war, das hat vielleicht damit zu tun.»

«Hinterhältig?»

«Diese versteckte Bösartigkeit. Die Ukrainer sind sanft, aber unehrlich. Sie kennen eben die Geschichte zu wenig. Die ukrainische Aufstandsarmee hat ganze Dörfer niedergebrannt, alle umgebracht, die für die Deutschen arbeiteten. Der bloße Verdacht genügte. Heimtückisch ermordet. Mit Messern, nicht mit Schusswaffen. Niedergemetzelt. Und die Deutschen haben blindlings Rache genommen, sobald sie Partisanen oder Unterstützer in einem Dorf vermuteten. Grausame Rache an zufälligen Zivilpersonen. Aber die Deutschen gingen wenigstens verständlich vor, sie hatten Grundsätze. Wenn man sie nicht provoziert hat, kam man ganz gut aus mit ihnen.»

«Also stimmt es doch.»

«Was?»

«Dass Sie etwas gegen Olha haben, weil sie Ukrainerin war.»

«Das ist etwas ganz anderes. Verstehen Sie doch. Einmal hat sie so einen großen Aal gepackt, der guckte dann aus der Hand raus und wand sich, es sah furchtbar aus, wie …»

«Wie was?»

Sie verzog das Gesicht. «Wie ein Mann. Sie ließ den Aal aus ihrer Faust glitschen und sah mir dabei ins Gesicht. Ich wusste, dass sie insgeheim triumphierte, sie sah mir seelenruhig in die Augen und weidete sich an meiner Reaktion. Weil Jurij in der Tür stand, musste ich mich zusammenreißen. Du Miststück, habe ich gedacht, das wirst du mir büßen.»

Svetlanas Blick ging in eine unbestimmte Ferne. «Und das hat sie ja auch.»

«Wollen Sie mir nicht endlich sagen, was mit ihr passiert ist?», fragte Konrad.

«Ich weiß es nicht. Ich hoffe, sie ist tot.»

Zum ersten Mal spürte Konrad Überdruss. All die vielen Einzelheiten, aber so wenig Konkretes, das ihm bei seiner Suche helfen konnte. Er kam nicht weiter. Die einzige echte Spur war Wasyl Holota. Aber dieser Mann war irgendwo weit draußen, unauffindbar in einer Wirklichkeit, die nicht so gründlich festgehalten war wie die Empfindungen dieses ukrainischen Waisenkindes; und Mazepa, der ihn suchen sollte, zögerte aus irgendeinem Grunde.

Guzman war tatsächlich unermüdlich. Von einem Ereignis mit Olha hatte Konrad schon drei verschiedene Versionen gefunden, womöglich hatte er es Arkadij noch öfter erzählen lassen.

*«Berichten Sie uns doch noch einmal, wie Olha in der Küche auf den Rücken fiel.»*

*«Ja, sie war hingefallen, rührte sich nur ganz schwach. Ich wollte ihr aufhelfen, aber da waren rissige, harte Hände, die packten mich und zogen mich von ihr weg. Ich sträubte mich, sie mussten mich ziehen. Ich bog den Hals zu ihr, wollte sie noch mal sehen, da hat sie sich*

*noch bewegt. Aber die Männer zerrten mich weg. Ich war zu schwach. Ich schrie und schrie, irgendwann sah ich vor Tränen gar nichts mehr.»*

*Arkadij steht Wasser in den Augen.*

*«Woher kamen diese Hände?»*

*«Viele Männer.»*

*«Wie viele Personen waren im Raum? Wie sahen sie aus?»*

*«Männer, viele Männer. Sie standen über uns. Einige trugen Anzüge aus grauem Filz, mit Knöpfen wie an Uniformen. Und Mützen mit einem roten Stern darauf. Die Sonne schien. Einer hatte eine runde Nickelbrille auf, ein Glas blendete mich im Sonnenlicht. Die Nachbarn standen hinter dem Lattenzaun, haben nur zugeguckt und nicht geholfen.»*

*«Die Nachbarn standen in der Küche?»*

*«Nein, hinter dem Zaun.»*

*«Also noch einmal, das Kindermädchen lag auf dem Rücken in der Küche. Und Sie versuchten, an Olha heranzukommen. Woher kamen dann plötzlich die vielen Männer? Stand die Wohnungstür offen?»*

*«Die waren da. Mein Bruder …»*

*«Was für ein Bruder?»*

*«Mein großer Bruder. Sie haben ihn weggeschubst und geschlagen. Er hat geweint. Mein großer Bruder hat sonst nie geweint.»*

*Von einem Bruder war bisher nicht die Rede gewesen.*

*«Ich sah den graugrünen Uniformstoff.»*

*«Graugrün oder grau?»*

*«Ich weiß nicht», sagt Arkadij. «Die rauen Hände scheuerten über mein Gesicht, rieben sich heiß. Meine*

*Fingernägel bohrten sich in die Haut der Männer. Einer schlug mir hart ins Gesicht.»*

*«Wer schlug Sie? Ihr Vater?»*

*Die Wirkung des Barbamil lässt nach. Arkadij ist erschöpft. Seine Gedanken scheinen immer wieder abzudriften. Vielleicht verwechselt er die Zeiten. Die Befragung wird unterbrochen.*

Bei der Stelle mit dem Schlag war Konrad selbst zusammengezuckt. Am Rand des Durchschlags eine schwer lesbare Anmerkung, vermutlich von Professor Guzman. «Auffällig übereinstimmende Schilderung in der Sitzung vom März d. J. Dort keine anderen Männer!»

Konrad blätterte zurück. Aus dem März gab es zwei weitere Berichte, keiner enthielt eine vergleichbare Beschreibung. Die Protokolle waren chronologisch geordnet, die Seiten aber nicht nummeriert. Vielleicht hatte jemand die Blätter irgendwann falsch sortiert.

Zurück im Hotel zeichnete Konrad eine neue Konstellation. Der bislang unbekannte Bruder fand seinen Platz auf einer Ebene mit Arkadij, sie mussten dieselben Eltern gehabt haben. Er musste älter gewesen sein. «Mein großer Bruder», hatte Arkadij gesagt.

Es klopfte an der Tür, und Konrad ließ rasch das Blatt verschwinden. Das Zimmermädchen stand mit einem Rollwagen da und wollte die Bar auffüllen. Konrad griff nach seinem Jackett und fuhr mit dem Fahrstuhl nach unten.

Am nächsten Morgen fand er die neueste Konstellation nicht mehr. Seine Zettel lagen sonst immer auf dem Tisch am Fenster. Er sah im Kunstlederordner mit den Gästeinformationen und Hinweisen auf Dinge, die es ohnehin nicht gab, nach, krabbelte unter den Schreibtisch, steckte den Kopf unter das Bett, zog Decke und Laken ab, wühlte im Papierkorb, ob er ihn versehentlich weggeworfen hätte. Der Zettel blieb verschwunden. Den Inhalt konnte er leicht rekonstruieren, Sorge machte ihm nur, dass jemand seine Erkenntnisse mitgenommen haben könnte. Das Zimmermädchen kam jeden Tag. Konrad hatte bisher nicht geglaubt, dass sich jemand dafür interessieren könnte. Er musste lächeln bei dem Gedanken, wie lange dieser Jemand über dem Gewirr der Pfeile, Abkürzungen und halbmathematischen Beziehungszeichen grübelte. Womöglich konnte er anhand der Unterschiede zur vorherigen Version erschließen, was mit einzelnen Bezeichnungen gemeint war.

Er blieb auf dem Zimmer und wartete, bis das Mädchen klopfte. Sie wurde rot, als er sie nach den Papieren fragte, bestritt aber, etwas gesehen zu haben. Das war schon mal gelogen, sie musste sie ja dort liegen gesehen haben. Er konnte aber weiter nichts tun, als sie bitten, ihm Bescheid zu sagen, falls die Papiere wieder auftauchen sollten. Als sie gegangen war, rekonstruierte er den letzten Stand: Während Svetlana anfangs die zentrale Figur gewesen war, begann er mittlerweile immer mit Olha. Das Kindermädchen bildete das Kraftzentrum der Familie, auch wenn es von außen gekommen und nach dem Krieg spurlos verschwunden war. Seine energetische Wirkung aber war stabil geblieben, vor allem die auf Arkadij. Olha stand also in der Mitte neben Arkadij. Die beiden wirkten – in einer Reihe unter den Adoptiveltern – wie

Geschwister. Olhas Eltern trug er der Ordnung halber ebenfalls ein, aber nur klein, denn ob sie noch lebten, war mehr als fraglich. Das Gleiche galt für Arkadijs leibliche Eltern, von denen man nicht mehr wusste, als dass sie angeblich Kulaken gewesen sein sollen. Aber das bedeutete nichts, ein ideologischer Begriff, der allein der Diffamierung diente. Als Kulak galt schon, wer ein Fahrrad oder ein Bügeleisen besaß.

So weit der engere Familienkreis. Am Rande ein Mann namens Wasyl Holota, der das gestohlene Auto angemeldet haben sollte. Mit ihm verbunden sein Opfer, für dessen Ermordung er zwei Jahre im Gefängnis gesessen hatte. Ähnlich weit vom Zentrum entfernt die völlig konturenlose und allein auf Arkadijs Mutmaßungen beruhende Gestalt, die versucht haben sollte, Jurij Solowjow umzubringen.

Seit Mazepas Bemerkungen über den «verbürgerlichten Oligarchen» mit seinen Komplexen, seinem Sadismus und seiner mörderischen Vergangenheit fühlte er sich nicht mehr sicher. Möglicherweise wusste dieser Mann schon von ihm. Vielleicht war er ganz in seiner Nähe, ohne dass Konrad etwas ahnte. Irina hatte heftig auf den Namen Holota reagiert. Was, wenn sie für ihn arbeitete? Mazepa hatte erwähnt, dass Holota sein Geld auch mit Hotelprostitution machte. Und Konrad hatte diesem Mädchen, naiv, wie er war, von seinem Auftrag erzählt!

Bislang hatte er die Tür immer nur achtlos zugezogen, nun sah er sich das Schloss genauer an. Der faustgroße Messingknauf ließ sich zweimal nach rechts drehen, so butterweich, dass es wenig Vertrauen erweckte. Von innen, stellte er fest, ließ sich die Tür auch danach noch aufziehen. Er nahm den Schlüssel und versuchte es vom Flur aus. Das Ergebnis beruhigte ihn ein wenig. Von außen ließ sich die Tür nur mit dem Schlüssel öffnen, selbst wenn sie lediglich ins Schloss gefallen war. Einen Augenblick später, als er den Knauf von innen zudrehte, klopfte es.

## Acht

«Wer ist da?»

«Jurko», klang es dumpf durch die Tür. Konrad öffnete. Für Mazepa war es kein Problem, an der Etagenfrau vorbeizugelangen.

«Hab Sie gar nicht kommen hören.» Der Teppich auf dem Korridor dämpfte gut.

«Gemütlich haben Sie's hier», sagte Mazepa. «Nicht billig, oder?»

Konrad verzog einen Mundwinkel.

«Haben Sie mit Muschter gesprochen?», fragte Mazepa. «Soweit ich verstanden habe, will er Sie von dem Fall abziehen.»

«Warum sagt er mir das nicht selbst?»

«Er meint, Sie hätten so merkwürdig reagiert. Ich soll es Ihnen noch einmal deutlich sagen.»

«Nicht nötig. Hab schon verstanden.»

«Wann reisen Sie ab?»

Konrad zuckte mit den Schultern.

«Geht mich ja auch nichts an. Aber wenn das so ist, will ich Ihnen für alle Fälle noch diese Dokumente zeigen. Wir haben zwar unterschiedliche Vorstellungen von Ermittlungsarbeit, aber Sie waren immer offen, und gegen Sie persönlich habe ich nichts. Ich will nicht, dass Sie ahnungslos in Ihr Unglück laufen. Das hier sind die Akten aus dem Mordfall.»

Mazepa nahm in einem der tiefen Sessel Platz und schlug die Akte auf. «Hier, sehen Sie, das erste Opfer. Ein Oberst der Sowjetarmee im Ruhestand.»

Das Foto zeigte einen hochgewachsenen, dunkelhaarigen Mann in Uniform mit den drei Sternen auf der Schulterklappe.

«Das erste Opfer?»

«Es gab noch einen weiteren Fall.»

«In beiden Fällen war es Holota?»

«Vorgeworfen wurde ihm nur die erste Tat. Die andere ist ungeklärt. Die erste genau genommen auch, aus den Akten geht hervor, dass Holota nach einer Wiederaufnahme des Verfahrens aus Mangel an Beweisen freigesprochen wurde.»

«Deshalb die zwei Jahre. Wo lebt er heute?»

«Gemeldet ist er in einer der feinsten Gegenden von Kiew. Große Neubauwohnung in Petschersk. Die steht aber leer, wir haben das überprüft. Abends geht dort regelmäßig das Licht an und aus, Automatik. Wo er tatsächlich lebt, wissen wir nicht.»

Konrad notierte sich die Adresse.

«Warum sollte jemand einen Offizier erschießen?»

«Wahrscheinlich Streit um Geld, um Autos, um irgendwelche Lieferungen. Der erste Offizier war einige Jahre in der DDR stationiert, in der Westgruppe der Streitkräfte. Diese Leute haben oft Autos oder andere begehrte Ware mit nach Hause gebracht. Vielleicht hatte er irgendein Geschäft mit Holota vor, und sie sind sich nicht einig geworden. Beziehungsweise dann doch.»

«Wer war das zweite Opfer?»

Mazepa reichte ihm ein Foto. «Jurij Michajlowitsch Zlotin.» Ebenfalls groß, schlank, dunkles Haar, fast siebzig Jahre alt. «Sie sehen die Parallelen: Sowjetischer Offizier, Holota, und wenn meine Hypothese stimmt, ging es in allen Fällen um Autos.»

«Gibt es ein Foto vom Täter?»

«Von Holota? Ja, sicher. Hier.»

Die typische Polizeiaufnahme. En face und en profil. Konrad nahm das Bild in die Hand und sah es sich genau an. Die Züge kamen ihm bekannt vor, er konnte aber nicht sagen, wo er diesen Mann schon einmal gesehen haben sollte.

«Ich würde mir davon gern einen Abzug machen. Schwarzweiß reicht. Nur damit ich eine Gedächtnisstütze habe.»

«Kein Problem, können Sie bei mir im Büro abholen», sagte Mazepa.

«Möchten Sie einen Wodka?», fragte Konrad. Im Aufstehen ließ er das Foto neben der Sessellehne auf den Teppich gleiten, sodass er sich notfalls mit einer Ungeschicklichkeit hätte herausreden können. Aber Mazepa bemerkte es gar nicht, er stopfte gerade seine Akten zurück in die Tasche. Konrad goss ihm ein.

«Auf Ihren Erfolg», stieß Mazepa mit ihm an.

«Auf unsere Zusammenarbeit. Und bis morgen.»

«Ich hoffe», sagte Mazepa und sah ihm in die Augen, «Ihnen ist klar, warum ich Ihnen das gezeigt habe?»

«Jedenfalls sehr freundlich von Ihnen.»

«Was ist Ihnen Ihr Leben wert? Die paar tausend Mark, die Sie für das Auto kriegen? Der Mercedes befindet sich in den Händen eines verrückten Kriminellen, der skrupellos Menschen erschießt. Sie haben keinen Auftrag mehr. Sie handeln auf eigene Faust, auf eigenes Risiko. Ich an Ihrer Stelle wäre schon längst weg aus Kiew.»

Konrad fürchtete, das Foto könnte bei Arkadij eine ähnlich heftige Reaktion auslösen wie die Nachricht vom Tod seines Vaters. Vielleicht war Holota für ihn von Bedeutung. Um weiterzukommen, musste er es ihm dennoch zeigen.

«Kennen Sie diesen Mann?»

Arkadij nahm das Foto. «Wer soll das sein?»

«Er hat mit dem Autodiebstahl zu tun.»

Arkadij schüttelte den Kopf. «Nie gesehen.»

«Möglicherweise hat dieser Mann auch versucht, Ihren Vater umzubringen.»

Arkadij betrachtete das Bild eingehend. «Irgendwie kommt er mir schon bekannt vor. Seine Gesichtszüge. Er hat ein bisschen Ähnlichkeit mit meinem Vater, finden Sie nicht?»

«Den hab ich ja leider nicht mehr kennengelernt.»

Konrad steckte das Foto wieder ein. Sie saßen eine Weile schweigend da. Arkadij hielt ihm einen Teller mit Weintrauben hin, Konrad zupfte sich eine ab und rieb sorgfältig den weißen Belag weg.

«Hat Svetlana mir hiergelassen.»

Konrad nickte.

«Sie behaupten doch immer, Sie haben so viel Spaß mit den Frauen», fing Arkadij an. «Soll ich Ihnen mal erzählen, was meine Eltern gemacht haben?»

«Lassen Sie, kann ich mir schon vorstellen.»

Arkadij errötete. «Nein, das meine ich nicht. Meine Eltern haben immer wieder versucht, mich zu verkuppeln», sprudelte er los. «Meistens hat Svetlana gekocht, am Sonntag luden wir oft ein, irgendwann dann Mädchen, Töchter von Bekannten und so. Oder wir gingen mit ihnen aus. Den Tisch im Restaurant musste man Wochen im Voraus bestellen. Vater zog seine Paradeuniform an. Es war schrecklich für mich, ich fühlte mich beobachtet, jede Bewegung und jede Bemerkung von mir wurden kritisch bewertet. Und was für banale Weiber sie da anschleppten!»

«Aber Sie haben es mitgemacht», bemerkte Konrad.

«Schon, aber mehr für meinen Vater. Ich wollte ihn nicht verletzen. Obwohl er sich fürchterlich gequält hat. Manchmal hat er mir ironisch zugeblinzelt.»

«Weil Sie beide insgeheim Olha mochten, stimmt's?», fragte Konrad.

Arkadij sah ihn verwundert an. «Wie kommen Sie darauf?»

«Haben Sie doch mal erzählt.»

«Stimmt nicht. Ihnen habe ich das nicht erzählt. Jedenfalls war einmal eine Arbeitskollegin von Svetlana da», fuhr er endlich fort. «Jünger natürlich, aber vom Typ her ähnelte sie ihr. Mit einem großen Busen. Ich hatte das Gefühl, an dieser Person zu ersticken. Sie trug eine flauschige Bluse, diese glänzende Wolle mit feinen Glitzerfäden, die damals modern war. Und immer wenn mein Blick aus Versehen dran hängenblieb, weil ich ihr nicht in die Augen schauen wollte, drückte sie die Brust noch extra heraus.»

«Wie hat sich Ihr Vater verhalten?»

«Er spielte den Gentleman.»

«Und diese Frau hat Ihnen gar nicht gefallen?»

«Ihr Gesicht war weich und rund. Sie sind jetzt lange genug hier und kennen diese Gesichter. Sie aß mit großem Appetit. Ihr Unterleib ...»

«Nein, nicht schon wieder», bat Konrad.

Arkadij stutzte. «Geht es Ihnen gut? Sie scheinen Dinge zu hören, die ich gar nicht gesagt habe. Jedenfalls merkte ich, dass Svetlana sich selbst zusammenreißen musste, um diese Frau zu ertragen. Svetlana ist da allergisch, wenn sie nicht selbst als weibliches Wesen im Mittelpunkt steht, wird sie nervös.»

«Ach ja?»

«Ja. Sie müssten sie mal mit einer anderen Frau zusammen erleben.»

Eine kurze Pause entstand.

«Die Spannung war unerträglich. Ich als Versuchskaninchen. Svetlana will mir eine Frau unterschieben, die sie selbst im Grund furchtbar findet. Dann Olhas leere Kammer. Olha ist nicht da, und doch ist sie da. Sie ist so intensiv. Der Schmerz lähmt mich. Neben mir mein Vater, ein gequälter Körper, kalt und nackt, er riecht nach Zigaretten, früher war er stark und frei, er hat da draußen im Schnee gekämpft, seit dem Krieg ist etwas in ihm zerbrochen, seit Olha weg ist, ich liebe ihn so sehr, er ist so zart, und nun muss auch er diese Schmierenkomödie mitspielen. Wir zwinkern uns zu. Ich verstehe nicht, warum er sich dazu zwingen lässt. Es tat mir so leid für ihn. Nur für Vater habe ich dieses Theater ertragen. Und Svetlana wurde immer hektischer.»

«Warum haben Sie nicht einfach zugebissen?», lachte Konrad.

«Hab ja die Tischdecke weggezogen und bin zum Fenster gerannt, habe es aufgerissen und so getan, als wollte ich rausspringen.»

«Hatten Sie denn nicht die geringste Lust auf diese Frau?»

«Ich war doch viel zu klein.»

«Klein? Wie alt waren Sie?»

«Egal. Ich war eine Witzfigur. Einfach lächerlich. Kein richtiger Mann. Nur Olha konnte einen wie mich lieben. Deshalb wurde sie ja weggejagt.»

«Weil sie Sie geliebt hat?»

«Ja», sinnierte Arkadij, und ein Lächeln trat auf sein Gesicht. «Dieser Busen. Und dann die mit warmer Butter begossene Pirogge, die sich in diesen Mund schob, weich und groß … Das war zu viel.»

«Olha hatte wohl keine Brüste?», fragte Konrad.

«Nur ganz kleine, flache», sagte Arkadij. «Sie wollte ja ein Junge sein.»

«Aber Ihr Vater, der war schon ein richtiger Mann?»

«Natürlich. Er ist nur mit der Zeit so starr geworden. Als Offizier hat er Haltung bewahrt. Aber innerlich. Ich hätte gar nicht sagen können, ob da drinnen überhaupt noch jemand war. Vielleicht ist er schon lange vor seinem Tod gestorben.»

Konrad schwieg eine Weile. «Womöglich ist er deshalb so alt geworden.»

«Glauben Sie?», sagte Arkadij. «Deshalb habe ich nichts gespürt, als er wirklich …»

Noch beim Abschied sah er Konrad erstaunt an.

«Manchmal beginne ich doch, an Sie zu glauben», sagte er. «Vielleicht können wir uns wirklich zusammentun.»

Konrad lächelte nicht einmal. Das war etwas zu viel Nähe für ihn. Er ging zu Prokoptschuk und ließ sich den Schlüssel für das Arbeitszimmer geben. Er wollte noch einmal gründlich nach Hinweisen auf diesen Mann suchen, dessen Namen jeder in Kiew kannte und von dem niemand etwas wusste.

Und er fand den Namen. In fast fiebriger Aufregung löste er die Seiten aus dem Hefter und überflog das Protokoll des Gesprächs.

*«Ein Traum, Herr Professor, ich will Ihnen einen Traum erzählen!»*

*«Tun Sie das.»*

*«Also, dort saß eine Etagenfrau.»*

*«Wo – dort?»*

*«Auf einem langen Flur. In einem großen Haus mit vielen Gängen. Die Etagenfrau passte auf, dass man nicht in die falsche Richtung lief.»*

*«Was heißt das, in die falsche Richtung?»*

*«Man durfte nur nach links», erklärte Arkadij und zeigte nach rechts. «Dort war die Toilette.»*

*«Was Sie jetzt zeigen, ist rechts», korrigiert Guzman.*

*«Nein. Ach so? Dann meine ich rechts. Links war verboten. Dort wollte ich aber hin. Dort hatte Olena ihr Zimmer, und zu ihr wollte ich. Aber die Frau hatte ihren Stuhl mitten in den Flur geschoben und saß breitbeinig da. Ich war ganz klein und trug einen Schlafanzug. Pitsch-patsch machten meine nackten Fußsohlen auf dem Boden. Ich musste an ihr vorbei. Als ich näher kam, sah ich ihr Gesicht von der Seite. Sie hatte einen dunklen*

*Flaum auf der Oberlippe und kaute Sonnenblumenkerne. Die Schalen kötelte sie in die Hand.»*

*«Köteln ist eher ein Wort für Ausscheidung.»*

*«Genau. So kam es mir vor. Sie war ein richtiges russisches Mütterchen, eine leibhaftige Matrjoschka, mit Kopftuch, das Gesicht verhärtet von den Schrecken der Geschichte, schwer und fruchtbar wie die Schwarzerde, auf der die Bauern seit Jahrhunderten ihr Gemüse züchten.»*

*«Wir haben heute unseren poetischen Tag», sagt Dr. Holota.*

Da war der Name. Konrad musste sich zusammenreißen, um aufmerksam weiterzulesen.

*Arkadij hebt die Hand. «Lassen Sie. Hartgesichtige Mütter von heldenhaften Soldaten waren das, die gefallen sich in patriotischen Klagen, wenn ihre Wankas, Aljoschkas und Grischkas im Feld geblieben sind.»*

*«Sie sollten sich nicht darüber lustig machen. Ihr Vater war auch im Krieg.»*

*«Ich weiß, er hat viele Soldaten getötet. Als ich an dem Mütterchen vorbeikam, trug ich etwas Wichtiges bei mir und fürchtete, sie würde mich kontrollieren. Tatsächlich beugte sie sich vor und streckte ihre Hand nach mir aus. ‹Warte›, sagte sie. Wie sie da vor mir saß, auf ihrem dicken Hintern! Sogar den musste sie festhalten. Der hatte es auch satt, sich von ihr kommandieren zu lassen. Dann passierte mir ein Malheur.»*

*Patient kichert, klemmt die Hände zwischen die Beine und rutscht auf dem Stuhl hin und her.*

*«Ich dachte, wenn ich nur rasch gehe, komme ich un-*

*behelligt an ihr vorbei, nur leider, leider, Herr Professor, mein Fuß. Mein Fuß blieb an ihrem Stuhlbein hängen. Ich stolperte, fiel gegen den Stuhl, spürte seinen Widerstand mit der schweren Last darauf. Mein Körper blieb irgendwie an dem Stuhlbein hängen. Da erhob sie sich, um mich festzuhalten. Ich stolpere, sie erhebt sich, alles im gleichen Augenblick, verstehen Sie?»*

*Patient richtet sich auf, stützt die Arme auf die Sitzfläche, reckt den Hals, um das Aufstehen zu veranschaulichen.*

*«Der Stuhl schwebt, alles ist in der Schwebe. Verstehen Sie? Ein phantastischer Moment. Ein Augenblick vor der Zeit. Vor der Schöpfung, möchte ich sagen.»*

*«Glauben Sie denn an die Schöpfung?», fragt Dr. Holota.*

*«Noch war nichts entschieden, alles ungeboren. Das Böse war noch nicht in der Welt. Die flauschigen Distelsamen fliegen über die trockene, staubige Steppe, auf dem das goldgelbe Sonnenlicht der letzten Stunden des Tages liegt. Der warme Septemberwind weht sie in die Ferne, bis nach Odessa. Leicht war alles, wunderbar leicht, wie im Zirkus. Aber diese Frau gab nicht auf, wie ein zappelnder Fisch. Sie hasste die Leichtigkeit, ihr Arm ruderte, suchte Halt und tastete ins Leere. Der geblümte Rock spannte sich. Ich sah dicke schwarze Haare, wie Blutegel, plattgedrückt unter der Strumpfhose. Und dann erreichte mich die Druckwelle ihres heißen Unterleibs.»*

*«Ihres Unterleibes?»*

*«Egal, Herr Professor! Reaktor oder Unterleib! Was macht das für einen Unterschied? Alles ging auf wie Hefeteig. Alles blähte sich und flog davon! Alles! Wie hätte ich,*

*als Vorbeischleichender, auseinanderhalten sollen, was noch fest und was flüssig war? Ihr Unterleib war stumpf und breit, aufgescheucht von seinem bequemen Sitz, und die Hitze dieses panischen Schoßes, muffig wie eine ungelüftete Beamtenstube, presste mich zu Boden. Sekundenlang fürchtete ich, mein Schädel könnte diese Druckwelle nicht aushalten. Jetzt, jetzt zerplatzt du, dachte ich, doch schon im nächsten Moment rappelte ich mich auf und rannte los. Mein Rückgrat, verkrümmt von den Jahren der Trauer und der hungrigen Sehnsucht, streckte sich, und meine Muskeln nahmen ihre allerletzte Kraft zusammen. Der ranzige Schweiß ihrer Wollsocken stieg mir in die Nase, das Putzmittel auf dem Linoleum. Nun war sie es, die auf dem Rücken lag. Sie lief aus. Ich war der Sieger. Ich rannte. Bloß weg hier. Geschafft! Gerade noch mal geschafft.»*

*Patient atmet heftig, lässt sich in den Stuhl fallen.*

*«Mit diesen Jahren der Trauer und der unerfüllten Sehnsucht, da übertreiben Sie ein bisschen, oder?», sagt Professor Guzman. «Wer könnte denn diese Frau gewesen sein?»*

*«Die Etagenfrau.»*

*«Aber kennen Sie denn eine Etagenfrau? Haben Sie mal in einem Hotel gewohnt?»*

*Arkadij kommt ins Grübeln. «Im Kinderheim saß so eine Frau vor unseren Schlafsälen. Ich hatte fürchterliche Angst vor ihr. Sie passte auf, dass wir nachts nicht in die falsche Richtung liefen. Das Klo lag rechts. Für alles andere gab es Schläge, und wissen Sie, wohin?»*

*«Darf ich etwas bemerken? Mir fällt auf, dass diese Etagenfrau auf dem Rücken lag.»*

*Arkadij knetet sein Kinn mit der Hand, dann sagt er: «Sie meinen, wie Olha.»*

*«Richtig. Und jetzt überlegen Sie mal. Wer hat Olha umgestoßen?»*

*«Ach so. Nein», kichert er erleichtert, «das war ich nicht. Es war ja keine Absicht, Herr Professor.»*

*«Oft ist es aber so, dass wir etwas scheinbar unabsichtlich tun, was in Wirklichkeit in unserer Absicht lag. Denken Sie bis zum nächsten Mal darüber nach.»*

Darunter eine handschriftliche Notiz Guzmans: «Reaktor und Unterleib – von beiden droht Gefahr.» Und: «Herausfinden, wer Olena war.»

«Wer ist dieser Dr. Holota?», fragte Konrad Prokoptschuk.

«Ein Psychiater. Jüngerer Kollege, Sergej Holota. Ist vor ein paar Monaten nach Donetzk gegangen.»

«Ich habe ihn nur ein einziges Mal in den Protokollen gefunden. War er an Arkadijs Behandlung beteiligt?»

«Das weiß ich nicht, damals war ich noch nicht hier.»

Konrad zeigte ihm das Foto. «Ist er das?»

«Nein. Wie kommen Sie darauf? Wer soll das sein?»

«Der Hauptverdächtige in dem Fall, in dem ich ermittle. Er heißt auch Holota. Wasyl Holota.»

«Holotas gibt es wie Sand am Meer», erklärte Prokoptschuk. «Wie der Name schon sagt: gemeines Volk. Nackt und arm.»

Am nächsten Vormittag wollte Konrad das Foto zurückbringen und sich eine Kopie machen. Er wollte Mazepa auch an die Adresse von Professor Guzman erinnern, die er dringend benötigte. Der Wachmann vor der Tür musterte ihn misstrauisch, als er mehrmals den Klingelknopf drückte. Vergeblich. Je dümmer so ein Glatzkopf, desto mehr bildet er sich ein, dachte Konrad.

Später am Tag gelang es ihm, durch den Haupteingang in das Gebäude zu schlüpfen, als gerade jemand herauskam und der Wachmann mit dem Hausmeister abseits stand und rauchte. Im ersten Stock fand er einen Zettel an Mazepas Tür:

Wegen Urlaubs geschlossen bis 1. August.

Das war merkwürdig. Der ersten Empörung folgte Unsicherheit. War sein Zeitgefühl inzwischen gestört, hatte er etwas verwechselt, eine Nachricht übersehen? Mazepa hatte doch kein Wort von Urlaub gesagt. Als Nächstes kam ihm der unglaubliche Gedanke, dass Mazepa gestern seinen Abschiedsbesuch gemacht haben könnte. Dass er sich einfach abgesetzt, das Mandat abgegeben hatte.

Zurück im Hotel ließ er sich eine Verbindung nach Köln herstellen. Die Sekretärin meldete, Muschter sei in einer Besprechung und werde zurückrufen. Ihr rheinischer Akzent klang so vertraut, dass Konrad ein paar Worte mit ihr wechselte.

«Was haben Sie für ein Wetter?»

«Ah, furchtbar. Regen und Wind», sagte die Frau. «Hochwasser auf dem Rhein. Von wegen Frühling.»

«Können Sie Herrn Muschter etwas ausrichten? Ich weiß, dass ich von dem Fall abgezogen bin», sagte Konrad. «Aber es ist wichtig.»

«Ich notiere.»

«Unser Anwalt hier, Jurko Mazepa. Er ist verschwunden. Arbeitet er noch in unserem Auftrag?»

«Das werde ich fragen.»

«Und noch etwas. Ich habe eine heiße Spur zu dem Täter. Er heißt Wasyl Holota.»

Als er das Gespräch an der Rezeption bezahlen wollte, reichte ihm das Mädchen nach einigen Versuchen die Kreditkarte zurück. Sie sei nicht mehr gültig. Konrad zahlte bar.

Am Nachmittag kündigte er Svetlana an: «Ich muss nach Deutschland zurück. Mein Geld geht zur Neige. Außerdem komme ich nicht weiter.»

Sie blickte ihn an. «Sie könnten doch hier einziehen. Das Zimmer steht leer.»

Er schaute ungläubig. «Ins Kinderzimmer, ja?»

Sie nickte. «Für die paar Tage oder Wochen, die Sie noch zur Aufklärung brauchen. Ich werde für Sie kochen.»

«Dann müssten Sie jetzt aber mal aufschließen.»

Als sie den Schlüssel ins Schloss steckte, sah sie zu ihm hoch. Dann betrat sie als Erste den Raum.

«Sehen Sie, kein Pilz. Alles sauber.» Sie drehte sich einmal um sich selbst. «Und wie es duftet. Ich habe extra diesen Reiniger gekauft. Damit Sie sich wie zu Hause fühlen.»

«Sie haben das geplant? Und Sie waren schon ohne mich im Zimmer?», fragte er.

«Natürlich, ich musste doch aufräumen. Soll ich Sie im Dreck verkommen lassen? Geplant? Nun, ich habe die Möglichkeit erwogen, ja.»

«Es ist aber höchstens für ein paar Tage», sagte Konrad.

Er sah sich um. Der Raum war hell, das Fenster ging

auf den Hof, zum Spielplatz. «Ist Arkadij eigentlich oft auf diesem Spielplatz gewesen?»

«Als er klein war, gab es den noch nicht», sagte Svetlana. «Damals standen dort Kriegsruinen. Verrußte Hauswände, leere Fensteröffnungen und dahinter der Himmel.»

Über dem großen Schreibtisch hingen Regale. Geschichtsbücher, Graf von Ségur über Napoleon und die Große Armee in Russland, historische Zeitschriften über die Schlachten des Zweiten Weltkriegs. Auf dem Tisch Werkzeuge, ein seltsames Gestell aus vernieteten Holzleisten, zwei schwere Lupen, eine Spiegelreflexkamera der Marke Zenit.

Konrad schnupperte. Nichts Abgestandenes, Muffiges. Es roch nach Reinigungsmitteln.

«Haben Sie irgendetwas an den Sachen verändert?»

«Wollen Sie nicht mal aufhören, den Detektiv zu spielen? Die Milizionäre haben damals schon alles durchwühlt und Sachen mitgenommen. Was sollte ich hier noch verändert haben?»

Sie hob das Gestell vom Schreibtisch und zeigte es ihm wie das Erotikspielzeug eines Sohnes, der nie eine richtige Frau gehabt haben soll. «Hier, sehen Sie, das ist ein Pantograph.»

Sie griff die beiden Arme des Gelenkmonstrums und führte sie zusammen. Daraufhin erweiterten sie sich zangenartig am anderen Ende. Auf den Köpfchen saßen kleine Zeichenstifte. Sie richtete die Enden des Pantographen auf sein Gesicht und ließ sie zuschnappen. «Den hat er sich selbst gebastelt.»

«Zeugt von handwerklichem Talent. Was hat er damit gemacht?»

«Am Anfang warf er doch Bilder mit dem Diaprojektor an die Wand, auf eine Karte, die dort befestigt war. Durch Drehen an der Linse oder Verschieben des Projektors konnte er den Maßstab des Dias auf der Karte verändern. Als er aus der Klinik zurückkam, war der Projektor weg. Die Miliz hatte ihn beschlagnahmt. Aber er gab nicht auf. Er kaufte sich Holzleisten, Nieten, Flügelschrauben und behalf sich mit beweglichen Winkeln. Statt Dias an die Wand zu werfen, zeichnete er die Pläne, die nicht im passenden Maßstab waren, auf Butterbrotpapier neu und legte sie übereinander.»

«Gibt es denn noch solche Karten hier?»

«Die meisten haben sie mitgenommen. Schauen Sie doch nach. Vielleicht im Schreibtisch oder unten im Schrank.»

Svetlana wusste genau, was sich noch im Zimmer befand. Konrad war sich da sicher. Sie hatte alles beseitigt, von dem sie nicht wollte, dass er es zu sehen bekam. Pornobilder. Eine Haarsträhne. Weiße Damenstiefel in der untersten Schublade eines Aktenschrankes. Derartiges würde er hier nicht mehr finden.

Eine einzige Karte des Kiewer Gebiets entdeckte er. Konrad versuchte, die Markierungen zu verstehen. Er suchte nach Hinweisen auf den Mercedes, obwohl diese Eintragungen aus einer Zeit stammen mussten, als der Wagen noch gar nicht vom Band gelaufen war.

«Wie ist die Miliz damals eigentlich auf Ihren Sohn gekommen?»

«Wollen Sie mir unterstellen, ich hätte mein eigenes Kind angezeigt?!»

«Nein, aber was haben Sie getan, als die Männer kamen, um ihn abzuholen? Haben Sie das einfach zugelassen?»

«Stundenlang haben sie alles durchsucht. Es war, als wühlten sie in meinen intimsten Dingen – in meiner Handtasche, ohne dass ich weiß, was darin ist. Das eigene Kind, da hängt man automatisch mit drin. Wenn Arkadij Böses getan hatte, betraf das auch mich. Ich fürchtete, sie könnten etwas unglaublich Schlimmes bei ihm finden.»

«Sie hatten ja wirklich blindes Vertrauen zu Ihrem Sohn. Wo war Ihr Mann zu der Zeit? Warum hat er ihn nicht in Schutz genommen?»

«Mein Mann war – ich glaube, sie sind absichtlich gekommen, als er nicht zu Hause war. Mein Mann war gerade degradiert worden. Jemand hatte ihn denunziert. Damals bekam er einen Herzinfarkt.»

«Einen Herzinfarkt? Das ist ja was Neues.»

«Hier ist Ihr Bett. Wenn Sie so weitermachen, kriegen Sie bald auch einen.»

Am Abend holte Konrad seine Sachen aus dem Hotel und übernachtete das erste Mal bei ihr.

Konrad begriff, dass seine Tage sich jetzt grundlegend ändern würden. Er konnte nicht mehr stundenlang im Bett liegen. Svetlana klopfte am Morgen an die Tür und weckte ihn. Sie akzeptierte es nicht als Arbeit, wenn er am Küchentisch über seinen Konstellationen grübelte.

«Fangen Sie auch schon an wie Arkadij!», rief sie, als sie zum ersten Mal eine seiner Zeichnungen sah. Er bemühte sich, ruhig zu bleiben.

«Das hier sind Sie!», erklärte er ihr, «in diesem Kreis. Sie stehen im Zentrum.»

«Nicht besonders gut getroffen», sagte sie geschmeichelt. Ihr trockener Humor führte ihn oft in die Irre, er lag immer haarscharf an der Grenze zur Verärgerung. Wenn er sich zu viel herausnahm, wurde sie wirklich böse. Svetlana behandelte ihn zwar manchmal wie ein Kind, duldete aber keinesfalls, dass er selbst sich wie eins aufführte. Wenn er zu lange zu Hause saß, wurde sie fuchtig und machte hektisch in der Küche herum. Egal, wie er den Stuhl stellte, immer saß er ihr im Weg. Deshalb brach er lieber nach dem Frühstück in die Stadt auf, so wie andere Männer zur Arbeit gingen. Erkundung nannte er das für sich. Er wollte Svetlana beweisen, dass er es ernst meinte mit dem Auto, dass er sich bei ihr nicht wie in einem Sanatorium einnistete. Jeden Tag ging er hinunter und eilte forschen Schrittes in die einmal eingeschlagene Richtung, die im Grunde gleichgültig war. Sobald er weit genug von ihrem Haus entfernt war, ließ er sich merklich entspannter von seinen Eindrücken treiben. Er musste zugeben, dass er jede Witterung verloren hatte. Ohne Mazepa war die Sache ziemlich aussichtslos – und in Deutschland wartete niemand mehr auf Nachrichten von ihm.

Das hieß nicht, dass das Auto nicht mehr gebraucht wurde. Es diente nun als Rechtfertigung für ihre bizarre Zweisamkeit. Svetlana, die sich zuvor immer gern darüber lustig gemacht hatte, erkundigte sich jetzt regelmäßig nach seinen Fortschritten.

Auf den Eingangsstufen eines herrschaftlichen Gebäudes mit Säulen an der Fassade lagerte eine ganze Bauernfamilie, in Lumpen und mit vollgestopften Beuteln. Konrad blieb stehen und fragte eine jüngere Frau, was sie hier suchten. Sie antwortete lebhaft und schnell, als hätte sie nur auf die Frage gewartet. Er hatte Schwierigkeiten, ihrem ukrainischen Wortschwall zu folgen. Irgendein Unrecht sei begangen worden, der Präsident müsse davon erfahren und die Sache richten. Die Frau trug ein Kopftuch, Strähnen ihres blonden Haars kamen darunter hervor. Die Augen waren von einem hellen Wasserton, das Gesicht gebräunt und ziegelrot zugleich. Man hätte die Frau schön nennen können, wäre nicht diese Härte in ihren Zügen gewesen. Aber wenn die Menschen hier schon mehrere Tage auf den kalten Steinen ausharrten, wie sie sagte, dann konnten sie nur hart sein, dann mussten sie von ihrer Sache überzeugt sein. Oder waren sie einfach nur verstockt und rechthaberisch wie die Kulaken, die damals alles Getreide für sich behielten und der Sowjetmacht nichts geben wollten?

Als er am frühen Nachmittag zu Svetlana nach Hause kam, war er vom Herumlaufen hundemüde, als hätte er den ganzen Tag schwer gearbeitet. Das Mittagessen wartete schon. Er hatte beschlossen, Svetlana nichts von der Bauernfamilie vor der Präsidialverwaltung zu erzählen, da er ahnte, was sie erwidern würde, und keine Lust auf ihre Litaneien hatte. Nach dem Essen machte sie Tee, und sie setzten die Gespräche fort, während es draußen dunkel wurde.

Inzwischen hielt er auch das Schweigen mit ihr aus. Das Beisammensein war so vertraut geworden, dass er es ertrug, minutenlang mit ihr am Tisch zu sitzen und im Tee zu rühren. Ein so großes Gewicht hatte sie für Konrad bekommen, dass er sich dem Druck der Aufklärung entziehen und einfach bei Svetlana sitzen konnte, während der Mercedes 500 SE fröhlich draußen herumsauste und Benzin verbrannte. Er musste sich manchmal zu dem Gedanken an das Auto zwingen. Weil er es noch nie zu sehen bekommen hatte, drohte es, aus seinem Kopf zu verschwinden. Svetlana goss das sprudelnde Wasser aus dem eisernen Teekessel auf die Blätter, sie wirbelten hoch und sanken langsam wieder auf den Boden des Glases und färbten das Wasser dunkelbraun.

Das Getränk wurde mit jeder Minute bitterer. Er hielt es an dem bastumwickelten Handgriff des silbern schimmernden Blechgestells mit dem ausgefrästen Blumenmuster, während er auf den Hof schaute. Auf dem Spielplatz stand eine Schaukel. Das an zwei Kordeln befestigte Kunststoffbrett schwankte, nachdem ein kleiner Junge heruntergesprungen und den anderen Kindern hinterhergerannt war. Jetzt, da Svetlana die Küche verlassen hatte, wurde ihm die Stille dieses Nachmittags bewusst, in dieser Wohnung. Sie lebte hier ohne ihr Kind und war sich dessen immer bewusst. Gerade deshalb musste die Vergangenheit dieser Familie hier noch lebendig sein. Die leiser werdenden Stimmen auf dem Spielplatz ließen ihn an die Jahre denken, als Arkadij noch ein Kind gewesen war. Er glaubte diese Zeit zu spüren wie einen Raum. Zwischen damals und heute lagen Jahre, windige, weite Jahre. Er horchte in die Stille dieses Raumes hinein, wie viel Zeit seither vergangen sein musste, und spürte, wie unsinnig diese Trennung war – dass Arkadij dort in der Klinik lag, eine halbe Autostunde entfernt, auf dem durchgeschwitzten Laken, allein mit seinen Gedanken. Guzman war in Pension, die jüngeren Ärzte nahmen ihn nicht ernst, oder vielmehr er sie nicht. Er war ein abgearbeiteter Fall, der nur noch verpflegt wurde. Ein zärtlicher Körper hätte die schlimmen Gedanken ohne weiteres von ihm nehmen können, durch bloßes Handauflegen, aber so einen Körper gab es nicht. Svetlana fuhr nur ab und zu einmal hin, um ihn mit Obst abzuspeisen.

Wie hatte sich diese Ferne zwischen den beiden auftun können? Was musste er ihr angetan haben?

Konrad merkte, dass er an Svetlana dachte wie an seine eigene Mutter. Hätte er sich damals gefreut, wenn seine Mutter einmal in der Woche Obst vor seiner Tür abgelegt hätte? Frühmorgens, noch vor dem Zeitungsboten, damit ihr nur ja niemand zufällig über den Weg lief, und ohne zu klingeln, während er in seinem Bett in Träumen lag? Ohne ihn sehen zu wollen, ihn zu berühren? Bei diesen Gedanken wurde der Schmerz wieder lebendig, in dem er so viele Jahre auf sie gewartet hatte. Dieser Schmerz war ein Wunder der Verwandlung gewesen. Man konnte sich nie an ihn gewöhnen, weil er sich immer veränderte, immer eine andere Farbe annahm. Jetzt leuchtete er für Sekunden auf, aber nicht mehr heiß und funkensprühend wie aus dem Hochofen, sondern ein kaltes Stück Stahl in seiner Brust, bläulich-lachsrot schillernd. Damals wollte er nicht glauben, dass sie einfach fortblieb, während er sie brauchte. Das musste sie doch spüren, als Mutter, auch über Hunderte von Kilometern hinweg. Seine Mutter konnte sich nicht taub stellen, der Raum zwischen ihnen nicht zerschnitten sein wie die Bauchdecke von einer Blinddarmnarbe. Was man als kleiner Junge eben alles denkt. Er war so fest davon überzeugt, dass er sich alle möglichen Gründe ausdachte, die es seiner Mutter unmöglich machten, Kontakt zu ihm aufzunehmen. Vor allem hatte er natürlich den Vater im Verdacht: Warf er die Briefe der Mutter weg, enthielt er ihm jedes Lebenszeichen von ihr vor? Erst seit dem Gespräch mit Onkel Wolfgang wusste er, was passiert war.

Wenn die Verbindung zu seinem Auftraggeber wirklich abgerissen war, dann war dies das Ende seiner alten Existenz. Ohne diese Verbindung würde er sich hier einfach auflösen, er war diesen Kräften hier nicht gewachsen, hatte ihnen nichts entgegenzusetzen, er würde in ihr Gewebe einwachsen wie ein Splitter, ein deutscher Rosendorn, der sich am Ende nur noch als Narbe abhebt. Außer Muschter wusste niemand, wo er war. Marlene kannte Muschter nicht, kannte die Firma nicht, sie hatte keinen Schimmer, wo er sich befand. Freunden hatte er nie etwas von seinem Auftraggeber erzählt. Höchstens Jacek würde sich vielleicht erinnern, dass er im Hotel Dnipro abgestiegen war. Es wäre gut gewesen, Jacek jetzt hier zu haben. Mit ihm wäre er vernünftig geblieben.

Polen. Der Gedanke an das Land tröstete ihn ein bisschen. Ohne Auftrag nach Kiew zu kommen, wäre so gewesen, als wäre er 1939 mutterseelenallein in Polen einmarschiert. Alle mal aufgepasst, hier kommt Konrad Krynitzki. Dazu noch dieser Name. Als hätte er ganz allein den berühmten Schlagbaum umgelegt, dessen Foto in den Schulbüchern abgebildet war. Und sich dann irgendwo in Ostpolen mit seinen Komplizen von der Roten Armee getroffen und am abendlichen Lagerfeuer mit ihnen darauf angestoßen, dass dieser Bastard von einer Nation endlich von der Landkarte getilgt war. Die menschliche Wärme der Russen war sprichwörtlich, sogar Onkel Wolfgang hatte das nie bestritten. Man hakt sich unter, fällt sich in die Arme. Konrad bekommt ein Gläschen mit klarem Wodka, der in der rauchigen Luft des Feuers glänzt. Sentimentale Toasts, denn Deutschland und Russland grenzen endlich wieder aneinander. Jeder Offizier gibt einen langen Trinkspruch aus. Der Wodka lässt den Kopf am Anfang ganz klar, und erst als Konrad sich zum Pinkeln ins Gebüsch schlägt, überflutet ihn eine Woge, der nichts standhalten kann. Als er zu den Kameraden zurückkehrt, schwankt er schon. Und dann wird gesungen am Lagerfeuer, irgendwo östlich von Warschau, im Park eines leerstehenden Gutshauses, dessen Möbel die Rotarmisten verfeuern, allen materiellen Dingen der Welt ihre Verachtung erweisend. Erst russische, dann deutsche Lieder. Horst Wessel und die Internationale. Waffenbrüderschaft. Auf dem Land, im würzigen Geruch des verbrannten Herbstlaubes.

Im ersten Morgengrauen, wenn die Kameraden am glimmenden Feuer eingenickt wären, würde Konrad mit schmerzendem Kopf erwachen. Jetzt, da ihr Blick nicht mehr glüht und die Mienen unschön erschlafft sind, wirken die schnarchenden Freunde fremd. Er würde allein weiterziehen in Richtung Osten. Auf Moskau zu. Sie fühlen sich zu sicher, diese Freunde. Das ist ihr Fehler. Krieg ist kein Kinderspiel.

«Woran denken Sie?» Svetlanas sanfte Stimme unterbrach seinen Traum.

«An unsere gemeinsame Geschichte», sagte er.

«Schön», sagte sie gerührt. «Ich habe eben gedacht, dass unsere Herzen einander schon sehr nahe sind.»

Sie nahm zwei Gläser aus dem Küchenschrank und schenkte vom restlichen Cognac ein.

«Wir kennen uns noch gar nicht lange. Aber ich glaube, ich habe mich nicht in Ihnen geirrt.»

Auf ihrem Gesicht lag ein so seliger Ausdruck, dass Konrad sich schämte.

«Was bedeutet uns heute noch der Osten?», hörte er Onkel Wolfgang mit frischer Stimme sagen. In diesem Augenblick kam es ihm ebenso unwirklich wie grauenhaft vor, dass der Onkel tatsächlich nicht mehr am Leben sein sollte. «Lebensraum brauchen wir nicht mehr. Für wen denn? Wir sterben ja langsam aus. Guck dich an, du hast ja auch keine Kinder.» Und du schon gar nicht, dachte Konrad. «Wenn ich das heute immer lese – Transformation, Marktwirtschaft, Demokratie. Zuckerwatte! Von Eroberung spricht man nicht mehr. Aber niemand kann mir weismachen, dass es nicht genau darum geht. Damals haben wir uns einfach klarer ausgedrückt. Wir wollten den Osten, wollten in diesen Raum eindringen. Diese ungeheure Weite hat uns angezogen. Die geheuchelte Hilfsbereitschaft und das Demokratiegetue von heute sind doch nur verhüllte, höfliche Versuche, den Fuß in die Tür zu bekommen. Heute ist alles in den Händen des Kapitals. Und das Kapital will Märkte, Kaufkraft für seine Produkte, die es hier nicht mehr absetzen kann.»

Und dann wieder der Satz, den Onkel Wolfgang mehr als einmal gesagt hatte: «Niemand will die Dinge heute beim Namen nennen.»

Svetlana war zur Toilette gegangen, in diesen schmalen Raum gleich neben der Wohnungstür. Darin gab es eine nur mit einer Eisenstange zu öffnende, auf den Hof gehende Fensterluke, und den klobigen Wasserkasten, in dem der Vater damals vielleicht seine Mauser versteckt hatte, eine massive Kette hing daran, an der man sich ohne weiteres hätte erhängen können. Der weiße Porzellangriff der Spülung lag in der Hand wie ein kalter, steifer Penis. Als sie wieder in die Küche trat, verharrte sie für einen Moment auf der Schwelle, wie um sich zu vergewissern, dass sich nichts verändert hatte. Und er sah, sie hatte sich geschminkt.

Der Schimmer auf ihren Lippen ließ den Rest ihres Gesichts grauer wirken. Den feinen Flaum über der Oberlippe sah man nur im Gegenlicht. Sie lachte, und ein Netz von Falten spannte sich um die Mundwinkel auf.

Svetlana kam an den Tisch, setzte sich aber nicht gleich, sondern blieb ein paar Sekunden hinter seinem Stuhl stehen, ein paar Sekunden zu lange. Er saß reglos da mit dem Gefühl, ein flauschiges Raubtier nähere sich seinem Nacken. Seit Onkel Wolfgang die Hand an seinen Hals geschlagen hatte wie auf eine aufgeplatzte Wunde, war er besonders empfindlich. Er rechnete damit, dass sie ihm gleich eine Hand auf die Schulter legen würde, spürte diese Hand schon, deutlicher, als wenn sie ihn wirklich berührt hätte; sie tat es nicht. Er roch das Neue an ihr. War es nur der frische Lippenstift? Oder die Seife, mit der sie sich die Hände gewaschen hatte? Ein dezentes Parfüm? Er kannte ein paar dieser osteuropäischen Düfte, nur deren Namen konnte er nie behalten. «Warszawianka»? «Magie noire»? Nein, es war Kölnischwasser.

Er hatte sich die Flasche im Bad genau angesehen. Marlene hatte ihrer Tante kürzlich eine gekauft, das Etikett auf der Flasche hier war anders, ein anderer, schon vergilbter Grünton. Das Papier war an den Rändern abgeblättert, aufgeweicht, eingerissen. Die Flasche musste sehr alt sein, es war nur noch ein winziger Rest darin.

Er durfte nicht wegrücken von diesem Leib, diesem

Bauch, der nicht schlaff war, sondern geduldig hinter dem Gürtel ihres Rocks wartete. Sähe er sie einmal nackt, würde ihre Haut vermutlich in weichen, faltigen Ringen herabhängen, die von den Jahren zeugten, in denen sie mehr Gewicht gehabt hatte als heute. Gewicht im doppelten Sinne, weil dieser Bauch damals künftiges Leben in sich geborgen hatte. Jahre, in denen dieser Bauch vielleicht sogar einmal kugelrund geworden war. Er wusste das nicht. Sie erzählte ihm nicht alles. Nicht wegrücken, nein, im Gegenteil, die millimeterweise Annäherung erlauben. Er drehte seinen Kopf nicht weg, er brauchte nur leicht gegen die Anziehungskraft dieses Bauches zu halten.

«Möchten Sie noch einen Tee?», fragte Svetlana.

Er reichte ihr die Tasse.

«Vielleicht kommen Sie so vom Bier weg. Drei leere Dosen habe ich in Ihrem Zimmer gefunden.»

«Wenn Sie bei mir herumschnüffeln, ziehe ich hier aus.»

«Aber es ist nicht gesund.»

«Immer noch besser als Ihr Cognac.»

«Nein, eben nicht. Bier enthält zu viele weibliche Hormone. Das macht Sie auf Dauer unmännlich.»

Sie mussten beide lachen.

«Ich habe mir wirklich Sorgen gemacht. Sie waren so nervös. Hoffentlich erholen Sie sich ein bisschen bei mir. Ich wusste von Anfang an, dass Arkadij Sie verrückt machen würde. Sie ruhen sich jetzt erst einmal eine Zeitlang aus, dann sehen wir weiter.»

Am Abend saßen sie auf der Couch und sahen den zuckenden Farbstreifen des alten Fernsehers Marke Raduga zu, die nach dem Einschalten minutenlang brauchten, bis sie ein Bild ergaben.

Einmal begegnete er ihr nachts auf dem Flur und hörte am genuschelten Gutenachtwunsch, dass sie nicht mehr viele Zähne hatte. Da erschrak er, wie alt sie war.

Konrad war im tiefsten Inneren dieser Familie angekommen. Ein abgerissener Köder, auf den Grund des Dnjepr gesunken. Niemand erwartete mehr von ihm, dass er das Auto fand. Vielleicht einzig und allein der Muschter, der in seinen Gedanken hin und wieder noch aufflackerte. Sie hatten ihn abgeschrieben, das war klar. Mit gesundem Menschenverstand betrachtet, musste ihnen sein Verhalten absurd erscheinen. Er konnte ihnen nichts erklären. Seine Stärke musste sich jetzt darin beweisen, dass er in dieser albtraumhaften, nicht zuletzt für ihn selbst beschämenden Situation einen kühlen Kopf bewahrte und sein Ziel nicht aus den Augen verlor.

Eines Tages, wenn er triumphierend, oder auch einfach nur lebend, nach Deutschland zurückkäme, würde er mit Muschter in eine Kneipe am Rhein gehen und ihm bei einem Kölsch die ganze Geschichte erklären. Aber als er sich Muschters erleichtertes Lächeln vorstellen wollte, sah er nur noch eine schwarze Fläche.

## Neun

Nachdem er während des Wochenendes in der düsteren Wohnung am Lemberger Platz immer trübsinniger wurde, war es am Montag jetzt fast eine Erlösung, zu Arkadij zu fahren. Hinaus ans Sonnenlicht.

Der Patient lebte bei seinem Besuch auf. Er war geradezu ungehalten, weil Konrad später kam als bisher.

«Entschuldigen Sie», sagte Konrad. «Svetlana wollte mir unbedingt noch die Werkzeuge in Ihrem Zimmer zeigen. Diesen Pantographen. Erinnern Sie sich? Sie konnte mir nicht richtig erklären, was Sie damit angestellt haben. Vielleicht tut sie auch nur so. Wollen Sie mir nicht sagen, was Sie damit gemacht haben?»

«Interessiert Sie das denn?» Er schien sich aufrichtig zu freuen. «Setzen Sie sich erst mal. Also, wozu Landkarten im Allgemeinen dienen, wissen Sie, ja?»

Konrad nickte lächelnd.

«Man kann damit Orte finden.»

«Aber warum haben Sie die Karten übereinandergelegt?»

«Um auf einen Blick zu sehen, welcher Ort fehlt.»

«Aber warum soll einer fehlen?»

«Weil ich ... weil keine Karte der Welt vollständig ist. Auf jeder fehlt irgendetwas. Wenn man nur eine Karte hat, verfügt man nur über eine Ansicht der Welt und kann gar nicht feststellen, was fehlt. Weil es ja nicht da ist. Gucken Sie mal aus dem Fenster und sagen mir, was dort fehlt.»

«Mir ist schon klar, wie Sie es meinen. Aber was draußen fehlt, das sind vielleicht wir: Es ist so schön heute, lassen Sie uns doch einen Spaziergang machen», schlug Konrad vor. Dr. Prokoptschuk entließ sie aus der geschlossenen Station, sie gingen in den Park.

«Ich habe viel Zeit verloren, weil ich nicht wusste, wo ich suchen sollte», sagte Arkadij.

«Aber was Sie suchten, wussten Sie schon?»

Er blickte ihn erstaunt an. «Natürlich. Was denken Sie?»

«Olha?»

«Genau.»

«So weit kann ich folgen. Aber warum muss es ein Ort sein, der nicht eingezeichnet ist?»

«Weil ich ihn sonst längst gefunden hätte.»

«Verstehe ich nicht.»

«Olha hat mir einmal gesagt, woher sie kam. Der Name ist mir entfallen, das heißt, ich habe ihn irgendwo im Kopf, aber er will nicht raus. Professor Guzman sagt, ich habe diesen Namen aus einem bestimmten Grund vergessen, und mit dem Grund würde mir auch der Name wieder einfallen. Aber ich weiß beides bis heute nicht. Also habe ich mir alle Ortsnamen nördlich von Kiew herausgeschrieben, habe sie wie auf einer Kette aufgefädelt und bin sie mit dem Finger auf der Karte abgefahren. Ich hab sie alphabetisch geordnet, der Länge nach, nach Ähnlichkeit. Aber den einen Namen habe ich nie gefunden.

Deshalb muss es ein Dorf sein, das nicht auf der Landkarte steht. Das Zimmer des Golem.»

«Gibt es denn solche Orte, die nicht auf der Karte stehen?»

«Sicher. Allein die militärisch bedeutsamen Punkte, die auf den meisten Karten weggelassen werden. Und dann sind im Laufe des letzten Jahrhunderts viele Orte vom Erdboden verschwunden. Dörfer, die im Krieg von den Deutschen ausgelöscht wurden. Sobald sie irgendwo Partisanen vermuteten, haben sie Geiseln erschossen und das ganze Dorf niedergebrannt. Oder kleine Flecken, in denen in den dreißiger Jahren die meisten Einwohner verhungert sind, und die anderen sind weggegangen. Ich bin in Dörfern gewesen, die nur noch anhand grasüberwucherter Grundmauern zu erkennen waren.»

«Ich verstehe allmählich.»

«In der Theorie hört sich das alles einfach an. Aber dazu kamen die objektiven Schwierigkeiten. Wissen Sie, was das ist? So hieß das im historischen Materialismus. Wenn draußen der Trolleybus vorbeiruckelte oder ein Laster über das Kopfsteinpflaster fuhr, erbebte das alte Haus in seinen Fundamenten. In unserem Wohnzimmer klirrten die Gläser im Schrank. Der Tisch mit dem Diaprojektor zitterte, und das Bild verrutschte. So kam ich zu falschen Schlüssen. Ich bildete mir ein, da stimme etwas nicht überein, ich hätte etwas Fehlendes entdeckt. In der Nachbarwohnung, hinter der dünnen Pappmachéwand, hörte ich die Stimme von Jaroslaw, der ständig betrunken war.»

«Hat Svetlana denn gewusst, wonach Sie suchten?»

«Nein. Aber einen Menschen, der so viel zu verbergen hat wie sie, macht jede Suche nervös. Sie hat mich wahnsinnig gemacht, hat nie angeklopft, hat meinen Zimmerschlüssel versteckt, damit ich nicht abschließen konnte. Sie platzte immer ins Zimmer und tat, als hätte sie etwas verlegt, ‹ach, Entschuldigung, Arkadij, hab ganz vergessen …›. Ich könnte sie heute noch beißen. Ich bekam Herzklopfen, und wenn sie auf den Dielen trampelte oder, noch schlimmer, gegen den Tisch stieß, wackelte der Projektor auf dem Bücherstapel. Das Bild an der Wand verrutschte, und ich dachte, jetzt habe ich es entdeckt! Ich wurde euphorisch, und wenn sie dann wieder draußen war und ich alles zurechtrückte, kam die Enttäuschung.»

«Dr. Prokoptschuk sagte, Sie hätten nach dem Punkt des größten Bösen gesucht.»

Arkadij schmunzelte. «Ach. Das haben Sie sich gemerkt?»

Er wurde nachdenklich. Geschwächt von den paar Schritten durch den Park wies er auf die nächste Bank.

«Ja, das habe ich gesagt», fuhr er nach einer kurzen Verschnaufpause fort. «Aber das ist aus der Anfangszeit, der naiven Phase. Kurz nach Tschernobyl. Ich besorgte mir Karten von den Napoleonischen Kriegen, vom Zweiten Weltkrieg, Pläne über die Verteilung der Radioaktivität. Die habe ich übereinandergelegt. Jetzt fällt es mir wieder ein, mein Gott, wie leicht man vergisst. Damals suchte ich nach Übereinstimmungen. Ich wollte aus dem schmutzigen Brei der Karten etwas Deutliches und Klares gewinnen. Wenn ich das Bild auf der Wand um winzige Millimeter verschob, ergab sich manchmal ein Zeichen. Ich erkannte, dass an einem sogenannten Hot

Spot mit starker Plutonium-Verseuchung manchmal auch ein Scharmützel irgendeiner Nachhut Napoleons oder ein Sondergruppeneinsatz der Deutschen stattgefunden hatte. Ich glaubte damals, je mehr Böses sich an einem Ort ansammelt, desto wahrscheinlicher ist es, dass Olha in der Nähe ist.»

«Warum das ausgerechnet?»

«Weil sie nie dorthin zurückwollte, sie wollte bei mir bleiben. Sie wollte nicht dort leben, wo ihre Eltern verhungert waren. Svetlana hat sie weggeschickt. Aber irgendwann ahnte ich, dass sie mich auf den Arm nahmen.»

«Wer tat das?»

«Die Kartenmacher. Ich hatte den Verdacht, sie legen gefälschte Karten aus wie Köder. Ich dachte wirklich, sie kleben falsche Karten in die Enzyklopädien. Ich hab ja manchmal eine herausgerissen, in den Bibliotheken. Immer wenn alles zu gut übereinstimmte, wurde ich traurig. Sie spielen mit dir, dachte ich. Wenn sich alles deckte und übereinstimmte, gab es keinen Erkenntnisgewinn. Wissen Sie, warum der Jagdhund im Zickzack läuft, wenn er eine Spur aufgenommen hat? Weil sein Geruchssinn erlahmt, wenn er keine Abweichung mehr wahrnimmt. Die Hundenase ist auf Veränderung angewiesen. Als ich begriffen hatte, dass ich gegen die Kartenfälscher nicht ankomme, gab ich auf. Ich blieb im Bett liegen, ich hatte das Gefühl, zwischen mir und der Welt steht etwas.»

«Was?»

«Eine durchsichtige Mauer.»

Der Vergleich berührte Konrad aus irgendeinem Grund.

«Ich weiß nicht, wie lange ich so im Bett gelegen habe.

Ich verlor jedes Zeitgefühl. Irgendwann – aber wann war das? – wurde es mir klar: Das wollen sie doch nur, dachte ich. Deshalb haben sie dir die Karten untergeschoben. Wenn du das alles mit dir geschehen lässt, dann wird dein Leben überwuchert, du erstickst in Übereinstimmungen. Du mühst dich damit ab und stellst am Ende immer nur fest, dass alles zusammenpasst, ein Ort auf den anderen. Dass alles sich ähnelt. Das ist das Schlimmste. Die Gleichheit ist der Tod. Und wer bleibt am Ende auf der Strecke?»

Konrad drehte den Kopf zu ihm.

«Du selbst», triumphierte Arkadij. «Ich habe zum Beispiel irgendwann nicht mehr gewusst, was ich all die Jahre über getan habe. Nach dem Krieg, meine ich.»

Ach.

«Als ich das begriffen hatte, wollte ich wieder raus. Ich hatte einen schalen Geschmack auf der Zunge, wie nach einem langen Fieber. Ich war nur noch Haut und Knochen. Ich stand auf, bemühte mich, einen normalen Eindruck zu machen – ich weiß ja inzwischen, was sie hier für normal halten –, ich musste nur ganz viel mit Professor Guzman reden, dann wurde ich entlassen. Zu Hause fing ich meine Untersuchungen wieder von vorne an, diesmal mit einer anderen Strategie. Jetzt suchte ich nach Unterschieden, nicht mehr nach Übereinstimmungen. Es war mühsam, und die meisten Karten hatten sie mir weggenommen.»

«Wer?»

«Ich weiß es nicht. Svetlana oder die Miliz. Ich wusste, dass ich eine Richtung brauche. Das war sonnenklar, erst wenn auf einer Karte ein Ort eingezeichnet ist, der auf der anderen fehlt, entsteht eine Richtung. Osmose. Eine Sogwirkung. Verstehen Sie?»

«Theoretisch schon. Ich weiß nur nicht, ob es ... Ich meine, wie ich das auf die Wirklichkeit übertragen soll.»

«Sie drücken sich immer so gequält aus. Ich würde Ihnen gern helfen.»

«Wobei?»

«Klarer zu sehen. Passen Sie auf. Olha lebt in einem Dorf im Norden von Kiew, das auf keiner Karte mehr eingezeichnet ist.»

«Woher wollen Sie das so genau wissen?»

«Ich *will* es nicht wissen», rief Arkadij laut. «Ich *weiß* es. Sie hat doch immer davon gesprochen.»

Jetzt sah Konrad das Mädchen mit den kurzen Haaren. Es war bei seinem Gang um die Grünanlage stehen geblieben und blickte aus einiger Entfernung zu ihnen her. Im ersten Moment drehte Konrad sein Gesicht weg, um sie nicht wieder zu erschrecken. Aber sie kam langsam näher, und als sie an ihrer Bank vorbeiging, sah sie ihn sogar direkt an. Ihre Züge waren entspannter, das Gesicht weicher. Sie lächelte nicht, sie schaute nur aufmerksam. Arkadij war mit einem kleinen Zweig beschäftigt, den er von der Hecke neben der Bank abgerissen hatte. Nachdem sie weg war, sagte Konrad:

«Aber, darf ich Sie einmal etwas fragen?»

«Ja, bitte.»

«Diese Olha ist nun aus Ihrem Leben verschwunden, seit Sie sechzehn waren, richtig?»

Arkadij nickte ungeduldig, als ahnte er schon, worauf das hinauslief.

«Fast ein halbes Jahrhundert. Es ist ja schön, dass Sie

solche Erinnerungen haben, an ein Mädchen, das … Mir will nur nicht in den Kopf, warum Sie immer noch an diese eine Frau denken, diese einzige Frau! Hat es danach keine andere in Ihrem Leben gegeben? Entschuldigen Sie, ich will nicht indiskret sein, mich geht das ja nichts an. Mich interessiert nur der Grund für diese Ausschließlichkeit. Rein theoretisch, gewissermaßen. Hat Ihnen nie eine andere Frau gefallen? Waren Sie nie wieder verliebt?»

«Sie wollen sagen, ich bin verrückt?»

«Nein», beschwichtigte Konrad, «aber das ist ungewöhnlich. Oder einmalig. Im Grunde ja wunderbar, so eine große Liebe wünscht sich jeder.»

«Habe ich was von Liebe gesagt?»

Schneidend scharf. Er sagte das so laut, dass das Mädchen sich umdrehte. Doch, hast du, dachte Konrad und erinnerte sich, dass dieses Wort mehrmals in den Protokollen vorgekommen war.

«Manchmal machen Sie mir Angst. Wenn Sie so simpel denken, verstehen Sie womöglich auch andere Dinge zu wörtlich. Rauben Sie mir jetzt nicht die letzten Illusionen. Ich zerbreche mir hier seit Wochen den Kopf darüber, was Sie in Wirklichkeit meinen, und dann stellt sich heraus, Sie meinen alles wörtlich.»

«Nein. Vielleicht nur klarer.»

«Sie brauchen sich nicht zu rechtfertigen», sagte Arkadij. «Ich wollte Ihnen kein Unrecht tun, ich glaube an Sie. Bei mir ist da einfach eine Lücke. Oder wie immer Sie das nennen wollen.»

«Eine leere Stelle», erklärte er leiser und sah ihm forschend ins Gesicht.

Konrad schwieg.

«Jahre. Jahrzehnte. Ohne Erinnerung. Die will ich schließen.»

«Sie wollen diese Lücke rückwirkend schließen?»

Arkadij sah ihn wieder misstrauisch an. «Ich will herausfinden, wo sie die ganze Zeit war. Ich will anknüpfen an damals. Die leere Zeit danach überwinden.»

«Also doch wieder Olha.»

«Olha ist ein Symbol, so wie Ihr Auto.»

«Mein Auto ...», Konrad brach ab. Es hatte keinen Zweck.

«Ja?», fragte Arkadij sehr sanft. «Wollen Sie mir nicht endlich sagen, was mit Ihrem Auto ist?»

Fast verlegen schüttelte Konrad den Kopf.

«Ihr Sohn hat mir erklärt, was er mit diesen Landkarten bezweckt», verkündete Konrad bei Svetlana freudig und verschwieg alles, was ihn an diesem Gespräch irritiert und bedrückt hatte.

«Sie waren also doch wieder bei ihm?», rief sie.

«Natürlich. Er sucht ganz einfach nach Olha.»

«O mein Gott!»

«Und er kann das sehr gut erklären. Das ist eine ganz rationale Angelegenheit. Nichts Verrücktes.»

«Ganz rational, dass man so lange in der Vergangenheit herumwühlt? Da lässt sich doch nichts ändern. Warum kann er sich nicht endlich damit abfinden? Was will er denn noch? Er ist so schwach. Haben Sie mal seine Beine gesehen? Er hat nie Sport getrieben. Ich kochte und kochte, und er hat fast nichts gegessen. Sein Ende war beinahe schon abzusehen.»

Das sagt eine Sechsundachtzigjährige.

«Ich flickte ihm manchmal einen Pullover, weil ich hoffte, irgendwann könnte sich eine Frau für ihn interessieren.»

«Aber Arkadij ist …»

«Bedenken Sie, er war damals schon Mitte fünfzig. Ein Mann in fortgeschrittenem Alter, mit strähnigem, grauem Haar, hager und krumm, immer nur an seinem Schreibtisch, über all den Landkarten und diesen furchtbaren Geräten, die aussahen wie Verlängerungen seiner Gliedmaßen. Im silbrigen Licht des Diaprojektors standen die Haare auf seinen dürren Unterarmen ab. Wenn ich mich in sein Zimmer verirrte, hob er nur stumm den Kopf, ein einziger Vorwurf. Wie ich diesen Blick hasste! Man durfte kaum auftreten, schon die geringste Erschütterung brachte den Aufbau durcheinander. Manchmal hab ich ihn selbst gehasst, manchmal hab ich gedacht: Nun stirb doch endlich! Tu, was du vor fünfzig Jahren hättest tun sollen, in deinem ukrainischen Dorf, mit deinem sturen Bauernweib von Mutter, so geizig und hartherzig, dass sie den sowjetischen Arbeitern, die in ihrem Schweiß den Sozialismus aufbauten, das Brot verweigerte. Am Ende ist sie selbst an ihrem Brot erstickt. Fressen wollen diese Bauersfrauen, sonst nichts. Sehen Sie sich doch diese Marktweiber an, wie sie stumpfsinnig vor ihrem Zeug hocken und sich mechanisch eine Rosine nach der anderen ins Maul schieben, einen Sonnenblumenkern nach dem anderen! Dreckig, schmierig, selbstzufrieden. So sind die vom Land. Das ist es, womit wir es zu tun hatten. Diese Rückständigkeit. Wir wollten den Fortschritt, wir wollten alles klar und menschlich machen, unter Kontrolle bringen, das Tierische im Menschen besiegen.»

«Aber Arkadij ist kein Tier!», empörte sich Konrad. «Er ist vielleicht unbeholfen und denkt um drei Ecken, aber er ist sehr feinsinnig.»

«Sie sind ja regelrecht in ihn vernarrt. Nein. Er hat das alles geerbt. Jede Erziehung ist vergeblich, wenn die Gene dagegenarbeiten. Wozu habe ich ihn damals nur aufgenommen?»

«Sie übertreiben.»

«Vielleicht war es die Sprache.»

«Wie?»

«Ich weiß, dass sie Ukrainisch mit ihm gesprochen hat», sagte Svetlana fast böse. «Sobald wir aus dem Haus waren. Manchmal rutschte ihr eine Wendung oder ein Wort heraus. Sie hatte sowieso nichts im Griff, geschweige sich selbst. Sie wissen, wie leichtsinnig und dumm diese Dinger vom Land sind.» Den letzten Satz sagte Svetlana mit bitterem Nachdruck.

«Warum wollten Sie denn nicht, dass Olha mit Ihrem Sohn Ukrainisch spricht?»

«Na, hören Sie. Er sollte eine Weltsprache lernen, nicht diesen primitiven Bauerndialekt. Ich weiß, Sie sind wie üblich anderer Meinung.»

«Aber die Sprachen sind doch eng verwandt», wandte Konrad ein.

«Das ist ja gerade das Problem. Wenn es etwas ganz anderes wäre, halb so schlimm. Aber Kleinrussisch klingt zwar so ähnlich wie Russisch, nur versteht man trotzdem nichts. Und viele Wörter bedeuten etwas ganz anderes. Kleinrussisch liegt im Niemandsland. Eine Weder-noch-Sprache ohne eigene Kultur, für die sie sich eigentlich schämen sollten.»

«Schämen?»

«Ja, für ihre Unentschiedenheit. Die Ukrainer wissen doch selbst nicht, was sie wollen. Die kyrillische Schrift haben sie von uns, sprechen tun sie wie die Polen. Und trotzdem haben sie bei erstbester Gelegenheit reihenweise Polen niedergemetzelt, dort in Wolhynien. Grausam abgeschlachtet mit dem Messer. Ist Ihnen das bekannt? So etwas lernt man bei Ihnen bestimmt nicht in der Schule. Das meine ich mit Hinterlist.»

Svetlana wurde nachdenklich.

«Aber zärtlich konnte sie sein. Lieb war sie. Wenn sie ihn im Arm hielt und an sich drückte, dann flüsterte sie immer ‹No ty muj chloptschyk› – ‹na, mein kleiner Junge›. Oder sie sagte ‹Sonetschko moje›, meine kleine Sonne. Sie weckte ihn aus dem Mittagsschlaf mit ‹sonjko ty›, alte Schlafmütze. Er war wie Wachs in ihren Armen. Die ukrainischen Worte machten ihn völlig wehrlos und ließen ihn erschaudern. Und ich stand in der Tür und sah zu.»

«Sonetschko», sprach Konrad nach. «Schönes Wort.»

«Ja. Sprechen Sie das ein paarmal hintereinander aus. Dann merken Sie, es ist schon fast ein Lied.»

Konrad tat es, Svetlana sah ihn gerührt an.

«In solchen Momenten tat ich, als wäre ich nicht verletzt, ich schenkte den beiden ein Lächeln und ging weiter, in die Küche, irgendwohin. Ich merkte ja, dass sie viel besser mit ihm umgehen konnte als ich.»

«Sie können Ihre Gefühle ganz gut verstecken, stimmt's?», sagte Konrad.

«Anders hätte ich das nie überlebt. Wenn ich ihn an meine Brüste drückte, bekam er immer Erstickungsanfälle und wollte sich losreißen.»

«Ja, das sagten Sie», unterbrach Konrad sie, weil er fürchtete, sie würde wieder mit diesen Geschichten anfangen.

«Aber sie ... Er war vorher so steif und ängstlich gewesen. Jetzt wurde er weich. Nach dem Krieg hat er sich sogar ein paar ukrainische Bücher besorgt und wollte die Sprache lernen.»

«Was für Bücher?»

«Keine Ahnung. Ich liebe die Literatur und wollte ihn heranführen. Olha hatte gar keinen Sinn dafür. Wissen Sie, ich glaube, sie konnte nicht richtig lesen. Ich hatte ihm noch Kinderbücher vorgelesen. Als Olha kam, wollte er nicht mehr zuhören. Ich hatte den Ehrgeiz, dass er ein großer Wissenschaftler wird, der in einer Weltsprache publiziert. In einer Sprache, die einem keine Schande macht. Deshalb habe ich ihn später auch ermuntert, programmieren zu lernen. Damals war die Sowjetunion führend auf dem Gebiet der Großrechner, wussten Sie das? Wir waren weiter als die Amerikaner. Aber irgendein Dummkopf hat entschieden, dass wir unser Modell aufgeben und uns dem IBM unterwerfen.»

«Und Arkadij?»

«Der lauschte Olhas kleinrussischen Ammenmärchen. Das ist bestimmt ein Grund für seine krankhafte Phantasie. Die meisten Geschichten hat sie sich selbst ausgedacht. Ich lag auf der Couch oder im Schlafzimmer und las still für mich, hörte mit einem Ohr zu, damit sie ihn nicht ganz verdarb.»

«Was haben Sie gelesen?»

«‹Anna Karenina› las ich damals, zum Beispiel. Später war da keine Frau mehr, die ihm die Hand auf die Schultern legen und ihn beruhigen konnte. Keine Kinder, die ihn ablenkten. Immer nur er allein mit diesen Büchern und Landkarten. Und dieser Gedankenwolke.»

«Und Sie?»

«Was, ich?»

«Haben Sie Ihrem Sohn manchmal die Hand auf die Schulter gelegt?»

Sie schüttelte empört den Kopf. «Er war doch Berührung gar nicht mehr gewöhnt. Er zuckte schon zusammen, wenn ich ihn im Flur aus Versehen angestoßen habe. Er wusste nie, wie man mit einer Frau umgeht.» Sie beugte sich über den Tisch und flüsterte: «Ich glaube, er hat nie eine gehabt.»

«Sind Sie sicher?»

«Na ja, vielleicht draußen, ohne dass wir es mitbekommen haben.» Sie biss sich auf die Lippen. «Verstehen Sie doch, wie das damals war. Diese Ruhe in Arkadijs Zimmer war eine tickende Bombe. Schlimmer, als wenn wirklich etwas passierte. Jedes Geräusch war besser als diese Stille.»

«Das wollte ich Sie schon die ganze Zeit fragen. Woher haben Sie eigentlich die Kuckucksuhr?»

«Ein Geschenk.»

«Aus Deutschland?»

Sie neigte lächelnd den Kopf. «Was glauben Sie?»

«Weiß ich doch nicht. Von wem ist sie?»

«Sie müssen nicht alles wissen.»

Konrad überkam eine blitzartige Wut. «Doch, das muss ich wohl», rief er, «wenn ich herausfinden will, wo das Auto ist, muss ich alles wissen. Alles!» Er stampfte mit dem Fuß auf.

Svetlana schaute ihn erschrocken an. «Nun reißen Sie sich aber mal zusammen!»

«Gut, ich pfeif auf Ihre Kuckucksuhr.» Konrad war der Anfall gleich selbst unangenehm. «Erzählen Sie weiter.»

«Jetzt haben Sie mich durcheinandergebracht. Dass Sie auch so unbeherrscht sind. Wo war ich? Ach ja. Die Stille, das war das Schlimmste. Wir mussten jederzeit damit rechnen, dass er herausgestürmt kommt, mit gepacktem Rucksack. Wie einmal, da hatte er den nicht zugeschnallt, irgendetwas baumelte, wie bei einem Clochard. Jurij ist ihm nachgerannt und hat ihm den Rucksack zugeknöpft. Sollten wir jedes Mal die Miliz benachrichtigen? Er war schließlich volljährig.» Sie atmete tief ein, die Erinnerung hatte sie mitgenommen. «Wenn er dann endlich weg war, haben Jurij und ich aufgeatmet. Wir sahen uns nur wortlos an, jeder ging weiter seiner Beschäftigung nach. Mein Mann hat Modellkriegsschiffe der Sowjetmarine gebaut. Ihm hat das alles sehr zugesetzt, er hat Arkadij sehr geliebt. Auch wenn es nicht sein leiblicher Sohn war. Das ist mir erst in den letzten Jahren richtig klargeworden.»

Sie machte eine Pause.

«Vielleicht hat er sich doch immer ein eigenes Kind gewünscht.»

«Was hat sie gesagt?», fragte Arkadij später.

«Wer?»

«Svetlana. Sie haben doch mit ihr gesprochen?»

Konrad zögerte.

«Geben Sie es zu. Ihre Sprache verändert sich dann immer. Sie ist wie ein Schwamm. Ich spüre sogar, ob Sie gerade erst bei ihr waren oder ob es länger her ist.»

«Stimmt», gab er wie unbeteiligt zu, «ab und zu unterhalte ich mich mit Ihrer Mutter. Das wissen Sie doch.»

«Wann werden wir etwas unternehmen?»

«Was?»

«Sie sagten, wir beide würden herausfinden, was passiert ist.»

«Warten Sie. Darf ich Ihnen eine Frage stellen?»

Arkadij nickte gnädig.

«Waren Sie schon einmal ganz nah dran?»

Arkadij sah ihn schräg an, als witterte er Ungläubigkeit in der Frage. «An Olha, meinen Sie? Einmal, ja. Ich war seit zwei Jahren unterwegs und hatte fast nichts gegessen.»

«Zwei Jahre lang?»

Arkadij guckte verunsichert, korrigierte sich dann: «Tage, oder? Na gut, dann Tage. Ich fuhr mit dem Bus. Dieses Mal hatte ich Sachen angezogen und war nicht im Schlafanzug, es war ziemlich kalt. Der ungeheizte Kasten war bis auf den letzten Platz besetzt, im Mittelgang drängten sich Kolchosbäuerinnen oder Arbeiterinnen, die aus der Fabrik kamen. Alle wollten aufs Land. Und ich mittendrin, eingezwängt zwischen diesen Frauen mit ihren ledernen Gesichtern. In der Enge wurde mir angenehm schwindlig, aber zum Umfallen war gar kein Platz, ich roch ihren Schweiß, ich schnupperte, ob er mich an Olha erinnerte, aber da waren zu viele Gerüche. Und ich, der kleine Arkadij, der kein Mann war, plötzlich unter all diesen Frauen. Mit jedem Atemzug ließ ich mich ganz auf ihre körperliche Anwesenheit ein.»

Konrad bereute seine Frage. Als hätte er zufällig einen Hebel umgelegt, war Arkadij in diesen selbstgefälligen dichterischen Stil verfallen, aus dem er so schwer herauszureißen war. Man musste ihn ausreden lassen, auch wenn er sich um Logik einen Teufel scherte. In diesem Moment hatte Konrad Verständnis für Svetlana. So undurchschaubar und narzisstisch die alte Frau war, ihr Kopf war doch sehr klar. So einen Sohn hätte sie nur ertragen können, wenn sie ihn wie ihren eigenen liebte.

«Ich mied den Blickkontakt», sagte Arkadij, «starrte wie abwesend vor mich hin, ich durfte ja nicht auffallen, aber komischerweise, haben Sie das mal beobachtet, sieht man bestimmte Dinge gerade dann schneller, wenn man nicht genau hinguckt. So gern hätte ich mich fallen lassen, wäre aufgegangen in der atmenden, dampfenden Menge, aber kurz bevor ich einschlief, durchzuckte mich die unbestimmte Angst, sie könnten sich auf mich stürzen, mich vergewaltigen, töten, mich aus dem Bus werfen. Man hätte mich erst nach Wochen gefunden, wenn überhaupt je. Wahrscheinlich wäre mein Körper verschwunden.»

«So wie der von Olha?»

Arkadij sah ihn, aus seiner Rede gerissen, nur einen Augenblick lang misstrauisch an.

«Als mir dann dieser Rauch in die Nase kam, bin ich spontan ausgestiegen. Der Bus hielt an einer Dorfstraße. Es war Winteranfang. Draußen lag Raureif, und aus den Schornsteinen drang der Qualm von verbranntem, zu feuchtem Holz, wie von einer Räucherei, einer Metzgerei. Ein Duft nach Selchfleisch, nach den allergrößten Delikatessen, und zugleich so vertrauenswürdig, dass ich mich dem einfach hingeben wollte. Heute kann ich das nicht erklären, aber damals wusste ich sofort, dass ich auf der richtigen Spur war. Weidenholz? Pappeln? Der saure Geruch der Pappeln, die an der Straße lagen. Nicht das Astgewürm, das der Sturm im Herbst herabreißt, diese dürren, knubbligen Teile, sondern dicke, lange Stämme. Die ganze Dorfstraße war gesäumt von frisch gefällten Pappeln. Die Stämme lagen da, die Armen, sie trieben im Tod noch grüne Blätter. Eine Frau kam mir entgegen und erzählte mir, dass die Wurzeln der Bäume sich unter die Häuser graben und den Seelen der Menschen schaden. Ich war erschrocken. Man sagt ja, die bäuerliche Bevölkerung sei unverdorben und gesund. Von wegen. Statt sich wegen der radioaktiven Strahlung zu sorgen, fürchteten sie Gespenster. Pappeln. Schlimm, dass Olha wieder unter solchen Menschen leben muss, dachte ich. Sie tat mir unendlich leid. Ich sah sie dort in einem Käfig aus Weidenruten sitzen, am Rande des Dorfes. Einmal am Tag wurde sie gefüttert. Ihr Rücken war ganz krumm geworden, der Käfig war viel zu klein. Alles zur Strafe dafür, dass sie mit mir …»

Er schluckte.

«Was? Was hat Olha getan?»

«Sie wissen es doch längst. Jetzt war ihr Rückgrat verbogen. Sie war für immer verkrüppelt. Als junges Mädchen war sie so groß und gerade gewesen. Es wollte mir das Herz zerreißen.»

«Sie kam Ihnen so groß vor, weil Sie ein Kind waren. Svetlana sagt, sie sei klein gewesen. Aber warum sollte jemand eine Frau in einen Käfig sperren? Das war ein Albtraum.»

«Wer will das unterscheiden?»

«Sie haben also wieder nichts gefunden.»

«Nein. Ich war so aufgeregt, ich wurde fast wahnsinnig. Ich fragte überall herum. Ich schlich auf Höfe, schaute hinter die Scheunen, Kettenhunde sprangen mich an, ich dachte wirklich, sie könnte irgendwo eingesperrt sein.»

«Also wieder der falsche Ort?»

«Haarscharf daneben. Der Geruch war ganz nah dran. Sie hätte dort sein können.»

«Und wie hieß dieser Ort, der so nah dran war?»

«Fedorivka.»

Konrad konnte keinen klaren Gedanken mehr fassen. Das alles war so sinnlich und detailliert – und nicht im mindesten eine Antwort auf seine Frage.

«Weiter oben im Norden, Richtung Weißrussland, findet man Überbleibsel der Roten Armee und der Wehrmacht», fuhr Arkadij fort. «Erkennungsmarken, Patronenhülsen, Granaten, grün überschimmelte Löffel steckten in der Erde. Und dann, in der Nähe der Pripjat-Sümpfe, entdeckte ich diesen großen, schimmernden Laufkäfer. Es war später Nachmittag. Ich war völlig erschöpft. Schon seit Stunden kein Motorengeräusch, keine menschliche Stimme mehr. Vielleicht lief ich schon durch die evakuierte Zone. Das Sonnenlicht fiel durch die Baumwipfel und brach sich im Laub. Hier gab es noch unberührtes Gebiet. So etwas wie Natur, einen Quell der Kraft, noch nicht von Menschen verdorben. Ich hockte mich ins Moos, legte mein stoppeliges Kinn an die weichen grünen Flechten auf einem umgestürzten Baumstamm und betrachtete selig diese kleine Welt zu meinen Füßen. Tautropfen hingen an Gräsern und Farnen wie vollgesogene Zecken, in ihnen blitzte das Sonnenlicht.

Ich begann zu träumen. Und dann dieses Rascheln, kaum hörbar, gerade so, als striche man mit einem Zweig die scharfen Ränder der Grashalme entlang. Aber ich wusste sofort, dort bewegt sich etwas. Es stakste auf dem Moos auf mich zu. Ein Carabus ullrichi. Kennen Sie sich mit Käfern aus?»

Konrad schüttelte den Kopf.

«Die rechte Flügeldecke war geknickt und nach außen gewellt, die linke dadurch abgehoben. Ich war auf diesen Moment vorbereitet. Ich hatte Fotos und Zeichnungen von mutierten Lebewesen studiert. Ihre kleinen, manchmal ganz unauffälligen Veränderungen. Hier vermutete ich ja auch den Punkt des Bösen, ich war auf einiges gefasst, aber dass ausgerechnet ein Käfer es verkörpern sollte, war ein Schock.»

«Haben Sie öfter Mitleid mit Tieren?»

Arkadij stutzte. «Wir müssen noch einmal dorthin. Bringen Sie mir das nächste Mal bitte Landkarten mit!»

«Was für welche?»

«Das Umland, die Gegend nördlich von Kiew. Einige müssen noch in meinem Zimmer liegen. Vielleicht kriegen Sie Svetlana dazu, Sie dort reinzulassen. Und kaufen Sie mir alles, was Sie in den Buchhandlungen finden.»

Konrad versprach es.

Arkadij weitete seine magere Brust und atmete tief ein.

Auf den flachen Stufen der großen Kirche, an der Konrad am anderen Tag vorbeikam, hockten an diesem sonnigen Mittag die Bettler. Männer mit Krücken oder amputierten Beinen, vor allem aber alte Weiblein. Der Gesang der Gläubigen drang durch die geöffnete Kirchentür, offenbar war Gottesdienst. Immer mehr Menschen kamen, sie trugen grüne Stiele mit langen Blättern. Konrad wagte sich ebenfalls hinein, spürte die warme Nähe der Menschen und blieb schließlich nicht weit vom Eingang stehen. Die Kirche war völlig überfüllt. Immer neue Menschen drängten nach. Als ihm bei dem Gesang das Wasser in die Augen stieg – nicht weil er gerührt gewesen wäre, sondern weil er überhaupt dazu neigte –, sah er durch den Tränenschleier nur noch ein phantastisches Großgemälde aus goldenen Verzierungen, Heiligengemälden, den bunten Lichtflecken, die durch die bemalten Kirchenfenster ins Gebäude fielen, und den hundertfachen grünen Tupfern. Die Priester hielten Birkenzweige und Blumen. Der Gesang wollte nicht enden, vergeblich wartete er auf eine Predigt, wie er sie aus den westlichen Kirchen kannte. Ein Sänger nach dem anderen stimmte sein Lied an.

Als er verstanden hatte, dass es noch lange so weitergehen würde, bahnte er sich mühsam den Weg nach draußen. Im engen Durchgang stieß er aus Versehen eine jener alten Frauen an, die mit demütig gesenktem Kopf dort standen. Er streifte sie nur leicht an der Schulter. Doch die Alte, ein schmales, kindsgroßes Wesen, warf ihm, als er sich entschuldigte, einen so bösen, missgünstigen Blick zu, dass er es mit der Angst zu tun bekam. Einen Moment später auf der Treppe empfand er sogar die ausgestreckten Hände der Bettlerinnen als Bedrohung.

Als er Svetlanas Wohnung erreichte, sah Konrad etwas von diesem bissigen alten Weib an ihr, es breitete sich wie ein Schatten über Svetlana. Er wehrte sich gegen diese Ähnlichkeit.

«Hatte Ihr Mann eigentlich eine kirchliche Bestattung?», fragte er beim Essen. «Ich meine, gab es einen Priester?»

«Sie fragen, weil heute Pfingsten ist? Natürlich war ein Priester dabei, aber Jurij war Atheist, und ich hatte darum gebeten, die Feier möglichst weltlich zu gestalten. Wir waren keine Anhänger von diesem kirchlichen Firlefanz. Die Kommunisten hatten eine Vorbildfunktion. Heute ist das zwar wieder groß im Aufwind, aber ich sage Ihnen ...»

«Svetlana, ich habe hier ein Foto von einem Mann. Können Sie sich das einmal ansehen und mir sagen, ob dieser Mann auf der Beerdigung war?»

«Nein. Ist das ein Verbrecher?»

«Kennen Sie ihn?»

«Nie gesehen. Ich dachte nur, weil er diese Nummer vor der Brust trägt. Wer ist das?»

«Wasyl Holota», sagte Konrad. Diesmal konnte er keine besondere Reaktion bei Svetlana erkennen.

«Haben Sie nicht neulich schon nach dem gefragt? Er hat ein bisschen Ähnlichkeit mit Jurij, als er jung war.»

«Aber Ihr Mann ist es nicht?»

«Unsinn. Den würde ich wohl erkennen.»

«Ich gehe einkaufen», kündigte Svetlana am nächsten Morgen an. «Möchten Sie etwas Besonderes essen heute, soll ich etwas mitbringen?»

«Nein, vielen Dank», sagte Konrad, der das erste Mal allein in der Wohnung sein würde.

Er blieb einige Minuten in der Küche sitzen. Er hatte Svetlana schon ein paarmal beim Abwasch helfen wollen, sie hatte empört abgewehrt. «In Russland macht die Frau den Haushalt. Sie bleiben sitzen!»

Drei Kinder spielten unter dem diesigen Himmel. Konrad stand auf und trat ans Fenster. Eine Weile schaute er hinaus. Dann wandte er sich zum Flur. Es war bedrückend dunkel in dieser Wohnung. Links herrschte Finsternis, die Tür zum Wohnzimmer war geschlossen. Durch das Milchglas der Kinderzimmertür fiel ein gelbgrauer Schimmer. Das Schlafzimmer der Eltern und Olhas schmale Kammer lagen am Ende, ebenfalls geschlossen. In so einer Wohnung aufzuwachsen, unter solchen Umständen, das war psychisch nicht gerade gesund, dachte Konrad. Die gegenüberliegende Flurseite war die Grenze zu jener Wohnung, in der die Nachbarn lebten. Dahinter hörte er manchmal Stimmen, dumpf und entstellt, nicht laut genug, dass man etwas verstehen konnte. Konrad schaltete die Deckenlampe nicht ein, sondern öffnete die Tür zum hellen Wohnzimmer. Eine Couch und zwei Sessel an einem niedrigen Tisch. Vom Stil und Alter her hätte es noch dieselbe Couch sein können, auf der Arkadij in kurzen Hosen gelegen und seiner Olha beim Bügeln zugesehen hatte. Wahrscheinlich aber hatte Svetlana in der Chruschtschow-Zeit eine neue angeschafft. Auf einem Tischchen in der Ecke der klotzige Fernsehapparat. Konrad setzte sich auf die Couch und ließ den Blick durch das Zimmer schweifen. Er hielt die Nase an die dicke Armlehne und schnupperte. Dann ließ er den Kopf zur Seite fallen, als säße Olha dort. Nach einer Weile stand er auf und trat an den großen, dunklen Schrank. Im Mittelteil standen zwei filigrane Modellschiffe, ein Zweimaster und ein flaches Kriegsschiff mit Geschützen. An ihnen vorbei blickte Konrad in einen Spiegel und erschrak über sein blasses Gesicht, es kam ihm vor wie das eines Fremden. Die Schlüssel der Schranktüren steckten. Er horchte ein paar Sekunden in den Flur, in Richtung Treppenhaus. Dann öffnete er die linke Seite. Weinkrüge, Schnapsgläser mit dem Aufdruck von Kurorten, Georgien, Schwarzmeer, Sochumi, Kleinkram, Untersetzer. Er griff nach hinten in die Tiefe des Faches. Ein Stapel Papiere. Sonst nichts. In der rechten Schrankseite fand er hinter Servietten mehrere Briefumschläge, mit rotem Geschenkband verschnürt. Der Knoten saß fest, und die Briefe ließen sich nicht herausziehen, er musste die Schlaufe mit dem Fingernagel öffnen.

Den fahrigen Handschriften nach zu urteilen, waren die meisten Absender ältere Menschen. Unbekannte Namen. Er zögerte, einen Brief aus dem Umschlag zu nehmen, weniger aus Anstand denn aus Furcht, sie nicht schnell genug zurücklegen zu können, sollte sich der Schlüssel in der Wohnungstür drehen.

Tanten, Verwandte, Glückwünsche zum Hochzeitstag. Eine Karte mit der aufgeklebten Zahl 35, mit Goldflitter.

Dann ein Umschlag mit dem Absender Leonid Guzman. Dr. Leonid Guzman, der Psychiater, der Arkadij seit 1986 behandelt hatte. Mazepa hatte es nicht geschafft oder nicht gewollt, ihm zu sagen, ob er noch lebte und wo er wohnte. Das Datum über der Briefmarke war nicht zu entziffern. Auf der Rückseite stand handschriftlich die Absenderadresse: Kiew, vul. Peremohy 8.

«Sehr geehrte Svetlana Kirillowna,

für die Behandlung Ihres Sohnes Arkadij am 19. Juni 1989 erlaube ich mir, den untenstehenden Betrag in Rechnung zu stellen ...»

Erste Anfänge einer privatwirtschaftlichen Praxis.

Er hörte etwas an der Wohnungstür, schob den Brief rasch in den Umschlag und legte den Stapel ins Fach zurück. Das rote Band schlang er einfach herum.

# Zehn

Ein alter Toyota, grün schimmernd wie ein Rosenkäfer, mit unauffälligen Rostflecken, folgte ihm langsam in die Einfahrt, als er den Hof des Hauses in der Peremohy überquerte. Er trat zur Seite, um den Wagen vorbeizulassen. Bewohner des Hauses, Nachbarn oder auch Wohnungslose hatten es sich auf der Mauer bequem gemacht, die den schmuddeligen Hof von einem glänzenden Neubau abgrenzte. Sie sonnten sich, redeten und tranken. An den Hauseingängen waren keine Namensschilder, nur die bekannten Tableaus mit den Knöpfchen. Die Tür zur Nr. 8 war nur angelehnt, er brauchte weder zu klingeln noch den Code einzugeben. Beim Eintreten sah er noch, wie der Toyota weiterfuhr.

Auf sein Läuten an der Wohnung öffnete zunächst niemand. Er hörte aber ein Rascheln hinter der Tür, die mit Kunstleder gepolstert und mit messinggoldenen Nietnägeln beschlagen war. Zwei Schlösser vermittelten einen Eindruck von Sicherheit.

Er klingelte noch mal.

«Herr Professor Guzman!», sagte er ziemlich laut. «Krynitzki ist mein Name. Ich habe nur eine Frage.»

Im Schloss drehte es sich, dann ging die Tür ein Stück weit auf. Ein alter, grauhaariger Mann erschien im

Spalt hinter der Kette, gebeugt, mit großen, leicht Basedow'schen Augen.

«Ich heiße Konrad Krynitzki. Ich forsche nach einem Fall aus der Pawlowka-Klinik.»

«Ich arbeite schon lange nicht mehr in der Pawlowka», antwortete Guzman.

«Ich weiß. Aber ich brauche dringend Ihren Rat. Es geht um Arkadij Solowjow.»

Die Kette wurde zurückgezogen, die Tür ging auf.

«Kommen Sie rein.»

Guzman ging im dunklen Flur voran und führte Konrad ins Wohnzimmer. Es roch nach Chloroform oder Desinfektionsmitteln, wie in einer Arztpraxis.

«Wie geht es ihm denn, unserem Arkadij Jurjewitsch?», fragte er.

«Besser, in letzter Zeit besser», sagte Konrad.

Die Tür zum überdachten Balkon stand offen. Durch die Holzverschalung konnte man den Verkehr auf der Peremohy hören. Die Hitze drang in das Zimmer. Konrad setzte sich. Als Guzman in die Küche ging, um Wasser aufzusetzen, hörte Konrad zum ersten Mal das Rasseln. Wie eine Waschmaschinentrommel, die sich schleichend dreht und das Wasser rhythmisch plätschern lässt.

«Meine Frau», erklärte Guzman. «Sie liegt im Sterben. Ich hoffe, es stört Sie nicht.»

Konrad schüttelte erschrocken den Kopf.

«Ich kann die Schlafzimmertür nicht schließen. Wenn sie mich nicht hört, wird sie unruhig. Am besten ist es, ich laufe in der Wohnung herum und rede mit mir selbst. Irgendwas, sie muss nur meine Stimme hören. Als alter Mann hat man ja auch viel mit sich zu bereden.»

Konrad nickte. «Man sagte mir in der Klinik, Sie hätten Arkadij Solowjow in den achtziger Jahren behandelt. Ich habe die Krankengeschichte studiert und hätte einige Fragen an Sie.»

«Ich erinnere mich gut. Ein sehr sensibler Mann. Der Patient hat mich bis ins Privatleben beschäftigt. Einer jener Fälle, die man am Feierabend nicht einfach ablegen kann. Deshalb habe ich auch veranlasst, dass die Sitzungen auf Tonband aufgenommen werden.»

«Existieren diese Bänder noch?»

«Das vermute ich.»

«Was hat Sie denn so an Arkadij fasziniert?»

«Dass er so vieles in seinem Schicksal vereinte: Kind einer Kulakenfamilie, die dem sowjetischen Terror zum Opfer gefallen war, und dann seine persönliche Geschichte, die abwesende Mutter, seine Liebe zum Kindermädchen. Diese hauchdünne Grenze zwischen überschäumender Phantasie und klinischer Diagnose. Ohne die schweren Depressionen hätte man ihn nie aufgenommen.»

«Der aktuelle Arzt, Dr. Prokoptschuk, kennt den Fall nicht besonders gut. Er behandelt ihn erst seit einem Jahr.»

«Wir hatten damals eine vorzügliche Ärztin, die abends die Tonbandprotokolle mit nach Hause genommen und abgetippt hat, weil sie den Fall so faszinierend fand.»

«Dr. Medwedjewa?»

«Ja. Die Protokolle sollten Sie als Allererstes lesen.»

«Das tue ich gerade.»

«Ich hatte damals vor, einen Forschungsbericht zu schreiben, und habe mir die Durchschläge mit nach Hause genommen. Leider bin ich nie dazu gekommen.

Der Alltag, die Arbeit, das Geld, Sie wissen schon. Was wollen Sie von mir wissen?»

«Mich interessiert vor allem diese Phobie vor Frauen und Käfern, die verstehe ich nicht. Die Deutungen in der Krankengeschichte sind sehr spärlich.»

«Sie haben recht, das ist ein zentraler Punkt. Irgendwann ist mir klargeworden, dass diese Angstvorstellung von der Frau, die auf dem Rücken liegt, ein reales Vorbild haben muss, ein traumatisches Kindheitserlebnis. Erinnern Sie sich an die Küchenszene mit dem Kindermädchen? Da gibt es Unstimmigkeiten. Meine Kollegen gingen darüber hinweg. Sie haben dem keine Aufmerksamkeit geschenkt. Oder wollten es nicht sehen.»

«War Dr. Holota damals schon an der Klinik?»

«Wer?»

«Ein Arzt aus der Männerpsychiatrie.»

«An den Namen kann ich mich nicht erinnern. Also, die Kollegen sagten, ein geistig Verwirrter bringe eben manches durcheinander. Arkadij sah Etagenfrauen, die er umgestoßen haben wollte. Dann wiederum Männer und grüne Uniformstoffe. Das wunderte niemanden. Ich aber fragte mich, wie grün uniformierte Männer in die Küche gekommen sein sollen. Mir wurde klar, dass sich da etwas überlagert haben muss. Ich überlegte, wie seine eigene Mutter gestorben sein könnte. Wenn er mit drei Jahren zur Waise wurde, dann muss das 1932 oder 1933 gewesen sein. Das war die Zeit des Holodomor. Damals wurden aufsässige Bauern, nicht nur in der Ukraine, vom Sowjetregime umgebracht – durch organisierte oder tolerierte Hungersnot.»

«Davon steht nichts in den Akten.»

«Natürlich nicht. In den achtziger Jahren war das Thema unerwünscht. Ich habe es einige Male ins Gespräch gebracht, aber niemand ging darauf ein. Irgendwo habe ich handschriftlich etwas dazu in den Protokollen vermerkt. Das müssten Sie dort finden. Dass Arkadijs Geschichte damit zusammenhängt, war ja auch nur eine Annahme, mehr nicht. Zu der Zeit hat man offiziell nicht über den Holodomor gesprochen.»

«Und heute?»

«Heute können Sie über alles sprechen. Es hilft nur nichts», lachte Guzman. «Die Zeitungen dürfen alles schreiben, es ändert sich trotzdem nichts. Aber im Ernst: Wie wollen Sie in so ferner Vergangenheit noch ermitteln? Es gibt fast keine Zeugen mehr.»

«Ich habe eine alte Krankenschwester getroffen. Sie erinnert sich noch daran, wie Arkadij zum ersten Mal in die Klinik kam.»

«Mein Gott, Schwester Halyna. Die ist immer noch da? Sie hat Arkadij sehr gemocht. Aber sie weiß natürlich auch nicht, was er während der Hungersnot erlebt hat. Dokumente gibt es keine mehr, sogar die Geburtsurkunden der Opfer wurden nach Moskau geschafft, niemand hatte je Zugang zu ihnen. Offiziell gelten die Toten als verschollen. Selbst wenn wir die Namen von Arkadijs Mutter oder Vater in Erfahrung bringen würden, könnten wir nichts beweisen.»

«Er wusste ja bis vor kurzem noch nicht mal, dass er ein Adoptivkind ist.»

«Auch richtig. Geahnt hat er es aber seit langem.»

«Deshalb nennt er Svetlana immer bei ihrem Namen oder Tante.»

«Wir haben das erst falsch gedeutet. Schizophrene verlieren oft das Gespür für verwandtschaftliche Nähe und bezeichnen Mutter und Vater als Tante oder Onkel. Sie bilden sich ein, dass ihre Eltern nicht die leiblichen Eltern sind. Erst auf diese Vermutung hin haben wir die Solowjows eingehend befragt und das mit der Adoption herausbekommen. Aber Arkadij ist nicht schizophren. Seine Psychose wurde durch traumatische Erlebnisse in der Kindheit und Jugend verursacht.»

«Aber diese Erlebnisse sind ziemlich unbestimmt.»

«Richtig. Wissen tun wir gar nichts, das ist so bei der Analyse der frühen Kindheit. Genau wie mit dem Missbrauchsverdacht, das war bei Ihnen im Westen doch groß im Gespräch.»

«Sie meinen Alice Miller.»

«Ja, genau, und als alle Welt über ihre Theorie sprach, wollte plötzlich jeder ein Missbrauchsopfer sein. Die Menschen reden sich solche Dinge gerne ein. Wenn man als Kind missbraucht worden ist, hat man eine Erklärung für all den Mist, den man im Leben macht. Opfer sein bietet einen gewissen moralischen Komfort. Deshalb will ja heute auch jeder Jude sein.» Er lächelte.

«Und wenn man Arkadij einfach fragt?»

«Da werden Sie nicht weit kommen. Die Erinnerung an dieses frühe Alter ist sehr verschwommen oder ganz weg. Bei ihm haben sich außerdem zwei Frauengestalten übereinandergeschoben, sogar ineinander, seine leibliche Mutter und das Kindermädchen. Er wird sie gar nicht mehr unterscheiden können. Nach seiner Mutter kamen andere, ähnliche. Im Kinderheim eine junge Betreuerin namens Olena, als er vier oder fünf war. Später die Schwester Ksenija in unserer Klinik. Alles schlanke Frauen mit jungenhafter Figur und schmalen Hüften.»

«Die Schwester kenne ich nicht.»

«Sie ist auch nicht mehr da.»

«Die Geschichte mit der verhungerten Mutter ist also nicht sicher?»

«Nichts ist sicher, aber alles spricht dafür, dass es tatsächlich so war. Erstens – der Vater Solowjow hat ihn aus einem Waisenhaus in Kiew geholt. Dort haben sie gesagt, Arkadij sei ganz allein und halb verhungert auf einer Dorfstraße im Süden aufgefunden worden. Arkadijs Erinnerungen deuten darauf hin, dass er beim Tod seiner Mutter dabei war, und noch ein paar andere Personen. Theoretisch wäre es auch möglich, dass seine Mutter ihn einfach in einem Vorort von Kiew auf der Straße abgelegt hat, in der Hoffnung, jemand findet ihn und nimmt sich seiner an. Sie selbst könnte auf die Krim abgewandert sein oder sonst wohin, wo es noch etwas zu essen gab. Solche Schicksale gab es hunderttausendfach. Drei Millionen Menschen sind bei dieser Hungersnot gestorben.

Ich glaube das aber nicht, denn wenn die Mutter ihn einfach abgelegt hat, woher kommt dann seine obsessive Erinnerung, wie sie auf dem Boden liegt? Dabei rastete er immer aus. Als ob ihm gelegentlich eingefallen ist, dass er als kleiner Junge seine Mutter hatte liegen lassen, sie hatte sterben lassen, dass er nicht für sie gekämpft hatte. Da wurde er wild.»

«Aber kann es nicht sein, dass er diese Geschichten nur gehört hat?»

«Das kann man ausschließen. Das erste Mal trat so ein Panikanfall bei einer Erinnerung an Olha auf, wie sie in der Küche auf dem Rücken lag. Er tobte, wir mussten ihn festschnallen. Später fiel es milder aus, meist morgens, kurz nach dem Aufwachen. Für mich waren diese Anfälle sehr wertvoll, weil sie unabhängig vom späteren Wissen über seine Mutter etwas über seine Kindheit verrieten. In diesen Anfällen sind die Erinnerungen auf ganz elementare, geradezu körperliche Weise präsent. Ein klares Bild auf der Netzhaut. Das Bild einer hilflosen, auf dem Rücken liegenden Frau. Die Erinnerung wird direkt in Angst umgesetzt, in Adrenalin, was weiß ich. Der Kopf kommt gar nicht dazu, das Bild zu verarbeiten. Mag sein, dass er später einiges über die Hungersnot gelesen hat, vielleicht hat ihm auch Olha was erzählt. Aber Erzähltes wirkt niemals so stark. Er muss es selbst erlebt haben. Der Anblick seiner verhungerten Mutter hat sich in sein Gehirn eingebrannt, und in all den Jahren haben sich andere Bilder darübergelegt.»

«Darübergelegt», sagte Konrad. «Das erinnert mich an seine Obsession mit den Landkarten. Er hat diese Karten übereinandergelegt, angeblich um Olha zu suchen, aber er ahnte, dass sich noch etwas anderes dahinter verbirgt.»

«Warten Sie, das sind Spekulationen. Bleiben wir noch bei den Tatsachen. Mit drei Jahren kam er in ein Kinderheim. Mit fünf wurde er von den Solowjows adoptiert. In diesen Jahren hatte er die schlimmen Erlebnisse alle verdrängt. Dann, in seiner Pubertät, kam dieses Kindermädchen. Und nun beachten Sie diese frappierende Ähnlichkeit. Die eigene Mutter, im gleichen Alter wie Olha, knochendürr, mit dem vom Hunger angeschwollenen Bauch, liegt sterbend auf dem Rücken. Ihre Haut knistert wie Pergamentpapier, bewegt sich, als würden kleine

Insekten darunter herumlaufen. So hat er es gesagt. Ein paar Jahre später kippt Olha in der Küche um. Nach einem lautstarken Streit mit Svetlana oder Jurij, jemand hat sie geschlagen, vielleicht ist sie auch einfach auf den Fliesen ausgerutscht.»

«Linoleum», korrigierte Konrad.

«Bitte?»

«In der Küche liegt Linoleum.»

«Ach, Sie waren dort? Jedenfalls liegt sie auf dem Rücken, ebenfalls mit einem dicken Bauch. Aber sie hat kein Hungerödem, sondern ist tatsächlich schwanger, und zwar schon eine ganze Weile.»

«Was? Olha war schwanger?» Konrad schnappte nach Luft.

«Ja, wussten Sie das nicht? Deshalb musste sie doch gehen. Arkadij hat es angedeutet, in den Protokollen. Er hat sich sogar eingebildet, er könnte der Vater sein.»

«Das habe ich nicht gefunden», sagte Konrad. «Vielleicht hat jemand die Stellen herausgenommen. Ihre Toilette ist neben der Küche, ja?»

In dem fensterlosen Raum war zwischen Waschmaschine und Badewanne gerade genug Platz, um vor der Kloschüssel zu stehen, es war feucht und roch nach Schimmel. Auf der Waschmaschine lagen ein Haufen Einwegspritzen, Medikamentenschachteln und Verbandszeug. Er klatschte sich kaltes Wasser ins Gesicht, um wieder klar zu werden.

«Alles in Ordnung?» Guzman hatte ihm ein Glas Tee hingestellt.

«Von wem?», fragte Konrad. «Von wem war Olha schwanger?»

«Weiß ich nicht. Warum regt es Sie so auf?»

«Weil da draußen ein Mensch herumläuft, den ich noch nicht kenne.»

Guzman lächelte. «Von der Sorte gibt es ein paar Milliarden.»

«Aber nicht in diesem Zusammenhang, mit dieser Familie. Ich ahne langsam, welche Rolle dieses Kind spielen könnte.»

«Langsam, langsam. Wir wissen ja gar nichts darüber, nicht einmal, ob es überlebt hat.»

«Könnte Arkadij der Vater sein?»

«Das ist so wahrscheinlich wie seine Vorstellung, er hätte die Explosion in Tschernobyl ausgelöst. Ein Depressiver fühlt sich schuldig am Sündenfall der ganzen Menschheit.»

«Aber möglich ist es doch schon?»

«Er war sechzehn, na ja, möglich ist es, nur extrem unwahrscheinlich. Arkadij wäre heute ein anderer, wenn er das damals zustande gebracht hätte. Ich vermute eher, es war der Vater, Jurij Solowjow. Das wäre auch ein Grund mehr, warum sie gehen musste.»

«Wer könnte das wissen?»

«Am Ende nur Olha selbst. Ich bezweifle, dass Svetlana Ihnen die Wahrheit sagen wird. Sie dürfte ihrem Mann das nicht so leicht verziehen haben. Andererseits war sie sicher froh.»

«Worüber sollte sie in der Lage froh sein?»

«Sie hatte ihn damit doch in der Hand. Eine gute Basis für lebenslange subtile Erpressung. Eine Scheidung hätte seine Karriere zerstört.» Guzman lachte.

«Also gibt es ein Kind», sagte Konrad. Er zog im Geiste

schon die kräftige Linie von Olha zu dieser neuen Figur, von der er nichts gewusst hatte.

«Darf ich noch kurz zu Ende erzählen? Oder interessiert es Sie nicht mehr?»

«Doch, sehr, ich bitte Sie.»

«Arkadij stand also vor diesem Mädchen, das genauso dalag wie einst seine Mutter. Eine zweite Mutter, mit der er seine ersten erotischen Erfahrungen machte. Er liebte sie, so hat er das jedenfalls genannt. Wir beide sind erwachsen und wissen, was von dem Wort zu halten ist.

Vor dieser Mutter am Boden wurde der Sechzehnjährige wieder zu einem dreijährigen Kind. Er wusste nicht, ob das nicht nur ein Horrorbild war oder wirklich – aber was heißt das schon? Die Person, die ihm Sicherheit und Liebe gab, der wichtigste Mensch seines noch jungen Erdendaseins, lag da wie gelähmt. Auch wenn diese Frau jemand anderes war als seine leibliche Mutter, wurde der Schreck des kleinen Kindes in ihm lebendig.»

Olha hatte ein Kind, dachte Konrad nur. Das ändert alles.

«Und von hier aus geht die direkte Linie zur Phobie vor Frauen, die sich verändern. Die schlagartig altern, schrumpfen oder zu Insekten werden. Sein Misstrauen gegenüber gesunder Körperlichkeit.»

Konrad nickte.

«Im Laufe der Zeit hat sich diese Urangst verändert, hat groteske Züge angenommen. Mit seinen Geschichten versuchte er, sie einzuspinnen wie in einem Kokon.»

«Was für Geschichten?»

«Er hatte viele Phantasien, in denen die Insekten Partei- und Regierungsfunktionäre waren. Da spielten die Diskussionen unter seinen Eltern eine Rolle. Für diese Kleinfamilie war Tschernobyl wie eine Befreiung. Wenn man auf engem Raum eingesperrt ist, mit den ungeklärten Fragen der Vergangenheit, dann tut es gut, wenn da draußen alles in die Luft fliegt. Das nimmt einem ja quasi die Arbeit ab, man kann sich die Schmerzen und die Anstrengung der Veränderung sparen. Wie hieß diese furchtbare Frau im ZK der ukrainischen Partei? Valentina Schewtschenko, die Ausgeburt des vermännlichten Weibes. Als junge, eifrige Kommunistin glaubt sie an die Sache, ist weich und biegsam. Im Laufe ihres Aufstiegs muss sie immer mehr Unrecht erkennen, dulden und schweigen. Um ihren Glauben zu schützen, wird sie immer härter – als legte sie sich einen Chininpanzer zu. Nur durch den Unterleib kommt man noch an sie heran, der ist weich und offen. Der kleine Sterz, das spitze Ende, krümmt sich nach vorn, als wollte es ihn verführen – oder aber zustechen. Das Uneindeutige ihres Sterzes – er nannte das so, wie bei der gebratenen Ente – machte Arkadij wahnsinnig.»

Konrad hatte die letzten Minuten kaum mehr zugehört. Er dachte an das Kind. Um das zu vertuschen, fragte er: «Gebrauchte er das ukrainische Wort oder das russische?»

«Er hat immer Russisch gesprochen, er kann nicht gut Ukrainisch. Er hat zum Beispiel Norden und Süden verwechselt, weil diese Wörter mit derselben Silbe beginnen: ‹Piwnitsch›, ‹Piwden›. Das hängt vielleicht auch mit seiner räumlichen Orientierungsstörung zusammen. Die Protokollantin hat jedenfalls nichts übersetzt.»

«Prokoptschuk sagt, all seine Beziehungen zu Frauen seien gescheitert.»

«Ja, ja. Heute reduzieren sie alles aufs Sexuelle. Spielen den Freud. Eine Überreaktion nach der jahrelangen Gängelung. Aber richtig ist, dass sogenannte normale Frauen ihm Angst machen.»

«Kann man ihm irgendwie helfen?»

«Vergessen Sie es. Dabei gehen Sie am Ende selber drauf.»

Aus dem Schlafzimmer kam ein hässlicher nasser Husten, ein Atemstolpern, dann beschleunigte sich das Plätschern.

«Ich muss den Arzt rufen», sagte Guzman. «Wollen Sie vielleicht so lange spazieren gehen?»

Olha hat ein Kind. Nur daran dachte Konrad, als er die Stufen des schmalen, überheizten, feucht-warmen Treppenhauses hinabstieg. Auch hier roch es nach Schimmelpilz. Niemand in der Familie hatte je diese Schwangerschaft erwähnt, geschweige von einem Kind gesprochen. In den Protokollen keine Spur davon. Wenn es auf die Welt gekommen war, war das eine ganz neue Figur! Und wer war der Vater? Auch viel jünger musste dieses Kind sein, jünger als Arkadij.

Unten an der Straße des Sieges warf er noch einen Blick zu Guzmans Balkon im zweiten Stock hoch, der auf unverputzten, rostigen Stahlträgern ruhte.

Er beschloss, dem alten Mann Zeit zu lassen und einen längeren Spaziergang zu machen. Rechts zog sich die Altstadt den Hügel hinauf, irgendwo dort wohnte Svetlana. Er wandte sich nach links und wanderte an der vierspurigen Schnellstraße entlang, vorbei an mehrstöckigen Plattenbauten, unter einer Hochstraße hindurch, über eine riesige Kreuzung und noch eine. Er ging und ging und wurde schon müde, als ihm ein dunkler Bison den Weg versperrte. Der Bison war aus Bronze und stand vor dem Eingang des Zoos. Konrad kaufte sich eine Eintrittskarte, ging durch die Drehtür und schlenderte in den Garten. Wenige Kilometer entfernt starb Guzmans Frau, hier wanderten Eltern mit ihren Kindern umher, ganze Schulklassen mit ihren Lehrerinnen zogen in Zweierreihen vorbei, die Kleinen hielten sich an den Händchen gefasst. Russisch und Ukrainisch gingen quer durcheinander. Es gab kein böses Blut, niemand äugte boshaft zur Seite, wenn er die andere Sprache hörte.

Hinter einer Hecke stand ein Nashorn auf dem langweiligen, matschigen Lehmboden. Ein trauriges, nicht sehr großes, lederiges Tier, beinahe reglos stand es da, sodass man hätte denken können, es lebte nicht, bis es endlich doch den Kopf mit den kleinen Äuglein ein Stück zur Seite wandte. Ganz langsam. Das Nashorn langweilte sich so sehr, dass eine Eisenstange und eine Hecke genügten, um es in seine Grenzen zu weisen. Das Tier hatte jede Hoffnung fahrenlassen, jede Hoffnung auf ein Wunder. Verbannt war noch die fernste Erinnerung an die verbrannte Steppe in Uganda, in der es frei gewesen wäre und ein König. Auch wenn es schon hier geboren war, musste so eine Erinnerung ja irgendwie noch in ihm sein. Erniedrigt und entselbstet stand es jetzt hier im Zoo von Kiew. Man konnte auch nicht sagen, ob es klug war oder einfach nur so wirkte, denn es konnte ja nicht sprechen.

Guzman hätte für diese Diskussion keinen Nerv mehr gehabt. Er war damit beschäftigt, seine Frau zu beruhigen, ihr das Sterben zu erleichtern. Konrad hatte das Zimmer am Ende des Flures nie betreten. Guzman hatte auch nie den Versuch gemacht, ihn seiner Frau vorzustellen. Schon das Stärkerwerden jenes spezifischen Geruchs von Chloroform und anderen medizinischen Substanzen nach ein paar Schritten in diese Richtung hatte Konrad abgeschreckt. Und dieses regelmäßige Rasseln. Er stellte sich vor, was er dort zu sehen bekäme, und wollte lieber nicht. Vielleicht zog Guzman in diesem Moment eine Spritze auf. Oder tauschte den Infusionsbeutel aus. Schaltete das Beatmungsgerät ein. Links standen zwei Giraffen. Rechts kam er an Auerochsen vorbei, die nicht merkten, dass ihnen Wollfussel im Nacken klebten. Auch sie beinahe reglos. Wieder hörte er das Geräusch wie von einer sich langsam drehenden Waschmaschinentrommel, das aus dem dunklen Zimmer drang, und der plätschernde Atem bekam allmählich einen bedrohlichen Klang. Bald klang er wie ein kehliges Knurren. Dann roch Konrad einen aufregend kräftigen Geruch und kam zu sich. Das war Olhas Geruch.

Er stand an der brusthohen Steinmauer eines weitläufigen Geheges. Das sandige Felsterrain mit kargen Sträuchern in der Mitte war durch einen tiefen Wassergraben von den Besuchern getrennt. Konrad hielt zuerst zwischen den Felsen nach einem lebenden Tier Ausschau, konnte aber nichts entdecken. Denn der Sibirische Tiger stand unten im flachen Wasser, er hatte einen mächtigen, breiten Kopf, einen muskulösen Nacken und einen ganz schmalen, männlichen Hintern, durch dessen Haut sich die Hüftknochen abzeichneten. Bei der Hitze des Tages stand er im Wasser, lauernd, aber sein Blick ging nie zu den Besuchern, von denen er tausendmal irritiert und in die Irre geführt worden war, sondern richtete sich majestätisch in ein ungefähres Geradeaus.

Andere Besucher blieben neben ihm stehen. Konrads Nasenflügel bebten. Ein süßlich-fruchtiges Parfüm wehte ihn von der Seite an und mischte sich anfangs mit dem Geruch des Tigers, um ihn bald zu überdecken. Er wandte den Kopf und erblickte ein junges Mädchen, das seine nackten Ellbogen auf die Eisenstange gelehnt hatte, daneben stand ihr Freund. Sie sah nett aus, die Brüste im Pulli waren rund, sie war insgesamt weich, nett, niedlich – es gibt keine besseren Wörter für solche Wesen, sie kaute auf einem Kaugummi und roch nach diesem russischen Parfüm und war kein Raubtier, sie war einfach nur ein lebenslustiges junges Ding. Es war zum Verzweifeln. Ihretwegen hätte niemand den Verstand verloren. So viele gab es von diesen jungen Mädchen, denen man schon jetzt ansah, wie sie in dreißig Jahren sein würden. Lebenslustig, mollig, leicht verdorben. Begraben die Träume, die sie als junge Mädchen hatten.

Ihn schwindelte leicht, etwas verschwamm in seinem Kopf, er sah diesen Tiger dort unten im Wasser stehen und fand ihn schön und wild und bekam jetzt beinahe selbst verzehrende Sehnsucht nach jemandem wie Olha. Er wusste nur nicht, wer oder was in seinem Leben diese Stelle besetzt haben könnte. Er ahnte nur, warum Arkadij diese Olha so sehr brauchte. Und darum beneidete er ihn. Es gab nicht viele solcher starker, wilder Menschen auf der Welt. Nach allem, was er aus den Gesprächen wusste, musste es sehr grausam gewesen sein, sie einfach wegzuschicken. Für Arkadij wie auch für Olha selbst. Er dachte an Arkadijs Phantasien von Olha, die in einem

Käfig aus Weidenstöckern kauerte. So eine Grausamkeit kann nicht folgenlos bleiben. Sie muss sich rächen. Vielleicht hatte sie Olha selbst grausam gemacht. Und wenn sie ein Kind hatte, war diese Grausamkeit womöglich auf das Kind übergegangen.

Ein paar Tierarten weiter blieb er am runden Holztisch einer Imbissbude für Eis und Fruchtsäfte stehen und faltete seinen Zettel auseinander. Eine Frau schleckte lustlos an einem Bausch Zuckerwatte, den ihr Kind mit feisten runden Fäustchen zurückgeschoben hatte. Sie schaute ihm ungeniert dabei zu, wie er einen dicken Strich von Olha zu dem neuen Kreis zog, der ihr Kind markierte. Dieser Kreis atmete: Er bezeichnete das Unbekannte, das immer mit der Lösung des Falls zu tun hatte.

Dieses unbekannte Kind wäre heute ungefähr Ende vierzig.

Konrad grub in seiner Erinnerung, ob ihm eine Frau oder ein Mann in diesem Alter begegnet war, ohne dass er sie erkannt hätte? Er konnte sich an nichts erinnern.

Doch etwas anderes fiel ihm auf. Wenn Jurij Solowjow nicht nur Arkadijs Adoptivvater, sondern auch der leibliche Vater von Olhas Kind war, geriet sozusagen die bisherige sittliche Ordnung der Zeichnung ins Wanken. Bislang hatten Olha und Arkadij in einer Reihe gestanden, waren quasi wie Geschwister gewesen. Schon diese Erkenntnis hatte Konrad unangenehm berührt. Doch mit der Schwangerschaft bekam Arkadijs Anhänglichkeit einen erotischen Unterton. Wie er sich an ihrem Achselgeruch berauschte, durch vorgetäuscht ungeschickte Bewegungen ihre Nähe suchte. Das alles war schon verdorben. Auch wenn Jurij Solowjow der Vater von Olhas

Kind wäre, besserte sich dadurch nichts. Sie würde dann so etwas wie seine Frau werden. Und Arkadijs Zuneigung hätte der eigenen Mutter gegolten.

Konrad konnte sich nicht mehr konzentrieren. Er verstand nicht, was das alles bedeutete und welche Rolle das Auto hier noch spielen sollte.

Als er den Zoo durch die Spindeltür verlassen hatte, stellte er sich am Rand der breiten Straße hinter ein Auto, dessen Fahrer auf dem flachgestellten Sitz lag, während er den Motor laufen ließ. Konrad inhalierte mehrmals tief die Abgase. Es half nichts. Unruhe und Denkstarre blieben, nur ein stechender Kopfschmerz kam hinzu. Er fühlte sich zu schwach für weitere Diskussionen mit Professor Guzman und wollte ihn an diesem Nachmittag nicht mehr behelligen.

## Elf

Die Frauen in den orangen Westen verdoppelten die Hitze der Stadt. Sie teerten die Schlaglöcher auf dem Prospekt des Sieges. Das frisch verstrichene, klebrige Schwarz dampfte, über den Trommeln flimmerte heiße Luft. Das Eis von den Buden zerfloss schon, wenn man die Waffel in die Hand bekam, und die Himbeerlimonade, aus durchsichtigen Plastikbottichen gezapft, klebte an den Händen, zudem musste man dann gleich die Wespen verscheuchen. Schweiß, Teer, Limonade – alles klebte. Ein Tankwagen kroch vorbei und versuchte, mit gesprengtem Wasser den Staub am Boden zu halten. An der Metrostation Schuljawska stieg Konrad in den Trolleybus.

Oben, im Schatten der alten Bäume, war es erträglicher. Die Stille auf dem Klinikgelände tat nach dem Lärm im Stadtzentrum gut. Prokoptschuk öffnete ihm im kurzärmligen weißen Hemd und wirkte freundlicher als sonst.

«Ein kleines Wunder», sagte er und wies nur mit der Hand in Richtung von Arkadijs Zimmer. «Er hat schon nach Ihnen gefragt.»

Arkadij lag nicht wie sonst auf seinem Bett, sondern saß daneben, auf dem Stuhl, das Gesicht zur Tür gewandt. Die Arme ausgestreckt, die Hände auf den Knien, wie ein

Schüler, der darauf wartet, zum Ausflug abgeholt zu werden. In dem alten Klinkerbau war es kühler als draußen.

«Guten Tag», sagte Arkadij heiter und wies ihm den zweiten Stuhl.

«Bitte nehmen Sie Platz.»

Konrad staunte.

«Wo sind Sie gewesen?», fragte Arkadij.

«Ich denke, Sie wissen das sowieso?»

Arkadij lächelte.

«Svetlana war hier.»

«Was? Sie selbst, bei Ihnen?»

«Ja. Sie hat gefragt, ob Sie gestern hier waren.»

«Ist nicht wahr.»

«Doch. Seltsam, oder? Ich habe immer geglaubt, Sie hocken die ganze Zeit bei ihr. Und jetzt kommt sie und fragt mich, wo Sie sind. Wenn das nicht lustig ist.»

«Na ja.»

«Ich will gar nicht wissen, wo Sie gestern waren, sicher haben Sie genug zu tun. Aber wir müssen uns einmal unterhalten», sagte Arkadij. «Ich habe lange nachgedacht. Ich verstehe jetzt Ihr Problem.»

Ein rascher Seitenblick, ein weißes Huschen des Augapfels, das Konrad nicht bemerkt hätte, wenn er nicht zufällig den Kopf gedreht hätte.

«Das Problem mit dem Auto, meine ich. Ihr Privatleben geht mich ja nichts an.»

«Da bin ich Ihnen aber dankbar.»

Konrad musste sich zur Ruhe zwingen. Sein Privatleben, einmal beim Namen genannt, schien nun wie durch ein Guckloch, wie durch eine winzige Luke einsehbar. So nah hatte sich Arkadij bisher nie an ihn herangewagt.

Bald würde er auf gleicher Augenhöhe mit ihm sprechen wollen. Konrad hatte immer tunlichst vermieden, von sich persönlich zu erzählen. Ein geistig verwirrter Mensch greift nach jedem Strohhalm. Er ist scharfsichtiger als der Normale darin, jede Schwäche seines Gegenübers zu entdecken, ihn an sich heranzuziehen, zu binden und gefügig zu machen.

«Ein Problem würde ich das nicht nennen», erwiderte Konrad kühl. «Ich muss das Auto einfach finden.»

«Gewiss doch. Auf die Bezeichnung kommt es nicht an. Wenn dieses Wort ein Problem für Sie ist, können wir gern ein anderes verwenden.»

«Kein Problem», sagte Konrad.

«Wir alle suchen und müssen etwas finden. Ich könnte Ihnen helfen. Wenn es auf Gegenseitigkeit beruht. Verstehen Sie? Ich Ihnen, Sie mir.»

Er schlenkerte mit dem Zeigefinger zwischen sich und ihm hin und her.

«Gut. Aber wie könnten Sie mir denn helfen?»

«Ich begleite Sie auf Ihrer Suche. Wir fahren zusammen aufs Land.»

«Aha», lachte Konrad erleichtert. «Wieder eine Expedition.»

Arkadij konnte nicht darüber lachen. Seine Mimik und seine Züge waren feiner geworden, vielleicht war es ihm in den letzten Wochen wirklich gelungen, die Medikamente zu verweigern. Doch in seiner neuen Offenheit wirkte er desto unsicherer. Diesen Blick sah Konrad zum ersten Mal. Gerade in diesem aufrichtigen, persönlichen Angebot schien Arkadij eine Zurückweisung zu fürchten.

«Gut, nehmen wir einmal an, wir fahren noch mal los.

Was bringt Sie denn zu der Annahme, dass Sie diesmal fündig werden?»

«Es bleiben nicht mehr so viele Möglichkeiten. Beim letzten Mal war ich schon dicht dran, und mit Ihnen zusammen wird es viel einfacher sein. Allein ist es schwer. Ich hatte ja kein Auto.»

Konrad verkniff sich ein Lachen.

«Stimmt. Sie haben ja auch keins. Jedenfalls keinen Mercedes.»

Dann trat Stille ein. Arkadij sah ihn an. Auch dieser ruhige Blick schien neu, das Flackernde war verschwunden.

«Aber Sie können uns einen Wagen besorgen, oder? Ihnen wird man wohl ein Auto leihen, Sie machen einen respektablen Eindruck.»

«Ich habe nicht mehr viel Geld.»

«Dafür wird es doch reichen?», fragte Arkadij fast erschrocken.

Sie schwiegen eine Zeitlang.

«Damals war es schwierig», sagte Arkadij.

«Ich staune sowieso, wie Sie hier rausgekommen sind, und dann noch so weit.»

Arkadij lächelte.

«Nicht schlecht, oder? Ich war wie ein Hund, den sie an der langen Leine suchen ließen. Ein paarmal habe ich es per Anhalter versucht. Bin sogar in die Nähe von Tschernobyl gefahren, um sie in die Irre zu führen. Oft war ich ohne Geld unterwegs, bin vor Erschöpfung auf irgendeinen Heuschober gekrochen und eingeschlafen. Ich hatte kein Rasierzeug dabei, keine Seife, bald stanken meine Sachen nach Schweiß, und die Hosen erst. Mit Ihnen dagegen ...»

«Sie wollen, dass ich Sie entführe?»

«Sie Romantiker! Raus komme ich schon allein. Ich weiß auch, wie. Mittags holt immer einer von uns das Essen in großen Blechdosen aus der Küche. Ich könnte mal so tun, wenn ich nicht an der Reihe bin. In der Küche herrscht immer ein Durcheinander, da laufen die Mädchen und die Köche herum. Aber dahinter liegt die Spülküche, und die hat einen versteckten Ausgang, neben dem Anbau für die Vorlesungen. Da würde ich rauskommen. Falls ich nicht sowieso draußen bin zum Schachspielen.»

«Und weiter?»

«Wir verabreden einen Treffpunkt. Am besten unten an der Straße. Nicht an der Frunse, sondern an der Teliha. Damit keine Missverständnisse entstehen, dass Sie zum Beispiel an einem Punkt warten und ich stehe woanders. Verstehen Sie? Besorgen Sie nur ein Auto, damit wir schnell wegkommen.»

«Ich glaube nicht, dass das erlaubt ist.»

«Erlaubt, erlaubt. Sind Sie ein Feigling? Jetzt bin ich aber enttäuscht. Ich hatte mehr in Ihnen gesehen.»

Konrad dachte nach.

«Was hätte ich davon?»

«Die Energie unserer Suche würde sich gegenseitig verstärken: Wir suchen ja beide etwas, Olha beziehungsweise das Auto. Beide sind miteinander verbunden.»

Konrad erbarmte sich und fragte:

«Warum?»

«Das kann ich Ihnen sagen. Es ist einfach logisch.»

«Logisch? Nach welcher verdammten Logik soll das logisch sein?»

Arkadij kniff Augen und Lippen zusammen, senkte

den Blick und faltete die Hände. Eine Tischplatte, unter die er sie schieben konnte, gab es nicht.

«Also gut, entschuldigen Sie», sagte Konrad leiser. «Erklären Sie es mir, wenn Sie können.»

«Ganz einfach», sagte Arkadij ebenso leise. «An diesem Punkt laufen die Fäden zusammen. Seit Sie damals in der Klinik aufgetaucht sind und mich nach dem Mercedes gefragt haben, habe ich viel nachgedacht. Im ersten Moment habe ich befürchtet, Sie sind der Mann, der meinen Vater umbringen will.»

«Oh, wie schmeichelhaft.»

«Woher sollte ich es denn wissen? Da draußen läuft einer herum, der es auf pensionierte Offiziere der sowjetischen Armee abgesehen hat.»

«Woher wussten Sie das?»

«Hat mir Vater erzählt.»

«Na gut. Und dann?»

«Dann fahren wir zu Olha.»

«Nein, ich meine – was dachten Sie als Zweites?»

«Dass das vielleicht wieder so ein durchsichtiger Versuch ist, mich auszufragen, etwas aus mir rauszukriegen. Man setzt eine naive, unbelastete Person auf mich an, die mein Vertrauen gewinnen soll.»

«Ist das schon mal vorgekommen?»

«Ja, im Gefängnis, aber unwichtig. Also, seien Sie mir nicht böse: Aber andernfalls hätte ich ja überzeugt sein müssen – entschuldigen Sie –, dass Sie verrückt sind. Wer sucht denn hier in einer psychiatrischen Klinik nach einem gestohlenen Auto aus Deutschland? Das ist doch irre. Weiter kam ich nicht. Ich konnte nur kurze Zeit am Tag nachdenken, irgendwelche Medikamente haben sie mir doch untergejubelt. Später kam mir die Vermutung, Sie könnten es vielleicht bildlich meinen, Sie würden mir irgendetwas andeuten und darauf vertrauen, dass ich es schon verstehe. Weil Sie Angst haben, man wird hier abgehört oder so. Sie sprechen von einem Auto und meinen vielleicht etwas viel Bedeutenderes. So wie Sie das einmal genannt haben.»

«Metapher.»

«Ja. Den Stein der Weisen, die Erleuchtung, was weiß ich. Den Sinn des Lebens, zum Beispiel. Vielleicht nur Ihres eigenen Lebens, aber das wäre ja auch schon viel. Und weil Sie nicht offen darüber sprechen können, machen Sie alle mit Ihrem Auto verrückt. Ich habe all diese Möglichkeiten durchgespielt.»

«Und?», fragte Konrad in dem Wunsch, ironische Überlegenheit zu wahren.

«Einmal haben Sie mich erschreckt. Da dachte ich, Sie meinen wirklich nur ein Auto. Egal. Mir ist klargeworden, wo Sie suchen müssen.»

«Ach, sagen Sie.»

«Ja. Sie suchen das Auto, ich suche Olha.»

Konrad machte eine ratlose Geste und ließ die Hand wieder fallen.

«Wollen Sie jetzt sagen, das sei ein und dasselbe?»

«Jedenfalls hängt es eng miteinander zusammen.»

«Na, ich finde, das ist ein Unterschied wie Tag und Nacht», sagte Konrad.

Arkadij lächelte.

«Überlegen Sie es sich», sagte er zum Abschied. «Und lassen Sie mich nicht wieder so lange warten. Ich sehe doch, wie Sie sich quälen. Treffen Sie eine Entscheidung, sonst rast der Zug der Zeit über Sie hinweg. Gorbatschow, wissen Sie doch. Jetzt, da mein Vater tot ist, brauchen wir keine Angst mehr zu haben. Ach, und hier, damit Sie nicht so traurig sind», schloss Arkadij und zog ein unförmiges Paket hinter dem Bett hervor.

Konrad wickelte das steife, braune Packpapier auseinander und fand darin ein klobiges Auto, zusammengeleimt aus Sperrholzteilen. Vier Holzräder drehten sich an zwei dicken Achsnägeln, auch die Fenster waren ausgesägt und mit Plastikfolie bespannt. Als Scheinwerfer dienten Limonadeflaschenkapseln, eine rot, die andere grün. Konrad nahm den Wagen in beide Hände, hob ihn hoch und versuchte, etwas im Inneren zu erkennen. Da waren keine Sitze, kein Lenkrad.

«Das ist aber schön. Danke!»

«Ich dachte, wenn Sie schon das richtige nicht finden ...»

«Wie geht es Ihrer Frau?», fragte Konrad Guzman am anderen Tag.

«Besser. Sie hat sich gestern rasch wieder beruhigt. Ich hatte eigentlich noch mit Ihnen gerechnet.»

«Tut mir leid. Ich dachte, ich lasse Sie besser erst mal in Ruhe.»

Im Wohnzimmer fragte er: «Sagen Sie, wie würde sich Arkadij benehmen, wenn er rauskäme? Könnte er gewalttätig werden?»

«Unwahrscheinlich. In einer euphorischen Phase entwickelt er großen Tatendrang, dann können Sie ihn nicht mehr steuern. Aber gefährlich wird er nicht. Sagen wir mal so, aus der Anstalt herauswagen wird er sich überhaupt nur dann, wenn er euphorisch ist. Hauptsache, er setzt seine Medikamente nicht ab. Aber er käme ja gar nicht raus.»

«Wieso nicht?»

«Wo sollte er hin? Seine Mutter will ihn nicht bei sich haben. Überhaupt hasst er sie, als einzige Person auf der Welt. Als wir so weit waren, dass er sich an seine Gefühle als Sechzehn- oder Siebzehnjähriger erinnerte, richtete sich seine Wut erstaunlicherweise nicht gegen den Vater, obwohl der Olha mit einer List aus dem Haus geschafft hat, sondern gegen Svetlana. Er schluchzte, brüllte, schlug um sich. Wir mussten ihm Beruhigungsmittel geben. Der positive Effekt der Erinnerung war, dass sie ihn aus der Depression herausholte. Das Wolkig-Unklare, dieser neblige, unbestimmte Blick, das war vertrieben.»

«So ist es ja heute auch», warf Konrad ein.

«Gut möglich. Die depressiven Phasen waren kürzer und verliefen weniger schwer. Wenn er euphorisch war, tobte er nicht mehr unbändig, er wollte nur los, Olha suchen. Einmal ist er uns entwischt. Er stieg im Schlafanzug in den Trolleybus und kam bis zum Bahnhof.»

«Haben Sie nicht mal daran gedacht, diese Olha ausfindig zu machen? Vielleicht hätte ihm das geholfen.»

«Deutsche Romantik. Nein, es ist nicht der Sinn einer Psychotherapie, Partnerschaften zu stiften oder Menschen zusammenzuführen. Wir wussten ja nicht mal, wo sie lebt, oder ob sie überhaupt noch am Leben war. Wir hatten noch nicht mal ihren Nachnamen. Arkadijs Problem war und ist ja eigentlich nicht Olha.»

«Sondern?»

«Eine solche Bezugsperson ist im Grunde austauschbar. Olha hat ihn an seine Mutter erinnert. Sie war ein Ersatz. Vielleicht ähnelten sich die beiden, von der Stimme, vom Geruch her, vielleicht war es auch die offene, zärtliche Art des Kindermädchens.»

Guzman summte ein Lied:

«В вишневім саду я тобі коня пасла.
Ой пасла, пасла – звечора до півночі,
Упала роса на мої карі очі.»

«Kennen Sie das?»

Konrad schüttelte den Kopf.

«Das hat sie ihm beigebracht. Er hat es mir vorgesungen.»

«Im Kirschgarten habe ich dir das Pferd geweidet», übersetzte Konrad sich lautlos. «Geweidet, oj, geweidet – am Abend bis zur Mitternacht. Und auf meine haselbraunen Augen fiel der Tau.»

«Arkadij selbst hat irgendwann, erstaunlich klug, gesagt: Wenn man zu lange Sehnsucht nach etwas gehabt hat, lässt sich diese Sehnsucht durch nichts mehr stillen. Das steht irgendwo in den Protokollen.»

«Heilen», sagte Konrad, «heilen hat er gesagt.»

«Mag sein. Jedenfalls würde es ihm nicht helfen, wenn man ihm Olha zurückgibt. Da ist nichts mehr zu heilen.»

«Und die Mutter könnte ihm auch nicht mehr helfen?»

«Nein. So eine Lücke ist nicht mehr zu schließen. Wenn man so viele Jahre lang Sehnsucht nach einem Menschen gehabt hat, dann ist dieser Mensch, wenn er leibhaftig auftaucht, überhaupt nicht mehr imstande, die Erwartung zu erfüllen. Das ist so wie … Entschuldigen

Sie, ich musste an meine ältere Schwester denken. Sie war achtzehn und ist in Babij Jar ermordet worden. Ich weiß nicht, wie sie gestorben ist. Es gab keine Überlebenden aus ihrem Transport. Was ich sagen wollte: Diese Lücke wird irgendwann Bestandteil des eigenen Lebens.»

«Das tut mir leid.»

«Würde es mir helfen, wenn sie auf einmal wieder da wäre? Vielleicht habe ich Angst vor der bloßen Möglichkeit. Manchmal kommen einem solche plötzlichen Gedanken, die näherer Betrachtung dann nicht standhalten.»

«Oder einen ganz anderen Grund haben.»

Guzman sah ihn an.

«Wenn Ihre Schwester ermordet wurde, wie haben Sie überlebt?»

«Ich war die ganze Besatzungszeit über in einem Keller in Kiew versteckt, bei Freunden der Familie.»

«Haben Sie noch Erinnerungen an diese Zeit?»

«Sehr verschwommen. Ein dunkler Keller, der muffige Geruch, die gemauerten Gänge und Holzverschläge. Irgendwo tropfte es die ganze Zeit. Einmal am Tag brachte man mir Essen. Jedes Mal, wenn sich der Schlüssel im Vorhängeschloss drehte, hatte ich Angst, da könnte jemand anders kommen, ein Deutscher oder ein ukrainischer Hilfspolizist. Viel mehr weiß ich nicht. Alles, was draußen passierte, haben mir Verwandte, die auch überlebten, erzählt. Wie die Juden durch die Straßen getrieben wurden. Die Deutschen hatten einen Aufruf gemacht, alle Juden mussten sich an einem Morgen an der Melnikowa-, Ecke Degtjarioska-Straße einfinden. Auf Nichterscheinen stand die Todesstrafe. Aber auch das Plündern der verlassenen Wohnungen stand unter Strafe. Entweder war das deutsche Gründlichkeit oder ein Trick, um die Betroffenen in Sicherheit zu wiegen. Als dann die endlose Schlange die Melnikowa entlangzog, standen viele Ukrainer in den Hauseingängen oder saßen an den Fenstern und schauten zu. Manche sollen gejohlt und gepfiffen haben. Wozu schleppt ihr euch ab, haben sie die Leute mit ihren Koffern und Paketen ausgelacht. Ihr zieht doch in den Tod. Viele glaubten tatsächlich, sie würden nur zum Bahnhof gebracht, um mit dem Zug an einen neuen Siedlungsort zu kommen. Manche Anwohner sollen in die Prozession hineingerannt sein und sich einen Koffer geschnappt haben. Die deutschen Wachketten sahen zu.»

Er schwieg. Auch Konrad sagte eine Weile nichts.

«Wie konnten Sie nach dem Krieg in so einer Stadt leben, mit diesen Menschen?»

«Sie leben ja sogar in Deutschland.»

Das Rasseln wurde lauter. Guzman lächelte und ging in das hintere Zimmer.

«Ich war nur einmal in Berlin», rief er, als er zurück war und sich im Bad die Hände wusch, gründlich und lange. «In den siebziger Jahren auf einem Kongress. Wie ist es heute dort?»

«Alles ein bisschen größer geworden», sagte Konrad.

Wieder im Wohnzimmer, hob Guzman die Teekanne und schenkte ihm nach.

«Erzählen Sie doch mal, wie Sie auf diesen Fall kommen. Ich schwatze hier unbekümmert vor mich hin, dabei weiß ich nicht einmal, was Sie eigentlich suchen.»

Konrad begriff, dass er jetzt nicht wieder mit dem Auto anfangen konnte. Dazu hatte er zu viel Respekt vor diesem Mann. Guzman war viel älter als Prokoptschuk, aber das war nicht der Grund. Er war einfach neugieriger und empfänglicher als der junge Psychiater, er konnte noch staunen, er litt nicht an dem falschen Ehrgeiz, alles auf Anhieb verstehen zu müssen. Guzman hörte zu, ohne seine eigene Meinung aufzudrängen. Konrad wollte diesen alten Professor genauso ernst nehmen, wie der die Wirklichkeit ernst nahm.

«Ich bin eigentlich durch Zufall in diese Geschichte hineingeraten», sagte Konrad.

Auf den ersten Blick war das nicht einmal gelogen.

«Zufall?»

«Schritt für Schritt, ich habe erst gar nicht gemerkt, wie ich hineingezogen wurde. Ich recherchierte in einer ganz anderen Sache, Arkadijs Krankheit war zunächst für mich nur insofern interessant, als sie mich auf eine Spur in diesem anderen Fall bringen konnte. Die meisten wollen das nicht verstehen. Meine Methode, meine ich, ich arbeite nämlich mit solchen Zeichnungen ...»

Er zog den neuesten Zettel aus der Innentasche seines Jacketts.

«Hier, ich sammle unscheinbare Hinweise, die andere übersehen. Hat man so einen Hinweis einmal entdeckt, reicht es, ihn eine Zeitlang zu beobachten. Man achtet nur darauf, was sich da tut, ob sich etwa Dinge wiederholen. Dann verdichtet sich die Bedeutung, plötzlich erkennt man etwas und greift dann zu. Hier, sehen Sie, diese Striche habe ich nachgezogen und verdickt, sie müssen auf etwas Größeres, Handfesteres verweisen. Manchmal zeigen sie leider auch auf ganz Banales», Konrad lachte, «wie ein Auto zum Beispiel, ein gestohlenes. Aber in diesem Fall habe ich mich mit der Zeit so tief in die Sache, in diese Familie verstrickt, in Arkadijs Leben und das seiner Mutter Svetlana, dass ich jetzt nicht mehr weiß, wie ich herauskomme. Ich sehe jedenfalls keinen Ausweg. Vielleicht brauche ich so was wie mein kleines Tschernobyl. Ehrlich gesagt, bin ich ziemlich am Ende. Ich weiß nicht, wie ich Ihnen das erklären soll. Am Anfang suchte ich nur ein Auto.»

Guzman nickte.

«Irgendwie fängt es immer an.»

Konrad atmete auf. Guzman respektierte ihn. Er zwang ihm keine Erklärung auf, machte keine Vorschriften. Konrad hätte ihm gern erzählt, was Onkel Wolfgang gesagt hatte und was dann mit ihm passiert war. Aber das war eine ganz andere Geschichte. Vielleicht hätte ihm Guzman noch die Schuld daran gegeben.

«Hier sehen Sie, hier ist Olha. Aber wenn sie ein Kind hat, dann gerät die ganze Konstellation ins Ungleichgewicht. In Bewegung. Das ist wie eine kleine Revolution.»

Guzman wandte seinen Blick rasch von der Zeichnung ab.

«Sie erwähnten das Dorf, aus dem das Kindermädchen stammen soll», fragte Konrad, «erinnern Sie sich an den Namen?»

«Nein. Ich weiß auch nicht mehr, in welchem Zusammenhang dieser Name erwähnt worden sein soll.»

«Arkadij behauptet, Olha habe ihn ihm gesagt.»

«Stimmt. Ich habe ihn damals gefragt, wie er diesen Namen vergessen konnte. Er hat ja sonst ein gutes Gedächtnis. Und das ist seltsam. Sein größtes Begehren treibt ihn dort hin, irgendwo in seinem Kopf muss dieser

Name aufgehoben sein, aber er will nicht raus. Und das wird einen Grund haben, man vergisst nicht einfach so. Sie sollten ihn mal fragen, was ihm dazu einfällt.»

Das Rasseln im Schlafzimmer wurde wieder lauter, und Konrad fragte: «Wäre es nicht besser, Ihre Frau in ein Krankenhaus zu bringen? Vielleicht kann man ihr dort helfen?»

«Wo denken Sie hin. In den Krankenhäusern herrschen heute katastrophale Zustände. Jede Kleinigkeit muss man selbst bezahlen, Spritzen, Verbandsmaterial, jeden Handgriff der Schwester, von den Ärzten ganz zu schweigen. Und medizinisch ist ihr schon lange nicht mehr zu helfen. Ich muss mich damit abfinden. Wir hatten ein gutes Leben.»

Da war kein Zucken in seinem Gesicht, kein Selbstmitleid.

«Es muss schwer für Sie ein. Wie lange waren Sie zusammen?»

«Fünfunddreißig Jahre.»

«Ganz schöne Zeit.»

«Ja, manchmal war es wirklich schön.»

Guzman schwieg und fragte erst, als das Schweigen zu lange dauerte:

«Haben Sie eine Lebensgefährtin?»

Konrad zögerte.

«Sie hat … Ich habe sie verlassen. Vor einigen Tagen, nein, jetzt sind es schon», er blickte blödsinnig auf seine Armbanduhr, «mehrere Wochen. Ist das jetzt her.»

Guzman nickte ruhig. «Warum haben Sie das getan?»

«Sie hat mich nicht verstanden. Man müsste herausbekommen, was Arkadij an der Erinnerung hindert. Liegt es an dem Ortsnamen selbst, am Klang? Verbindet er unangenehme Erinnerungen damit?»

«Genau das ist die Frage. Aber erzählen Sie mir doch noch von Ihrer Freundin.»

«Ach, sie hat meine Arbeit nicht geschätzt. Mich insgesamt nicht. Sie war nie zufrieden, sie wollte immer, dass ich etwas Besseres finde. Und gleichzeitig hat sie die Sanfte und Geduldige gespielt und mir ein schlechtes Gewissen eingeimpft. Hat getan, als wäre es ihre heroische Pflicht, einen Schlappschwanz wie mich durchs Leben zu schleppen. Früher wollte sie die ganze Welt retten, dann hat sie quasi mich als exemplarisch Beleidigten und Erniedrigten, als einzigen von allen Verdammten dieser Erde, der ihr noch geblieben ist. Statt die Welt zu verändern, versucht sie sich im Kleinen. In ihrem Kreuzberger Biotop. Graswurzelarbeit nennt sie das. Tauschwirtschaft, Nachbarschaftshilfe, sie stricken sich gegenseitig Schals und Mützen und glauben, dass das gegen die großen Konzerne hilft. Ihre unerschütterliche Geduld hat mir jede Lebenslust geraubt.»

«Sie waren also lange zusammen. Warum sind Sie erst jetzt weggegangen?»

«Etwas ist passiert, mit meinem Onkel. Sonst wäre ich vielleicht immer noch da. Ich habe viele Anläufe genommen. Aber je länger man bleibt, desto schwieriger wird es. Manchmal dachte ich auch, sie braucht mich. Sie ist ein bisschen ungeschickt in Alltagsdingen.»

«Ungeschickt?»

«Ja, mit ihrer ganzen Revolution. Kennen Sie das, den Marsch durch die Institutionen? Gab es so was in der Sowjetunion? Aber sie war so tollpatschig, sie hat sich dabei einfach verlaufen, wie ein kleines Mädchen. Ich konnte sie nicht einfach allein lassen. Aber am Anfang hat sie mir sehr imponiert.»

«Weiß sie denn, wo Sie jetzt sind?»

«Nein. Ihr Leben ändert sich nicht im Geringsten dadurch, dass ich nicht mehr da bin. Das sagt doch schon alles, oder?»

«Sind Sie sicher? Vielleicht vermisst sie Sie.»

«Nein. Sie hat mich, glaube ich, nie geliebt. Verstehen Sie? Nur gebraucht, irgendwie. Gehen lassen wollte sie mich auch nicht. Nur festhalten, mich besitzen, ganz gleich, wer ich bin und was dabei am Ende aus mir wird. Statt eines lebenden Mannes hätte sie auch einen verwesenden Leichnam in den Armen halten können.»

«Hatten Sie das Gefühl, zu verwesen?»

«Aber nein, Herr Professor. Ich will nur sagen, dass es ihr völlig gleichgültig war, wer ich geworden bin. Für sie war ich noch immer der junge Student, der bei der Demo in der Hardenbergstraße an ihrer Seite stand. Seit der Zeit kennen wir uns ja. Sie hat in all den Jahren nicht mitgekriegt, dass ich mich längst verändert habe.»

Guzmans nahm ihn fester in den Blick. «Könnten Sie denn definieren, wer Sie eigentlich sind?»

«Wer ich eigentlich bin? Gute Frage.»

Konrad schluckte.

«Sie müssen nicht antworten», sagt Guzman.

«Doch, doch, warten Sie. Aber es ist schwer zu erklären. Ich merke meistens nur, wenn ich irgendwo nicht ich bin. Da ist so ein Grauwerden, ein unerklärlicher Schleier von Traurigkeit, der sich über alles legt, wenn ich mich von mir selbst entferne. Das spüre ich. Wenn ich mir selbst weggenommen werde. Vor einiger Zeit habe ich eine Frau getroffen, die ich nicht kannte, in einem Pferdestall.»

«Was haben Sie in dem Pferdestall getan?»

«Ich habe die Tiere bewacht. Darunter ein junges Rennpferd, das war während eines Rennens auf die Bahn gelaufen und von den Sulkys überrannt worden. Der Tierarzt bat mich, ganz besonders darauf aufzupassen und ihn anzurufen, falls es sich auffällig verhielt. Das Tier hatte keine sichtbaren Verletzungen, es stand nur zitternd in der Box. So ein Schock kann gefährlich sein für ein Pferd. Ein Jahr ist das jetzt her. Bei meinem letzten Wachgang kam ich in einen sterilen Raum, jedenfalls hing dort ein starker, süßlich-ätzender Geruch in der Luft, wie Salmiak», (so wie hier bei Ihnen, dachte Konrad,) «und dort fand ich ein ungeheures Tier auf dem Boden. Sie glauben nicht, was für einen Eindruck so ein Pferd macht, wenn es einfach so vor Ihnen auf dem Boden liegt. Der aufgeblähte Bauch. Dieser Riesenleib auf einer Gummimatte. In der Nähe des Geschlechtsorgans, wo es in den Bauch geschnitten und mit Nylon vernäht war, wölbte sich eine kleine, vergessene Blutlache auf dem Boden.»

Guzman nickte.

«Und draußen vor der Glastür stand diese Frau. Sie stand vor dem Stall und weinte. Nicht laut, sondern irgendwie gebremst, als wollte sie sich zusammenreißen, nicht auffallen, deswegen habe ich es erst gar nicht begriffen. Ich dachte, sie redet. Neben ihr ein älterer Mann, ich sah nur die Silhouette. Er fasste sie mit Fingerspitzen bei den Schultern, als wollte er ihr aus dem Mantel helfen. Mein Gott, ist es denn meine Schuld?»

«Was?», fragte Guzman.

«Nein, das hat er zu ihr gesagt. Ein kurzer Wortwechsel, dann ging er über den Kiesweg zum Auto. In dem Augenblick öffnete ich die Glastür und sah noch die dicken Abgasschwaden über dem feuchten Gras. Übrigens ein Volvo. Ihr Vater?, fragte ich die Frau. Und in dem Moment hatte ich das Gefühl, mich selbst zu spüren.»

«Was ist denn aus dieser Frau geworden?»

«Nichts. Also, ich weiß es nicht. Sie hat mir damals ihre Telefonnummer gegeben, und ich habe den Zettel verloren.»

«Verstehe.»

«Sehen Sie, deshalb ist es so schwierig. Es funktioniert leichter umgekehrt: Man muss zuerst alles andere von mir abstreifen, alles Falsche, Unzutreffende, Hinzugedichtete, und wenn man Glück hat, bleibt dann vielleicht der unendlich kleine Rest, der ich bin. Ein unendlich kleiner Rest, so viel ist sicher. Ich war nie gut in Mathe, aber es hat sicher was mit Infinitesimal- oder Differenzialrechnung zu tun. Also, wenn man alles von mir abzieht, was nicht Ich ist, bleibt ein winziges Teilchen zurück, geschätzt ein halber Millimeter. Ach, was rede ich, noch viel, viel weniger, unendlich viel weniger. Auf jeden Fall kleiner als ein Embryo.»

Konrad versuchte, mit Daumen, Zeige- und Mittelfinger die Größe dieses winzigen, ungeborenen Wesens zu ertasten. Dann ließ er das Kügelchen in seine Handfläche rollen und hielt sie Guzman hin. Im Licht des späten Nachmittags, das durch die graue Gardine ins Zimmer fiel, sah man die drei tiefen Linien, die in der Handfläche aufeinander zuliefen. Konrad zitterte nicht. Nach einer Weile zog er seinen leeren Handteller beschämt zurück.

«Sie sagten vorhin, da sei etwas passiert», sagte Guzman. «In Berlin.»

«Ja. Das wollte ich Sie auch fragen. Also, rein theoretisch. Stellen Sie sich vor, eine Schwester und ihr Bruder, beide noch sehr jung. Sie haben eine ungewöhnlich innige Beziehung, weil ihre Eltern früh gestorben sind, als sie noch Kinder waren. Kaum Verwandte, sie haben niemanden als sich selbst. Irgendwann merkt der Junge, dass er sich von anderen Jungs angezogen fühlt. Er geht als Soldat nach Russland und kommt traumatisiert zurück. Die Schwester pflegt ihn gewissermaßen. Ist es denkbar, dass diese Schwester ihm helfen will? Dass sie ihn von den Vorzügen der Frau überzeugen und von seiner Neigung abbringen will?»

«Sie meinen, ihn verführen?»

«Das weiß ich nicht genau.»

«Möglich ist alles. Natürlich wäre es aussichtslos, auch wenn die Schwester es gut gemeint hat. Aber ich glaube nicht, dass eine Frau so etwas aus Nächstenliebe, für ihn, tut. Vermutlich stecken andere Motive dahinter, vielleicht fürchtete sie, ihn zu verlieren.»

Konrad nickte.

Guzman rieb sich Kinn und Lippen.

«Viel Glück bei Ihren Ermittlungen. Sie werden Erfolg haben, schon deshalb, weil Sie Arkadij so ähnlich sind», prophezeite er.

«Wollen Sie sagen, dass ich verrückt bin?»

«Nein, gar nicht. Ich beobachte nur, und die Ähnlichkeit ist verblüffend. Nicht äußerlich, aber in Ihrer Art zu sprechen, zu denken. Wie lange beschäftigen Sie sich jetzt schon mit unserem Patienten?»

«Mehrere Wochen, glaube ich.»

«Hatten Sie in der letzten Zeit das Gefühl, dass Erinnerungen an Ihre Kindheit wieder in Ihnen hochkommen? Dinge, die Sie lange nicht mehr gewusst haben?»

«Ja. Sogar einzelne Wörter. Bollerwagen, zum Beispiel.»

## Zwölf

«Haben Sie etwas zum Waschen?», rief Svetlana aus dem Flur.

Konrad griff nach einem Hemd, das seit Tagen in der Ecke lag. Als er in die Brusttasche fasste, fand er das verlorene Blatt, die letzte Konstellation. Sie war vielleicht zwei, drei Tage alt. Er hatte alles noch in Erinnerung. Nur eine Figur war ihm inzwischen entfallen, obwohl er sie auf dem Zettel sogar mit einem Ausrufezeichen versehen hatte: der Bruder. Arkadij hatte in der Küchenszene einen großen Bruder erwähnt. Aber Olhas Kind musste viel jünger sein als er selbst. Er wollte ihn noch einmal danach fragen.

Er hatte Arkadij nie gestanden, dass er seine Protokolle las. Die heimliche Kenntnis dieser Erinnerungen, die Arkadij selbst im Normalzustand, ohne die Droge, verschlossen waren, bot einen großen taktischen Vorteil. Wenn Konrad nicht weiterkam, konnte er diese zwei Arkadijs miteinander ins Gespräch bringen, sie notfalls auch gegeneinander ausspielen.

«Haben Sie sich entschieden?»

«Noch nicht. Aber was ich fragen wollte: Sie haben neulich einen Bruder erwähnt.»

«Einen Bruder? Nicht dass ich wüsste.»

«Doch, Sie haben beiläufig fallenlassen, dass Sie einen Bruder hatten. Ich weiß nicht mehr, in welchem Zusammenhang. Was könnten Sie damit gemeint haben?»

«Ich erinnere mich nicht, Ihnen je etwas davon gesagt zu haben.»

«Ist ja auch egal. Dann frage ich so: Hatten Sie einen älteren Bruder?»

«Ja, schon. Aber davon habe ich Ihnen nie erzählt. Er war dabei. Als unsere Mutter verhungert ist.»

«Sie meinen Ihre leibliche Mutter, nicht Svetlana.»

«Ich habe lange gebraucht, um das herauszufinden. Alle haben versucht, es vor mir zu verheimlichen. Professor Guzman hat mir geholfen, mich zu erinnern. Er hat mir erklärt, dass meine Mutter an Hunger gestorben ist.»

«Erklärt?»

«Er hat mich darauf hingeführt. Meine Erinnerung war ja völlig verschüttet. Er hat all das immer wieder mit mir durchgesprochen, bis mir bestimmte Sachen wieder einfielen.»

«Und wo ist dieser Bruder heute?»

«Weg. Vermutlich schon als kleiner Junge gestorben.»

«Vielleicht auch nicht. Könnte dieser Bruder nicht der böse Mann sein, der Ihren Vater töten wollte?»

Er war gespannt auf die Reaktion.

Arkadij schüttelte erschrocken den Kopf.

«Aber ganz sicher sind Sie nicht, oder? Ist es möglich, dass Ihre Eltern Ihnen die Existenz dieses Bruders verheimlicht haben? Und dass er noch lebt?»

«Nein. Sie konnten davon nichts wissen. Er muss längst tot sein.»

«Haben Sie das Dr. Prohorily erzählt?»

«Der glaubt mir sowieso nicht. Seit Professor Guzman weg ist, habe ich hier keinen vernünftigen Gesprächspartner mehr. Ich nehme die die ganze Zeit nur auf den Arm.»

«Danke, mehr wollte ich für den Augenblick nicht wissen.»

«Was ist mit unserer Reise?», fragte Arkadij in einem anderen, leisen Ton.

«Ich gebe Ihnen Bescheid.»

«Sagen Sie Svetlana nichts. Sie wird Ihnen nur Angst machen. Sie will immer alles verbieten.»

Bei Svetlana gab es Piroggen mit Pilzen. Sie tat ihm auf.

«Also, Ihr Sohn überrascht mich jedes Mal aufs Neue.»

«Was hat er jetzt wieder erzählt?»

Ihre Hand mit der Schöpfkelle zitterte.

«Ich weiß, Sie werden gleich wieder sagen, er ist verrückt. Dabei wird er eigentlich immer klarer im Kopf.»

«Sie sind ja naiv. Sie lassen sich täuschen. Ich habe diese angebliche Klarheit oft genug erlebt. Ein Strohfeuer. Das ist immer so vor einer euphorischen Phase. Er redet plötzlich enorm viel, stimmt's? Und am Anfang klingt sogar alles ganz überzeugend.»

«Ja, er hat heute Vormittag sehr vernünftig erklärt, dass er einen Bruder gehabt hat.»

Svetlana wurde blass. Konrad war verwundert über diese Reaktion.

«Hatte er denn einen?»

«Einen Bruder? Nein, um Gottes willen.»

«Wie kommt er dann darauf?»

«Ich sage Ihnen doch, er denkt sich solche Sachen aus. Er war unser einziges Kind!»

Sie bebte geradezu. Diese weibliche Erregtheit war beeindruckend, sie irritierte ihn, aber er blickte sie fest an, sie konnte ihn nicht von seinem Gedanken abbringen.

«Verzeihen Sie, aber Sie werden verstehen, wenn ich Ihnen das nicht ohne weiteres abnehme.»

«Aber es ist wahr!»

«Sie haben mir schon zu viel verheimlicht. Sie rücken nur scheibchenweise mit der Wahrheit heraus, immer erst, wenn ich es sowieso schon weiß. Die Adoption zum Beispiel. Wenn Sie endlich zugeben würden, was hier los ist!»

Konrad dämpfte seine Stimme, als horchten die Nachbarn an der Wand. «Dann könnte ich meine Ermittlungen einstellen und nach Hause fahren. Glauben Sie, ich bin wild darauf, in schmutzige Familienangelegenheiten hineingezogen zu werden?»

«Schmutzig?»

Svetlanas Mund stand reglos offen. Dann presste sie die Lippen aufeinander, löste sie wieder und fuhr mit der Zunge darüber. Sie stand auf und ging ans Spülbecken. Stellte das Wasser an und nahm etwas in die Hand. Wusch es. Fast mit Gewalt. Stellte ein Glas zum Abtropfen hin, trocknete es mit dem Geschirrtuch und nahm es gleich darauf wieder zur Hand, um es erneut zu spülen.

«Entschuldigen Sie bitte, so war das nicht gemeint. Schmutzig bin ich ja vielmehr selbst, weil ich in Ihren Angelegenheiten herumwühle. Mich geht das alles im Grunde ja nichts an. Aber Sie lassen mir keine andere Wahl. Ein Wort von Ihnen, wo der Mercedes sein könnte und wer dahintersteckt, und Sie sehen mich nie wieder. Könnte dieser Bruder nicht den Wagen haben? Oder vielleicht ein Onkel? Ein Freund Ihres Mannes? Irgendjemanden muss es da doch noch geben.»

«Ich sage Ihnen nur eins: Einen Bruder gibt es nicht.»

In diesem Augenblick zerbrach ihr das Glas zwischen den Fingern. Die Scherben fielen ins Waschbecken. Sie hob einen Finger an den Mund, schwarzes Blut tropfte herab.

«Sehen Sie!», rief sie ärgerlich.

Es war unerträglich schwül, geradezu unnatürlich. Als würde die Hitze des Reaktors bis hierher ausstrahlen, als würde seine zwar einbetonierte, aber ungebändigte Glut das ganze Land aufheizen.

Svetlana hatte ein Pflaster aus der Küchenschublade gezogen. Dann setzte sie sich wieder, spießte noch eine weiße Pirogge auf die Gabel und schob sie in den Mund. Sie kaute eine Weile wortlos. Der Mund wollte gar nichts mehr, aber er musste; was noch da war, musste weg. Sie kaute lange und wurde in diesem gründlichen Kauen ganz alt, dann sagte sie ruhig zu Konrad:

«Sie werden nicht mehr zu Arkadij gehen.»

«Was?»

«Ich sage Dr. Prokoptschuk Bescheid. Sie sind selbst schon zu verwirrt. Wie kommen Sie denn dazu, Arkadij mehr Glauben zu schenken als mir? Sie benutzen meine Wohnung wie eine Absteige, treiben sich tagsüber herum, ich habe keine Ahnung, wo, und kommen zum Übernachten hierher. Abgesehen davon, dass Sie Ihre Gesundheit aufs Spiel setzen: Sehen Sie denn nicht, wie sehr Sie mich damit verletzen? Wie sehr Sie mir Unrecht tun? Sie glauben diesem Wahnsinnigen mehr als mir. Dabei war ich immer aufrichtig zu Ihnen.»

«Abgesehen von den paar Dingen, bei denen Sie es für notwendig hielten, sie mir zu verheimlichen.»

«Unsinn, Kleinigkeiten. Sie sind wohl nicht mehr ganz richtig im Kopf. Lassen sich Sachen einreden, die gar nicht stimmen können, und erschrecken mich dann mit wirren Fragen.»

«Nein, ich will Ihnen ja glauben. Aber ich möchte auch verstehen, was er meint. Was finden Sie an dieser harmlosen Frage denn so furchtbar?»

«Was er meint, was er meint! Was kann er schon meinen? Vielleicht hatte er als Säugling wirklich einen Bruder, als seine Mutter starb. Wir wissen das doch nicht.»

«Also, Sie wissen nichts von einem Bruder.»

«Nein. Nein. Nein. Ich nehme jetzt erst mal einen Wodka. Sie auch?»

«Nein danke. In letzter Zeit trinken Sie ein bisschen zu viel, für meine Begriffe.»

Svetlana schenkte sich ein Glas ein und kippte es hinunter. Das war der Beweis: Es musste einen Bruder gegeben haben, nur so war ihre hysterische Reaktion zu erklären. Andernfalls hätte sie das einfach ruhig bestritten. Eine weitere unbekannte Person, deren Existenz sehr wahrscheinlich war, betrat die Konstellation. Vielleicht meinte sie Olhas Kind? Also ein Sohn. Nur das Alter stimmte nicht überein.

Er lag im Halbschlaf, es war schon hell, als er Svetlanas Stimme im Flur hörte und davon ganz erwachte. Er blieb liegen und bemühte sich, etwas zu verstehen. Umsonst.

Er stand auf, schlurfte an der Küche vorbei, in der sie das Frühstück vorbereitete, und fragte, als er aus dem Bad zurückkam:

«Habe ich Sie gestern richtig verstanden?»

«Womit?»

«Sie wollen nicht mehr, dass ich Arkadij besuche?»

«Ja, natürlich. Ich habe eben mit Dr. Prokoptschuk telefoniert. Sie beide brauchen jetzt eine Pause, Arkadij und Sie.»

Ihr fürsorglicher, sanfter Ton machte Konrad hilflos und wütend. Ohne Erwiderung ging er in sein Zimmer. Er setzte sich an den Schreibtisch und griff nach dem Pantographen. Weil er nicht einfach nur dasitzen konnte, nahm er sich seine Konstellation vor und breitete ein weißes Blatt vor sich aus.

Als Erstes setzte er das Paar Arkadij – Olha in die Mitte. Links daneben trug er Arkadijs Bruder ein, gleich, um ihn nicht wieder zu vergessen. Olhas Kind eine Stufe unter ihr, rechts. Ob es je zur Welt gekommen war, ob es noch lebte, war unbekannt. Noch weiter rechts, ganz am Rand, stand dieser Wasyl Holota. Er wusste von ihm nur das, was Mazepa erzählt hatte. Arkadijs großer Bruder konnte er nicht sein, denn er war kurz nach dem Krieg geboren. Vom Bruder und von Olhas Kind wusste er so gut wie nichts, das Kind und Holota dagegen hatten eines gemeinsam: Beide waren kurz nach dem Krieg geboren.

Konrad widerstrebte es zunächst, zwei Personen in Deckung zu bringen, die verschiedenen Bezeichnungen trugen – Wasyl Holota und Olhas Kind. Als könnte die kleine Welt, die auf dieser Zeichnung ihren abstrakten Ausdruck fand, dadurch vorzeitig verarmen. Jetzt wurde ihm bewusst, dass in den Akten nie Olhas Nachname erwähnt worden war, und er war auch nicht auf die Idee gekommen, Svetlana danach zu fragen. Ein Kindermädchen braucht nur einen Vornamen, am besten abgekürzt, einen Kosenamen. Olha Holota? Dieser Nachname schien den Riesenkreis um sie, der nur aus praktischen Gründen auf dem Blatt zusammenschrumpfen musste, unzulässig zu verkleinern. Dennoch zeichnete er die Konstellation noch einmal und trug die beiden versuchsweise so ein, dass ihre Kreise sich deckten. Man konnte sie ja einmal übereinanderlegen, ohne dass sie gleich verschmelzen mussten. Damit war der Hauptverdächtige in die Familie integriert, im weiteren Sinne. Die Großfamilie. Familie plus Kindermädchen. Und diese doppelte Person entwickelte eine ungeheure Hitze.

Svetlana klopfte an der Tür. Er verstand langsam, was Arkadij an diesem Verhalten immer zur Weißglut gebracht hatte; sie drückte die Klinke, ohne die Antwort abzuwarten.

«Hier, Ihr Kaffee. Sie wollen ja heute sicher allein frühstücken.» Einen mitleidig-vorwurfsvollen Blick auf seine Zeichnung konnte sie sich nicht verkneifen.

Als er damals von der Rennbahn in Hoppegarten in die alte City West zurückversetzt worden war, hatte sein Schichtleiter in der Wach- und Schutzgesellschaft, ein gutmütiger älterer Mann, ihn getröstet: «Freuen Sie sich, müssen Sie nicht mehr so weit fahren.»

Er konnte nicht wissen, dass Konrad genau das wollte – möglichst weit weg sein. Die Rennbahn war der einzige Ort, an dem er hoffen konnte, der Frau noch einmal zu begegnen. Jeden Morgen nach Dienstschluss wanderte er einmal um die weite Bahn, die sich aus dem Nebel schälte. Ein Gedenkritual. Die Versetzung war eine Degradierung, es fühlt sich für ihn an, als hätte man ihm wieder Windeln angelegt. Er spürte die unförmige, drückende Masse zwischen den Beinen. Seine Oberschenkel erinnerten sich daran, wenn die Trainingshose sie beim Waldlauf an der Innenseite wund scheuerte.

«Man hat an der vordersten Front der Wirklichkeit gestanden, und dann soll es das plötzlich gewesen sein?» Hatte Wolfgang Krynitzki gesagt.

Das Bankgebäude aus Glas und Stahl an der Nürnberger Straße war nicht weit vom Zoologischen Garten entfernt, trotzdem gab es dort keine Tiere. Dort lebte gar nichts. Nicht einmal tote Ratten lagen herum. Versteckt im Dunkel des Kundenraumes, sah er vor der Glasfront Passanten vorübergehen. Nachts um drei kam ein Kollege vorgefahren und vergewisserte sich, dass Konrad noch lebte. In den schwarzen Rechenschränken vollzog sich still ein körperloser, bargeldloser Verkehr, erkennbar nur an den flackernden roten Lämpchen. Es roch nicht nach Schweiß, sondern nach Kunststoff und Reinigungsmitteln. Morgens kam die Putzfrau aus Hohenschönhausen, mit der er sich inzwischen gut verstand. Er bewunderte ihre Ausdauer: Ihr Mann war nach Hamburg abgehauen und hatte zuvor die auf Kredit gekaufte Schrankwand zertrümmert.

Gerade eben hatte eine Geschichte anfangen wollen – und schon war er wieder zurück im satten, um die eigene Vergangenheit amputierten Westen, äußerlich unversehrt, innerlich unbefriedigt, zurück in der alten Soße, in der alles stillstand, irgendwie auch in seiner späten Jugend.

Wie ein verlorener Sohn. Nur weil er den Zettel mit der Telefonnummer verloren hatte. Er kam zurück wie aus dem Krieg. Die andere Welt war dort geblieben, ohne die lebendige, fraglose Verbindung, die man zu wichtigen Menschen und Dingen im Leben aufbaut. In dieser Bank fühlte er sich noch ausgeschlossener von der Welt, als hätte man die Mauer der DDR um ihn wieder hochgezogen.

Mein Gott, dachte er jetzt, in diesem desinfizierten Kinderzimmer in Kiew sitzend, als hätte er Mitleid mit dem jungen Mann, der er damals war. Was hast du nur in diesem kleinen Osten gesehen, in dieser tristen DDR? Romantisch war sie doch nur, weil sie all die Jahre hinter Stacheldraht lag. Ihr ganzer Reiz entfaltete sich nur in deinem Kopf. Anfang der neunziger Jahre hatten Marlene und er in Brandenburg nach einem alten Bauernhaus gesucht. Damals war das billig, alle wollten raus aus der Stadt, waren auf der Suche nach der Romantik dieses anrührend schlichten, früh gealterten Landes. Dort draußen leben, in der stolzen Unberührtheit des zerfallenen Sozialismus. Mit dem Auto fuhren sie die Gegend östlich Berlins ab, bis zum Oderbruch. Am Ende war es dann gerade die Atmosphäre, die sie abschreckte. Von Unberührtheit konnte keine Rede sein, alles war tausendmal betatscht, und so ordentlich, so verdammt brav. Sogar Marlenes Begeisterung für das sozialistische Experiment konnte ihr den Blick dafür nicht mehr verstellen. Wie Jacek gesagt hatte … Die sorgfältig gemähten, mit Ecksteinen gefassten Rasenflächen. Das geschlechtslose Grau der schmalen Dorfstraßen, auf denen kein Mensch sich sehen ließ, nicht mal werktags. Stattdessen die misstrauischen Blicke, die sie hinter den Gardinen vermuteten. Menschen, die vierzig Jahre sauber und untadelig gelebt hatten und auch jetzt nicht auffallen wollten.

In den Ställen der Rennbahn war eines Nachts ein Hengst aus seiner Box entwischt. Irgendwer hatte den Riegel nicht richtig zugeschoben. Groß und schwarz stand das Pferd im Mittelgang. Konrad war unsicher, sprach lange beruhigend auf das Tier ein, ohne sich von der Stelle zu rühren. Irgendwann tat der Hengst einige Schritte auf ihn zu. Konrad griff nach dem Zaum und konnte ihn tatsächlich in die Box zurückführen, auch wenn er sich ein paarmal sträubte und Konrad geduldig einfach ruhig stehen bleiben musste, bis er wieder weiterging. Endlich in der schmalen Box, merkte er, dass er an der Rückwand stand und das Pferd vor ihm. Er kam nicht mehr raus. Er hatte das riesige, glänzend-glatte Rund des gestriegelten Pferdehinterns vor sich, roch den Pferdeschweiß und hatte Angst, das Tier könnte nach ihm treten. Schieben kann man ein Pferd nicht. Er war stolz darauf, sich dann irgendwie vorbeigedrückt zu haben und noch herausgekommen zu sein. So ein Kunststück musste ihm auch jetzt gelingen.

Svetlana mochte noch so sanft und fürsorglich sein, die Wahrheit konnte sie ihm nicht verbieten. Als er das verstanden hatte, durchströmte ihn stille Empörung, eine Art Vorlust auf das, was jetzt noch zu tun blieb.

Die Wirklichkeit antwortet uns in der Weise, wie wir ihr begegnen. Mit einem Mal fiel ihm alles, was er früher an der Ermittlungsarbeit so langweilig gefunden hatte, leichter. Irinas Ratschlag war so schlicht wie gut: Für die Adresse des Militärischen Hauptkrankenhauses, in der Jurij Solowjow seine letzten Monate verbracht hatte, genügte ein Blick ins Telefonbuch. Zum Postamt konnte er sogar zu Fuß gehen. Als er dort fündig geworden war, nahm er den Bus in die Lesja-Ukrainka-Straße.

Vor dem Haupteingang kaufte er einer alten Frau einen Blumenstrauß ab und betrat das Gebäude. Mit der besorgten Miene des Angehörigen fragte er bei der Pförtnerin nach der Krebsstation, sie erklärte ihm den Weg. Auf der Station erkundigte er sich nach dem leitenden Arzt und wurde zu Dr. Kowalenko geführt.

«Haben Sie ein paar Minuten Zeit für mich?», fragte Konrad.

Der Arzt bat ihn in sein Zimmer.

«Ich will ganz offen sein», sagte Konrad. «Ich untersuche im Auftrag einer Versicherungsgesellschaft einen Todesfall, der sich hier vor ungefähr drei Monaten ereignet hat. Sagt Ihnen der Name Jurij Solowjow etwas?»

«Ja, ich erinnere mich», sagte Dr. Kowalenko. «Darf ich mal Ihren Ausweis sehen?»

«Ich würde Ihnen fürs Erste lieber diese Art Ausweis geben.»

Konrad zog einen Hundert-Dollar-Schein aus seiner Brieftasche und legte ihn auf den Tisch. Dr. Kowalenko ließ ihn liegen.

«Was möchten Sie wissen?»

«Die offizielle Diagnose ist uns bekannt. Demnach ist Herr Solowjow an Lungenkrebs gestorben. Wir haben allerdings Anlass zu dem Verdacht, er könnte am Ende doch gewaltsam ums Leben gebracht worden sein.»

Dr. Kowalenko holte Luft. «Die Frage lässt sich relativ leicht beantworten. Herr Solowjow litt an einem kleinzelligen Bronchialkarzinom. Er war starker Raucher, bis zuletzt. Ließ sich das nicht verbieten. Ist allerdings immer brav auf den Balkon hinausgegangen, solange er noch gehen konnte. Bei seiner Einlieferung befand die Krankheit sich bereits im ersten Stadium der Ausdehnung. Das Karzinom hatte gestreut, die Lymphknoten waren massiv befallen. Operativ ließ sich da nichts mehr machen. Es kam schon bald zu einer Thoraxwandinfiltration. Chemotherapie bei einem Mann dieses Alters ist ganz kritisch, Bestrahlung hilft auch nicht mehr viel. Eine Heilung in diesem Stadium ist mir noch nicht vorgekommen. Kurz gesagt: Man konnte sich die Mühe sparen, ihn noch umzubringen.»

«Hat er viel Besuch bekommen?»

«Nein. Seine Frau kam etwa zweimal die Woche.»

«Und sein Sohn?»

«Welcher?»

«Er hatte nur einen.»

«Nein. Er hatte zwei Söhne. Der eine, der ältere, war nur ein einziges Mal hier, in Begleitung der Mutter. Ein dünner Mann, fast krankhaft hager, sehr bleich im Gesicht, krumme Haltung. Der hat sich danach nie wieder blicken lassen.»

«Und der andere?»

«Der kam schon früher. Allein. Das ganze Gegenteil. Ende vierzig, durchtrainiert, auf die übertriebene Art, wie junge Männer heute sind, kennt man ja. Bodybuilding, und dann mit fünfzig der erste Infarkt. Er trug Schuhe mit langen Spitzen und einen Anzug, ein bisschen wie ein italienischer Gigolo. Er stürzte hier rein, fragte nach Solowjow und marschierte ohne Umschweife zu ihm ins

Zimmer. Dort steckte er sich gleich eine Zigarette an. Drei andere Patienten lagen in dem Zimmer. Die Schwestern haben was gesagt, die sind ja nicht zimperlich, er hat sie nur angebrüllt.»

Die Tür ging auf, Kowalenkos Hand griff blitzschnell nach der Banknote. Eine Schwester legte ihm einen Stapel Papiere vor. Als sie wieder raus war, schob er den Schein in seine Brusttasche.

«Honorar für mein mündliches Gutachten», sagte er.

«Haben Sie diesen Mann mit eigenen Augen gesehen?»

«Ja, sicher. Ich wollte ihn zur Ordnung rufen. Er hat die ganze Station in Angst und Schrecken versetzt.»

«Hatte er eine Waffe?»

«Weiß ich nicht. Gesehen hab ich keine. Als er ein paar Tage später wiederkam, war er viel ruhiger und saß lange am Bett von Solowjow.»

«Wie oft ist er denn noch hier gewesen?»

«Ich selbst habe ihn vier- oder fünfmal gesehen.»

«Ist er der Ehefrau nie zufällig über den Weg gelaufen?»

«War das nicht seine Mutter? Nicht dass ich wüsste.»

«Und Sie sind sicher, dass er Solowjow nicht erschossen hat? Oder sonst wie umgebracht?»

«Hören Sie. Ich war Militärarzt in Afghanistan. Ich werde noch eine Schusswunde erkennen. An dem Tag, als Solowjow starb, hatte ich Dienst. Er hat Morphine bekommen, gegen die Schmerzen. Erschossen wurde er nicht.»

«Ich danke Ihnen für die Auskunft, Herr Doktor. Diese Information ist für unsere Gesellschaft sehr wichtig. Noch etwas.»

«Ja?»

«Hat Solowjow irgendwas gesagt, was dieser Sohn von ihm wollte?»

«Kein Wort. Er hat sowieso nur mit großer Mühe gesprochen, mit den Schläuchen. Eher geröchelt. Aber der Sohn hat etwas gesagt, er hat gerufen: Ich bin dein wahrer Sohn. Mehrmals. Immer wieder diesen Satz.»

Konrad zog das Foto von Holota aus der Tasche.

«War es dieser Mann?»

«Genau der», sagte Kowalenko und tippte mit dem Zeigefinger darauf.

Konrad verließ die Klinik mit einem Gefühl tiefer Befriedigung. Olhas Sohn hieß Wasyl Holota. Die Indizien waren eindeutig. Er fühlte sich, als hätte er mit der neuen Erkenntnis seine Aufgabe vollends gelöst. Als ihm das Auto wieder einfiel, wurde ihm klar, dass der Mercedes kein beliebiges gestohlenes Fahrzeug mehr war, sondern ein Geschenk. Vom Vater an den Sohn. Auch wenn der Vater nur als Halter fungierte und der Sohn es bezahlt hatte, war es eine symbolische Geste, die eine Verbindung zwischen ihnen herstellte. Eine enge Verbindung, die ihm schon auf einer seiner ersten Zeichnungen aufgefallen war. Es hatte damals nur mit dem falschen Sohn gerechnet. Für das Kräfteverhältnis in der Konstellation spielte das keine Rolle: Wenn man diesem Sohn das Auto entreißen wollte, war das so, als wollte man ihm den Vater ein zweites Mal wegnehmen. Es wäre nur mit Gewalt möglich.

Von seinem Besuch in der Krebsklinik wusste Svetlana nichts. Auch von seinen Gesprächen mit Professor Guzman konnte sie eigentlich nicht erfahren haben. Aber Frauen besitzen ein Gespür.

«Sie sind so unruhig in letzter Zeit», sagte sie am Abendbrottisch.

«Ja, vielleicht, weil meine Zeit hier zu Ende geht», meinte Konrad unüberlegt. «Ich werde bald fahren müssen. Ich glaube nicht mehr, dass ich den Wagen noch finde. Und ewig kann ich nicht hierbleiben.»

«Ja, fahren Sie ruhig. Sie haben es ja schon mehrmals angekündigt. Ich werde Sie nicht daran hindern. Arkadij ist viel wichtiger für Sie als ich, das ist mir schon klar.»

«Das habe ich nicht behauptet.»

«Doch, es geht aus Ihren Worten hervor, vielleicht sollten Sie mehr darauf achten, was Sie sagen. Schade, dass Sie so auf Arkadij fixiert sind. Ich dachte immer, ein Privatdetektiv müsste alle möglichen Spuren verfolgen, statt sich auf eine einzige zu konzentrieren. Ich erwarte ja gar nicht, dass Sie mich mögen. Aber ich dachte, zwischen uns hat sich so eine Art Freundschaft entwickelt ... etwas wie Seelenverwandtschaft.»

Sie benutzte das deutsche Wort, mit ihrem starken russischen Akzent.

«Das ist Goethe, nicht wahr?»

«Ja, ich habe ihn gelesen, als ich jung war. Ich dachte, uns verbindet etwas Tieferes. Wir haben uns gerade deshalb Hals über Kopf verstanden, weil unsere Herzen wie offene Bücher waren.»

Es waren seltsam verrenkte, altmodische Wendungen, denen man die Herkunft aus der Romantik anmerkte.

«Aber ich schätze Sie doch», sagte er ungeschickt.

«Darauf pfeif ich.»

«Schade. Ich mag Sie wirklich …»

«Aber? Irgendetwas haben Sie doch?»

«Nein. Nur Olha. Sie hatte ein Kind.»

Ihre Reaktion war verblüffend. Mit der linken Hand griff sie nach der Gabel, mit der rechten nach dem Messer. Beide senkrecht haltend, die Fäuste auf dem Tisch, saß sie regungslos da. Wie die Karikatur eines Kindes, das aufs Essen wartet. Als hielte sie sich an ihrem eigenen Besteck fest, als könne dies ihre Fassung wahren. Es half nur kurz, und die Tränen traten ihr aus den Augen. Kein großer Ausbruch, nur stumme Tränen. Sie blieb einen Moment trotzig sitzen, dann warf sie das Besteck hin und lief aus der Küche.

«Und wissen Sie, wer das ist?», rief er ihr hinterher.

«Ich ertrage es nicht, wie Sie mich behandeln.»

Er schob den Stuhl zurück, lief in den dunklen Flur, hörte ihr Schluchzen aus dem Schlafzimmer. Eine Weile blieb er wortlos im Türrahmen stehen, bis er im Dunkeln ihre Umrisse erkannte. Sie lag quer über dem Bett, auf dem Bauch. Er setzte sich auf den Bettrand. Es schüttelte sie. Er legte ihr eine Hand auf die Schulter.

«Sie hassen mich. Wie ein Ungeheuer. Eine Frau, die kein eigenes Kind hat. Die nicht lieben kann.»

«Das ist nicht wahr.»

«Doch. Ich hatte gehofft, wenigstens Sie würden mich verstehen.»

Es kam jetzt nicht sehr darauf an, was er sagte und ob er überhaupt etwas sagte. Er ließ die Hand auf ihrem Rücken, er berührte den Körper einer alten Frau und hatte doch das Gefühl, alles wahrhaft Lebendige in ihr sei ewig jung.

«Sie glauben, mein Leben wäre leicht gewesen», sagte sie, als ihr Schluchzen in einen ruhigeren Atem übergegangen war. «Vielleicht, weil Sie selbst nichts anderes kennen. Ihr Leben dort im Westen ist bequem und einfach. Aber uns halten Sie für privilegiert, Offizier und Funktionär, mit eigener Wohnung. Der muss dann ja einen teuren Mercedes fahren, aber klar. Es tut mir weh, dass Sie mich so falsch, nur von außen sehen. Aber wie kann ich mich Ihnen offenbaren? Es fällt mir nicht leicht, meine Gefühle zu zeigen. Ich kann das nicht, ich musste immer hart gegen mich selbst sein. Mein Leben war hart zu mir. Meine Eltern haben mich streng erzogen. Mein Vater – bevor er im Krieg geblieben ist, 1914 –, mein Vater hat mich geschlagen. Ich war nie zimperlich. Er schlug mich mit seinem Gürtel, und ich habe mir eingeredet: Er schlägt dich, aber er liebt dich. Bei jedem Schlag: Er schlägt dich, aber er liebt dich. Mein ganzes Leben lang. Mein eigenes Kind ...»

Sie stockte.

«Was ist mit Ihrem Kind?»

Sie schwieg lange. Dann klang ihre Stimme verändert, grau.

«Mein eigenes Kind habe ich gegeben.»

«Was haben Sie getan?»

Sie schwieg. Er drückte die Hand ganz leicht zusammen und spürte ihre Nackenmuskeln.

«Erzählen Sie mir, was Sie getan haben.»

«Für die Revolution. Als Sie nach diesem Bruder gefragt haben, dachte ich, Sie meinen ... ich dachte an einen Menschen, der beinahe Arkadijs Bruder geworden wäre. Das ist lange her, ewig lange.»

Dann brach sie wieder in Tränen aus. Er hielt sie fest,

mit beiden Händen auf ihren Schultern, bis sie sich beruhigte.

«Mein Kind wäre vielleicht geworden wie Sie.»

«Ihr Kind?»

«Was meinen Sie, warum wir damals Arkadij adoptiert haben? Ich hätte ein eigenes Kind haben können, mit Anfang zwanzig. Ich war schwanger, aber es war von einem anderen Mann. Ich kannte ihn schon vor meiner Ehe. Ich hab Schluss gemacht, als ich erfuhr, dass seine Eltern Bürgerliche waren, ich war furchtbar enttäuscht. Er hatte mir das verheimlicht. Familie und all das zählte damals nicht, wir wollten alle Kräfte für die bolschewistische Revolution geben. Dann stellte ich fest, dass ich schwanger war. Abtreibungen waren damals erlaubt. Sie waren gang und gäbe.»

«Das tut mir leid», sagte Konrad. «Und das beschäftigt Sie noch heute?»

«Seit Sie gekommen sind.»

«Wie bitte?»

«Seit Sie hier sind, denke ich immer öfter daran. Ich weiß nicht, wieso. Vielleicht, weil Sie mich an ihn erinnern. Weil Sie ihm ähnlich sind.»

«Was ist das für Unsinn? Sie können doch nicht wissen, wie er ausgesehen hätte.»

«Doch, ich weiß es.» Er hörte fast glückliche Unbeirrbarkeit in ihrer Stimme. «Es war furchtbar. Mehrere Frauen in einem Saal, wir warteten auf den Eingriff. Dieser Geruch, ein Geruch nach Haut, Eisen, Blut, nach weiblichen Öffnungen, nach Desinfektionsmitteln. Bis heute fällt mir das alles wieder ein, sobald ich Babyöl rieche. Ich weiß nicht, wie sie das damals gemacht haben.

Ich sah nur das rote Zeug in den Blecheimern neben den Betten. Blasen, Bläschen. Liebe würde man nie kollektiv machen, aber dieses Gegenteil davon, das erledigten sie wie am Fließband. Die Betten standen nebeneinander, nur durch aufgehängte weiße Laken getrennt.»

«Wer war denn der Vater?», fragte Konrad. Er sah sofort eine neue Gestalt in der Konstellation, so absurd das auch war.

«Ich war damals sehr verliebt. Ich habe ihn bewundert. Der erste Mann. Sie müssen bedenken, ich war erst Anfang zwanzig, und noch ziemlich naiv.»

«Lebt er noch?»

Sie überhörte die Frage.

«Und wofür? Sie sehen ja, dass alles kaputtgegangen ist, was wir aufgebaut haben, der Sozialismus, die Stärke und der Stolz unseres Vaterlandes. Heute ist wieder genau die Bourgeoisie an der Macht, die wir damals bekämpft haben. Übrigens die Nationalsozialisten auch, die waren auch gegen die Kosmopoliten. Alles verschachert. An die Oligarchen. Ans ausländische Kapital. Wozu dann das alles? Vielleicht denke ich deshalb wieder an mein Kind, das ich geopfert habe. Aber das macht mich eben auch stolz. Und hart.»

Konrad saß unbequem, über sie gebeugt, mit gestreckten Armen. Er ließ eine Hand in die Mulde ihres Rückens wandern und setzte sich auf.

«Die zwei, drei Monate, in denen ich das Kind in mir trug, begann ich es zu lieben. Meine Hoffnungen, meine Liebe konzentrierte sich auf dieses beginnende Wesen.»

«Und dann?»

«Dann wurde es weggemacht.»

Sie vergrub das Gesicht im Kissen und ließ sich von ihrem Weinen schütteln. In so einem Zustand hatte er sie noch nicht gesehen. Dann hielt sie inne und rang um Fassung.

«Wissen Sie, wie leer die Welt sein kann, weil nur ein Wesen darin fehlt, ein einziges? Entschuldigen Sie», sagte sie, stand auf und verschwand. Er hörte die Badezimmertür.

Nach einer Weile kam sie verheult zurück und setzte sich neben ihn aufs Bett.

«Leer. Leer. Mitten im größten Gedränge.» Ihr Ton war fester. Auch die leichte Verächtlichkeit war wieder da. «Draußen kam der Aufschwung. Die sogenannte Neue Ökonomische Politik. Die feisten kleinen Händler wagten sich aus ihren Rattenlöchern, in die die bolschewistische Revolution sie gescheucht hatte. Sie witterten Morgenluft. Plötzlich gab es wieder mehr zu essen, Märkte wurden erlaubt, die Bauern durften ihre Sachen verkaufen. Auf einmal sah man wieder überall die dicken, karminroten und braunen Gesichter der Bäuerinnen mit ihren fettigen Lippen. Mein Gott, was für widerwärtige Weiber. Fressen und kacken, entschuldigen Sie, das war alles, was sie konnten. Und Kinder kriegen natürlich. Wir hatten für die Revolution gekämpft, für das Ideal. Wir hatten uns geopfert und lebten asketisch. Für die revolutionäre Idee. Und da diese halben Tiere. Die verstanden nicht, was eine Kolchose ist. Sie arbeiteten nur, wenn es zu ihrem eigenen Nutzen war. Wenn sie auf ihren Feldern nichts mehr zum Fressen fanden, zogen sie uns nach in die Städte, wie Herden, die sich irgendwo da draußen im Nebel vermehrten und sich zusammenrotteten.»

«Aber Olha», wandte Konrad ein, ganz sinnlos.

«Lebensmittel, Gemüse, Fleisch kam auf die Basare. Aber während alle anderen immer reger und fröhlicher wurden, fühlte ich mich wie innerlich abgestorben. Man sagt das so, aber ich sah wirklich schwarz, im wahrsten Sinne des Wortes. Ich weiß noch, wie ich einmal besinnungslos über den Markt lief, geblendet vom Sonnenlicht, von dem bunten Obst und dem Fleisch. Alles Schöne war eine Verhöhnung, und ich dachte beim Anblick der Äpfel und Roten Bete, an denen noch Schwarzerde klebte, und besonders beim Anblick der Schweinehälften: Ihr Lügner! Nehmt eure Masken ab! Wozu brauche ich jetzt diese Lebensmittel? Welches Leben sollen sie denn noch ernähren? Wem soll ich sie nach Hause bringen? Ihr Ungeheuer, habt fein gewartet, bis mein Kind tot ist. Wo habt ihr das alles so lange versteckt? Ich wurde so traurig, das können Sie sich nicht vorstellen. Ich konnte essen, aber mein Sohn nicht. Ich hätte gern gehungert für ihn, hungern konnte ich. Anfang der zwanziger Jahre war ich zehn, da herrschte die große Hungersnot in Russland. Von da an konnte ich nie über Mangel an Appetit klagen. Aber jetzt war mir der Appetit auf alles vergangen, auch auf das Leben.»

«Warum haben Sie danach kein Kind mehr bekommen?»

«Unfruchtbar, vom Eingriff. Haben die Ärzte gesagt. Und wissen Sie was? Es ist vielleicht eine große Sünde, das zu sagen, aber wenn ich Ihnen schon so viel erzählt habe, sage das jetzt auch noch. Ich muss oft daran denken.»

Er nickte nur. Sie setzte sich auf das Bett und schob ihren Rücken an die Holzwand.

«Es ist merkwürdig, dieses eine, einzigartige Wesen, das noch gar keine erkennbaren Züge hatte, weil es sich nicht entwickeln, nicht gedeihen konnte. Immer wenn ich an die Toten denke, die nach ihm gestorben sind, die Millionen Toten des Krieges und die Toten von Babij Jar und was ihr mit den Juden gemacht habt und mit diesen armen Bauernjungs, die kein Verbrechen begangen hatten, die nur an die Zukunft der Sowjetmacht glaubten, dann kann man das ja eigentlich gar nicht vergleichen. Was zählt dagegen ein einzelner, noch dazu ungeborener Mensch. Die Masse der anderen ist schon durch ihre ungeheure Zahl viel beeindruckender, eine große, bedrohliche Armee von Schatten. Und dennoch sehe ich immer nur mein Kind vor mir, und der Gedanke an mein Kind macht mich todtraurig. Jedes Mal, wenn er mir in den Sinn kommt. Jedes Mal.»

Wieder Tränen.

«Das verstehe ich doch. Schließlich wäre es Ihr Kind geworden. Das Eigene steht einem immer näher.»

«Seien Sie doch nicht so grob. So meine ich das nicht. Es ist, weil bei ihm alle Möglichkeiten da waren, weil sie ungenutzt geblieben sind. Es ist, als wäre jede seiner Möglichkeiten unendlich viel realer als die Wirklichkeit. Das ist erschreckend. Seine Wirklichkeit ist noch in voller Größe da, sie ist noch nicht abgelebt.»

«Abgelebt?»

Не отжила своего. Dieses russische Wort hatte Konrad noch nie ausgesprochen gehört.

«Ja. Ein Mensch wird geboren, er lebt und geht auf wie eine Blume, und dann fällt sein Leben von ihm stückweise ab. Es ist abgelebt, sozusagen. Aufgezehrt. Aber mein

Sohn wartet bis heute auf seine Verwirklichung. Und er wird ewig darauf warten müssen. Ich weiß, das klingt fast religiös, dabei wissen Sie, dass ich ganz und gar nicht gläubig bin. Vielleicht rede ich auch Unsinn. Aus meinem Sohn hat nie etwas werden können. Ich habe das verhindert, ich war so viel stärker als er, auch wenn ich erst zwanzig war. Ich habe ihn zerdrückt wie eine Fliege auf dem Fensterbrett. Einen kleinen Säugling zerdrückt wie eine schmutzige Fliege. Das ist die größte Sünde. Dass er nie entstanden ist und ich deshalb nicht weiß, was aus ihm alles hätte werden können. Manchmal bekomme ich richtig Angst vor dem, was er hätte werden können.»

Sie verlor jetzt den Rest ihrer Selbstbeherrschung, brach wieder in Schluchzen aus. «Manchmal erscheint er mir nachts im Traum. Ein Riese, der an mein Fenster klopft und zu mir hereinwill.»

Als Konrad schon dachte, sie hätte sich beruhigt, kam noch ein Schluchzer, das letzte Beben des Zwerchfells nach der ausgiebigen Entladung. Dann sagte sie mit einer anderen, helleren, fast musikalischen Stimme:

«Er hätte ein lieber, naiver Junge werden können, so wie Sie, ein wunderbarer Musiker, ein Künstler, ein bedeutender Politiker, es hätte der neue Heiland werden können.»

«Oder ein zweiter Stalin», sagte Konrad.

Sie hielt empört inne, aber in ihrer Erregung konnte oder wollte sie nicht widersprechen. Sie zog die Nase hoch.

«Für Sie ist Stalin ein Ungeheuer, ich weiß. Schade, dass Sie immer alles glauben, was in Ihren Zeitungen steht. Weil mein Sohn alles hätte werden können, war er auch alles. Ich allein habe das verhindert. Und ich weiß nicht, wieso dieser Gedanke mich jetzt immer öfter quält. Vielleicht weil alles andere so leer und hässlich geworden ist. Seit Jurijs Tod habe ich niemanden mehr. Über was soll ich mich freuen, über Arkadij? Einen hässlichen, verrückten alten Mann, der aus dem Mund riecht? Deshalb waren Sie …»

«Was?»

«Ein Lichtblick. Ein heller Mensch, der plötzlich in mein Leben trat. Sie waren so verloren, als Sie hier ankamen, so einsam. Irgendetwas war mit Ihnen passiert. Das habe ich sofort gesehen. Sie tauchten auf und haben mich bezaubert. Jetzt darf ich das sagen. Auch weil Sie Deutscher sind. Plötzlich hatte alles wieder Sinn, als wäre eine große Lücke geschlossen, nach fast fünfzig Jahren. Deshalb verletzt es mich so, wenn Sie mich nicht verstehen. Sagen Sie mir, ob Sie mich verstehen.»

«Ich verstehe sehr gut.»

«Natürlich, es hätte auch ein Alkoholiker werden können. Oder einer von den vielen Kriminellen.»

Genau, dachte Konrad.

Sie hielt inne.

«Aber das hilft nichts, oder nur eine Zeitlang. Manchmal denke ich daran, dass Millionen junger Soldaten im Krieg gefallen sind. Oder sage mir, dass Tausende Frauen das Gleiche gemacht haben wie ich. Aber das sind alles nur Gedankenspiele, sie helfen nur eine kurze Weile. Und dann überfällt mich wieder diese Trauer, wie eine Sturmflut.»

Sie schnäuzte sich.

«Sie sind der erste Mensch, mit dem ich darüber sprechen kann.»

Sie sah ihm in die Augen und wich dem Blick gleich wieder aus.

«Vielleicht verstehen Sie jetzt, wie ich aufgeheult habe, als ich begriff, was für einen hässlichen, geistig kranken Menschen wir uns in die Familie geholt hatten.»

«Aber Arkadij war nicht immer so.»

«Als Olha ihn mir weggenommen hatte, konnte ich wenigstens mit meinem Sohn reden.»

«Was konnten Sie?»

«Ja, ich war in der Küche, habe gekocht und konnte seine Stimme hören. Mein Sohn war da, und ich sprach mit ihm. Denken Sie nicht, ich wäre verrückt. Obwohl ich es vielleicht langsam werde. Wenn Sie weggehen, werde ich es.»

«Sie wissen ja nicht einmal, ob es ein Sohn geworden wäre.»

Sie lächelte abwesend, fast verächtlich.

«Doch, eine Mutter spürt das. Ich habe ihn damals schon vor mir gesehen. Sein kleines, rundes Gesichtchen, weiß und weich. Seine strahlenden Augen, wenn ich zu ihm gesprochen habe. Er war so klug, er hat mich auf Anhieb verstanden. Noch den leisesten meiner Gedanken.»

## Dreizehn

In dieser Nacht ging Konrad mit einem seltsamen Gefühl schlafen. Svetlanas Tränen hatten ihn aufgewühlt, hatten ihm den Eindruck gegeben, etwas Wahres zu erleben. Für einen ironischen Menschen wie ihn, der nie viel von sich preisgab, war das ein seltenes Erlebnis. Fast, als wäre er dadurch lebendiger geworden.

Er ließ das Fenster zum Hof offen stehen und lauschte dem Laub im Wind. Es war nicht das resignierte Rascheln alter, rippiger Blätter, sondern ein zartes, jugendliches Kräuseln. Wenn der Wind von Norden wehte, trug er das Quietschen der Straßenbahn von der Glybotschickaja Straße herüber. Vom Spielplatz hörte er Stimmen, zwei oder mehr Personen redeten betrunken durcheinander. Immer wenn er hoffte, sie hätten sich verzogen oder wären vielleicht im Sandkasten eingeschlafen, bölkte einer von ihnen wieder los und riss ihn aus dem Halbschlaf.

Svetlana ließ stets das Licht im Flur an. Die pockennarbige Glasscheibe in der Tür leuchtete gelb. Irgendwann hörte er sie in Richtung Toilette schlurfen. Er wartete ab, bis sie zurück im Schlafzimmer war. Durch die Wand hörte er ihre Matratze knarren, auch Arkadij musste gehört haben, wie seine Eltern sich im Bett bewegten. Dann, mitten in der Nacht, zog Konrad sich an, um noch einmal nach draußen zu gehen.

Er tappte auf Zehenspitzen nach rechts und verstand in diesem Moment, warum Arkadij nie nach links gehen durfte. Am Ende des Flures lag Olhas Zimmer.

Er verließ die Wohnung und lief zwischen den geparkten Autos hindurch, die Straße geradeaus, bis er weiter unten an einen Platz kam, von dem aus der Dnjepr zu sehen war. Dort stand er lange und sah auf das nächtliche Wasser. Die Lichter der Stadt blinkten auf dem Schwarz. Es zog ihn weiter nach unten, er hatte keine Angst in den hallenden, menschenleeren Gassen. Die Größe des Geständnisses, das ihm eben gemacht worden war, ließ alle alltäglichen Gefahren harmlos erscheinen. So groß war es, dass es sich über die Welt stülpte wie eine Glaskugel, unter der nur noch künstlicher Schnee rieselt. Am Hang zum Wasser herrschte Dunkelheit. Einzelne Lichter vom anderen Flussufer blinkten durch das Gesträuch, wie Sterne. Vorsichtig tastete er sich auf den schiefen Betonplatten entlang. Das war der verwilderte Weg, auf den er sich bei seiner Ankunft verirrt hatte. Vom Fluss her ein süßlicher Geruch nach Fisch und Wasser.

Dann plötzlich Zigarettenrauch. Beißender, säuerlicher Tabak, den er aus Polen kannte. Als er die Zweige knacken hörte, war es schon zu spät. Jemand stieß ihn mit voller Wucht von hinten an der Schulter, er stolperte, fand keinen Halt, stürzte. Schlug sich das Knie am Beton auf und krümmte sich, doch gerade in diesem Schmerz war er froh, dass endlich etwas geschah. Ein zweites Paar Schritte näherte sich rennend, Konrad hörte eine raue, ältere Männerstimme, schwer erkältet oder heiser vom

Trinken. In brutal gestammelter, abgehackter Sprache verständigten sie sich mit einem Dritten.

Er hatte keine Angst um sein Leben. Im ersten Schreck, wenn der schmerzgekrümmte Körper sich windet, hat man keine Angst.

«Was suchst du hier?», fragte einer.

«Frische Luft schnappen», presste er mit Mühe heraus.

Sie zerrten ihn hoch, kürzten die Serpentinen des Betonweges ab, zogen ihn quer durchs Gebüsch, dann über die leere Straße nach unten ans Ufer. Die Laternen warfen ein schwaches Licht: Auf einem Klappstuhl, den Rücken zu ihm, saß eine Gestalt, die aufs Wasser blickte. Konrad sah nur den dunklen Umriss und eine Art Mütze schräg auf dem Kopf. Als er näher kam, erkannte er die Angelrute, die vor dem Mann im Gras lag.

Sie stießen ihn auf den Boden.

«Dieser Verrückte treibt sich hier rum.»

In einem Plastikeimer neben dem Klappstuhl blinkte ein heller Fisch im schwarzen Wasser.

Der Mann wandte nur kurz den Kopf, dann starrte er wieder seiner Angel nach. Er schien sich in der Rolle der grauen Eminenz zu gefallen. Er schwieg lange und ausgiebig.

Sie würden ihn hier nicht umbringen, dachte Konrad, nicht in Sichtweite der Straße. Wenn sie das wollten, hätten sie es längst oben im Dickicht getan. Er musste nur aufpassen, was er sagte. Er war fast froh, endlich die Grausamkeit der Geschichte am eigenen Leibe zu spüren, statt immer nur Arkadijs von Psychopharmaka künstlich gesteigerte poetische Ergüsse zu lesen, die umso selbstverliebter ausfielen, je mehr Guzmans Aufmerksamkeit ihm schmeichelte. Statt Svetlanas tränenreiche Geständnisse zu hören, die Grausamkeit nur in ihren Ausflüchten und Lügen zu ahnen.

«Was suchst du?», fragte der Mann fast unerwartet. Er hob die Angelrute und zog die Schnur ein.

«Wollte spazieren gehen.»

«Glaubst du, du kannst uns verarschen?», schimpfte einer von den dreien.

«Ich suche ein Auto», fing sich Konrad.

«Die guten Marken stehen weiter oben, am Kreschtschatik.»

Der Angler schwieg wieder.

«Woher bist du?», fragte er dann.

«Aus Berlin.»

Der Chef hob eine Flasche ohne Etikett vom Boden und reichte sie Konrad.

«Za zdarowje», sagte er.

Konrad richtete sich ein wenig auf, nahm einen vorsichtigen Schluck. Er konnte das Gesicht des Mannes sehen, es hatte keinerlei Ähnlichkeit mit dem Wasyl Holota vom Foto. Die eine Ohrmuschel war dicht am Kopf mit einem glatten Schnitt abgetrennt worden, trotz dieser Entstellung und der breitgedrückten Boxernase konnte man die einstige Menschlichkeit des Gesichts erahnen, vor allem im Blick. Er war nicht stumpf, sondern neugierig und wachsam. Konrad fragte:

«Kennt ihr Wasyl Holota?»

Der Mann sah ihn verblüfft an, dann brach er in Gelächter aus, legte die Angel weg und fiel fast von seinem Hocker, er übertrieb dieses Lachen theatralisch. Seine Kumpane lachten auch.

«Komm, nimm noch ’nen Schluck.»

«Wenn du ein Auto suchst, bist du bei ihm an der richtigen Adresse. Der fährt jetzt einen super Schlitten. Import aus Deutschland. Irgendwelche Trottel versuchen, es ihm wegzunehmen. Deshalb hat er es aus der Stadt geschafft.»

«Beißen die denn in der Nacht?», fragte Konrad und fand jetzt den Mut, sich umzudrehen und auf den Boden zu setzen.

Der Chef zeigte auf den Eimer.

«Genug, um Spaß zu haben. Wir leiden alle an Schlaflosigkeit.»

Seine Leute brüllten.

«So wie du?», fragte er dann.

«Ich hatte Ärger zu Hause», erklärte Konrad. «Hab mich mit meiner Mutter gezankt. Sie wollte mir die Schuld an ihrem verpfuschten Leben geben.»

«Weiber», nickte der Chef und wunderte sich:

«Du hast eine Mutter in Kiew?»

«Ja, mein Vater ist mit mir nach Berlin. Vor Jahren.»

«Wie ist es denn in Berlin? Geht da was?»

«Auf jeden Fall. Viel los.»

«Dein Vater ist Deutscher?»

«Ja.»

«Arschloch. Eine Frau einfach sitzenzulassen.»

Konrad nickte verbittert. In Wirklichkeit war ihm nach dem Getränk, das bestimmt doppelt so viel Prozent hatte wie Wodka, sehr wohl. Die Welt war dicht, voll und aufregend, der Fluss glitzerte vielversprechend, er war ganz nah dran an dem Mann, den er suchte. Niemand stieß ihn, niemand trat ihn, diese Männer schienen einen rauen Respekt vor ihm zu haben, seit sie gehört hatten, dass er aus Deutschland kam. Gern hätte er weiter nach Holota gefragt, verkniff es sich aber. Der Chef selbst fing wieder damit an.

«Was willst du von Wasyl?»

«Nichts. Ein Freund von mir hat von ihm erzählt. Hat mir imponiert.»

«Wie ein Trottel siehst du eigentlich nicht aus.»

«Unser Kumpel Ihor ist neulich draufgegangen, weil er zu viel geredet hat», sagte jetzt einer.

«Schnauze!», fuhr der Angler ihm über den Mund. Und dann ruhiger zu Konrad:

«Sprich den Namen nie wieder aus.»

Konrad spürte jetzt den Alkohol und machte es sich auf einer moosbewachsenen Steinplatte bequem. Anfangs hatte er sich beim Reden noch auf einen Ellbogen gestützt, nun überkam ihn unüberwindliche Müdigkeit.

Dann war alles dunkel. Diese Dunkelheit dauerte lange. Er hörte Schritte, das Rascheln von Plastik, halblaute Stimmen. Als alles ruhig geworden war, tauchte Svetlanas helle Gestalt aus dem Dunkel auf. Sie hielt eine große, durchsichtige Plastiktüte in der Hand, prall gefüllt mit Wasser. Seltsamerweise hörte er das Wasser deutlich plätschern. In der Tüte schwamm ein silbriger Fisch. Für den Transport aus einer Aquarienhandlung schien die Tüte gut geeignet, aber als er genauer hinsah, erkannte er so etwas wie eine Leber oder ein anderes Organ, das zur Transplantation vorbereitet war, prall und rot und an einer Seite gerillt wie die Kiemen eines Fisches. Svetlana wollte dieses schwimmende Etwas erst dem Psychiater reichen, der wandte sich angewidert ab, floh über den langen Korridor seiner Klinik, seine Schritte hallten wie in einer

Tropfsteinhöhle, und als sie verklungen waren, drehte Svetlana sich zu Konrad um. Das hatte er befürchtet und war doch wie gelähmt. Sie trat auf ihn zu und rief: Das ist mein Kind, siehst du, ich kann sehr wohl lieben, schau her, mein Kind! Konrad wich zurück. Wenn er genauer hinsah, erkannte er die rote nackte Leber oder das Herz, sobald er den Blick wieder hob und Svetlana ins Gesicht schaute, schwamm in der Tüte wieder ein Fisch. Wirklich wundern konnte er sich aber nur über das Plätschern. Svetlana rief und rief, sie bedrängte ihn und wollte ihm dieses Nichtkind als Beweis überreichen und es gleichzeitig loswerden, aber alles so gehetzt und hysterisch, als glaubte sie selbst längst nicht mehr daran, als wäre ihre letzte Hoffnung, dass wenigstens er ihr Glauben schenkte. Er aber konnte ihr nicht helfen, ihm war fast übel bei dem Anblick, er versuchte wegzurennen und konnte nicht.

Vor lauter Angst wachte er auf.

Ihn fröstelte. Er lag alleine da, das Wasser war nicht mehr schwarz, sondern neblig grau. Einige Hundert Meter stromabwärts fuhr ein Lastkahn. Seine Wellen plätscherten erst jetzt ans Ufer. Der dunkle Vorhang über dem Ostufer hatte sich einen Spalt weit gehoben und ließ einen dünnen Streifen Licht durchscheinen. Eine Grenze zwischen Tag und Nacht, wie mit dem Pinsel gezeichnet. Wenige Meter entfernt lag die leere Flasche, glänzende Fischschuppen waren über die Steine verstreut. Oben rasten Autos vorbei. Er befühlte das Loch in der aufgerissenen Hose, zuckte zusammen, als er mit dem Finger an die Schürfwunde kam. Dann tastete er sein feuchtes Jackett ab. Fand das Portemonnaie, die Geldscheine waren noch darin, ebenso der Zettel mit der letzten Konstellation.

Svetlana war schon in der Küche, als er nach Hause kam. Er schleppte sich sofort ins Bad, wollte erbrechen, steckte den Finger in den Hals, es ging nicht. Er spülte, damit sie nichts mitbekam, er hörte sie fröhlich rufen. Das Geständnis hatte offensichtlich alle Spannung von ihr genommen. In der Küche stach ihm das helle Tageslicht in die Augen. Er konnte fast nichts sehen vor Kopfschmerz.

«Mein Gott, was ist mit Ihnen passiert?»

«Nichts, nichts.»

«Und Ihre Hose? Das Knie? Wollen Sie behaupten, dass mit Ihnen alles in Ordnung sei? Ich glaube, ich werde den Arzt rufen.»

«Lassen Sie.»

«Wo waren Sie?»

Er ging in sein Zimmer, ohne zu antworten.

«Sie müssen mir sagen, was los ist!», rief sie.

Er warf sich aufs Bett.

«Ein hübsches Auto», sagte Svetlana, nachdem sie eine Weile in der Tür gestanden hatte. «Selbstgebastelt?»

«Was für ein Auto?» Kopfschmerz und Übelkeit machten ihn höllisch wütend, und gerade dieses Wort schmerzte wie ein Stich. Er fürchtete, sie könnte ihn wieder auf den Arm nehmen. Dann begriff er, ohne dass er die Augen öffnen musste.

«Von Arkadij.»

Sie rührte sich nicht von der Tür.

«Damals war er ein guter Ingenieur. Er hat die Rechner in dem Stahlwalzwerk zum Laufen gebracht. Heute sägt er Autos aus Sperrholz.»

Damit sie endlich ging, brummte Konrad:

«Ich glaube, es wird alles gut.»

«Nein», sagte sie. «Nichts wird gut.»

Und schloss die Zimmertür.

Konrad schlief bis in den Nachmittag, dann ging er zu Guzman.

«Ich habe herausgefunden, dass Olha einen Sohn hat.»

«Was Sie nicht sagen. Was ist denn mit Ihnen passiert?»

«Kleiner Unfall, nicht der Rede wert.»

«Schauen Sie mal, ich will Ihnen auch etwas zeigen. Damit wir nicht immer nur über unsere kleinen, privaten Dinge reden. So bedeutend sind die ja auch nicht. Ich hatte Ihnen neulich mein Schicksal angedeutet. Beim Aufräumen ist mir dieser Band mit Fotos aus dem Zweiten Weltkrieg in die Hände geraten. Wenn Sie so oft in der Klinik waren, sind Sie ja gar nicht weit von Babij Jar gewesen. Haben Sie den Ort einmal besichtigt? Es sind nur wenige Schritte.»

Konrad war einmal zufällig vorbeigekommen und vor dem Mahnmal stehen geblieben. Schon aus der Ferne hatte er die laute Discomusik gehört, die aus Lautsprechern in den Ästen dröhnte, aus einem Wagen wurden Coca-Cola und Hamburger verkauft. Unten an der Straße rauschte der Verkehr. Er hatte sich auf eine Bank gesetzt, die Augen geschlossen und versucht, alles Störende zu vergessen und etwas von der Eigenheit dieses Ortes zu spüren. Da war nichts. Nur die wummernden Bässe und der Geruch von Bratwurst. Was hier geschehen war, wusste er ausschließlich vom Kopf her.

«Hier, sehen Sie, ein Foto aus der Schlucht», sagte Guzman.

Konrad betrachtete den Haufen von nackten Leichen

in einer langen, rechteckigen Grube. Am Rand standen einige Männer in Soldatenmänteln. Ihre Empfindungen waren nicht erkennbar, dafür reichte die Auflösung nicht. Ganz oben in der Grube, über allen anderen Leibern, lag eine nackte Frau, deren helle Haut sich vom grauen Einerlei des Schwarzweißfotos abhob. Sie fiel ihm sofort auf, weil sie so gut gebaut war, und Konrad stellte erschrocken fest, dass ihre weiblichen Formen, die festen Hinterbacken und die schlanke, gewölbte Linie des Rückens, etwas sehr Sexuelles hatten, das ihm, ja, das ihm gefiel. Sie hatte noch nicht viel vom Tod. Er durfte diese ermordete Frau nicht begehrenswert finden, das verbat sich. Das dampfte noch alles, wie die alte Krankenschwester Halyna formuliert hatte.

«Eine schöne, kräftige Frau, nicht wahr?», sagte Guzman in diesem Moment, und Konrad atmete auf. Der Psychiater verblüffte ihn aufs Neue mit der Angstlosigkeit seines Denkens. Was er sich verbieten wollte – Guzman sprach es einfach aus.

«Man kann ihr Gesicht nicht sehen, aber vielleicht ist das ganz gut so. Wer weiß, wie es zugerichtet ist. Vielleicht hat sie auch Kinder gehabt. Vielleicht liegen sie auch da, unter ihr, in diesem Berg von Leichen? Womöglich war sie eine Prostituierte. Wissen Sie, dass die Deutschen im Zentrum von Kiew ein Freudenhaus eingerichtet hatten? In den letzten Tagen, kurz bevor die Rote Armee 1943 den Dnjepr überschritt – nach erbitterten Kämpfen um die Brückenköpfe – und die Stadt zurückeroberte, wurden einhundert dieser Frauen, die dort gefangen gehalten wurden, in Gaswagen umgebracht und nach Babij Jar gefahren. Duschegubka nannte man diese Wagen, Seelentöter. Manchmal erfolgte die Vergasung erst während der Fahrt zur Schlucht. Sie haben von den Wagen gehört, nicht? Vorläufer der Gaskammern, auf vier Rädern. Eine praktische Erfindung.»

Auch das durfte nur Professor Guzman sagen. Er klappte den Bildband zu. Dann, als hätte der Gedanke erst noch in ihm arbeiten müssen:

«Olha hatte also einen Sohn. Verstehen Sie, was das bedeutet?»

«Ja. Ich vermute, er hat das Auto.»

Guzman stutzte.

«Wenn Svetlana das gewusst hat, muss es sie bis aufs Blut verletzt haben. Eigentlich hätte sie ihren Arkadij dann gerade gebrauchen können, zum Verhätscheln. Um dem leiblichen Kind des Ehemannes etwas entgegenzusetzen. Ihm ihre Verachtung zu zeigen. Stattdessen hat sie ihn wie ein Objekt zur Behandlung abgegeben. Hier habt ihr meinen Sohn, er hat ein psychisches Problem, er schreit und beißt, macht was mit ihm. Das verstehe ich nicht. Da fehlt mir etwas.»

«Sie hatte ja jemanden anderen, den sie lieben konnte.»

«Ach?»

«Allerdings jemanden, der nie zur Welt gekommen ist.»

Sie redeten noch lange, bis in den einbrechenden Abend. Guzmans Frau atmete die ganze Zeit ruhig.

Als Konrad aufstand, fragte Guzman:

«Sie fahren keinen grünen Toyota?»

«Einen Toyota? Nein.»

«Jedes Mal, wenn Sie herkommen, parkt so ein Auto vor dem Haus oder auf dem Hof.»

«Was heißt das?», fragte Konrad.

«Ich dachte am Anfang, es wäre Ihr Wagen. Aber heute stand ich zufällig auf dem Balkon und sah Sie zu Fuß vom Platz des Sieges kommen. Der grüne Toyota stand trotzdem wieder hier. Das kann Zufall sein, ich wollte es Ihnen sagen. Nach langjähriger sowjetischer Erfahrung habe ich einen Blick dafür.»

Das war das letzte Mal, dass Konrad Professor Guzman sah.

Als er nach diesem Gespräch zum Lemberger Platz kam, war Svetlana für ihn verdorben, er konnte es nicht rückgängig machen. Nicht nur das böse Weiblein aus der Kirche, auch das grünliche, unsaubere Wasser des Plastikbeutels, in dem der Fisch schwamm, trübte ihr Bild. Sie war jetzt eine Patientin, denn Guzman hatte sie analysiert. Sie konnte noch so betont fröhlich aus der Küche rufen:

«Erfolgreich?»

Als ahnte sie schon etwas.

«Augenblick», rief er zurück und brachte seine Sachen ins Zimmer, um ihr nicht sofort unter die Augen treten zu müssen. Als er in die Küche kam, warf sie ihm einen raschen Blick zu.

«Was haben Sie gesagt?»

«Ob Sie vorangekommen sind.»

Er brummelte Undeutliches. Als er sich gesetzt hatte, trat sie an ihn heran und legte eine Hand auf seine Schulter. Er zuckte zusammen. Sie merkte es und zog sich an ihr Spülbecken zurück, wusch schweigend ein paar Tassen.

«Hier bei mir sind Sie jedenfalls fündig geworden. Sie haben in meinen Sachen gewühlt», sagte sie.

«Was?»

«Ja. In meinen Briefen.»

«Nein, ich habe nach Hinweisen auf das Auto gesucht.»

«Das Band war ab, und sie lagen durcheinander. Sie haben die Briefe gelesen. Lügen Sie nicht. War es wenigstens interessant für Sie?»

«Nicht gelesen», widersprach er besten Gewissens.

«Was haben Sie dann gesucht? Ich sehe Ihnen doch an, dass Sie etwas gefunden haben.»

«Ich war einfach nur neugierig. Berufskrankheit. Ich weiß, das war nicht in Ordnung. Entschuldigen Sie.»

Konrad wurde rot.

Sie redeten nicht mehr lange, Svetlana ging früh schlafen.

Er lag auf dem Bett und hatte ein ganz schlechtes Gefühl. Sie war nicht zu Bett gegangen, weil sie müde war. Es hatte kein Fernsehen gegeben, keinen gemeinsamen Tee. Normalerweise wälzte sie sich hin und her, bevor sie einschlief. Diesmal knarrte keine Matratze. Er stellte sich vor, wie sie dalag und an die Decke starrte. Die Betrogene.

Sie war doch gerade im Begriff gewesen, ihn richtig liebzugewinnen. Sie vertraute ihm, hatte sich geöffnet. Sie hatte den Arm um ihn gelegt, hatte ihm das Geheimnis ihres Lebens gebeichtet. (Vorausgesetzt, dieses Ungeborene hatte es wirklich gegeben. Aber die Tränen sprachen dafür.) Und wie dankte er ihr diese Offenheit? Er schnüffelte in ihren Briefen. Redete mit einem Psychiater über sie. Schob ihren Arm weg.

Wie sie sich jetzt zurückgezogen hatte, das war ja erst der Anfang. Es lief ihm kalt den Rücken herunter bei dem Gedanken, was das bedeuten konnte. Was diese Mutter noch alles anzurichten vermochte. Wozu erzählte sie ihm gerade jetzt, dass sie ihr eigenes Kind getötet hatte?

Wenn sie ihn so liebgewann wie ihren Ungeborenen, weich und weiß, mit strahlenden Augen. Wenn sie ihn aufessen wollte. Aufessen. Er hielt seinen Handrücken unter die Nase und schnupperte. Roch er vielleicht schon so unwiderstehlich wie ein Säugling? Er nahm den Taschenspiegel aus der Schublade, der seit Arkadijs Zeiten darin lag. Seine rechte Schläfe war merkwürdig geschwollen, vor ein paar Tagen war dort ein kleiner roter Pickel aufgesprungen, der nicht verschwinden wollte, im Gegenteil, er schien sich von Tag zu Tag auszuweiten. Die Haut im Zentrum war tiefrot angelaufen, mit einem Stich ins Violette. Es tat weh, wenn er mit dem Finger drankam. Konrad hatte sogar Pflaster gekauft, um ihn zu verstecken.

Mitleid konnte man schon mit ihr haben, das war nach dieser Beichte klar. Aber sie verlangte mehr. Wenn ihr nun endlich klarwurde, dass er ihre Liebe nicht erwidern wollte und konnte? Schlagen würde sie ihn nicht. Frauen gehen anders vor. Marlene hatte ihm auch nie weh getan, doch, einmal hatte sie eine Gabel nach ihm geworfen. Auch alte Frauen vermögen noch eine unheimliche Wut zu entwickeln. In Berlin hatte er einmal eine Rentnerin mit dem Stock auf eine junge Taschendiebin einschlagen sehen. Sie hielt die Romni mit der einen Hand fest und drosch mit der freien auf sie ein, sie wollte gar nicht mehr aufhören.

Ihm fiel das Messer ein, mit dem Olha den Zander aufgeschlitzt hatte. Ob dieses Messer noch irgendwo hier in der Wohnung war? Vielleicht war es längst kaputt, vielleicht hatte Svetlana es weggeworfen, gerade weil es sie an die Fische erinnerte, womöglich sogar danach roch. Er ging in die Küche, drehte das Wasser auf und suchte in den Schränken. In der untersten Schublade lag ein Messer mit Holzgriff und langer, schmaler Klinge. Das konnte es sein, alt genug war es. Er roch an der Klinge. Keine Spur mehr von Fisch. Trotzdem. Er nahm das Messer und versteckte es im Wohnzimmer unter dem Teppich, weit unter dem Schrank, damit die Wölbung nicht auffiel.

Irgendwann in der Nacht wachte er auf und war von der Tatsache, dass er ein langes Küchenmesser unter Svetlanas Wohnzimmerteppich geschoben hatte, viel stärker beunruhigt, als wenn er dieses Messer nie gefunden oder einfach in der Schublade gelassen hätte. Er lauschte, ob bei ihr alles still war, dann schlich er ins Wohnzimmer. Die Dielen knarrten, er glaubte zu hören, dass die Schlafzimmertür aufging, und versteckte sich im Klo. Als eine Weile lang alles ruhig blieb, schlich er zurück, zog das Messer unter dem Teppich hervor und versteckte es in seinem Zimmer unter der Matratze.

Er musste jetzt wirklich rasch weg hier, und je klarer ihm das wurde, desto mehr Angst bekam er. Wenn es so etwas wie dieses Messer hier noch gab, dann mochten noch ganz andere Dinge lebendig sein. Das konnte bedeuten, dass er jetzt derjenige war, dass er an der Reihe war … Wenn sie aus lauter Liebe schon so viel zerstört hatte in ihrem Leben, dann war er hier in einer viel größeren Gefahr als der von draußen drohenden, von diesem ominösen Holota oder den Kriminellen in den Spielhallen, den Zuhältern der Hotels.

Mit diesen Dieben und kurzgeschorenen Bodyguards konnte er doch ganz gut. Das waren im Grunde Halbstarke mit überdimensionierten Bizeps und dem Gemüt von kleinen Jungs, so wie die dort am Dnjeprufer mit ihrer Ganovenehre. Sie hatten ihn laufenlassen. Oder die zwei vor der Tür des Nachtclubs. Und der Barmann. Sogar Wasyl Holota konnte nicht einfach nur der Sadist sein, als der Mazepa ihn geschildert hatte. Er stürmt in die Krebsstation, macht einen Riesenaufstand und wird plötzlich ganz kleinlaut, als er seinen sterbenden Vater findet. Dann sitzt er da am Krankenbett und löst sich regelrecht auf in Gefühlen. Vergessen die zwei Offiziere, die er versehentlich erschossen hat. Vergessen Ihor Hryciuk. Wenn du so einem nicht in die Quere kommst, bringt er dich auch nicht um. Höchstens aus Versehen, ohne böse Absicht.

Svetlana war komplizierter. Sie hatte feinere und schwächere Waffen, doch sie suchte ihre Opfer viel gezielter aus. Wenn sie ihm den geringsten Zweifel anmerkte, nur eine Spur von Ablehnung, würde sie ihn ... so wie ihren wahren Sohn.

Er zog sich die Decke über den Kopf und zog die Knie an. Er fürchtete, er könnte in ihrer Konstellation den Platz einnehmen müssen, an dem erst der Ungeborene und danach Arkadij gewesen waren. Der eine umgebracht, der Zweite in die Klinik abgeschoben. Diese Stelle war jetzt wieder frei.

Erst das ungeborene Kind.

Dann der adoptierte Sohn.

Jetzt er.

Er musste so rasch wie möglich von hier verschwinden.

Trotz dieser Überlegungen schlief er sehr tief. Am anderen Morgen war er ausgeruht und hatte ein Empfinden, als wäre er in lange nicht aufgesuchten Gegenden seiner selbst gewesen. Es fiel ihm leicht, beim Frühstück gute Laune zu zeigen und mit Svetlana zu scherzen wie in den Wochen zuvor. Im Bad steckte er eine Zange ein, die er in der Schublade des Spiegelschränkchens fand. Zurück in der Küche, entschuldigte er sich noch einmal für die Briefe und drückte seine Hoffnung aus, dass das gewachsene Vertrauen zwischen ihnen durch so einen Fauxpas nicht zerstört werden könne. Als er sich verabschiedete, ließ er sogar einige Sekunden die Hand auf ihrer Schulter ruhen. Anschließend ging er auf den Hof zu dem Blecheimer, den er dort ausgespäht hatte, und löste mit der Zange den kräftigen Draht, der als Henkel diente. Das war nicht einfach. Er bog den Draht gerade und legte ihn unter eine Blumenschale, die offenbar seit Ewigkeiten niemand angerührt hatte. Ein undefinierbares, gelbes Kraut war darin verwelkt.

In die geschlossene Abteilung der Männerpsychiatrie hineinzukommen, versuchte er gar nicht erst. Er schlenderte auf dem Gelände herum und setzte sich mal hier, mal dort auf eine Bank, tat so, als würde er ausruhen oder lesen. Er wartete, bis Arkadij nach draußen käme. So konnte er auch gleich unauffällig die Abläufe beobachten, konnte sehen, wer hier zu welcher Tageszeit entlangkam. Er hielt sein Gesicht in die Sonne, schaute zu den Fenstern hoch.

Prokoptschuk sollte ruhig mitkriegen, dass er noch hier war.

Tatsächlich kam er auch irgendwann heraus und grüßte ihn im Vorbeigehen ohne große Herzlichkeit. Er schien sich nur zu wundern, dass er ihn hier noch sah.

Von Flucht zu sprechen, wäre übertrieben gewesen. Das Klinikgelände stand nach allen Seiten offen. Das Problem lag darin, Arkadij zum richtigen Zeitpunkt aus der geschlossenen Abteilung herauszulotsen. Früher hätte Konrad ihn einfach zu einem Spaziergang mitnehmen können, jetzt kam er selbst nicht mehr hinein. Die Fenster im Erdgeschoss waren vergittert. Wenn Arkadij zum verabredeten Zeitpunkt nicht zufällig hinausgekommen war, zum Schachtisch unter der Linde, musste er den von ihm selbst vorgeschlagenen Weg über die Küche nehmen.

Danach gab es mehrere Möglichkeiten. In Richtung Süden erreichte man die zugeschüttete Schlucht von Babij Jar. Im Norden täuschten jene Teile einer Betonmauer, die Konrad vor Wochen am Steilhang entdeckt hatte, eine Barriere vor. Tatsächlich führte dort eine steile Lehmspur, kaum ein Pfad, durchs Gestrüpp nach unten zur Telihastraße. Bei Regen würde sie rutschig sein, sie beide würden hinunterschlittern und mit ihren lehmverdreckten Sachen auffallen.

Man konnte das Gelände auch einfach über die Hauptzufahrt verlassen, am leeren Schrankenhäuschen vorbei. Wenn man den Trampelpfad durchs Gebüsch nahm, würde auch das nicht auffallen. Allerdings sah er jetzt, was für ein reger Verkehr tagsüber vor dem Verwaltungsgebäude herrschte. Schwestern und Ärzte eilten mit Akten unter dem Arm zwischen den Häusern hin und her.

Die vierte und beste Möglichkeit war die Treppe mit dem grün gestrichenen Geländer, die von der Kathedrale steil bergab zur Telihastraße führte. Das war der kürzeste Weg, und Konrad konnte mit dem Auto unten an der Straße nicht lange warten. Es gab keinen Parkstreifen, sie durften nicht auffallen, schon gar nicht der Polizei.

Wie er so auf seiner Bank im Grünen saß, den halbrunden Klinkeranbau des Vorlesungssaals im Blick, und alles zu observieren glaubte, merkte er lange nicht, dass mehr oder weniger die ganze Klinik auch ihn beobachtete. Er hatte gar nicht gesehen, dass der schwere Mann mit den gelblichen Mundwinkeln, der ihm bei seinem ersten Besuch im Gang auf den Leib gerückt war, an ihm vorbeigewandert war, zwar in gehörigem Abstand, aber immer wieder, und ihm jedes Mal einen raschen Seitenblick zuwarf. Konrad bemerkte ihn erst, als er näher kam und sich zu ihm auf die Bank setzte. Auch jetzt atmete der Mann wieder langsam und schwer durch die Nase. Sein Atem roch nach Nelke.

«Schöner Tag heute», sagte Konrad.

Im Augenwinkel sah er Nikiforows weißen Kopf auf und ab schaukeln, auch sein Oberkörper bewegte sich leicht vor und zurück.

«Das Schlimmste ist das Warten», sagte Nikiforow.

Konrad ließ den Satz eine Weile auf sich wirken und fragte dann: «Worauf?»

Der Mann schnaufte heftig, erhob sich mühevoll, stand vor ihm und fuchtelte hilflos mit den Armen. Dann entfernte er sich.

Diese Menschen hier spürten etwas. Sein Schlendern und untätiges Herumsitzen machte sie unruhig, die geordneten Bahnen, die die Patienten unter der Wirkung ihrer Beruhigungsmittel zogen, zeitlupenhaft, gespenstisch wie Zombies, gerieten durcheinander. Ihr Gang beschleunigte sich auf beinahe drollige Art, ihre Psyche war für so ein Tempo nicht konditioniert. Infolgedessen kamen sie sich an Stellen in die Quere, an denen sie sich sonst immer aus dem Weg gegangen waren. Wenn Konrad mit geschlossenen Augen das Gesicht in die Sonne hielt, konnte er am Geräusch der Schritte sagen, ob sich ein Patient näherte oder wer anders – Klinikmitarbeiter oder Besucher waren an ihrem rascheren, energischen Gang zu erkennen.

Er stand auf und schritt den Weg ab, den Arkadij zur Treppe nehmen musste.

«Mann, gebt eine Zigarette!», rief die Frau im Erdgeschoss durch das Fenstergitter, als Konrad vorbeikam. Diesmal klang der Ruf anders, wie ein Alarm. Als sollte sie in der nächsten Stunde hingerichtet werden. Ein Schrei nach Sex. Es war bestimmt sehr schwer für diese Frauen, hier eingesperrt zu sein. Beim nächsten Mal, sagte er sich, würde er ihr wenigstens Zigaretten mitbringen.

Andere Patienten hatten sich alles zurechtgelegt und taten sich leichter. Da war die kleine, hagere Frau mit dem Kinderwagen, deren ewigen Spruch er längst kannte. Statt ihm auszuweichen wie sonst, trat sie auf ihn zu.

«Ermordet und ausgetauscht, alle ausgetauscht.»

Dabei blickte sie haarscharf an ihm vorbei, ängstlich und doch wild entschlossen, sich von ihrer Wahrheit nicht abbringen zu lassen.

Wer, von wem?, hatte Konrad früher noch gutmütig gefragt.

«Ermordet und ausgetauscht.»

«Wer denn?»

«Wissen Sie nicht?»

«Nein.»

Die Ukrainer meinte sie, alle ausgetauscht.

«Es gibt keine echten Ukrainer mehr. Alle ausgetauscht.»

Und von wem wohl?

«Alle ersetzt durch Ukrainisch sprechende Russen», zeterte sie.

«Ja, aber wer soll das getan haben, und warum?», beharrte Konrad. «Und wodurch unterscheidet sich ein Ukrainisch sprechender Russe von einem Ukrainer?»

Durch seinen Mut, hätte Svetlana gesagt.

Im Blick der Frau zuckte etwas zwischen Todesangst und Hass, aber statt ihm ins Gesicht zu springen, wie er kurz befürchtete, machte sie einfach kehrt und zog weiter. Der Kinderwagen war leer. Vielleicht hatte sie seinen Akzent herausgehört. Als Untersuchungsrichterin in den dreißiger Jahren hätte sie ihn längst als feindlichen Agenten enttarnt und am nächsten Tag erschießen lassen. Als sie unter dem ersten Fenster des Gebäudes war, hob sie mit ihrem Lamento von neuem an, aus den oberen Stockwerken äffte eine Stimme sie nach. Es hallte wie aus einem Kachelbad oder einem leergeräumten Zimmer.

Das schwarzhaarige, immer so ängstliche Mädchen war beim Friseur gewesen. Ihr Haar fiel nun luftig und aufgeföhnt, sie trug eine blass bordeauxfarbene Steppjacke aus glänzendem Kunststoff, die er zum ersten Mal an ihr sah. Über dem Kunstpelz am Kragen sah er ein paar schwarze Stoppeln des ausrasierten Nackens. Sie hatte sich schöngemacht. Auch sie hörte die Stimme von oben, und als sie sich ansahen, lächelte sie.

Unglaublich, sie lächelte ihn an. Zum ersten Mal. Es machte ihn wahnsinnig glücklich.

Er war glücklich darüber, dass er in Kürze sich und Arkadij befreien würde. Und ihr Lächeln war die Verheißung, dass es gelingen würde. Dass sie heimlich mit ihnen im Bunde war, dass alles einen Sinn hatte, dass sein Leben und ihr Leben sich ändern würden. Die strengen Zeichnungen mit all den Kreisen und Pfeilen würden sich aus ihrem zweidimensionalen Käfig erheben, würden hinauswachsen zu einem wilden, bunten Gemälde, mindestens in eine dritte Dimension, so wie es ihm bei seinem ersten Besuch erschienen war. Und alles würde gut werden. Schön werden.

Aber Arkadij ließ sich nicht blicken.

Konrad musste ein anderes Mal wiederkommen.

Ein Auto brauchten sie trotzdem, leider. Arkadij hatte recht: Mit den öffentlichen Verkehrsmitteln waren die Dörfer im Norden von Kiew nicht zu erreichen. Auch könnte Arkadij in den überfüllten Bussen nicht lange stehen, seine Schilderung der Fahrt mit den Kolchosefrauen hatte ihm das klargemacht. In Freiheit würde er sofort auffallen, abgemagert, mit diesem heißen, fiebrigen Glanz in den Augen, der sich an jedem, der nicht rechtzeitig wegsah, festsaugte. Es würde nicht lange dauern, und man riefe die Polizei, oder ein selbsternannter Ordnungshüter würde ihn aus dem Bus werfen. Vielleicht hatte er auch vor sieben Jahren schon diese unheimliche Aura verbreitet.

Als Konrad in der Altstadt zurück war, sah er sich in

den schmalen, ruhigeren Gassen, möglichst weit von Svetlanas Wohnung entfernt, nach einem geeigneten Auto um. Er brauchte ein Fahrzeug, das er kannte, am besten einen Lada. An dieser Marke hatte Jacek die unterschiedlichen Aufbruchmethoden mit ihm geübt. Konrad brauchte auch nicht lange zu suchen, bis er einen dunkelblauen WAS-2013 fand, mindestens zehn, wahrscheinlich fünfzehn Jahre alt. Im Vorbeigehen prüfte Konrad die Tür, leider verschlossen. Er musste nun zurück zum Haus und den Draht vom Hof holen. Sobald es dunkler geworden war, kehrte er zu dem Lada zurück. Mit einem schmalen Holzkeil, den er gewohnheitsmäßig in der Jackentasche trug, fuhr er hinter die Gummidichtung und drückte die Tür einen Spalt weit ab, der Draht passte gerade mal so hinein. Mit dem gebogenen Ende zog er den Schließnippel hoch. Schon war das Fahrzeug geöffnet. Er hatte kein Werkzeug, um die Verkleidung des Zündschlosses zu knacken, die Verschalung mit den Händen herauszubrechen war zu schwierig. Also versuchte er es mit der Münze. Bei Jacek ließ sich der Lada mit einem polnischen Grosz starten, deshalb trug er immer einen Grosz in der Hosentasche, seit er sich auf dem Schoß seiner Lieblingskellnerin in Słubice ausgeheult hatte. Ihr Wechselgeld. Eine messinggelbe Münze im Gegenwert eines Pfennigs. Er ließ sich in die Sitzlehne sinken, sammelte sich und führte den Grosz in den Schlitz des Zündschlosses ein, drehte ihn nach rechts – und der Wagen sprang an.

Er fuhr einmal ums Viertel und stellte den Lada dann wenige Hundert Meter von Svetlanas Haus in der Artjomstraße wieder ab. Zeit, sich in Ruhe im Auto umzusehen. Das Holzimitat des Armaturenbretts verlieh dem Innenraum eine gediegene Anmutung, es war ordentlich und gepflegt. Die Tankuhr zeigte drei Viertel. Das Lenkrad hatte einen geriffelten Kunstlederbezug, nur am Handschuhfach fehlte die Klappe. Er kramte darin, fand ein Feuerzeug, einen Kugelschreiber, ein paar Zettel und Einkaufsbons. Hinweise auf den Namen des Fahrzeughalters oder seinen Beruf konnte er nicht entdecken.

Am nächsten Morgen in der Küche machte es ihm Mühe, sich nichts anmerken zu lassen und normal mit Svetlana umzugehen. Rasch verließ er das Haus, ging an dem parkenden Lada vorbei und vergewisserte sich, dass alles in Ordnung war, dann fuhr er in die Klinik.

Arkadij stand unter der Linde.

«Ich darf nicht mehr zu Ihnen», sagte Konrad. «Svetlana hat es verboten.»

«Ich habe es Ihnen ja gesagt. Aber das kümmert Sie hoffentlich nicht. Solange Sie keine Angst haben, kann sie Ihnen auch nichts tun.»

«Ich habe mir Ihren Vorschlag durch den Kopf gehen lassen.»

«Schauen Sie, die Dame ist bedroht», flüsterte Arkadij hinter vorgehaltener Hand und zeigte auf das Schachbrett. Zwei Spieler saßen sich gegenüber, die eingezogenen Köpfe in die Hände gestützt. «Sie macht es nicht mehr lange.»

Konrad blickte sich um, eine Frau im weißen Kittel stand ebenfalls am Tisch. Er nickte.

Als die Ärztin ins Haus zurückgegangen war, sagte er zu Arkadij:

«Morgen um fünfzehn Uhr unten an der Telihastraße,

einverstanden? Sie gehen die lange Treppe hinab. Ich warte unten mit dem Auto.»

Arkadij nickte.

«Morgen heißt noch einmal schlafen», vergewisserte sich Konrad.

Arkadij zeigte ihm einen Vogel.

Konrad reichte ihm eine Plastiktüte mit einem alten Anzug, den er bei Svetlana im Kleiderschrank gefunden hatte.

«Den ziehen Sie zur Flucht an, damit Sie nicht so auffallen.»

«Der ist von meinem Vater», lachte Arkadij, als er einen Blick in die Tüte geworfen hatte. «Aber für unsere Reise geht er.»

Konrad wollte nicht wortlos verschwinden. Es war eine intensive Zeit mit Svetlana gewesen, eine ganz eigene Erfahrung. Nicht länger als ein paar Wochen hatte es gedauert, aber es war so überraschend gekommen und hatte ihn doch sehr bewegt. Konrad machte sich Vorwürfe, zuweilen überkam ihn das Gefühl, er hätte sie nur benutzt, ihr Vertrauen missbraucht und würde sie jetzt wegwerfen. Dabei missbrauchte sie ihn doch mindestens ebenso sehr. Das Gefühl blieb, deshalb schrieb er ihr einen Brief, um sie zu besänftigen. Doch zeugt sein Schreiben auch davon, wie naiv und unverdorben Konrad im Grunde seiner Seele war.

*Liebe Svetlana,*
*es ist so weit. Die Zeit ist gekommen. Ich muss gehen. Zurück nach Deutschland. Hier in Kiew kann ich*

*nichts mehr ausrichten. Mir ist klargeworden, dass ich den Wagen nie finden werde.*
*Es liegt nicht an Ihnen. Sie haben mir alles gesagt. Und was Sie verschwiegen haben, ist ohne Bedeutung. Ich danke Ihnen für Ihre Offenheit.*

Er schrieb die Anrede groß, wie er es als Kind gelernt hatte. Das Du in den Briefen an seine Mutter hatte er auch immer großgeschrieben.

*Mir ist, als hätte sich durch unsere Gespräche und durch Ihre Erzählungen eine ganze Welt für mich geöffnet. Nur, ich gehöre dort nicht hinein. Das ist mir klargeworden. Ich bin viel zu spät. Mir war, als dürfte ich nur von der Tür her einen Blick in eine weite, riesig weite Halle werfen, in diesen hellen, gleißenden Raum, der Ihr Leben ist. Nicht war, sondern ist, denn es vergeht ja nie etwas. Mich erfasst geradezu ein Glücksgefühl, dass Sie mir den Blick hinein gestattet haben, dann aber auch wieder eine tiefe Melancholie, dass ich nicht von Anfang an dabei sein konnte. Wir haben einander in der Zeit verfehlt. Ich weiß nicht, woher mein Gefühl kommt, dass ich schon früher einmal dort gewesen bin. Es kann ja nicht sein.*
*Ich muss jetzt zurück in meine schale Gegenwart.*

Er setzte den Kugelschreiber ab und dachte diesem Wort nach. Sein Blick schweifte auf den Spielplatz. Der Sand war dunkel vom Regen, kein Kind spielte bei dem Wetter. Würde sein Leben wirklich schal sein, ohne sie?

Abgestanden? Fade? Ohne Spritzigkeit?

Ein feines Lächeln trat auf sein Gesicht.

Das würde sich noch zeigen.

Er würde es ihr zeigen. Ganz sicher.

Er ließ das Wort stehen. Ein bisschen Mitleid mit ihm konnte ihr nicht schaden, es würde ihre Wut mildern.

«Sie werden zurechtkommen», schrieb er weiter. «Sie werden überleben. Sie sind stark.»

Und nachdem er seinen Blick erneut auf dem Spielplatz hatte ruhen lassen, fügte er ein PS hinzu:

*Das Auto, da hatten Sie recht, war nur eine schäbige Nebensache. Zum Lachen eigentlich. Zu Recht haben Sie mich einen Materialisten genannt. Ich war es, nicht Sie.*

## Vierzehn

Am Tag der Flucht ging Konrad zum aufgebrochenen, nicht abschließbaren Auto und sah nach, ob es noch an Ort und Stelle stand. Als er zurückkam, war es ruhig in der Wohnung, Svetlana musste zum Einkaufen gegangen sein. Konrad packte seine Utensilien in die Reisetasche, die Zahnbürste, das gewaschene Hemd. Er sah sich noch einmal um, ob irgendetwas von ihm in der Wohnung liegengeblieben war. In der Küche setzte er sich auf den Stuhl, der so viele Tage sein Stuhl gewesen war, und geriet ins Nachdenken. Bei geschlossenen Fenstern war es immer still in der Wohnung, man hörte nur die Kuckucksuhr im Wohnzimmer ticken.

Er warf einen letzten Blick in das Kinderzimmer. Arkadijs Auto stand noch auf dem Tisch, er stopfte es als Letztes in seine Reisetasche.

Dann fiel ihm Jurijs Mauser ein.

Er schlich ins Bad, kletterte auf den Wannenrand und griff in den Spülkasten. Tastete an einer glitschigen Schicht von Pilz oder Algen entlang und erschrak beinahe, als er an der hinteren Wand etwas Hartes, Kaltes zu fassen bekam. Mit Klebeband befestigt, hing es knapp über dem Wasserspiegel. Er hob es heraus, es war tatsächlich eine Pistole. Stählern und real das, was er bisher nur aus den Behandlungsprotokollen kannte. Vermutlich nicht mehr funktionsfähig. Sie musste schon Jahre dort gehangen haben, das Metall hatte einen weichen, rotbraunen Film, der sich mit dem Finger abreiben ließ. Das Magazin klemmte, die Waffe war völlig verrostet. Er ließ sie in seine Jackentasche gleiten und spülte.

Vorsichtig öffnete er die Wohnungstür und horchte ins Treppenhaus hinaus, nicht, dass Svetlana gerade jetzt mit ihren Einkäufen hochkam. Aber alles war still. In diesem Moment steckte der Kuckuck seinen hässlichen kleinen Kopf aus dem Loch und krähte, er schloss rasch die Tür.

Er legte den Brief auf den Küchentisch, nahm seine Tasche und stand wieder im Flur, als er hörte, wie die Tür des elterlichen Schlafzimmers aufging, ganz hinten im Flur. Svetlana trat aus dem Dunkel heraus, verschlafen blinzelnd. Sie trug ihre graue Strickjacke und drückte die verschränkten Arme an den Körper, als wäre ihr kalt. Sie legte sich sonst nie am Nachmittag hin.

«Wie spät ist es?»

«Ich weiß nicht.»

Sie sah seine Reisetasche.

«Sie wollen verreisen?»

«Ich dachte, Sie wären einkaufen.»

Sie kam auf ihn zu, kam näher als sonst, sie berührte ihn fast mit der Schulter, als suchte sie seine Nähe. So wie damals, als er sie auf dem Friedhof untergehakt hatte. Ihn überkam der Wunsch, diese kleine Frau zu umarmen. Er hatte ja nichts gegen sie. Aber er hielt an sich.

«Ich war plötzlich so müde», sagte sie. «Kommen Sie, ich mache uns einen Tee.»

«Ich hätte mich natürlich noch mal gemeldet.»

«Einfach so gehen wollten Sie? Ohne ein Wort?»

«Das ist doch nicht mehr wichtig.»

«Ich werde Ihnen zeigen, was wichtig ist. Legen Sie Ihre Hand auf meinen Bauch.»

Selbst jetzt war er noch bereit, auf ihre seltsamen Bedürfnisse einzugehen. Vielleicht konnte er der Situation eine versöhnliche Wendung geben, vielleicht kam er noch lebend hier raus, wenn er sich darauf einließ. Er legte die flache rechte Hand dicht unter ihren Busen. Der kleine Finger berührte den harten Rand, die eingenähte Metallspange ihres Büstenhalters und spürte den Widerstand, die lastende Schwere. Er fühlte, wie ihr Atem die Brust hob.

«Nein, tiefer.» Verständnisvoll schob sie seine Hand weiter nach unten, dorthin, wo der Bauch sich unterhalb des Gürtels wölbte. «Spüren Sie etwas?»

Warm war es dort. Mehr nicht.

«Etwas bewegt sich.»

Sogar im Halbdunkel des Flures war zu sehen, wie sie errötete.

«Was soll sich da bewegen?»

«Etwas grummelt.»

«Das Sauerkraut.»

«Ach so.»

«Nein. Ich meine, dort war er.»

«Wer?»

Sie schaute ihn an.

«So einer wie Sie. Nur nicht ganz so dumm.»

Sie hob die Hand und strich ihm über den Kopf. Dabei kam sie an das Pflaster an der Schläfe: «Ist das immer noch nicht weg?»

«Nein, das ist jetzt auch nicht mehr wichtig. Ich muss …»

«Sie müssen gar nichts. Sie bleiben.»

«Ich kann nicht. Sie vergessen das Auto», sagte Konrad.

«Scheißauto», sagte Svetlana mit einer ungewohnt rauen Stimme, als wäre es nicht sie, sondern ein Mechanismus in ihrer Kehle gewesen. Ebendas hatte ihn manchmal an ihr erschreckt, diesmal nichts Schlüpfriges, sondern etwas Grobes. «Sie wissen doch, dass das Auto gar nicht existiert. Sie werden ja wahnsinnig.»

Und blickte ihn dabei mütterlich an.

Ja, dachte er, das hättest du gern, dass ich wahnsinnig werde wie dein Arkadij, und er spürte ein Kribbeln rund um den Kopf. Als hätte er einen Hut auf und die Krempe drückte, als feiner Ring um seinen Schädel. Fein wie ein Draht. Etwas drohte sich da abzulösen und gleich in die Luft zu fliegen. Hier stand diese weibliche, schwache Person, die ihm Zuneigung, ja Mütterlichkeit anbot und dennoch nicht verbergen konnte, dass sie ihn im nächsten Augenblick umbringen würde. Er wusste nicht, wie er diese beiden Eindrücke verbinden sollte.

Von seiner Schläfe fuhr sie mit zwei Fingern über die Wange nach unten, sehr sanft, und hielt an seinem Mund inne. Er hätte kaum sagen können, ob sie seine Haut überhaupt berührte.

«Die gleichen Lippen wie Helmut», sagte sie.

Es ist unhöflich, eine alte Frau, die mit Mühe ihre Gefühle zu zeigen versucht, einfach wegzuschieben. Er schubste sie sanft. Er hatte keine Zeit mehr. In einer Stunde war er mit Arkadij an der Klinik verabredet.

Sie fing sich, ging in die Küche und sah den weißen Umschlag auf dem Tisch.

«Ah, einen Abschiedsbrief hat er mir geschrieben. Wer weiß, vielleicht wollte er sogar großzügig sein und einen Geldschein hinterlassen? Wissen Sie nicht, dass mir das völlig egal ist? Dass ich es hasse, wenn man mich bezahlen will? Wenn man sich freikaufen will? Ich brauche kein Geld, ich brauche etwas anderes.»

Zynisch und böse.

«Helmut damals auch. Ist einfach gegangen und hat mich hier in der Hölle zurückgelassen. Alle wussten Bescheid, die Nachbarn hatten ihn gesehen. Er hatte versprochen, mich nach dem Sieg mitzunehmen. Dann kam mein Mann nach Hause und hat mit dieser Hure ...»

Der Helmut mit der Kuckucksuhr?

«Er hatte dieses Kind am Hals und traute sich nicht, mich wegzuschicken. Er hat alles erduldet. Jurij war ein Schlappschwanz.»

Sie war außer sich.

Helmut. Die erste Person, die ihn nicht mehr interessierte, nicht im Geringsten. Ihm würde er ganz sicher nicht die Ehre erweisen, ihn in seine Konstellation aufzunehmen. Ein kreuzbraver bayerischer oder sächsischer Unteroffizier, ein Lehramtsanwärter oder Schuhmacher, den es mit der Wehrmacht nach Kiew verschlagen hatte, der mit einer jungen Russin geflirtet und versucht hatte, ihr die deutsche Romantik nahezubringen. Der mit seinem Gerede von Seelenverwandtschaft ihr Vertrauen und ihr Bett zu gewinnen versucht hatte. Aber Vorsicht, man musste ihm Gerechtigkeit widerfahren lassen. Vielleicht war er romantisch und hat aufrichtig an alles geglaubt.

So einen brauchte er nicht auf seinem Zettel, irgendwann ist Schluss.

«Dich lasse ich nicht so einfach gehen. Bilde dir das nur nicht ein», schrie sie und kam schnell auf ihn zu.

Das war zu viel, er hatte genug von Brüsten und Schwangerschaften und unerfüllten weiblichen Sehnsüchten. Er spürte plötzlich eine ungewöhnliche Härte in sich. Ein Fünkchen noch, nur eine Kleinigkeit wie dieser Metalldraht, und er hätte zugeschlagen. Er wusste nicht, wohin mit dieser Mischung aus Wut und Angst, in diesem engen, dunklen Flur. Er konnte nicht vorwärts, konnte sich aber auch nicht umdrehen und weglaufen, sie hätte ihn von hinten gepackt. Die Argumente waren ihm ausgegangen. Sie griff nach ihm, es sah aus, als wollte sie ihm die gepackte Reisetasche entreißen. Er riss die Tasche zurück, etwas zu heftig, sie streckte wieder ihre Hand danach aus. Da stieß er sie mit dem anderen Arm zurück. So schlimm konnte es nicht gewesen sein, er hatte nicht kräftig ausgeholt. Sie fiel hin. Eigentlich hätte sie gleich wieder aufstehen müssen. Aber sie lag auf dem Rücken und bekam keine Luft mehr. Seltsam ungelenk rührte sie mit den Armen.

Konrad riss die Wohnungstür auf und rannte die Treppe hinunter. Er spürte diesen Rausch des Rennens in den Beinen, der die Angst aus dem Körper treibt, wenn der Körper sich an all die Male erinnert, in denen er entkam.

Der Venezolaner damals am Teufelsberg, er wollte ihm nichts tun. Er wollte nur schneller sein. Aber die Jagd mobilisierte Angst und Energie. Der Venezolaner blieb ihm dicht auf den Fersen. Drahtig und hungrig, Konrad hörte seinen hechelnden Atem im Nacken, hörte, wie die vom Herbststurm heruntergerissenen Zweige unter seinen selbstgeschneiderten Schuhen knackten. Die schwerste Steigung, die Subida maxima in der Sprache des Venezolaners, ging zweihundert Meter am Hang nach oben. Im Winter schafften sie es auf dem vereisten Gras oft nur bis zur Hälfte, dann schlitterte der Erste schon wieder nach unten.

Sie lachten über die dummen Amis, die von oben mit ihren Radarschirmen alles unter Kontrolle zu haben glaubten. Sie rannten durch den Wald, nicht erfasst von den Radartürmen, die unsichtbar unter den aufgeblasenen weißen Riesenpräservativen kreisten, langsam und sicher, als wollten sie demonstrieren, dass ihnen ohnehin niemand entkam.

Wie gebannt starrten sie auf den unsichtbaren Feind im Osten, hinter den Nebelbänken der Elbe. Arkadij machten sie damals nicht ausfindig. Der fuhr da noch jeden Morgen in sein Stahlwerk, aß in der Kantine und fütterte die Computer. Arkadij war noch unauffällig, wie man das nennt, die Familie Solowjow galt als wohlangesehen in der sowjetischen Hierarchie Kiews, und niemand brauchte sich über irgendetwas zu wundern. In Berlin hätte man nichts von ihnen erfahren, keine Lektüre der Izvestija oder Pravda hätte den geringsten Hinweis ergeben. Man wusste so vieles nicht.

Es gibt Augenblicke, die dehnen sich wie eine Ewigkeit. Jetzt zum Beispiel, als er beim Wegrennen auf ihren Schrei wartete. Jeden Moment konnte sie wieder Luft holen, würde pfeifend und panisch der Atem in ihre Lungen ziehen. Doch er hatte keine Angst mehr. Er war nur noch

Fluchttier, das Herz schlug die Angst, nur noch Hitze, der ganze Körper war heiß. Jede Fiber rief: Du kannst dich bewegen. Also lauf! Stürz die Treppe hinab, stoß die Haustür auf, und du wirst sehen: Du reißt ein Loch in die Hülle der Zeit.

Unten blieb er stehen, geblendet im Tageslicht. Rasch ging er nach rechts in die Artjomstraße zum offenen Lada. Er warf seine Reisetasche auf den Rücksitz, führte den Grosz in den Schlitz des Zündschlosses, drehte ihn nach rechts. Der Motor sprang an.

Fast zu Konrads Glück war Stau auf der Peremohystraße, er wäre sonst viel zu schnell gefahren und sofort angehalten worden. Schon vom Platz des Sieges aus, neben dem Kuppelbau des alten Zirkus, sah er das Blaulicht vor dem Haus von Professor Guzman. Vielleicht hatte seine Frau wieder eine Krise und musste ins Krankenhaus. Vielleicht war jemand anders aus dem Haus verletzt oder gestorben.

Viel zu spät erreichte er den Treffpunkt an der Telihastraße. Er ließ den Motor laufen und suchte mit dem Blick das Gelände ab, stieg dann aus und ging ein paar Schritte auf die Wiese. Arkadij war nirgends zu sehen. Verflucht. Er wartete weitere wertvolle Minuten. Es war zu riskant, den Wagen unabgeschlossen stehen zu lassen. Aber ihm blieb keine Wahl, er stellte den Motor ab und stieg die Treppe zur Klinik hoch. Tatsächlich war Arkadij im Park, er stand mit ein paar Insassen und Pflegern am Holztisch und beugte sich konzentriert über das Schachbrett. Er trug den glänzenden grauen Anzug, den Konrad ihm für die Flucht mitgebracht hatte. Er war viel zu groß, hing an ihm herunter, und die Hose war zu lang.

Konrad ging auf die Gruppe zu und trat an Arkadij heran.

«Wir wollten doch zu Mutter fahren», sagte er bemüht ruhig, aber sein Herzschlag zerhackte die Worte, er konnte seine Aufregung nicht verbergen. Jetzt keinen Fehler machen, sich nichts anmerken lassen. Arkadij wegbringen, bevor Prokoptschuk oder ein anderer Arzt auf sie aufmerksam wurde. Arkadij schien seine Panik nicht zu spüren, jedenfalls blieb er sanft, ließ sich am Arm fassen und von dem Tisch wegführen. Konrad hatte das Gefühl, ihn ziehen zu müssen, so kraftlos und langsam bewegte er sich.

«Ich habe eine Stunde unten gestanden», erklärte Arkadij. «Hier oben haben sie die ganze Zeit auf meinen Zug gewartet, sie waren schon böse auf mich, ich musste wieder zurück.»

«Tut mir leid. Ich hatte noch was mit deiner Mutter zu besprechen.»

«Springer schachmatt», rief es hinter ihnen, und jemand grölte vor Lachen, als hätte er feinen Grieß in der Kehle.

«Mann, gebt eine Zigarette!»

Konrad tat die paar Schritte zu dem Erdgeschossfenster und reichte dem Wesen hinter dem Gitter, von dem er nicht wusste, ob es immer ein und dasselbe gewesen war oder ob dort mehrere Frauen warteten, alle mit der gleichen rauen Stimme, die Schachtel filterlose Prima, die er gekauft hatte. Eine Hand griff gierig und ungenau danach und streifte ihn mit rauen Fingern.

Als er sich umblickte, stand das Mädchen mit den kurzen schwarzen Haaren da. Sie sah interessiert zu, wie er die Zigaretten durchs Gitter reichte, als wäre sie unsichtbar. Als glaubte sie, sich die Wirklichkeit wie einen Film anschauen zu können, in dem sie selbst nicht vorkam. Als er mit Arkadij die ersten Stufen der Treppe betrat, blieb sie stehen. Er drehte sich um, sie schaute ihm nach, ohne Angst. In diesen wenigen Sekunden konnte er ihren Ausdruck nicht verstehen, sie war hier und doch woanders. Die wortlosen Blickwechsel der vergangenen Wochen hatten eine Verbindung zwischen ihnen hergestellt. Etwas, das für sie wichtig war. Auch für ihn. Arkadij rutschte auf den Stufen aus, er musste ihn rasch festhalten. Es tat ihm weh, sie hier zu lassen. Sie konnte nicht wissen, dass es für immer war. Und plötzlich fasste er einen Beschluss. Er durfte den Fehler mit der Frau von den Pferden nicht noch einmal machen. Und er wurde ganz fröhlich – er würde am Ende zurückkommen und sie hier herausholen.

«Ich komme wieder», rief er ihr zu.

Er musste jetzt Arkadij an der Hand nehmen, damit er auf der steilen Treppe nicht noch einmal ausglitt. Schneller, schneller, hätte er gern gedrängt. Aber Arkadij konnte nicht schneller, und sie durften kein Aufsehen verursachen.

«Arkadij!», rief eine Frauenstimme, als sie halb unten waren. Eine Gestalt mit Kopftuch, Rock und Strickjacke kam ihnen entgegen. Auch das noch.

«Wir fahren seine Mutter besuchen», erklärte Konrad.

«Ich komme mit!», rief die Frau.

«Das geht nicht!», rief Konrad und zog Arkadij weiter. Die Frau ließ sich nicht beeindrucken.

«Ich hole nur schnell meine Sachen», rief sie und eilte die Treppen hoch.

Die Hose war zu groß und fiel komisch, vermutlich lag die knielange Baumwollunterhose falsch. In der linken Hand hielt Arkadij eine weiße Plastiktüte, durch die sich scharfe Kanten abzeichneten und die ihn endgültig zur ältlichen Witzfigur machte. Konrad ging voran, falls Arkadij ausrutschen würde. Als er sich umdrehte und den alten Mann die Treppe heruntersteigen sah, die eine Hand am schrundigen grünen Geländer, im schlotternden Anzug, mit diesem selig unsicheren Lächeln auf dem Gesicht, war er ein kleiner Junge. Ein Junge, so alt und so dünn, dass er ihm die Treppe hinabhelfen musste.

Er fühlte sich in eine Zeit versetzt, als er selbst so ein kleiner Junge war.

Es war einmal vor vielen, vielen Jahren, da war diese Frau zu ihm gekommen, als er im Sandkasten spielte. Verlegen hatte sie dagestanden und nicht gewusst, wie sie es anstellen sollte, wie man ein Kind begrüßt. Sogar er, ihr Sohn, begriff damals, dass sie einfach keine Ahnung hatte, wie man mit einem Kind umgeht. Sie stand unsicher da und schwankte leicht, eine Hand hinter dem Rücken versteckt. In der Erinnerung trat ihm wieder der Ausdruck des Jungen aufs Gesicht, der er selbst gewesen war, ganz entwaffnet nach dem ersten Schrecken, und er lächelte ein zartes, vorsichtiges, unsicheres Lächeln, das war wie ein Senfkorn – alles hätte aus ihm werden können, es war zu allem bereit und hätte aufblühen können zur größten Liebe der Welt, wäre da der Vater nicht dazwischengekommen …

Als die Mutter ihn sah, brach etwas in ihrem Gesicht. Es bekam Risse, gerade, dass es noch nicht in seine Einzelteile zerfiel. Mit letzter Kraft streckte die Mutter ihre gläserne Hand nach ihm aus, doch bevor sie seinen Kopf berührte, drehte sie sich um und lief weg. Das, was sie in der anderen Hand hielt, ließ sie fallen.

Ein grünes Krokodil. Es hatte eine lange Schnauze und einen Oberkörper aus weichem Gummi, darunter war ein grünes Röckchen festgebunden, durch das man in den Krokodilskörper hineingreifen konnte. Eine Kasperlefigur. Er hob es auf und drückte es an seine Brust. Der Vater riss es ihm aus der Hand.

Er nahm Arkadij an die Hand und führte ihn vorsichtig weiter. Diesen kleinen Jungen konnte er auf keinen Fall allein zurücklassen. Konrad wäre sonst nie wieder glücklich geworden. Dieser Junge sollte stark sein, schön sollte sein Leben werden. Jedes Leben kann man am Ende schönmachen, durch eine einzige Tat. All seine bunten, phantastischen Ideen sollten nicht einfach in sich zusammenfallen und vergeblich gewesen sein. Und wenn er körperlich schon schwach wurde und dies jetzt sein letztes Fest war, dann sollte es rauschhaft und großartig werden.

Er liebte diesen kleinen Jungen wie sich selbst. Als er seine Hand losließ und sich wieder umdrehte, verschnaufte hinter ihm der alte Mann, mit dem er seit Wochen im Gespräch war. Er war aus der Puste, sie mussten eine Pause machen.

«Als Kind konnte man noch alles umwerfen, nicht?», hörte er Onkel Wolfgang sagen.

Und als Konrad fragend guckte: «Wenn man verloren hat, meine ich.»

«Versteh ich nicht.»

«Tu nicht so», er drohte mit dem Finger. «Was meinst

du, wie jähzornig du warst. Wenn ich gewann, hast du alle Mensch-ärgere-Dich-nicht-Figuren vom Brett gefegt.»

Die Haushälterin trug den Tee auf, Onkel Wolfgang wartete, bis sie aus dem Zimmer war.

«Als Kind kann man das noch», erklärte er. «Aber am Ende des Lebens, wenn man alles ausgehalten und überlebt und auf vieles verzichtet hat, erkennt man in einem zufälligen Augenblick, etwa beim Anblick eines silbergrauen Buchenstammes, von dem im Spätherbst der blutrote Laubumhang gefallen ist, erkennt in der Gesamtheit dieser Jahre den schlagenden Beweis für die eigene Erbärmlichkeit. Die eigene Verachtungswürdigkeit. Aber man kann nichts mehr ändern, alles ist unumstößlich. Die ganze Zeit gewachsen. Leise, wie Dinge eben wachsen, ohne dass man es merkt. Es ist geworden. Ein Wort wie Granit. Im ersten Reflex will man die Augen vor der plötzlich erkannten Bedeutung verschließen, wie man mit einem Schlag des Handrückens den Rasierspiegel wegklappt. Unsinn, sagt man sich tapfer, alles Einbildung, und nimmt erst einmal einen Schluck Cognac. Wie vor dem Feindflug. Udet gelesen? Man ist ein Mann, und man betäubt sich.»

Er trat an den Eichenschrank, holte die zwischen Büchern versteckte Flasche hervor und goss sich ein.

«Dir auch?»

Konrad schüttelte den Kopf.

«Darfst wohl noch nicht?»

Er wurde rot.

«Man neigt dazu, in die alten Verdrängungen zu flüchten und sich weiter einzureden, man hätte alles um der Sache willen getan. Man sei ein guter Mensch gewesen.

Moralisch. Es darf nicht sein, dass der Verzicht sinnlos war. Aber in bestimmten Augenblicken wird es einem doch klar. Das Liebste im Leben hat man sich verbieten lassen. Die neue Bedeutung der Vergangenheit ist wie eine scharfe Waffe, sie schneidet und schmerzt. Kennst du Hochhuths Stück über Hemingway? Ich halte nicht viel von diesem besserwisserischen Tendenzschreiber, aber dieses Messer, das nach dem rasenden Herz der Antilope tastet, das ist gut. Kennst du das?»

Konrad schüttelte den Kopf.

«Man ist zu alt, um noch zu tanzen.»

«Sie und tanzen, Herr Krynitzki? In Ihrem Alter?»

Die Haushälterin hatte lautlos die Wohnzimmertür geöffnet und durch den Spalt gelauscht. Sie zwinkerte Konrad zu.

«Lass mich in Ruhe», schrie der Onkel, und die Frau schloss erschrocken die Tür.

«Furchtbares Weib», lachte er, «findest du nicht? Niemand will mehr mit dir spielen. Verstehst du? Du bist hässlich geworden. Die Leute gucken weg. Nichts. Nur noch diese alte Schlampe, die dir Tee kocht und die Küche wischt und deine Tasse schneller vom Flügel räumt, als du sie austrinken kannst, und die heimlich in deinen Tagebüchern liest. Jetzt im Alter gerät man wieder in die Fänge der Frau. Und kein Hoffnungsschimmer, kein Ausweg. Nichts Schönes mehr im Leben. Die bunten Bauklötze, die du unterwegs aufgesammelt und aus denen du spielerisch dein Leben zusammengesetzt hast, stehen starr und unverrückbar. An diesen Mauern ist nicht mehr zu rütteln. Sie bilden die einzige und endgültige Lösung. Du hast es nur vorher nicht gewusst.»

Konrad brummte.

«Auf was hast du denn verzichtet?», fragte er schüchtern.

«Du weißt, dass ich deine Mutter geliebt habe?», sagte der Onkel.

Es dauerte unerträglich lange, bis sie an der Straße waren. Mühselig, zäh und klebrig wie in einem Albtraum, in dem man aufschreien will vor Ungeduld. Arkadij blieb immer wieder stehen, um etwas zu sagen, gleichzeitig gehen und reden konnte er nicht.

Endlich unten, führte Konrad ihn zum Auto und öffnete die Beifahrertür. Er musste ihm beim Einsteigen helfen, weil er sich so ungeschickt anstellte. Er konnte seinen Körper nicht in der Mitte einknicken, gar nicht so sehr aus Steifheit, sondern aus Unkenntnis, wie man in ein Auto steigt. Endlich sackte er schwer auf den Sitz, Konrad setzte sich ans Steuer.

Jetzt ein Gebet. Der polnische Groschen. Der Motor sprang an.

«Kein Mercedes», sagte Arkadij, und Konrad zweifelte wieder, ob dieser Mann wirklich keinen Sinn für Ironie hatte.

«Wohin?», fragte er.

«Richtung Norden. Immer nach Norden», antwortete Arkadij, noch leicht außer Atem. Drei Finger der rechten Hand spreizte er gegen das Armaturenbrett, als müsse er sich abstützen. Man sah, dass er körperliche Bewegung schon lange nicht mehr gewohnt war. «Den Dnjepr stromaufwärts.»

«Wo geht es zum Dnjepr?», fragte Konrad ungeduldig.

«Links», sagte Arkadij und zeigte nach rechts. «Egal, fahr.»

«Du musst mir den Weg zeigen. Ich habe keine Ahnung, wo wir langmüssen.»

«Keine Angst, ich hab alles unter Kontrolle.»

Arkadij versuchte, die mitgebrachte Landkarte auszubreiten, sie war viel zu groß, das ungeschickt gefaltete, knickende Papier legte sich über Armaturen und Schaltknüppel, sodass Konrad es unwirsch zur Seite schieben musste. Er erntete einen verwunderten Blick. Bevor Arkadij die Karte ganz auseinandergefaltet hatte und halb darunter verschwand, entdeckte Konrad aus dem Augenwinkel eine Beule an seinem Oberschenkel, in der Hose. Als hätte er einen Gegenstand mitgenommen. Einen Hammer, zur Verteidigung. Möglicherweise auch nur ein Wulst der langen Baumwollunterhose. Er wollte nichts von Arkadijs Körper wissen, er wusste nicht einmal, ob Arkadij seine Medikamente mitgenommen hatte und wie lange sie reichen würden. Die abrupte Absetzung der Psychopharmaka hätte unabsehbare Folgen gehabt. Mit dem Körper eines alten Mannes kann alles Mögliche passieren. Was war, wenn Arkadij plötzlich zusammenklappte und einen Arzt brauchte? Wenn er aggressiv wurde?

«Hast du eigentlich deine Pillen mit?»

Es ging rasch aus Kiew hinaus, die Straße führte schnurstracks nach Norden. Irgendwo rechts, hinter den Weiden und Steppen, musste der Dnjepr fließen. Statt zu antworten, fragte Arkadij: «Hast du was gemerkt?»

Seit sie draußen waren, hatte er unwillkürlich auf das Du umgeschaltet, Konrad nahm es an.

«Nein. Was denn?»

«Wir sind eben durch ein Dorf gekommen.»

«Hab nichts gesehen.»

«Stimmt, weil es vom Erdboden verschwunden ist. Ein paar Mauerreste schimmerten noch durchs Gestrüpp.»

«Hast du das auf deiner Karte?»

«Ja. Die Deutschen haben es niedergebrannt, 1941. Bei der Partisanenbekämpfung. Bieg mal hier nach links ab», sagte Arkadij. «Das ist eine ganz kurze Strecke, da kommen nur ein paar Weiler, danach Sumpf. Die Richtung muss ich noch abklären, dort war ich noch nie.»

«Was hast du da für eine Karte?»

«Das ist die Unterschiedskarte. Auf ihr sind alle Orte vermerkt, die noch in Frage kommen. Orte, die auf einer der anderen Karten nicht eingezeichnet waren. Ich habe sie rot markiert. Das solltest du wissen, falls mir etwas zustößt und du allein weitersuchen musst. Die normalen Orte, die auf allen Karten drauf sind, sind unmarkiert. Es muss sich um so einen roten Ort handeln, die anderen habe ich alle abgegrast. Dort hätte ich Olha längst gefunden.»

Das letzte Dorf lag schon eine halbe Stunde zurück.

«Jetzt erklär mir das mit Olha und dem Auto.»

«Pass auf. Ich suche Olha. Du das Auto. Vermutlich sind beide an ein und demselben Ort. Auf jeden Fall aber findet sich das eine von selbst, wenn du an den Ort des anderen kommst.»

«Bestechende Logik», sagte Konrad. Aber Arkadij ließ sich nicht irritieren.

«Jetzt frage ich dich, was ist leichter zu finden – Olha oder das Auto? Olha kann nicht mehr weglaufen, sie ist eine alte Frau. Sie lebt wahrscheinlich seit Jahren an demselben Ort, geht höchstens mal gebückt zum Dorfladen, um was zu holen.»

«Wenn sie überhaupt noch lebt.»

«Das Auto dagegen ist unglaublich beweglich, seine wichtigste Eigenschaft ist ja gerade die Geschwindigkeit. Selbst wenn wir es in der Ferne irgendwo entdecken, fährt es uns ohne weiteres davon. Deshalb müssen wir uns an Olha halten. Sie wird uns alles sagen.»

«So so.»

«Kannst du mal anhalten? Ich glaube, mein Beutel ist voll.»

«Was für ein Beutel?»

«Mein Harnbeutel. Am Katheter. Er ist voll, ich muss ihn leeren.»

Arkadij stieg aus und stakste in die Büsche. Konrad dachte nicht daran, ihm nachzugehen und ihm zu helfen.

Nach einer weiteren Stunde erreichten sie endlich eines der Dörfer hinter Fedorivka, die Arkadij im Auge hatte, ein Dorf, das er noch nicht überprüft hatte. Der Name weckte allerdings keine Erinnerungen bei ihm. Arkadij verriet keine besondere Erregung. In der Nähe ein Fluss, eher ein Flüsschen. Apfelbäume, kleine Obstgärten. Alles still, nur Insektengesumm. Lebte hier überhaupt noch jemand? Konrad hielt an der Straße im Dorf an, er vergewisserte sich auf seiner eigenen Landkarte, dass der Reaktor einige Dutzend Kilometer entfernt war.

«Sagt dir das was?», fragte Konrad.

Arkadij hob nur den Zeigefinger, als wollte er sich konzentrieren. Er schnupperte. Erkundete die Windrichtung.

«Kommt dir hier was bekannt vor?»

«Hier war ich noch nie.»

Sie fuhren im Schritttempo weiter. Nur wenige Seitenwege führten von der Dorfstraße ab, die flachen Häuser am Rand hatten dicke graue Strohdächer und lagen hinter wucherndem Flieder versteckt, unter Faulbeerbäumen und Holunder. Über den veilchenblauen, dunkelvioletten und weißen Blütenrispen summte die Luft.

«Das könnte es sein.»

Eine Frau mit einem Stoffbeutel kam ihnen entgegen, gefolgt von einem kleinen Hund. Arkadij kurbelte die Scheibe herunter.

«Guten Tag. Können Sie uns sagen, wo Olha wohnt?»

Aber gewiss doch. Olha kannte hier jeder. Sie stellten den Wagen ab und folgten der Frau zu Fuß. Sie brachte sie zu einem kleinen, flachen Haus mit geweißten Mauern. In der Tür erschien eine schmale, sehr gebückte Frau mit Kopftuch. Ihr Gesicht war so fein zerfurcht, dass es schon wieder schön war. Sie lächelte nicht, als sie sie mit klingender, milde bebender Stimme in ihr Haus einlud. Es gab Tee, Kompott und getrocknete Früchte. Arkadij war sehr zurückhaltend, fast schüchtern, als Olha ihn in die Arme nahm.

«Arkadij hat das ganze Leben nach Ihnen gesucht», sagte Konrad. Die Alte nickte. Ihre weiße Stirn wölbte sich weit vor, die Augen lagen tief im Schatten. Man hätte denken können, sie sei blind. Olha hatte keine solchen vorgewölbten Brauenknochen gehabt, es fiel schwer zu glauben, dass ein Mensch sich im Alter so sehr verändert.

«Arkadijs Mutter war ziemlich eifersüchtig auf Sie, stimmt's?», fragte Konrad.

«Sicher, es war nicht einfach. Sie wissen ja, alles so lange her.»

«Arkadij hat mir erzählt, wie sehr seine Mutter Fischgeruch gehasst hat, Sie hatten damit überhaupt keine Probleme, nicht wahr?»

Olha nickte tief, als würde sie in ein Tagesnickerchen versinken. Man konnte nicht sagen, was oder ob sie überhaupt etwas verstanden hatte. Arkadij schwieg die ganze Zeit.

«Ich staune dennoch, wie Sie die schweren Jahre im Krieg miteinander ausgekommen sind, sie beide allein mit dem Kind in dieser Wohnung. Ludmila wäre ohne Sie nicht zurechtgekommen, oder?», fragte Konrad.

«Welche Ludmila?», fragte Arkadij.

Die alte Frau begann, ein Lied zu summen. Dann fragte sie erschrocken: «Was sagen Sie?»

«Ich habe gesagt, Ludmila wäre ohne Sie nicht zurechtgekommen.»

Sie öffnete den zahnlosen Mund mit dem einen, einzigen vorderen Goldzahn.

«Oi, ja, jaj, das ist doch schon so lange her ...»

Konrad sah sie misstrauisch an. Aber Arkadij sagte: «Ja, das ist es wirklich. Weißt du noch, wie du mich immer in den Schlaf gesungen hast?»

Sie begann, ein Wiegenlied zu summen. Dann verstummte sie, schloss wieder die Augen. Sogar die Lider wirkten dunkel in diesen tiefen Höhlen.

«Sie erinnern sich noch, dass Arkadijs Vater in der Zentralbank tätig war?»

Der Kopf der alten Frau nickte nach vorn, wohl vom Schlaf übermannt. Konrad zog Arkadij vor die Tür.

«Diese Frau ist nicht deine Olha. Sie hat keine Ahnung von deiner Familie, sie kannte nicht einmal den Vornamen deiner Mutter. Wir fahren weiter.»

«Aber sie hätte es sein können. Hast du nicht gesehen, wie freudig sie mich umarmt hat?»

«Freudig umarmt! Geh rein, bedank dich für den Tee, wir müssen weiter.»

Konrad begriff, dass dies eine Fahrt ins Nirgendwo werden konnte.

«Wie sollen wir Olha jemals finden, wenn du keinen Schimmer mehr hast, wie sie aussah? Das ist hoffnungslos», ärgerte er sich. «Wir haben nicht ewig Zeit, hier durchs Land zu fahren.»

Arkadij erwiderte nichts. Er sackte in den Sitz und stierte durch die Windschutzscheibe. Konrad spürte, dass ein Grat, eine Gräte nur, in diesem ausgemergelten Körper aufrecht und hart blieb. Ohne diesen kleinsten, unzerbrechlichen Punkt, ohne dieses Rückgrat, hätte er die jahrelange Behandlung in der Klinik nicht überstanden. Das war es – nachzugeben, den gewaltsam in ihn dringenden Ärzten keinen Widerstand entgegenzusetzen, aber auch keine Angriffsfläche zu bieten. Biegsam und beinahe unsichtbar zu werden, ohne die wahre, eigene Existenz jemals aufzugeben. Den Gegner zu täuschen, ein scheinbares Selbst vorzuschicken, das wie ein Außenposten die Aufgaben des wahren übernahm.

Sie fuhren lange schweigend weiter, Konrad überkam Mitleid mit Arkadij, er wurde versöhnlich.

«Ich kann dir versprechen, wir finden hier jede Menge Leute, die sofort bereit sind, irgendjemand zu sein», sagte

Konrad. «Eine Rolle zu spielen, meine ich. Sie geben sich bereitwillig dafür her. Das sind einfach Menschen, deren Leben nicht abgerufen worden ist. Ihre Gene sind vom eigenen Volk bereitgestellt worden, sie wurden über die Steppe geweht wie die runden Samen der wilden Distel, sie haben sich ausgebreitet und vorbereitet auf das, was kommen sollte, ihre Körper sind kräftig geworden, freudig haben sie Begeisterung gezeigt und gejubelt und schon als Säugling ihre Mutter mit offenen Augen angegrinst, du weißt ja, wie Babys sind, jedes himmelt erst mal seine eigene Mama an, auch wenn es die letzte Schlampe ist. Aber dann kommt die Enttäuschung. Sie haben gewartet und gewartet, aber es kam nichts. Sie fallen vom Wagen und bleiben am Rande der großen Straße liegen. Übersehen. Vergessen. Traurig, so was.»

Konrad sagte das nicht einfach nur so hin.

Arkadij protestierte. «Woher willst du das wissen? Versündige dich nicht. Man darf über einen Menschen nicht sagen, nicht am bitteren Ende seines Lebens, dass er nicht gebraucht worden wäre. Sieh mich an!»

«Und?»

«Mein Leben bekommt erst jetzt einen Sinn, ganz am Ende.»

«Und zwar?»

«Meine Aufgabe ist es, dir bei der Lösung deiner Probleme zu helfen.»

Konrad staunte, fuhr aber fort: «Guck dir doch diese Frau eben an, zum Beispiel. Sie wusste gar nicht, worum es geht. Sie freute sich einfach nur, dass wir sie beachten. Sie würde zu allem ja und amen sagen, Hauptsache, wir reden mit ihr. Deshalb hat sie uns in ihr Haus eingeladen.»

«Es hätte sehr gut Olha sein können. Sie hatte eine gewisse Ähnlichkeit. Nur der Leberfleck fehlte, das habe ich zu spät gemerkt. Halt mich nicht für blöd, Olha hatte einen schwarzen Punkt am Hals, ungefähr hier. Das weiß ich noch sehr gut.»

«Weiter nach Norden können wir nicht», sagte Konrad. «Hier fängt bald die Sperrzone um Tschernobyl an.»

«Nein, nein, noch längst nicht. Da stehen Kontrollposten an der Straße. Da kommt man sowieso nicht durch.»

«Halt mal an!», schrie er gleich darauf und griff ins Lenkrad.

Konrad verriss vor Schreck fast das Steuer.

«Was ist?»

«Der Mann im schwarzen Mantel! Hast du gesehen? Am Straßenrand?»

Konrad hatte nichts bemerkt.

«Mein Vater!»

«Dein Vater ist tot, Mann! Hör endlich auf mit deinen Geschichten!»

Sekundenlanges Schweigen, dann: «Stimmt ja.»

«Bist du verrückt geworden?», schrie Konrad.

«War nur ein Test», flüsterte Arkadij, selbst erschrocken. «Ob du noch normal bist.»

«Du nimmst jetzt vielleicht mal eine von deinen Pillen», sagte Konrad.

Sie hatten alle Fenster heruntergekurbelt. Die heiße Luft bauschte sich ins Auto, es war viel zu warm für Ende Mai.

«Wenn wir in diesem Tempo weitersuchen, wird deine Freiheit nicht lange dauern», sagte Konrad. «Der Tank ist fast leer. Irgendwann bleiben wir in der Wildnis liegen. Ich spiel dann nicht Krankenschwester für dich.»

«Witzbold», widersprach Arkadij.

«Bilde dir nicht ein, dass ich deinen Katheter austauschen könnte», sagte Konrad.

«Du willst mich hier einfach verrecken lassen?»

«Ich setz dich zu irgendjemandem ins Auto und lass dich ins Krankenhaus bringen. Das ist das höchste der Gefühle.»

«Du würdest mich nie im Stich lassen. Du bist Deutscher.»

«Was soll der Blödsinn?»

«So redet Svetlana immer. Sie hat einen Offizier geliebt.»

«Einen deutschen? Woher willst du das wissen?»

«Hat mein Vater mir erzählt.»

«Sag mal, könnte dieser deutsche Offizier ...»

«Hör auf. Jeder könnte dein Auto haben. Jeder Mensch auf dieser Welt. Vermutlich hat es auch jeder schon mal gehabt. Zwischen hier und Taschkent hat jeder Kerl dein blödes Auto schon einmal besessen, und jetzt in diesem Augenblick, stell dir vor, drückt ein schmieriger Usbeke seinen dicken Arsch in das zarte Leder des Fahrersitzes. Tja, damit musst du dich abfinden. Deine Suche grenzt an Wahnsinn.»

Konrad brüllte vor Lachen.

«Was ist so lustig?»

«Entschuldige», prustete er, «wie du redest. Du wirfst mir Wahnsinn vor.»

«Ich bin eben schon weiter. Austherapiert. Durchanalysiert. Ich sehe die Dinge klarer. Du träumst noch. Was du verloren hast, wirst du nie wieder finden.»

«Frag dich lieber, wer deine Olha schon alles gehabt hat.»

Arkadijs Blick stach wieder durch das Fenster.

Zwei Kilometer weiter sagte Konrad: «Pardon. Aber du hast angefangen.»

Arkadij schwieg.

«Wenn du sie nicht liebst, kann es dir scheißegal sein, oder?», versuchte er es nach einer Weile wieder.

Arkadij sagte nichts.

«Du hast doch immer gesagt, sie wollte ein Junge sein.»

Schweigen.

Irgendwann hielt Konrad es nicht mehr aus und trat voll auf die Bremse. Es schleuderte den Wagen einmal kurz nach rechts, dann kam er auf der leeren Straße zum Stehen. Konrad stieg aus dem Auto. Unter der Motorhaube hörte er die Bewegung der Kolben im heißen Öl, über den Feldern sangen die Lerchen. Arkadij saß wortlos da.

«Und jetzt?», fragte er aus dem Auto.

«Ich fahr erst weiter, wenn du redest. Ich bin allergisch gegen Schweigen.»

Arkadij wandte sich ihm langsam zu: «Zwischen deinem Auto und Olha ist ein Unterschied von Tag und Nacht.»

«Ach, jetzt auf einmal doch», sagte Konrad, stieg ein und fuhr weiter.

Die Landschaft wurde hügelig. Schnurgerade lief die Straße, irgendwo rechts glänzten Wasserflecken auf. Das waren keine natürlichen Teiche, eher Staubecken. Bald darauf fuhren sie durch Felder mit grünem, noch niedrigem Weizen, den warmer Wind in sanfte Wellen legte. Kaum sichtbare, dunklere Gangspuren aus niedergedrückten Pflanzen durchfurchten dieses Meer, von Mensch oder

Tier stammend. Ein paar Wolkenfetzen, sahnig weiß, waren vor dem pastellblauen Himmel verrührt.

Es war ein Fehler gewesen, so spät loszufahren. In wenigen Stunden würde es dunkel werden.

«Ist doch wunderschön hier. Diese Freiheit hättest du längst haben können. Wieso hast du dich so lange in der Klinik einsperren lassen?»

Als er den Kopf zur Seite drehte, hatte er den Eindruck, in einen Spiegel zu blicken. Als wäre der Mann neben ihm er selbst. Als führte er Selbstgespräche. Vor Schreck und um diesen Eindruck abzuschütteln, riss er das Lenkrad mit einem kurzen, harten Ruck nach links. Arkadij wurde gegen die Beifahrertür geworfen.

«War was?», fragte er.

«Wollte nur sehen, ob du wirklich da bist», sagte Konrad.

Arkadij lächelte.

«Du bist für mich wie ein Bruder», sagte er anerkennend.

«Hör auf mit dem Quatsch!»

«Doch. Am Anfang habe ich eine Zeitlang gedacht, du wärst mein älterer Bruder, den ich nie wieder gesehen habe. Er muss drei, vier Jahre älter gewesen sein als ich.»

«Danke für das Kompliment.»

«Ich hatte Angst.»

«Angst? Wovor?»

«Vor Svetlana.»

«Vor deiner Mutter.»

«Du kennst sie nicht, sie kann furchtbar werden. Svetlana hat gesagt, die Klinik ist das Beste für mich. Sie hat dafür gesorgt, dass ich nicht rauskomme.»

«Das kann doch nicht der einzige Grund sein. Wenn du ein Mann wärst, hättest du dir das nicht bieten lassen.»

«Hab ich ja nicht, bin immer wieder abgehauen. Aber andererseits, ich fühlte mich auch sicher dort. Mit Professor Guzman konnte ich mich sehr gut unterhalten. Er war wie ein Vater. Solange Guzman da war, hatte ich gar keinen Grund, wegzugehen. Zwei- oder dreimal in der Woche interessante Gespräche, genug Essen, Ruhe. Durch ihn habe ich so viel verstanden. Und am Ende kam ich ja auch raus, aber dann …»

«Was dann?»

«Dann kam dieser Mann.»

«Welcher Mann jetzt?»

«Der Vater umbringen wollte. Vater war schon krank. Ich habe ihn einmal in der Klinik besucht, und als Svetlana auf der Toilette war, hat er zu mir gesagt, ich soll mich irgendwo verstecken. Auf keinen Fall in die Wohnung zurück. Am besten in der Klinik bleiben.»

«Wann war das?»

«Vor über einem Jahr.»

«Weißt du, wer dieser Mann war?»

«Nein. Ich habe ihn nie gesehen. Ein Wahnsinniger. Er hatte schon zwei oder drei Offiziere erschossen. Aber als ich den Ärzten davon erzählte, hat Doktor Prokoptschuk behauptet, ich leide an Verfolgungswahn.»

«Und jetzt hast du keine Angst mehr vor ihm?»

«Nein. Er hat sein Ziel erreicht. Mein Vater ist tot. Vielleicht sucht er jetzt andere Offiziere, ich weiß nicht. Ich bin ja keiner. Ich sehe schon, du glaubst mir wieder nicht.»

«Doch, doch. Ich weiß es. Ich war in dem Krankenhaus, in dem dein Vater lag. Hab nachgefragt.»

«Du bist dort gewesen?»

«Ja. Der Arzt hat mir gesagt, dort ist wirklich ein Mann aufgekreuzt und hat deinen Vater bedroht. Aber umgebracht hat er ihn nicht, er ist an seiner Krankheit gestorben. Sagt der Arzt.»

«Siehst du», atmete Arkadij auf. «Ich bin nämlich nicht verrückt.»

Konrad brachte es nicht übers Herz, ihm etwas von Olhas Kind zu sagen. Dann hätte er vielleicht wirklich den Verstand verloren, hätte getobt, womöglich geglaubt, es sei von ihm. Wenn ihm überhaupt jemand davon erzählen durfte, dann einzig und allein Olha.

Es wurde dunkel.

«Wir müssen irgendwo übernachten», sagte Arkadij. «Heute kommen wir nicht mehr weiter. Am besten, wir fahren an den Waldrand und schlafen im Auto.»

Es war bald kühl im Wagen. Konrad zog sein Jackett vor der Brust zusammen und kauerte sich auf den Beifahrersitz. Bald lag sein Kopf auf dem Lenkrad.

Irgendwann in der Nacht begann das Auto zu schaukeln. Man wird nicht sofort wach, wenn es schaukelt, im Gegenteil, kleine Kinder wiegt man ja sogar in den Schlaf. Als dann aber auch noch Geräusche zu hören waren, erwachte Konrad. Im ersten Moment wusste er nicht, wo er war. Er setzte sich auf, roch die alten, muffigen Sitzbezüge, die Zigarettenstummel im Aschenbecher, den er erst jetzt sah, und warf einen Blick auf die Rückbank. Die liegende, dunkle Figur musste Arkadij sein. Er rührte sich nicht. Jemand kratzte an der Beifahrertür. Konrad spähte und versuchte, etwas zu erkennen. Etwas scheuerte am Blech, ein Geräusch wie von Haaren, aber er konnte nichts sehen. Erst als er das Schmatzen hörte und bald auch ein Grunzen, ahnte er, dass es Wildschweine sein mussten. Dann sah er die großen schwarzen Rücken, die um den Wagen hin und her wogten und immer wieder gegen die Karosserie stießen. Er wollte, ohne die Tiere zu verscheuchen, Arkadij wecken und es ihm zeigen, der reagierte nicht auf sein leises Rufen. Konrad ließ sich tiefer in seinen Sitz gleiten und schlief ein, aufgehoben in dieser Karosserie wie in einer Wiege.

Arkadij erwachte am anderen Morgen als Erster. Er setzte sich auf und kurbelte die Scheibe herunter.

«Kannst du noch mal wiederholen, was du über den Unterschied zwischen dem Auto und Olha gesagt hast?», fragte er in einem Ton, als hätten sie ihr Gespräch gerade eben unterbrochen.

Konrad wurde von seinen Worten wach und schauderte in der kalten Morgenluft, die an seinen Nacken wehte. Er wälzte sich herum und stöhnte. Als er durch seine schlafverklebten Augen nach draußen blinzelte, erkannte er nicht viel. Alles war in dichten, weißen Nebel gehüllt. Arkadij wiederholte seine Frage.

«Was?»

«Das mit Olha und dem Auto. Etwas mit Tag und Nacht.»

«Das hast du gesagt. Nicht ich. Ein Unterschied zwischen Tag und Nacht.»

«Halt mal an!», rief Arkadij.

«Wir stehen», seufzte Konrad, öffnete die Tür und setzte einen Fuß auf den Boden. Die Schwarzerde war aufgewühlt und wie von Bombentrichtern übersät, in denen ein Rest Feuchtigkeit glänzte.

«Piwdjen ist doch Norden, oder?»

«Süden, soweit ich weiß. Piwdjen ist der halbe Tag, die Mitte des Tages. Es bedeutet Mittag oder Süden.»

«Nein. Sie hat immer gesagt, ihr Dorf liegt im Norden. Piwdjen.»

Er wies mit dem Zeigefinger der linken Hand nach links, mit dem rechten nach rechts.

«Piwdjen ist Süden», sagte Konrad. «Norden ist Piwnitsch. Piwnitsch ist die halbe Nacht, also Mitternacht, und gleichzeitig Norden. Es klingt nur so ähnlich.»

«Ein Unterschied wie zwischen Tag und Nacht», flüsterte Arkadij entgeistert.

«Wir haben nichts zu essen», sagte Konrad. «Ich kriege allmählich Hunger.»

«Wir müssen zurück!»

«Du willst zurück nach Kiew?»

«Nein, weiter. In den Süden. Ich habe mich geirrt.»

«Das fällt dir jetzt ein? Nach einem halben Jahrhundert?»

«Egal. Wir haben keine Zeit zu verlieren.»

Schnell ging es trotzdem nicht. Kaum waren sie auf einer größeren Straße zurück, blieb ihr Auto liegen. Die Tankanzeige hatte schon länger im roten Bereich gestanden. Konrad lenkte den Wagen auf den Seitenstreifen, sie stiegen aus und hielten ihr Gesicht in die Sonne. Niemand hielt auf ihr Winken an.

«Die Menschen sind herzlos geworden», sagte Arkadij traurig.

Nach einer Stunde näherte sich doch ein nagelneuer, aluminiumgrauer Mercedesbus mit ukrainischem Kennzeichen und verlangsamte seine Fahrt. Ein paar Meter nach ihnen hielt er an. Der Fahrer drehte misstrauisch die Scheibe herunter und fragte, was los sei, da stiegen einige Fahrgäste schon aus und vertraten sich die Beine. Es waren französische Touristen, die in die Sperrzone wollten.

Konrad konnte den ukrainischen Fahrer überreden, ihnen ein paar Liter Benzin zu verkaufen. Er hatte nichts im Kanister, sondern steckte einen Gummischlauch in den Tank und saugte etwas davon ab. Beim Zahlen merkte Konrad, dass sein Bargeld zur Neige ging. Eine seltsame Begegnung. Als er diesen aufgeweckten Westlern gegenüberstand, die sie neugierig musterten und anlächelten, wurde ihm das Absonderliche seiner Situation bewusst, gerade im Kontrast zu ihrer freudigen Angst. Er hatte den Eindruck, man könnte ihm etwas ansehen, ihm seinen Fiebertraum anmerken und ihn ins nächste Krankenhaus bringen. Er wechselte ein paar Worte in holprigem Französisch. Wie hätte er erklären sollen, was sie hier suchten? Die anderen wollten für ein paar Tage heraus aus der Langeweile ihrer Pariser Großstadtexistenz, dem täglichen Einerlei, der Berechenbarkeit ihres Lebens. Sie suchten den Kitzel, die unsichtbare Gefahr der Sperrzone. Sie machten hier Safari, und ihr Wild waren skurrile Alte, die strahlenverseuchte Pilze sammelten und aßen; Pilze, um die sie im Supermarkt zu Hause aus Prinzip einen großen Bogen machten. Wenn ihre Geigerzähler zu nervös wurden, wollten sie rasch zurück in ihre Sicherheit, behütet und geführt von ihrem Fahrer. Es war ein kalkuliertes Risiko, ein durchgeplanter Kitzel. Sie waren neugierige Zaungäste des Todes, sie wärmten sich am langsamen Sterben der anderen. Weil sie selbst davon so wenig wussten, weil bei ihnen alles in sterilen Kliniken geschah, wo sie es erst sahen, wenn sie selbst an der Reihe waren. So dass sie niemandem mehr davon erzählen konnten. Sie lachten und winkten durch die getönte Scheibe, als sie davonbrausten.

Dachte Konrad auch nur eine Sekunde lang daran, sie um Hilfe zu bitten? Dass sie ihn hier herausholten, aus diesem anderen Land, aus dieser zweideutigen Situation? Nein, keinen Moment lang. Diese alte Welt war ihm verschlossen. Und er hatte ein Ziel.

Sie waren auf dem Weg zurück, kamen an langen, schnurgeraden Bewässerungsgräben vorbei, fuhren um Kiew herum, auf die große Ausfallstraße Richtung Süden.

«Wo müssen wir hin?», fragte Konrad.

«Ob ich das noch schaffe?» Arkadijs Stimme klang zittrig.

An der nächsten Tankstelle gab Konrad seine letzten Scheine für Benzin aus. Arkadij stieg eine Böschung hinauf und breitete seine große Karte über einen Teppich von blau blühenden, kurzen Gräsern.

«Schau mal. Wie großartig, ganz neue Namen. Phantastisch. Eine unentdeckte Welt. Ich werde mein Leben auf den Kopf stellen müssen.»

Konrad nickte.

«Du hast die ganze Zeit stur im Norden gesucht?», fragte er.

Arkadij schielte zu ihm hoch. «Und du, hast du dein Auto gefunden?»

«Svetlana hat auch immer vom Süden gesprochen», fiel Konrad jetzt ein. «Da war die Hungersnot viel schlimmer. Wenn Olhas Familie verhungert ist, dann stammte sie wahrscheinlich aus dem Süden von Kiew.»

«Suschtschani», sagte Arkadij.

«Wie ist dir das jetzt plötzlich eingefallen?»

«Hier steht's doch.» Sein ungeduldiger, aufgeregter Finger fuchtelte über die Karte. «Ich erkenne den Namen.»

Erklärungen braucht man nur für Dinge, die man nicht sieht.

Nach drei Stunden erreichten sie das Dorf Suschtschani im Rayon Kagarlyk, Gebiet Kiew. 1941 war hier die Kolchose «Novye Zytta», Neues Leben, gewesen, fünfhundertneunundvierzig Einwohner hatte der Ort damals. Es bot sich das gleiche Bild wie in fast jedem der Dörfer, durch die sie gekommen waren. Häuser mit Strohdächern, modernere, aber auch schon verfallende Wirtschaftsgebäude aus Eternit und Wellblech. Irgendwo immer der Dorfladen, der Treffpunkt. Alte Frauen mit Kopftüchern. Wenige Männer, meist mit tiefen Furchen im Gesicht, ausgetrocknet vom Alkohol. Einer von ihnen kroch auf allen vieren über den Boden, wie ein Kleinkind. Sie fragten nach Olha, der Olha, die während des Krieges in Kiew war.

«Was wollt ihr von ihr?», fragte eine Alte zurück.

«Der hier ist ihr Pflegekind.»

Aber gewiss doch, sie hat hier bis zuletzt gelebt.

«Können Sie uns ihr Haus zeigen?»

Sie wies wortlos in eine Richtung und ging voran, zu Fuß zogen die beiden hinter ihr her. Andere alte Frauen schlossen sich an.

«Lebt sie nicht mehr hier?», fragte Arkadij.

Mehrere Frauen machten ernste Mienen und setzten sich in der Gegenrichtung wieder in Bewegung. Konrad und Arkadij folgten.

Konrad ging davon aus, dass es sich wieder um ein Missverständnis handeln würde, dass sie eine ganz andere Olha finden würden.

Es war eine seltsame Prozession. Zwei Männer, der eine in zerknautschter Cordhose mit aufgerissenem Knie und einem Sakko, das bessere Tage gesehen hatte und von Lehm verdreckt war. Der andere in einem abstrus weiten, schlottrigen Anzug, und um sie herum eine ganze Schar älterer Dorfbewohnerinnen.

Es begann zu nieseln, und ein warmer Frühlingsregen weichte den Weg auf. Es dauerte eine Weile bis zu dem kleinen, abseits gelegenen Dorffriedhof. Geradeaus führte der Weg in den Wald. Am Eingang, neben dem schief in den Angeln hängenden, schmiedeeisernen Tor, brach ein Mann junge Zweige von Sträuchern ab, die in den Gitterzaun hineinwuchsen.

Konrad war noch gar nicht am Grab, da fiel Arkadij schon vor dem Stein auf die Knie. Sein grau glänzender Anzug hatte vom Regen dunkle Flecken und warf unschöne Falten. Die Frauen standen im Halbkreis um ihn herum.

Olha Jewgenijewna Holota.

Der Name stand in polierten Bronzelettern auf dem dunklen, glattgeschliffenen Stein, der einen Haufen Geld gekostet haben musste. Über ihrem Namen prangte ein kleines, ovales Medaillon, ins weiße Metall war in graubraunen Farbtönen die Fotografie gebrannt. Konrad erkannte die junge Frau, die er auf den Fotos bei Svetlana gesehen hatte. Die Frau, die Arkadij an der Hand gehalten hatte. Die Aufnahme musste kurz nach dem Krieg entstanden sein, Olha wirkte sehr jung. Ein schmales Gesicht mit apfelrunden Wangen, deren Schattenlinien vom Künstler des Emaillebildes nachgezogen sein mochten, und einer sehr kräftigen Nase. Breit und rund die gewölbte Stirn, dunkle Augenbrauen. Das rabenschwarze, fast struwwelige Haar war für eine Frau sehr kurz geschnitten.

Gestorben am 16. April 1969. Mit nur einundfünfzig Jahren. «Holota?», fragte Konrad.

«Ja, das war ihr Geburtsname», antwortete eine der Frauen.

Olha hatte ihrem Sohn den richtigen Vatersnamen gegeben, bei der Taufe. Jurijs Namen. Wasyl Jurjewitsch Holota.

«Wer hat diesen Grabstein aufgestellt?», fragte Konrad.

«Ihr Sohn.»

«Was macht er, wo ist er? Kommt er ab und zu vorbei?»

«Ja, und immer um diese Zeit. Er pflegt das Grab auch selbst», sagte endlich eine. «Wasyl ist sehr großzügig. Er hat viel Geld für unser Dorf gespendet. Das Kulturhaus renoviert. Jetzt können wir wieder Tanzabende veranstalten.»

Als Olha starb, war Konrad dreizehn gewesen, seit fünf Jahren ohne seine Mutter in Berlin. Hat Autos zerkratzt und Sehnsucht nach ihr gehabt.

Arkadijs Seufzer klang wie ein Schluchzen.

Was war bei Arkadij gewesen?

Arkadij war neunundreißig Jahre alt gewesen und hat von nichts gewusst. Die ganzen letzten fünfundzwanzig Jahre hat er nichts von ihrem Tod gewusst. Hat sich weiter nach ihr verzehrt. Hat nicht sie verzehrt, sondern sich selbst. Hat sie nicht sterben lassen wollen in seinem Kopf, welch übermenschliche Anstrengungen ihn das auch gekostet haben mag. In seinem Kopf war sie gut aufgehoben. In der Wirklichkeit draußen musste er um sie fürchten, musste panisch nach ihr suchen, um sie noch zu retten. Er hat sie in Käfigen gesehen. Hat seine Landkarten vergrößert, verkleinert, übereinandergelegt, verschoben. Hat nie auch nur denken wollen, dass sie für immer aus dieser Welt verschwunden sein könnte, und wusste es wohl auch nie, niemand hatte es ihm gesagt. Ist täglich in seinen Betrieb gefahren, hat im Bus die Prawda gelesen, über die imperialistischen Kriege in Afrika, den chinesisch-sowjetischen Grenzkonflikt am Amur, die immer wieder großartige Übererfüllung des Fünfjahrplans, hat Breschnew im Fernsehen auf den Parteikongressen reden, auf Tribünen winken und über Empfänge staksen sehen, all diese großen Geschichten, die sich über die Wirklichkeit legen wie ein undurchsichtiger, glänzender Firnis – und ist in Gedanken doch ganz woanders gewesen, bei seiner kleinen, viel bedeutenderen Geschichte. Hat gearbeitet, geträumt und sein Geheimnis in sich getragen. Hat auf alle mögliche Weise versucht, mit ihr fertig zu werden, in ihre Nähe zu gelangen. Jeder Geruch von früher, jede Leinenbluse, jede Kleinigkeit, die ihn irgendwie an sie erinnerte, hat die Hoffnung wiederaufleben lassen. Er hat versucht, den Kontakt mit ihr aufzunehmen. Gehofft, sie müsste etwas von seiner Sehnsucht mitbekommen. Hat in die Welt hineingehorcht, nach irgendeinem Signal von ihr. Und hat in all seinem Wittern und Wachsein etwas so Grundsätzliches, etwas so Schwerwiegendes wie die Auflösung ihres Körpers nicht registriert. Kein Echo, kein Zittern, keine gleichen Wellenlängen, keine Quantenidentität. Nichts, bei aller Liebe.

Man weiß ja, was von diesem Wort zu halten ist.

Verflucht sei alle höhere Physik.

«Wo warst du im April 1969?», fragte Konrad. «Weißt du das noch? Was hast du damals gemacht?»

Arkadij schüttelte den Kopf.

Schon so lange her, das alles.

Konrad stand schweigend neben ihm.

«Da ist sie», sagte Arkadij und zeigte auf den Grabstein.

Konrad nickte stumm.

«Weißt du, sie hat immer …»

«Ja?»

«Sie hat immer …»

«Ja?»

«Hat immer …»

Und wie er diesen hilflosen Halbsatz immer von neuem aussprach und nicht weiterkam, immer neu anlief gegen den Redekrampf, wie eine Maus, deren vom Eisenbügel gebrochener Rücken auf und ab zuckt, roch Konrad diesen Geruch. Es roch verschmort, wie wenn der

Anlasser ein Dutzend Mal rotiert und den Motor trotzdem nicht wieder zum Sprechen bringt. Irgendwann wird diese Wut riechbar. Dann steigt der Gestank von heißem Draht oder verbranntem Öl aus dem Motorraum. Konrad wusste nicht, ob es Einbildung war. Vielleicht war es der Geruch des Benzins an seinen Fingern, vielleicht Arkadijs Achseln, das Mottenpulver im alten Anzug von Jurij Solowjow, oder etwas aus den Kleiderschichten der umstehenden Frauen. Jetzt glaubte er, eine Spur Katzenpisse darin zu erkennen, beißend scharfer Urin, zweifellos, aber dazu noch etwas anderes. Abgebrochene Zweige. Die kräftigen, dunklen, gelb gepunkteten Äste des Faulbeerbaums, dessen weißliches, feuchtes Holz der Länge nach splittert, aber nie brechen will, und das diesen Geruch ausstößt wie ein verletztes Tier. Ein bitterer Geruch, der einem die Sinne raubt. Ein Geruch wie ein Stachel. Und was, wenn man diesem Mädchen dennoch nahekommen wollte? Wenn man zärtlich zu ihm sein wollte? Man hätte den Verstand verlieren können über diese Unmöglichkeit.

Einmal im Leben hatte sie sich darauf eingelassen, einmal. Sie hat Jurij Solowjow geglaubt, vielleicht hat sie ihn sogar gemocht, von Liebe wollen wir nicht reden; oder er hat sie einfach gezwungen. Niemand wird es je herausfinden.

Der alte Jurij hätte erzählen können, wie es war. Mit Olha. Im Auto. Oder im Wald. Ihre Heiterkeit. Ihr Lachen, das sich im Birkengehölz entfernte. Anfangs sah Arkadij noch ihr helles Kleid durch das Schwarzweiß der Stämme blinken, bis es nicht mehr auszumachen war. Auch der schmale, dunkle Rücken seines Vaters war bald im Wald verschwunden. Der kleine Arkadij wartete, eingeschlossen in der Karosserie.

«Sie hat immer … Wir, wir haben das immer gespielt.»

«Was?»

«Tod.»

«Was heißt Tod?»

«Tod gespielt. Kennst du das nicht? Einer hat sich tot gestellt, sich ganz still gehalten. Der andere musste die Leiche finden.»

Die Tränen liefen ihm über das Gesicht, während er lachend erzählte.

«Du kennst ja unsere Wohnung, sie ist nicht groß. Aber sie hat es immer geschafft, sich so gut zu verstecken, dass ich lange nach ihr suchen musste. Einmal lag sie unter Svetlanas Bettdecke im Schlafzimmer und hatte sich ganz flach gemacht. Oder unter dem Gestell ihres Bettes. Im Kleiderschrank, hinter den Mänteln und Jacken. Oder im Klo, hinter der Tür. Mein Gott, wie dumm ich mich angestellt habe. Ich mache die Tür auf, gucke hinein, niemand da. Ich merkte sogar, dass die Tür nicht ganz aufging und dachte, da hängen Handtücher. Dabei stand sie dahinter flach an der Wand! Ich konnte mir nie ihre Verstecke merken. Aber jetzt habe ich sie!»

Er rutschte auf den Knien an den Stein heran, kroch, fast ein bisschen unappetitlich.

«Hab dich gefunden», sagte Arkadij und strich mit der flachen Hand über den Granit.

Was mag sie empfunden haben, als sie gehen musste? Hat sie Jurij Solowjow gehasst? Hatte sie ihn am Anfang vielleicht wirklich geliebt, hat er ihr Hoffnungen gemacht, um sie zu beschwichtigen? Hatte sie geglaubt, er würde als Vater ihres Kindes nachkommen, hat sie eine Zeitlang Sehnsucht gehabt und gehofft?

Konrad wollte noch etwas sagen, doch Arkadij beachtete ihn schon gar nicht mehr, wirkte ganz in sich versunken. Konrad stand eine Weile unschlüssig herum und wusste nicht, was tun. Wie lange er noch warten sollte. Er harrte aus, er konnte das. Und er war überrascht von der Situation. Der Anblick war erhaben und gleichzeitig würdelos, gleichzeitig irgendwie sehr klein.

«Vielleicht kriegt man hier irgendwo was zu essen», stieß Konrad mit kehliger, kraftvoller Stimme aus, um die Stimmung zu ändern. «Ich hab schon ziemlichen Kohldampf.»

Arkadij hörte nicht.

Es hätte nur noch gefehlt, dass die versammelten Frauen des Dorfes mit ihren garantiert hohen Singstimmen ostslawische Wehklagen intonierten ... Konrad war ihnen dankbar, dass sie seine Befürchtung nicht wahr werden ließen.

Er hatte mit einem Mal genug von der Gefühlsduselei und dieser ausufernden, immer scharf am Wahnsinn vorbeischrammenden Phantasie des Ostens, die sich hier genussvoll entfaltete. Dieser Nekrophilie, von der Mazepa gesprochen hatte. Der sentimentalen Liebe der Menschen hier zu den Verstorbenen, die man zu Lebzeiten wie den letzten Dreck behandelt. Genug von dieser Unkenntnis der Grenzen oder ihrer mutwilligen Verletzung. Nicht mal ein Auto können sie so klauen, dass man es auch wiederfindet. In seinem Ärger hätte Konrad sich jetzt gern zurückgelehnt – in den Westen, seine Herkunft. Gerade wollte er sich wieder als Deutscher fühlen, da merkte er, dass er beim Zurücklehnen ins Leere fiel – in die Leere, die seine Mutter hinterlassen hatte. Halt bot auch der wortkarge Vater nicht, der bis zuletzt stumm an der Unsicherheit gelitten hatte, dass er vielleicht gar nicht Konrads richtiger Vater war. Er hatte ihn trotzdem gut behandelt.

Konrad machte einen letzten Versuch. Er überwand sich und legte Arkadij die Hand auf die Schulter. Unter dem synthetischen, regenfeuchten Anzugstoff spürte er die knochige Schulter, kein angenehmes Gefühl, in keiner Hinsicht. Aber Arkadij zuckte nicht zusammen. Er rührte sich überhaupt nicht, reagierte nicht. Leicht angewidert zog Konrad seine Hand von diesem unbeweglichen Körper zurück. Er stand noch ein paar Sekunden da, dann wandte er sich ab und ging. Als er schon ein gutes Stück vom Grab entfernt war, rief Arkadij: «Kannst rauskommen!»

Er meinte nicht ihn. Offensichtlich wurde er hier nicht mehr gebraucht.

Arkadij war am Ziel seiner Träume. Svetlana war umgeworfen, lag da, eindeutiger hätte Konrad nicht Stellung beziehen können. Süden war Süden, Norden Norden. Ihre Energie – wohin entleerte sie sich jetzt? So ziellos, ungesteuert, am Boden? Er musste weg. Wer oder was blieb ihm noch?

Einige der alten Frauen blieben bei Arkadij, andere folgten ihm aus dem Friedhof. Sie redeten so durcheinander, wie sie liefen.

«Haben Sie damals schon hier gelebt, als Olha zurückkam?», fragte Konrad, um auf dem Weg zum Auto nicht unhöflich zu schweigen. Jetzt begannen die Frauen zu erzählen, sie wollten gar nicht mehr aufhören. Ja, gewiss doch, das muss 1946 gewesen sein. Nein, 1947, rief eine andere dazwischen. Nein, Olha war achtundzwanzig und hochschwanger. Sie kam mit diesem kugelrunden Bauch. Das war nicht zu übersehen.

Zu wem ist sie denn gegangen? Hatte sie Verwandte auf dem Dorf?

Ja, aber niemand wirklich Nahestehenden. Eine Tante hat sich gekümmert, hat sie zu sich genommen. Alle anderen waren ja weg, verhungert, auf die Krim geflohen oder was weiß ich, wohin. Das Dorf war leer. Die wenigen Männer, die die Hungersnot gelassen hatte, waren in den Krieg gezogen. Ihre Mutter war schon 1932 gestorben in all der Not, ein Jahr darauf ging der Vater weg und ließ sie allein zurück. Damals war sie vierzehn. Man hat nie wieder von ihm gehört. Damals hat sie sich völlig verschlossen.

Und wie war das mit dem Kind?

Ihrem Sohn? Mein Gott, den hat sie abgöttisch geliebt. Er war ihr Ein und Alles. Sie ging ganz in ihrer Rolle als Mutter auf. Hat ihn sogar taufen lassen.

Hieß dieser Sohn zufällig Wasyl?

Ja, natürlich. Genau so heißt er. Wasyl Jurjewitsch.

Aber was hat sie all die Jahre getan? Hat sie denn nicht geheiratet?

Spitz sind sie alle gewesen auf sie, auf die Olha. So jung und hübsch, wie sie war, und ganz allein. Aber keinen hat sie an sich rangelassen. Sie war krankhaft misstrauisch, beinahe ängstlich. Wir dachten erst, sie wollte dem Vater des Kindes treu bleiben. Aber der wollte ja wohl nichts mehr von ihr.

Nur einmal, viel später, hat sie sich verliebt und einen Mann bei sich aufgenommen. Das war ihr Unglück. Der hat sie geschlagen, wenn er betrunken war. Sie haben sich ewig gestritten und angebrüllt, man hat es bis auf die Straße gehört. Mir tat nur der Junge leid. Irgendwann hat sie diesen Kerl rausgeschmissen, aber dann fingen die Probleme erst richtig an. Denn der Junge wurde größer.

So ist das eben, wenn Jungs größer werden.

Er hatte eigentlich keine Lust mehr auf diese Geschichten; das war doch alles Vergangenheit, aber er tat interessiert. Auch blieb ihm nicht mehr viel Zeit. Er wollte so rasch wie möglich weiter, Svetlana konnte längst auf dem Weg sein. Aber die Frauen redeten weiter auf ihn ein.

Mit dreizehn ging er weg, in den Wald. Zu den Banden.

Banden? In den fünfziger Jahren?

Ja, was denken Sie?! Die UPA kämpfte in Galizien noch viele Jahre nach dem Krieg. Sie gaben nicht auf. Und er schloss sich ihnen an. Irgendwann haben sie ihn geschnappt.

Und dann?

Dann wurde alles immer schlimmer. Er saß im Gefängnis. Als er zurückkam, war er schon fast zwanzig. Er trieb sich rum, keiner wusste, was er tat. Und Olha war allein zu Haus und fing an zu trinken. Sie hatte Angst vor diesem Sohn.

Hat er sie geschlagen?

Nicht nur das. Er hat sie bedroht, er wollte wissen, wer sein Vater war.

Und, hat sie es ihm gesagt?

Nein, sie wollte nicht. Sie muss diesen Mann gehasst

haben. Das hat man daran gemerkt, wie Wasyl von ihm geredet hat. Er war fest entschlossen, seinen Vater irgendwann umzubringen. Aber sie verriet den Namen nicht, nicht mal, als er sie schlug. Es muss irgend so ein Bonze in Kiew gewesen sein. Kein General, aber ein Oberst oder so.

Hat sie ihn denn noch gelegentlich gesehen?

Den Offizier? Wissen wir nicht.

Und er, hat er sie kein einziges Mal besucht?

Wir haben nie jemanden gesehen. Das hätte er auch nicht überlebt, Wasyl hätte …

«Und wer sind Sie?», fragte eine der Frauen.

«Ein Freund von Arkadij», antwortete Konrad. «Können Sie sich um ihn kümmern? Ich selbst muss weiter. Er hat niemanden mehr, kein Zuhause und keinen Platz. Er darf auf keinen Fall zurück in die Klinik.»

«Klinik?», fragte eine andere.

«Er war sehr lange krank. Jetzt geht es ihm besser. Vielleicht kann er hier bei Ihnen bleiben.»

Dann ging er zu dem Auto und öffnete die Tür des Lada. Sank in die Kuhle des durchgesessenen Sitzes.

«Wie erkenne ich diesen Wasyl denn?», fragte er aus dem Fenster.

«Das ist ganz einfach», sagte eine. «Der fährt seit neuestem einen schwarzen Mercedes. So einen haben Sie noch nie gesehen, so groß, da passt unser halbes Dorf rein.»

Er steckte den Grosz in den Zündschlitz und drehte ihn nach rechts.

Der Anlasserritzel peitschte das ausgekühlte Metall.

Einmal.

Noch einmal.
Und noch einmal.
Bis der Motor aufheulte vor Schmerz.

## Fünfzehn

Also.

So war das.

Er dachte den Satz so, zerteilt von einem Schlucken.

Ein schönes Ende, sehr bewegend.

Gut, dass er einfach fahren konnte. Er trat das Gaspedal durch und brauste los. In der Nacht ohne Benzin liegenbleiben, ausrutschen und an einen Baum krachen, das alles hätte passieren können, das alles war ihm egal. Die schmale Landstraße blieb leer, langweilige Kolchossiedlungen zogen vorbei, gestreckte weiße Lagerhallen, Ställe aus Wellblech, dann dichte Wälder, in denen es noch dunkler schien, als es um diese Tageszeit ohnehin schon war. Die Geschwindigkeit gaukelte ihm vor, er hätte es eilig und wüsste, wohin.

«Irgendwo dort, wo das Auge nicht mehr hinreichte, wo am Horizont nur Schnee und Sonnenglast war, dort lag ein Ziel.»

Onkel Wolfgangs Stimme überschlug sich hysterisch. Konrad fragte sich, ob er tot war oder ob er, der Überlebenskünstler, jetzt mit einem dicken Halsverband auf der Veranda saß und sich von seinem Mädchen den Tee servieren ließ. Er packte das Lenkrad fest mit beiden Händen und sang laut die zwei Worte, die Hitler ausgestoßen hatte, mit immer genüsslicherer und härter rollender Akzentuierung des «r».

Noch war die Enttäuschung, dass er jetzt einfach Luft geworden war für Arkadij, nicht ganz in Konrads Bewusstsein gedrungen. Das alles war noch zu frisch, zu schnell gegangen, wie ein gerade passierter Unfall. Sie hatten sich ja eben erst getrennt. Und die Geschichte war überhaupt noch nicht zu Ende, ein Mann namens Wasyl konnte, wie jeden Tag um diese Zeit, nach Suschtschani kommen. Er würde von ihm hören, würde sich den Lada beschreiben lassen und ihm sofort hinterherfahren.

Was war er aber auch naiv! Was sollte Arkadijs pathetisches Gerede von einem Ziel, von einer Richtung? Osmose? Lauter Wahnideen. Dass er mit seinen achtunddreißig Jahren immer noch auf so etwas hereinfiel!

Er hätte wissen müssen, wie das endet. Damals war einmal eines der großen, schweren Polizeipferde, die schweißnass am Straßenrand standen, von einem Pflasterstein getroffen worden, aber es brach nicht zusammen. Nur seine Haut zitterte ein wenig, wie eine vom Kieselstein getroffene Wasserfläche. An diesem Tag waren ihm zum ersten Mal Zweifel gekommen. Ganz plötzlich verschwand die Sonne hinter den Wolken, und das eben noch glänzende, nasse Fell des Tieres wurde stumpf und dunkel. Mit einem Mal war ihm die ganze Sache verdorben. Marlene grölte heiser und hysterisch. Was waren ihre Ziele, was sollten die großen politischen Losungen, wenn alles so grau endete ... Er zupfte sie am Ärmel, weil er gehen wollte, sie drehte sich lachend zu ihm um, schien ihn gar nicht richtig zu erkennen, wandte sich gleich wieder nach vorn, so aufgeregt war sie, sie brüllte weiter und brüllte. Die Menschenmassen und die Ho-Chi-Minh-Rufe verstärkten den Schock der unförmigen Tiere. Manche konnten sich nicht beruhigen, dann mussten sie in die hohen, grünen Wagen verladen und weggebracht werden.

Erst am frühen Morgen kam sie nach Hause, die Wohnungstür ließ sie zuknallen. Er hörte, wie sie den Schlüssel auf das Garderobenbrett schmiss, und wartete darauf, dass sie endlich Mantel und Stiefel abgestreift hätte und zu ihm ins Bett kommen würde. Sie kam auch, laut redend, als wäre helllichter Tag, erzählte, wie es in Charlottenburg weitergegangen war, sie roch nach Bier und stupste ihre Hüften eindeutig rhythmisch gegen seinen Rücken, sie hatte ihre Jeans ausgezogen, griff mit einer Hand vor seinen Bauch, steckte ihm die Zunge ins Ohr. Als sie sich über seinen Hals beugte und nach seinem Mund suchte, roch er die Mischung aus Hefe, Alkohol und säuerlichen Selbstgedrehten, er war aus irgendeinem tiefen Traum heraufgezogen worden und lag nun plötzlich mit diesem zügellosen Körper zusammen und fand sie überhaupt nicht aufregend und konnte nicht. Und obwohl sie es später noch viele Male getan hatten, musste er doch immer, wenn ihm Zweifel an Marlene kamen, an diesen einen Augenblick am frühen Morgen denken.

Enttäuschungen hatte es genug gegeben in seinem Leben. Das Neue war, dass da jetzt keine Hoffnung übrig war. Niemand mehr da. Nur noch er selbst.

Und vor sich war er bisher immer weggerannt. Deshalb fuhr er jetzt auch so schnell.

Arkadijs tolle Verrücktheit war nur die Ausgeburt, die Nachgeburt seiner kleinen, unansehnlichen Abhängigkeit von einem konkreten Menschen, einer Frau. Die überhitzte Phantasie eines Manisch-Depressiven. Leeres Pathos! Seine ganze Welt war abgeschlafft, zusammengefallen, nur weil er sie gefunden zu haben glaubte. Dass diese Olha etwas so Simples für ihn gewesen war. Konrad konnte es nicht glauben. So eindimensional! So körperlich, dass es ihm genügte, ihr Grab gefunden zu haben, einen Namenszug auf Stein. Er wollte noch nicht mal wissen, ob sie wirklich dort lag, ob überhaupt jemand in dem Grab war. Auf einen Schlüsselbeinknochen mehr oder weniger kam es jetzt auch nicht mehr an. Seine Befriedigung vollzog sich im Kopf, und dafür verzichtete er auf alles andere. Auch auf Konrad. Arkadij ließ sich von diesem Loch einsaugen, von diesem Grab.

Wie sehr eine Frau den Geist beflügelt, wenn man sich nach ihr sehnt. Aber wie eng die Welt werden kann, wenn sie da ist!

So eine Fixierung verengt die Sicht auf das Leben. Man bekommt einen Tunnelblick, kann die Libido nicht vom Objekt abziehen und geht lieber mit ihm zusammen unter. So hatte Guzman das formuliert. Weil man die eine, kleine Wahrheit nicht an sich heranlassen will, gerät das gesamte Bild der Wirklichkeit aus den Fugen, durch diese einzige Unstimmigkeit. Man fängt an, die Dinge falsch zu sehen, und glaubt, etwas zu erkennen, das nicht vorhanden ist. Eine Kettenreaktion. Der Blick bekommt einen Krampf, er schafft es nicht über die Lücke auf dem Papier, kaum breiter als das Weiße im Fingernagel, über den Leerraum zwischen einem Wort und dem nächsten, er kriegt keinen Satz mehr zu Ende – und wähnt in dieser Erstarrung schon die Unendlichkeit.

Arkadij war ein herber Verlust, und Konrad umkreiste ihn mit seinen Gedanken, versuchte, ihn zu fassen, ihn zu erklären. Versuchte, das Verlorene beschreibbar und kleiner zu machen. Es gelang ihm nicht. Am Ende jeder Gedankenkette stand nur immer neu der Schreck, dass alles verloren war.

Wenn es keinen Gott gibt, muss da wenigstens ein anderer Mensch sein, ohne einen solchen kann keine Schönheit entstehen. Arkadijs beinahe hysterisches Zucken und Schluchzen und Stottern am Grab waren nicht schön gewesen. Dafür hatte er ihn nicht befreit. Statt einer großen, bunten Zeichnung sah er nur wieder Bleistiftstriche und Kreise. Grau auf Weiß, streng und eindeutig.

Arkadij war frei. Zum Tode. Und Konrad hatte doch gehofft, mit ihm zusammen die wahre Befreiung zu erleben. Sich nie wieder zwischen zwei Dingen entscheiden zu müssen, Familie oder Auto, Liebe oder Freiheit, sondern etwas Drittes zu finden. Die Klaviertaste, die weder schwarz noch weiß ist. Das wäre ein wirklicher Spaß. Bunte Reptilien, die im jahrelang ausgetrockneten Lehmbett des Flusses ihre Köpfe heben und glänzende Schuppen rascheln lassen. Etwas wirklich Neues. Die Dame für den König opfern. Liebe machen mit der Wirklichkeit. Aber Arkadij war, wie sich jetzt zeigte, auch nur ein Bauer.

Konrad spürte die Leere, sie kribbelte ihm im Nacken. Aber solange er fuhr, bekam sie ihn nicht zu fassen. Wenigstens der Asphalt gab noch eine Richtung vor.

Einen Augenblick überlegte er, ob er zurückfahren und Arkadij wegholen sollte. Doch wohin hätten sie gehen sollen? Es gab kein Ziel mehr, niemanden, den sie noch suchen konnten. Er konnte ihn beruhigt dalassen. Irgendeine Babulina würde ihn aufnehmen, eins der Mütterchen würde ihm eine kleine Schlafkoje geben oder ihn auf dem Ofen übernachten lassen, froh, nicht mehr allein zu sein. Von so einer Frau gehätschelt und gepflegt, könnte er, wenn der Katheter nicht verstopfte, noch rascher altern, ein paar Wochen lang an Olhas Grab schlurfen und in der frischen Landluft blasser werden, um sich am Ende aufzulösen wie ein Stück Zucker im Tee. Ein alter Mann, der ganz in seiner Liebe aufgeht, die er selbst immer bestritten hat. Wenn sein Brüderchen Wasyl ihm nicht vorher den Rest gibt.

So schnell war es nun gegangen. Konrad nahm Arkadij nichts übel, es war ja sein Irrtum gewesen. Seine wahnwitzige Hoffnung. Er hatte sich in diese phantastische Welt vernarrt und geglaubt, da müsse mehr sein als ein Auto. Irgendetwas.

Der Tacho zeigte hundertzwanzig.

Er fuhr immer schneller, weil er nicht wusste, wohin.

Ein harter Knall, und er wusste, dass er jemanden angefahren hatte.

Das Einzige, was er im verregneten Scheinwerferlicht erkannt hatte, war die langgezogene, verwischte Form des Körpers. Vermutlich kein Mensch, es wirkte wie auf allen vieren – ein Tier, ungefähr von der Größe eines Wolfs, der dicht vor dem Auto vorbeilief und dann, vom rechten Kotflügel erwischt, in abrupt beschleunigtem Lauf in den Straßengraben schoss. Geschossen wurde.

Er raste weiter, floh wie vor Tagen. Oder waren es schon Wochen? Jetzt hatte es ihn eingeholt: Onkel Wolfgang hatte sich mit einer Hand plötzlich an den Hals gegriffen und ihn angestiert, und Konrad wusste nicht, was passiert war.

«Arbeiterklasse», hatte der Onkel gesagt. «Dass ich nicht lache. Die Sowjetunion war eine Ausgeburt von Rückständigkeit und Versklavung. Tiefstes Asien, Byzanz. Denkst du vielleicht, die armen Teufel, die jahrelang Bahngleise durch die Sümpfe Sibiriens legen oder den Ostsee-Weißmeer-Kanal ausheben mussten und dabei zu Tausenden verreckt sind, das wären freie Arbeiter gewesen? Wir waren es damals, die für die arbeitenden Menschen und ihre Freiheit gekämpft haben.»

Konrad hatte seinen Standpunkt zu rechtfertigen versucht und darauf einen der sadistischen Ergüsse des Onkels zu hören bekommen, gegen die er sich immer schwer wehren konnte:

«So verletzlich war die weiße Haut der Männer unter dem Stoff der verschwitzten, schmutzigen Uniformen», sagte der Onkel ganz leise. «Wurden in ihrer Verletzlichkeit wieder wie kleine Jungs. Stell dir vor – die Helden der Revolution, wehrlos wie kleine Jungs! Erst gehärtet im Stahlbad und jetzt zusammengepfercht in einem luftdichten Keller, wo sie einander in Todesangst bissen. Ich erinnere einen nebligen Morgen» – der Onkel zog an seiner Zigarette, und die frankophile Wendung verstärkte noch Konrads Ekel – «als ich an diesem Bunker vorbeikam. Die Eisentür stand offen, wie bei einem Saunabad, das gerade gelüftet wird, kein Mensch in der Nähe – ein Dienstvergehen, der hätte erschossen werden können, der dort Wache stehen sollte, und durch die offene Tür sah ich etwas, was ich mein Lebtag nicht vergesse. Eine große Zahl von Leichen, Männer in Soldatenuniformen der Roten Armee, kreuz und quer aufeinanderliegend. Ein merkwürdiger, metallischer Geruch hing in der Luft. Ich konnte sehen, dass diese Männer sich kurz vor dem Tod gegenseitig gekratzt und gebissen hatten. Einigen standen die Augen offen, es war, als starrten sie zu mir heraus, zu mir, der ich hier frisch rasiert in der Morgenluft stand und am Leben war. Von den Uniformhemden und Ärmeln waren Fetzen abgerissen. Blutüberströmte Münder und Gesichter, ineinander verklammerte Körper in einer makabren Todesumarmung.»

«Das ist ja ekelhaft.»

«Ja, es war wirklich grauenhaft», erwiderte der Onkel.

«Nein, die Art, wie du erzählst, meine ich. Ekelhaft.»

«Was sagst du?»

«Schmierig.»

«Schmierig», sprach der Onkel durch die Lippen, nahm einen Zug und dachte nach. Er ließ den Rauch im Mund denken.

«Ich glaube, du verstehst noch nicht, was ich sagen wollte …»

«Ich habe das Gefühl, du geilst dich daran auf.»

Onkel Wolfgang schluckte. Er blieb ruhig, nur in das Weiße in seinen Augen trat ein unheilvoller rötlicher Schimmer.

«Du weißt nicht, was du mir bedeutest.» Er atmete tief aus. «Vielleicht ist das meine letzte große Enttäuschung im Leben. Als würde ich dich ein zweites Mal verlieren. Dabei habe ich dir das Wichtigste noch gar nicht gesagt. Du schlägst wohl doch eher nach deinem Vater. Rüdiger glaubte auch immer zu wissen, was richtig und was falsch ist. Bei ihm ging alles nach Paragraph. Ilse hat sehr unter seiner Sturheit gelitten.»

«Was hat meine Mutter damit zu tun?»

«Stimmt, ja.» Er machte eine Kunstpause und zündete sich eine neue Zigarette an. «Was hat eigentlich deine Mutter mit dir zu tun? Sie lag die letzten Jahre in einem Pflegeheim, halbseitig gelähmt, dich hat das nicht interessiert. Niemand hat sich um sie gekümmert. Nur ich bin hingefahren, aber ich bin ja der schmierige Onkel.»

Konrad wunderte sich, dass er ruhig blieb. Im Pflegeheim? Danke für die Nachricht, aber ihn regte das nicht mehr auf. Das war alles kalt geworden. Nicht einmal mehr Hass empfand er für sie. Vor langer Zeit hatte er einmal beschlossen, sich eine neue Mutter zu suchen. Auch wenn er damit noch nicht weit gekommen war, so hatte der Vorsatz ihm doch Zuversicht verliehen. Aber der Onkel redete weiter.

«Ilse war die einzige Frau in meinem Leben, die mich verstand. Wir waren schon immer ein Herz und eine Seele. Als ich aus Russland heimkam, hat sie mich aufgenommen. Ich war krank, richtig krank von dem, was ich im Krieg gesehen hatte. Sie hat mich getröstet und gepflegt.»

«Sie ist ja auch deine Schwester.»

«Sie war mehr als das. Nur dein Vater stand zwischen uns. Als er gemerkt hat, dass wir uns trafen, hat er sie verlassen.»

«Was heißt trafen?»

«Sie war nett zu mir, verstehst du? Sie hat versucht, mich von meinen Gedanken an die Jungs abzubringen. Sie wollte mich von den Reizen der Frau überzeugen. Du weißt, dass sie einen schönen Körper hatte.»

Bei diesen Worten empfand Konrad etwas, das mehr Physiologie war als Gefühl, mehr als Eifersucht oder Wut. Etwas Tierisches, Blutiges. Der Körper seiner Mutter existierte ja nicht. Sie war Luft gewesen und zu Luft geworden, und nie, nie mehr wieder wollte er etwas von ihr wissen. Dann hörte er erneut die Stimme des Onkels.

«Irgendwann musste sie einsehen, dass es nichts hilft. Aber auch danach blieben wir sehr eng miteinander. Dass wir etwas Verbotenes taten, hat uns noch mehr verbunden. Erst als sie gestorben war, bin ich nach Berlin gezogen. Das solltest du wissen, du bist jetzt erwachsen genug. Ich habe dir geschrieben, ein paarmal. Du hast nie geantwortet.»

Konrad wusste nicht, was er sagen sollte.

«In dem Jahr, als du geboren wurdest, haben wir uns auch noch getroffen. Vielleicht rührt daher meine besondere Zuneigung zu dir, trotz allem anderen. Du könntest mein Sohn sein.»

«Da wäre ich schon lieber tot», sagte Konrad.

Sekunden darauf hatte er diesen raschen Griff an den Hals gesehen, als wollte der Onkel eine Mücke totschlagen, diesen Satz wegklatschen. Seine glotzenden Augen und die Bewegungsunfähigkeit. Keine Frage mehr. Nur das Entsetzen. Als sähe er etwas, was Konrad nicht sah.

Einige Sekunden lang hatte Konrad diesen Anblick ertragen, dann war er aufgesprungen und weggerannt. Was ist passiert? Hatte die Haushälterin noch gerufen. Er hörte es noch splittern, als wäre der schwere Bücherschrank umgekippt oder etwas Schweres in die Glastür der Veranda gefallen.

Am selben Abend klingelte in der Mansteinstraße das

Telefon. Er hob nicht ab, aus Angst, die Haushälterin könnte es sein oder die Polizei. Dann hörte er Muschters Stimme auf dem Anrufbeantworter. Noch nie war er so froh über einen Anruf seines Auftraggebers gewesen. Am nächsten Vormittag trafen sie sich im Hotel Interconti. Das ideale Timing. Er musste weg, Muschter gab ihm einen willkommenen Anlass. Endlich raus aus dieser Stadt. Er freute sich auf die neue Freiheit und die Ungebundenheit in Kiew, wo er ein Fremder war. Wo er keinen Menschen kannte und niemand von seiner Geschichte wusste. Nach Osten fahren ist Wiedergeburt.

In der nächsten Siedlung hielt er an. Im Dämmerlicht der Straßenlaternen konnte er den Namen auf dem blauen Ortsschild kaum entziffern, Deremezna hieß es wohl. Mit Hilfe von Arkadijs Karte versuchte er, den Ort zu finden. Er strich das Papier glatt, seine Augen irrten über das Spinngeweb der Straßen, aber er fand sich nicht zurecht. Mit laufendem Motor saß er hinter dem Lenkrad und sah durch die nasse Windschutzscheibe. Die Scheibenwischer klatschten träge hin und her. Regenfäden fielen durchs Licht der Scheinwerfer wie durch ein Sieb. Er atmete heftig.

Wie hatte er die letzten Wochen überleben können? Es war ein Wunder.

Er war wie gelähmt.

Er hatte Angst umzukehren. Und konnte doch nicht weiterfahren.

Diesmal musste er zurück.

Er wendete. Nach den ersten Kilometern fuhr er langsamer und behielt die linke Straßenseite im Auge. Je länger er vergeblich Ausschau hielt, desto unsicherer wurde er, wo genau und ob der Zusammenstoß tatsächlich passiert war. Selbst wenn, dann war das Unfallopfer, ob Tier oder Mensch, vielleicht längst auf und davon.

Dann erkannte er das alleinstehende Gehöft wieder, an dem er vorbeigekommen war. Einige Hundert Meter weiter lag tatsächlich etwas. Konrad parkte den Wagen im Gras neben der Straße und stieg aus. Es war ein großer, gelbbrauner Mischling mit langen Beinen und buschigem Schwanz, mit dem Kopf eines Schäferhundes. Konrad hörte ein leises Knurren, vorsichtig näherte er sich dem Tier. Das Knurren wurde lauter, aber der Hund bewegte sich nicht. Er hob den Kopf kurz an, ließ ihn gleich wieder sinken. Konrad setzte sich in einigem Abstand ins Gras, er wollte das Tier nicht ängstigen.

«He, Artur», sagte er. «Da bist du ja wieder.»

Natürlich war das nicht Artur. Aber er hörte auf zu knurren.

«Tut mir leid, alter Kerl. Was läufst du hier auch über die Straße? Sehr unvorsichtig. Auch wenn ich langsamer gefahren wäre, hätte ich dich erwischen können.»

Der Hund blickte ihn an. Wenn Konrad seine Stimme hob, stellten sich die großen, pelzigen Ohren auf.

«Verstehst mich, oder? Bist doch ein deutscher Schäferhund.»

Es tat Konrad gut, wieder in seiner Sprache zu reden. In der Sprache seiner Mutter. Der Körper dieser Mutter ist Luft, ihre Sprache nicht.

«Ich will dich nicht lange stören. Brauch nur eine kurze Pause, dann fahr ich weiter. Scheiße gelaufen heute, ganz große Scheiße. Alles schiefgegangen. Eh», sagte er und streckte seine Hand zu ihm aus. Er hatte das Bedürfnis, freundlich zu ihm zu sein. Wollte ihn streicheln. Wollte auch selbst Zärtlichkeit und Wärme. Der Hund bleckte die Zähne, Konrad zog seine Hand zurück.

«Brauchst wohl kein Mitleid.»

Er lehnte sich zurück und begann zu summen. Vor der Kaserne.

«Hast recht. Mitleid ist was für Schwächlinge. Wir beide brauchen so was nicht. Was machst du hier ganz allein in der Nacht? Hast du ein Herrchen oder ein Frauchen? Vermisst dich jetzt niemand? Mich auch nicht. Aber ich kann mich wenigstens noch bewegen.»

Hatte er Mitleid? Mit einem Tier?

«Ich war zu schnell, wollte wieder mal der Schnellste sein. Hab alles eingerissen. Umgeschmissen. Überrollt. Kaputtgemacht. Nichts gefunden, dafür – wie ein deutscher Panzer, verstehst du? Nein, warte. Einen hab ich doch befreit. Befreit, wie man im Winter ein Pfauenauge aus dem Dachfenster schubst. Drinnen flattert es noch, draußen erfriert es auf der Stelle. Ist dir auch kalt? Willst du eine Decke?»

Er zog sein Jackett aus und breitete es dem Hund über den Leib.

Irgendwann wurde er so müde, dass er sich in das feucht gewordene Gras legte. Er spürte die Kälte, die jetzt in der Nacht vom Boden kam, zog die Knie an und rollte sich zusammen. Es schüttelte ihn leicht, vor Kälte oder von einem beginnenden Fieber, dann schlief er ein. Mitten in der Nacht wachte er auf und blickte in die großen, offenen, braunen Hundeaugen, die jetzt nah waren und ihn unverwandt ansahen. Ein Blick, als schaute ihn daraus das ganze Weltall an. Als wäre die Welt für ihre Existenz darauf angewiesen, Konrad Krynitzki zu sehen. Im Schlaf war er näher an das Tier herangerückt, ohne es zu merken. Der Hund hechelte leise, als wäre ihm heiß. Konrad spürte seinen Atem im Gesicht. Dann schlief er wieder ein.

Gegen Morgen wachte er in der Kälte und Nässe des Taus auf, vielleicht auch, weil es plötzlich still geworden war. Nur die Vögel zwitscherten, hell wie die Regentropfen, die zu Tausenden an den feinen Birkenzweigen hingen. Konrad öffnete die Augen. Sie lagen am Rande eines frisch gepflügten Ackers. An seinem Ende leuchtete es silbern durch die Erlenbüsche. Der Hund war noch da, Konrad sprach ihn leise an, immerhin hatten sie die Nacht miteinander verbracht. Der Hund hechelte nicht mehr und rührte sich nicht. Konrad beugte sich über ihn. Das Tier gab keinen Laut von sich. Er näherte seine Hand der Schnauze, strich ihm über die glatten Haare der Stirn. Einmal, noch einmal. Ein dichtes, weiches Fell, das sich gut streicheln ließ.

Er nahm sein Jackett und ging zum Auto. Alles war so durchsichtig wie diese Luft nach dem Regen. Nichts lag mehr im Dunkeln. Manches tat zwar noch weh, aber nichts mehr war unklar. Wenigstens war klar, was schmerzte.

## Sechzehn

In der Nähe des Kiewer Zentralbahnhofs ließ er den Wagen an der langen Zufahrtstraße stehen, im Parkverbot. Den Rest des Wegs ging er zu Fuß.

Er kam an Männern und Frauen vorbei, die auf Decken am Gehweg vor dem Busbahnhof lagerten. Sie trugen gesteppte dicke Westen, wie Bauern oder Landarbeiter. Schwarze klobige Gummistiefel. Einige hatten offenbar die Nacht hier verbracht, sie steckten noch halb in ihren zerrissenen, speckigen Schlafsäcken. Sie bettelten nicht, folgten ihm nur stumm mit dem Blick, ein bisschen verwirrt, als wären sie gerade aus einem Rausch erwacht und müssten sich die Welt neu zusammensetzen. Freundlich waren weder ihre Blicke noch die gegerbten roten Gesichter mit den stumpfen oder zerschlagenen Nasen. So war Arkadij vielleicht einmal herumgeirrt. Eine jüngere Frau streckte schließlich doch ihre Finger aus. Er griff in seine Hosentaschen und legte ihr alles Kleingeld in die rissige, braune Hand.

Schon auf dem Platz bereute er das, denn von den Imbissbuden am Bahnhofsvorplatz wehte verlockender Duft. Es war ein großer Basar. KFC, McDonald's, Buden mit ukrainischen Spezialitäten. Er hatte seit über einem

Tag nichts mehr gegessen, aber er hatte keine Zeit mehr. Er eilte weiter über den Platz auf die Bahnhofshalle zu.

Dann fiel ihm ein, dass er das schwarzhaarige Mädchen in der Klinik vergessen hatte. Auf dem Tritt drehte er um und wollte zum Auto zurück, sie holen. In diesem Moment glitt der schwarze Schatten in seinen Blickwinkel. Ein großer Wagen, der auf der Mitte des Platzes langsamer wurde und vor ihm stehen blieb. Er erkannte die blankgewienerte Karosserie, die typischen Ausmaße. Es gab in dieser Stadt bestimmt nur ein Exemplar, es konnte nur der Mercedes 500 SE sein. Mit getönten Fensterscheiben, klobig, schwer und überdimensioniert. Die geballte Fettlebe der späten achtziger Jahre in Deutschland, hier im mageren und hungrigen Kiew der Nachwendezeit. Als drehten sie hier einen Film mit einer unpassenden, überdimensionierten Requisite. Nur der dicke Vorstandsvorsitzende fehlte auf der Rückbank. So einer ist immer dick, wenigstens hat er Hamsterbacken, wie der Reichskommissar Erich Koch. Konrad hätte in dieses Fahrzeug steigen können und wäre in Deutschland gewesen, auf einer exterritorialen Insel.

Und wirklich, die Menschen wandten sich nach dem Wagen um, als würde hier ein Film gedreht.

Das ist es, dachte er. Das Auto, nach dem ich so lange gesucht habe. Nach den Tagen oder Wochen, da ich es im Geist schon beinahe vernichtet habe, kommt es leibhaftig zu mir. Und es existiert gar nicht mehr.

«Immer wenn du denkst, es geht nicht mehr, kommt von irgendwo ein Lichtlein her.» Auf Leinen gestickt, hatte der Spruch auf dem Mansardenflur gehangen, in einem Holzrahmen. Was für ein Irrwitz. Jetzt, da alle

Rätsel gelöst waren, kam das Auto daher, völlig überflüssig. Das nahm er erstaunt, aber ohne große Empörung zur Kenntnis. Das Erscheinen des Autos war eigentlich lächerlich, da platzt es plötzlich herein und nimmt sich wichtig. Dabei ist die Geschichte schon zu Ende erzählt. Konrads Sehnsucht war nicht mehr zu heilen, sie dauerte schon zu lange.

Bei allem Ärger erregte das Auto auch seine Heiterkeit. Es kam ja viel zu spät, es drängte aus dem Jenseits herauf, niemand erwartete es mehr.

Konrad ging einige Schritte auf die Fahrerseite zu, das glänzende Schwarz war so verlockend wie sonst nur Buntes und Blinkendes auf dem Rummel, und er dachte: Öffne dich nur selbst, schon fällt dir die ganze Welt in den Schoß.

Er fühlte sich so frei und erlöst, dass er aus reiner Dankbarkeit alles hergegeben hätte, es rührte ihn beinahe selbst. So wie er der rotgesichtigen Bäuerin seine letzten Hrywnja in die Hand gelegt hatte, wollte er jetzt auch dieses Auto verschenken. Er brauchte es nicht mehr. Es war aus der Geschichte herausgewachsen, diesen Haufen Schrott konnten sie gern behalten.

Er lächelte zum Fenster der Fahrertür, hinter dem er nichts erkennen konnte, und wollte raschen Schritts weiter zum Lada. Das schwarzhaarige Mädchen wartete auf ihn. Da ruckte der Mercedes wieder an, fuhr ein paar Meter weiter und versperrte ihm erneut den Weg.

Sonnenlicht fiel auf das getönte Fenster. Dahinter bewegte sich etwas, schemenhaft, dann glitt die Scheibe, eine Innovation in der Fahrzeugindustrie, aus Doppelglas, lautlos nach unten und gab, wie ein fallender Schleier, den Blick auf den Kopf eines Mannes frei. Das Bild war viel schärfer und deutlicher und sagte dennoch nicht viel mehr als die verschwommene Gestalt zuvor. Konrad sah grau meliertes, geföhntes Haar, eine gebräunte Stirn und eine flache, breite Nase. Einen Augenblick glaubte er, den jungen Jurij Solowjow zu erkennen, die Ähnlichkeit mit dem Mann auf den Fotos war frappierend. Oder doch mit Arkadij? Ausgerechnet von Olha hatte er gar nichts.

Das Gesicht drehte sich zu ihm und grinste. Vielleicht lächelt der Mann, dachte Konrad, weil er ahnt, dass ich es gut mit ihm meine. Er freut sich über das Geschenk, auch wenn er es ja noch gar nicht wissen kann: Hier habt ihr den Wagen, ich bin raus aus dem Geschäft. Ich habe diesen elenden Job satt. Sie haben mich hängenlassen, denen ist scheißegal, was mit mir passiert, deshalb bin auch ich zu keiner Loyalität mehr verpflichtet. Es gibt Wichtigeres im Leben, Autos finde ich so was von Scheiße. Nehmt den Wagen, meinetwegen als Kompensation für unsere Kriegsgräuel, wenn ihr auf so was überhaupt noch Wert legt. Babij Jar 1941. Gut, ich war zwar nicht dabei, aber ich stehe zur historischen Verantwortung meines Volkes. Wiedergutmachung für die Mordtaten, die grausame Besatzung. Ich überlasse euch freiwillig dieses technologische Beutekunststück. Er lächelte über den schiefen Vergleich. Er machte sich hier zum Affen, aber irgendwie war das alles auch irre komisch. War ein Mercedes 500 SE vielleicht kein Kunstwerk? Generationen von Ingenieuren haben daran gearbeitet, und ihr wisst das zu würdigen. Sonst hättet ihr ihn ja nicht geklaut. Ob man weint oder lacht, das Zwerchfell zuckt immer.

Nach der tiefen Niedergeschlagenheit noch vor Stunden, allein auf dem Land im Lada, wurde Konrad jetzt geradezu euphorisch. Schon vor Hunger. Die Unterzuckerung beflügelte ihn gewaltig. In seiner Euphorie begann er, sich ungeheuer leicht und witzig zu fühlen. Worüber er auch nachdachte, alles begriff er auf Anhieb. Nie hatte er so vor Ideen gesprüht. Die Gedanken flogen ihm zu, er jonglierte damit, ließ sie tanzen wie Flammenkugeln, er hätte jetzt die ganze Welt zum Tanzen bringen können, wäre sie ihm in die Arme gelegt worden.

Aber an Wasyl war alle Leichtigkeit verschwendet. Dieser Sohn Olhas war offenbar ein stocksteifer Mann, einer von jenen Kerlen, die kein Fünkchen Körpergefühl besitzen oder so verklemmt sind, dass sie nie aus sich herausgehen. Mit Sicherheit kein guter Tänzer. Der linke Unterarm ruhte so steif auf der Fensterkante, wie er auch den Rücken einer Tanzpartnerin starr umklammert hätte. Dazu ein ordinäres Kleidungsstück, ein rot-blau kariertes Flanellhemd, bis zum Ellbogen hochgekrempelt, wie bei einem Holzfäller. Es passte nicht zur Automarke, schon gar nicht zu diesem Modell. Dazu hellbraune Lederhandschuhe, eine absurde Kombination.

Mit der rechten Hand griff er jetzt über die linke und reichte etwas heraus. Konrad konnte es nicht genau erkennen. Er war geblendet von der Sonne, geblendet von seiner Freude, jetzt alles verstanden zu haben. Er war befreit. Er sah sein Leben wie von weit oben, es gab keine dunklen Stellen mehr. Er hob die Hand, wie um das Geschenk in Empfang zu nehmen oder dankend abzulehnen, egal. Alles schien so einfach. Wasyl Jurjewitsch, wollte er rufen, erkennen Sie mich nicht? Gut, Sie können mich ja gar nicht kennen, aber ich habe Ihre Mutter sehr gut …

das heißt die Frau, bei der Ihre Mutter als Kindermädchen arbeitete. Und Ihren Vater, nun, leider nicht mehr kennengelernt, aber dafür mache ich Ihnen ein Geschenk: Behalten Sie den Wagen. Ich weiß, wie wichtig er für Sie ist. Ein Geschenk Ihres Vaters. Ich weiß alles.

Dann – mit einem fatalen Schlag – begriff er, dass alles vergebens war. Er fuhr in die Tasche seines Jacketts, tastete nach dem rostigen Griff der alten Mauser.

Er hörte noch das leise Plopp, als würde eine Sektflasche geöffnet, und wusste, etwas war passiert. Aber was bezeichnet man nicht alles als Wissen? Ist es Wissen, wenn man sich einer Sache ganz sicher ist, aber keinen Namen dafür hat? Es war offensichtlich, dass dieser Mann ihm etwas geben wollte, aber er konnte nicht sprechen, jedenfalls drückte er sich nicht klar aus. Konrad verstand nur Plopp.

Bevor die Kugel ihn erreicht, kommen ihm Bedenken. Nein, er ist alarmiert, aber er begreift den Grund dafür nicht mehr. Die Kugel denkt für ihn. In Gestalt eines Punktes bringt sie den Satz zu Ende. Das ist die Pointe. Bevor er einen klaren Gedanken fassen kann, dringt sie schon in ihn ein. Sein Körper leistet keinen Widerstand, wie eine weiche, empfängliche Frau. Die Kugel dringt in ihn ein, es ist ihr egal, woher sie stammt, ihm ist es auch egal, sie bohrt sich, dreht sich durch das Pflaster über dem sich vergrößernden, bläulichen Pickel, den er seit Tagen immer wieder vor dem Spiegel in Svetlanas Badezimmer betastet hat, aus Angst, es könne ein Kaposi-Sarkom sein. Diese ewige Hypochondrie, damit ist jetzt auch bald Schluss. Svetlana hatte sich noch über die

Stelle gewundert, hatte ihm mit ihrer alten Hand über die Schläfe gestrichen. Ach, keine Sorge, das ist nichts, nur ein Pickel. Das Eindringen durch die Haut ins Unterhautfettgewebe auf der rechten Schläfenseite verursacht in der ersten Zehntausendstelsekunde nur ein Kitzeln.

Oder ist ein Kitzeln kein Kitzeln, nur weil es von kurzer Dauer ist? Alles eine Frage der Dimensionen. Man kann das kleinste anatomische Gelände auf einen Maßstab vergrößern, der gegen unendlich geht, wie Arkadij es tat. Das Verrückte beeinflusst das Normale, es sickert osmotisch zu ihm durch, und schon öffnet Unendlichkeit sich zwischen einem Satz und dem nächsten.

Und das ist erst der Anfang. Kurz darauf erreicht die Kugel den Schädelknochen, es folgt so etwas wie ein dumpfer Schlag, denn dieser Knochen ist hart. Es erinnert Konrad an einen schmerzhaften Sturz, den Schlag von der Hand seines Vaters, als er gegen die Schrankwand geflogen war und das Nussbaumholz viel härter war als die Hand und seine Liebe zum Vater auf einen Schlag erschüttert. Im Wortsinne. Er verstand nichts, genauso wenig wie jetzt. Er hatte den Schmerz ausgehalten und sein Weinen unterdrückt, er wollte dem Vater keine Schwäche offenbaren, und nachdem der endlich das Zimmer verlassen hatte, staunte Konrad selbst, dass da keine Spur von Trauer war, nur noch ein immer kälter werdendes Gefühl … wie eine langsame Entfernung in den Weltenraum (wie das weiße Raumschiff Enterprise davonglitt), eine Entfernung von ihm selbst, als betrachte er sich jetzt aus großer Weite. So saß er lange reglos in seinem Zimmer, lehnte mit dem Rücken am Schrank, horchte dem Gefühl nach und ließ die Kälte auf sich wirken. Es war beinahe schon wieder angenehm, ein gutes, kaltes Gefühl, wie im Freibad in der ersten, zweiten Klasse, wenn er vom Einer ins kalte Wasser gesprungen war und sein Penis beim Herausklettern aus dem grünen Chlorwasser klein und kalt in der Badehose lag. Er wunderte sich nur: Die Mutter hatte ihn gehen lassen, der Vater liebte ihn nicht.

Von da an ließ sich nichts mehr wiedergutmachen. Und der Nichtschmerz in diesem Augenblick war nur ein später Nachhall des Nichtschmerzes von damals.

Da ist die Kugel schon auf dem Weg durch die harte Hirnhaut, und in diesem kurzen Moment ist er glücklich, er sieht die Straße in Castrop-Rauxel vor sich, auch die Bergarbeitersiedlung, alles erscheint ihm klein und übersichtlich, so als wäre er als Erwachsener an den Ort seiner Kindheit zurückgekehrt und hätte alles genauso vorgefunden wie in seiner verklärten Erinnerung. Aus dem Küchenfenster im ersten Stock sah er den Rotdorn. Die Zweige schienen zum Greifen nah, besonders wenn sie nach dem Regen glänzten. Dann hingen Tropfen an den gezackten Blättern, von denen sich im Frühjahr Raupen an dünnen Fäden abseilten. Es roch dann immer leicht bitter, entweder die Blätter oder die Raupen selbst. Das Grün der Bäume im Mai.

Schon liegt zwischen den Orten keine Entfernung mehr, schon stehen da auch die Polizeipferde bei der Demonstration vor dem Amerika-Haus. Das zitternde Pferd in der Box, der riesige Bauch jenes an einer Kolik verendeten Tieres. Die vom Pulverdampf panischen Pferde der Württemberger in Russland.

Da befindet sich das Geschoss längst auf freier Flur in den weichen Windungen der Hirnmasse, die sich falten wie eine Walnuss, die Kugel tobt durch geplustertes Gewebe, nachgiebige graue Zellen, sie reißt übermütig alles mit sich, rennt wie ein Jagdhund, der von der Leine gelassen wird am eisigen Wintertag, sein Atem schnappt, und freudig erschallt sein Bellen – soll er jagen, soll er über das Stoppelfeld schießen, mit gestrecktem Leib durch die formbaren, endlos sich erstreckenden Jahre der Jugend, als noch nichts sich verhärtet hatte und alles sich neu deuten oder verändern ließ.

Als er noch glauben wollte, seine Mutter liebe ihn. Als er ihr nachts lange Briefe in ungelenker Handschrift schrieb. Als sie ihn vielleicht auch noch nicht losgelassen hatte, nur, woher hätte er das wissen sollen? Sie wusste es ja selber nicht. Und noch früher, in Castrop-Rauxel, als sie «Konrad, Mittagessen!» aus dem Fenster des Mietshauses rief und er es nie übers Herz brachte, sie – wie er eigentlich wollte – lange warten zu lassen, sie in Sorge zu versetzen, damit sie ihn dann noch glücklicher begrüßen würde, aber das hielt er selbst nicht lange aus, immer zog er brav seine Spur mit dem Bollerwagen in Richtung Zuhause.

Die dumme Kugel schlägt Purzelbäume. Jahre sind für sie ein Kinderspiel, alles liegt offen und überschaubar auf der Hand. Das Meer, die Nordsee. Ein Sommerurlaub. Der Sandstrand. Der Duft von Badeöl. Das schäumende, salzige Ungeheuer. Seine Mutter. Alles war noch eins. Ein Ende nicht abzusehen.

«Damals konnte man immer noch alles einfach umstoßen.»

Onkel Wolfgang, der alte, schwule Nazi, die Sau! Die Wörter färben aufeinander ab wie falsch sortierte Wäschestücke, deutscher Junge, schwule Nazisau, aber egal, uns kann das gleichgültig sein, wir befinden uns quasi im Rückzug, in heller Auflösung, alle sind vogelfrei, diese kleine Welt rast unaufhaltsam dahin, sie dauert nur noch kurz, einen Augenblick noch, ist ja gleich vorbei, dieser Tropfen von wenigen Millisekunden Durchmesser, eingeschlossen in der großen, weiten Welthalle, deren Grenzen wir nicht erkennen, so wie eine winzige haarige Mücke im Bernstein den Sandstrand nicht sieht und erst recht nicht die ganze Ostsee.

Onkel Wolfgangs Gesicht vor dem Schlachtensee, er war plötzlich ganz jung, er stieg aus dem Wasser und prustete, sein Gesicht wurde größer, weil er ganz nahe kam, und Wasser spritzte auf die Linse der Kamera. Er lachte und wandte den Kopf um, denn hinter ihm stieg ein anderer junger Mann lachend aus dem Wasser, der ihm verblüffend ähnlich sah. Seine Haut war nackt und hell und verletzlich, blond das Haar vor dem blauen Wasser. Geschenkt, dass der Schlachtensee am späten Nachmittag meist braun und trüb aussieht. Sein Wasser kann sich ja auch rot färben, wenn sich wer geschnitten hat. Aber jetzt war der Onkel noch glücklich und stark, als wäre er nicht dem See, sondern einem Gemälde von Dejneka entstiegen, oder als wäre er selbst eine lebendige Skulptur von Breker. Sein ganzes Leben lag vor ihm. Seine ältliche Koketterie war wie weggeblasen. Er brauchte auch die Schmerzensschreie der sowjetischen Soldaten, ihre weiße Haut und ihren starren Blick nicht mehr zu seinem Glück. Er hatte verstanden, was zählte und was nicht.

Alle waren glücklich, sogar Marlene.

«Sie waren plötzlich verschwunden», log Muschter, als

er ihm auf der Treppe entgegenkam. «Jede Verbindung war abgerissen!» Seine Angestellten saßen am Resopal-Kantinentisch über den Resten ihres geschmacklosen Schnitzels mit Mohrrüben- und Erbsenzweierlei oder starrten auf die Bildschirme und konnten beim besten Willen keine Muster in diesem Datensalat erkennen. Mancher überspielte seine lauernde Unsicherheit durch Geschäftigkeit, griff sich entschlossen eine Akte, eilte zum Paternoster und ließ sich – scheinbar aus Unachtsamkeit – über das höchste Stockwerk hinausfahren, damit das leichte Grausen zwischen den schwarzen, von grün schimmernden Fettklumpen starrenden Stahlrädern ihn für einen Augenblick ablenkte. Andere sitzen in Besprechungssälen und reden und reden, aber in Wirklichkeit merken alle, dass etwas fehlt.

Aber was?

Alle waren hier. Bis auf …

Doch. Da war sie am Ende doch.

Auf einer seiner Reisen als Handelsvertreter kam er in eine Kleinstadt in den neuen Bundesländern. Solche Innenstädte waren herausgeputzt, die Fassaden renoviert, und dennoch war alles grau und braun, wie vor der Erfindung des Farbfilms. Keine Menschenseele auf der Straße, nur an der Imbissbude zwei Männer. Er wusste nicht, was ihn bewog, ausgerechnet jenen bestimmten Aufgang und die zwei Treppen hinaufzusteigen. Oben fand er seine Mutter in einer zugigen, dunklen Mansarde. Woher er die Adresse hatte? Frag das den Traum nicht.

Sie lag auf einer Couch und war ganz jung, als wären die letzten Jahrzehnte, all die leeren, langen Jahre ohne ihn, einfach an ihr vorübergegangen und hätten ihr nichts anhaben können. Er kam zu spät, konnte nichts mehr retten, dennoch waren die Erleichterung und die Freude unglaublich groß. Als hätte er, Konrad, sich diese grauenhafte Trennung und seinen Schmerz immer nur eingebildet. Sie lächelte ihm zu, die Luft in diesem dunklen Raum war staubig, doch ihr Blick durchbrach sie wie ein Sonnenstrahl. Ihr Körper ruhte sanft und matt, weiß und undeutlich, sie machte keine Anstalten aufzustehen, hob nicht einmal die Hand zum Gruß. Offensichtlich war sie trotz ihrer Heiterkeit doch sehr geschwächt. Wie jemand, der lange vergessen worden ist. Konrad erschrak. Hatte er sie hier vergessen?

Er näherte sich behutsam, er war ja ein gebranntes Kind, wusste, was passieren konnte. Besonders ihr Gesicht musste er im Auge behalten, den unruhigsten und tückischsten Teil, es konnte sich jederzeit verändern, er kannte das. Es konnte schlagartig altern, Pocken konnten aus der glatten Wange hervorplatzen, die Haut zerfurchen, vom Fleisch abfallen ... Und sie würde ihn angrinsen wie ein blutiger Totenkopf.

Doch nein, diesmal nicht, ihre Augen strahlten wie bei einer jungen Frau, und er konnte nicht widerstehen. Er vergaß alle Bedenken. Er musste ans Sofa treten, die Decke nehmen und sie über ihren Körper breiten. Sie sprachen kein Wort, es war kalt in der ungeheizten Mansarde. Dann, als er sich umdrehte, sah er zwei Männer in der Ecke kauern und mit scheelen Blicken herübersehen. Er wollte lieber nicht darüber nachdenken, was diese Männer hier suchten. Vermutlich musste seine Mutter sie als Untermieter dulden, denn sie brauchte das Geld. Nicht nur die Atemluft war ihr mit den Jahren knapp geworden, sie war auch völlig mittellos. Die Halunken, unrasiert, in verschlissenen Jacken, die Hände untätig wartend am Hosenschlitz, schon zu dieser Tageszeit betrunken, blickten verschlagen zu ihm her. Es passte ihnen verständlicherweise nicht, dass er jetzt hier auftauchte und ihnen das sicher geglaubte Vergnügen verdarb. Bestimmt zahlten diese Halbweltgestalten auch ihre Miete nicht. Mit einer herrischen Handbewegung jagte er sie davon. Er setzte sich auf den Bettrand zu Mutter. Ihm wurde selbst warm davon, dass er sie jetzt so geborgen vor sich sah.

Dann konnte er nicht mehr länger bleiben und ging. Auch so eine eigensinnige Formulierung, die man nur einem Traum durchgehen lässt. Hätte er nicht einfach ruhig am Bettrand sitzen und ihre Hand halten können? Ihr Blick machte ihm keinen Vorwurf, sie strahlte nur Freude aus. Er müsste diese Freude einfach aushalten, aber es riss ihn fort, es saugte ihn förmlich aus diesem Mansardenzimmer, diesem jahrzehntelang unbesuchten Raum, heraus aus diesem Traum, es war ein gewaltiger Strudel, der keinen Grund brauchte.

Wieder so ein Wort. Gründe liegen uns wie Geröll im Weg. Der Grund ist, worauf das andere ruht. Nachts durchwandern wir unseren Körper und suchen nach dem Grund eines unangenehmen Gedankens. Wir wollen den Gedanken von dem unterscheiden, was der Körper sagt, einem gequälten Herzschlag oder einem Narbenschmerz … Und wenn der Herr uns gnädig ist, schlafen wir darüber ein.

Der sogenannte Grund lag hell und klar im Sonnenlicht, er hätte ihn erkennen können, hätte er noch Augen gehabt. Am Ende hatte das kleine Stück Metall sich ausgetobt, hatte diesen Matsch satt, diesen mangelnden Widerstand, diesen Witz von Wirklichkeit, die immer floh und derer man niemals habhaft werden konnte.

Ein ganzes Leben lässt sich so durchpflügen und bleibt als zerwühlter Acker zurück. Deshalb freut sich das Metall, endlich wieder auf ebenbürtige Härte zu stoßen. Der unerwartete Widerstand spornt es an: Freudig erregt sprengt es beim Austritt den Schädelknochen, reißt mutwillig eine Rosette mit zackigen Rändern in die Schale, die Splitter bersten, und sie ist frei. Wie bei einer Geburt spladdert viel Organisches heraus. Zumal die Arteria subarachnoida längst durchschlagen ist und es sich aus ihr ergießt wie aus einem Wasserrohr. Anhalten, den Film!

Da kann ich ja nur lachen.

Nun kommen Sie endlich zu Rande! Sehen Sie nicht, der jungen Frau dort ist kalt. Sie zittert, sie steht am Grubenrand und wartet, die Letzte in der Reihe. Der Soldat ist in ihrem Alter, er zögert noch, in einem ganz sinnlosen und dienstwidrigen Anfall von Bedauern, nur weil er sie schön findet und gut gebaut.

Nein, die schnelle Passage der Kugel ist nichts, nichts gegen das sekundenlange Warten der jungen Frau auf den Schuss, der für sie reserviert ist. Noch hallt in ihrem Kopf das erbarmungslose Echo der anderen Schüsse, sie will nicht glauben, dass ringsum plötzlich alles so still geworden ist, in diesem idyllischen Wäldchen oben auf der Höhe. Sie sieht nichts und hört nur ihren eigenen, rasenden Herzschlag. Nur das helle Zwitschern der Vögel ist noch lauter.

Alles Weitere wie so oft. Der Sturz auf die Fahrbahn. Der spitze Schrei einer Passantin, das Letzte, was er hörte.

Erwähnenswert ist das alles nur, weil es einem Besucher aus Deutschland zustieß, der Kleidung nach zu urteilen kein Geschäftsmann, eher ein Rucksacktourist, allerdings auch dafür untypisch gekleidet, im verdreckten Jackett, der aus unerklärlichen Gründen in den Schusswechsel zwischen zwei Banden hineingeraten war, mitten im Zentrum der ukrainischen Hauptstadt mit ihren luxuriösen Läden und den schwarz polierten großen Autos, die die Fußgänger über die Bürgersteige scheuchen. Augenzeugen sagten aus, dass sich der Deutsche schon vorher sehr unsicher, fast taumelnd bewegt habe. Etwa eine halbe Stunde habe er sich bei den Obdachlosen am Straßenrand aufgehalten, sich von ihnen fast willig in ein Gespräch hineinziehen lassen. Am Ende habe er ostentativ beide Hosentaschen nach außen gekehrt. Habe sich von einem der Männer eine Flasche reichen lassen und einen langen Schluck genommen. Daraufhin sei er mit regelrecht tänzelndem Schritt in Richtung Bahnhofsvorplatz stolziert. Als er auf der Mitte des Platzes war, sei ein großer, schwarzer Wolga von rechts an ihn herangefahren. Der Fahrer habe angehalten, vermutlich amüsiert über die Tanzeinlage, oder um sich über den Betrunkenen lustig zu machen. Er kurbelte die Scheibe herunter und streckte seine Hand heraus, wedelte mit einem Geldschein. Der Deutsche habe innegehalten, habe den Mann gemustert, als glaubte er, ihn zu kennen, wäre sich aber nicht sicher, dann habe er plötzlich eine Pistole aus der Jacketttasche gezogen. Das müssen die an der Mauer mitbekommen haben, er hatte ihnen kurz zuvor noch zugewunken. Dennoch meldeten sich hierzu keine Augenzeugen. Die meisten dieser Tagelöhner gaben später an, nichts gesehen zu haben, wie das feige Gesindel eben so ist, man landet ja nicht umsonst in der Gosse. Einer behauptete sogar, von links sei ein grüner Toyota gekommen und der Schuss aus diesem Auto. Auch die Ansichten darüber, ob der Deutsche auf den Fahrer des Wolga gezielt oder die Pistole vielleicht an die eigene Schläfe gesetzt habe, gingen auseinander. Verlässliche Zeugen gibt es allerdings dafür, dass der Deutsche nach dem Knall auf den Asphalt fiel und reglos liegen blieb.

Der Rest wie üblich. Frauen auf hochhackigen Schuhen knicken ohnmächtig um oder starren wie gebannt auf die sich ausbreitende Blutlache, sind hilflos dem Schrecken ausgeliefert und können den Blick nicht abwenden. Männer gucken tapfer zur Seite. Am nächsten Tag eine Schlagzeile im Lokalteil. Und kurz darauf ist alles vergessen.

«Er hat immer behauptet, dass ich nicht genug liebe», sagte Svetlana zu Jaroslaw, der durch die offenstehende Wohnungstür getreten war und ihr vom Boden aufhalf.

«Und dann ist er einfach selbst abgehauen.»

MIX
Papier aus verantwortungsvollen Quellen
FSC® C083411

Das für dieses Buch verwendete FSC®-zertifizierte Papier
*Schleipen Werkdruck* liefert Cordier, Deutschland.